식물을 보듯 나를 돌본다

애쓰지 않고 편안하게

식물을 보듯 나를 돌본다

인쇄일 2020년 11월 25일

발행일 2020년 12월 2일

지은이 앨리스 빈센트

옮긴이 성세희

펴낸이 유경민 노종한

기획마케팅 1팀 우현권 **2팀** 정세림 금슬기 최지원 현나래

기획편집 1팀 이현정 임지연 **2팀** 김형욱 박익비 **라이프팀** 박지혜

책임편집 박익비

디자인 남다희 홍진기

펴낸곳 유노북스

등록번호 제2015-000010호

주소 서울시 마포구 월드컵로20길 5, 4층

전화 02-323-7763 **팩스** 02-323-7764 **이메일** uknowbooks@naver.com

ISBN 979-11-90826-27-3 (03840)

• — 책값은 책 뒤표지에 있습니다.

• — 잘못된 책은 구입하신 곳에서 환불 또는 교환하실 수 있습니다.

• — 이 도서의 국립중앙도서관 출판예정도서목록(CIP)은 서지정보유통지원시스템 홈페이지
(http://seoji.nl.go.kr)와 국가자료공동목록시스템(http://www.nl.go.kr/kolisnet)에서 이용하실 수 있습
니다. (CIP제어번호: CIP2020048613)

Alice Vincent

애쓰지 않고 편안하게

식물을 보듯 나를 돌본다

앨리스 빈센트 지음 | 성세희 옮김

Rootbound

유노
북스

내게 흙과 씨앗을 전해주셨던 분들께

일러두기

1. 식물명과 용어는 BRIS 생명자원정보 서비스, Kisti 생물자원정보, 국립수목원에서 발간한 〈한반도 자생식물 영어이름 목록집〉 그리고 농촌진흥원 농업용어사전을 참고했습니다. 정확히 일치하지 않거나 한국명이 없는 식물들은 소리나는 대로 표기했습니다.
2. 지역명, 건물명은 괄호 안에 간단한 설명을 덧붙였습니다.
3. 도서명은 《 》으로, 논문과 잡지, 칼럼, 영화, 노래는 〈 〉으로 표기하였습니다.
4. 인용문과 발췌문은 원서에 표기된 글을 번역하였습니다.

목차

프롤로그   009

6월 *June* | 느닷없이 찾아온 마음의 균열   021

7월 *July* | 나를 일으켜 세울 의지   065

8월 *August* | 단단한 뿌리가 세우는 안정   101

9월 *September* | 초록 생활자의 뉴욕   131

10월 *October* | 런던의 초록 공간   167

11월 *November* | 가족이 거두는 사랑의 결실   205

12월 *December* | 새순과 함께 움트는 마음   233

1월 *January* | 행복의 싹을 틔우다   267

2월 *February* | 성장의 꽃을 피우다   295

3월 *March* | 작은 정원의 위로   325

4월 *April* | 인생의 열매를 맺다   357

5월 *May* | 애쓰지 않고 편안하게   387

에필로그   411

감사의 말   415

떡갈잎 고무나무Fiddle-leaf fig

Ficus lyrata

프롤로그 \Prologue

철조망에 몸을 바짝 붙이면, 어떤 것도 가로막히지 않은 채로 볼 수 있었다. 철조망 사이에 손가락을 걸고 들여다보니, 춤을 추는 하얀 꽃잎들이 그 너머를 온통 뒤덮고 있었다. 벽돌과 콘크리트 사이에서 짧은 꿈같은 열병을 피워내던 수많은 데이지 꽃.

나는 몇 주 전에 비로소 그곳을 마지막으로 지나쳤다. 야외에서 저녁 식사를 마치고 걸어서 돌아오던 길에. 친구들을 만나 갑각류를 좀 깨고 빵으로 찍어 먹는 일요일 저녁의 고상한 일과였다. 누군가가 셀피를 찍어서 온라인에 올리면 우리의 휴식이자 한 주를 마감하는 표시였다. 우리는 이런 일들을 원하도록 길러진 세대였다. 늦은 봄의 훈훈한 밤에 그것도 런던에서 마음 맞는 사람들과 집까지 걸어서 갈 수 있는 어딘가에 모여 간단한 별미를 즐기는 일들을.

나는 조시와 손을 잡고 집으로 향하는 언덕을 올라가다가 그 꽃들을 보려고 조시를 뒤로 끌었다. 가끔 이런 게 인생이라는 것이 색다르게 느껴졌다. 가상놀이를 하는 것 같은 부자연스러운 농담 몇 마디. 너무 좋아서 현실이 아닌 것처럼 여겨지는, 너무 좋으면서도 절대 충분하다고 느껴지지는 않는 기분. 활기 넘치는 삶의 본질에 있어야 할 무언가가 살짝 빠진 기분이랄까. 아마도 인생이 제대로 흘러가지 않았기 때문이었을 것이다.

그 이후로 내 삶의 모든 것이 구멍 났고, 바람이 너무 빠르게 빠져나가는 바람에 정신을 차리지 못했다. 나는 지금 여기, 개발되지 않은 채 들

꽃들이 어지럽게 피어있는 보기 드물게 좁은 잡초밭에 서서, 어디서 끝을 내야 할지 고민하고 있다. 이제는 존재하지도 않게 된 공간에서 그간 어떻게 지내왔었는지도 생각했다. 이 꽃들은 누군가 베어내도 내년에 다시 필까? 씨앗의 무게를 이기지 못하고 아래로 늘어지기 전 석양빛에 흩날리는 모습을 며칠은 더 볼 수 있겠지.

어린 시절 무기가 되어준 들꽃들

내가 어렸을 때 들꽃들은 우리의 무기였다. 자연이 내어주는 것들은, 시골에서 자라는 특권이었고 환상적 전투에서 써먹던 평범하면서도 강력하고 마르지 않는 탄약이었다.

우리는 끈끈이여뀌를 꺾어서 동그랗게 뭉친 다음, 몇 시간 동안 자신이 목표물이었다는 걸 알아채지 못하도록 아주 가볍게 그날의 피해자를 향해 던졌다. 그 밝은 초록의 가시뭉치들이 티셔츠에 들러붙고 등과 어깨, 운 좋으면 엉덩이까지 뒤덮인 채로 누군가 옷에 뭔가가 붙어있다고 알려줄 때까지 그 애들은 아무것도 모르고 돌아다녔다.

또 다른 잠재적 응징의 도구는 민들레였다. 5월이 되어 듬성듬성 돋아난 노랑 꽃들이 얇은 솜털이 되어 흩날리면, 민들레는 우리의 점쟁이가 되었다. 민들레 꽃봉오리에 달린 홀씨들을 불며 여러 가지를 점칠 수 있었는데, 대부분 두 사람—소심한 아이와 반에서 최고로 인기 많은 남자애 혹은 제일 인기 없는 남자애—이 서로 좋아하는지 아닌지를 결정해주었다.

하지만 가장 강력한 공포는 민들레 줄기 안에 있었다. 보통 아주 맛있다는 말을 듣고서 민들레 줄기를 꺾어 빨아먹은 아이들이 혀에 붙은 우 윳빛 수액의 강렬한 쓴맛, 오래도록 남아 얼굴까지 일그러져서 가해자들 을 신나게 만들던 그 불쾌한 맛을 경험해야 했다.

그 땅에서 가장 간사한 건 들풀들이었다. 해가 길어지면 들풀들은 길 고 한들한들하게 자라다가 이삭을 틔워 작은 창과 살포탄이 되었다. 정 확한 이름들은 몰라도, 우린 적당한 무기를 찾는 법을 알았다. 풍성한 것, 솜털로 뒤덮인 것 들을 선택하는 게 대담하고 노련한 기술이었다. 초 짜들은 더 반짝거리고 가시가 많은 형태를 줍기 마련인데, 그것들은 너 무 촘촘해서 제대로 쓰이지 못했다. 중간이 필요했는데, 경험이 있어야 찾을 수 있었다.

어린 시절을 도시 근교에서 자랐는데도, 언니는 이런 걸 금세 익혔고, 잘 속아 넘어가는 내 성격과 나의 욕심까지 잘 파악했던 덕분에 아주 선 수가 되었다.

언니는 무기를 고르고 내 혀 위에 들풀 이삭을 올려두고 이로 물게 한 다음, 하늘을 나는 기분을 느껴보고 싶다면 눈을 감으라고 말했다. 그다 음 풀잎을 똑바로 올려놓고, 날고 있는 기분이라며 적당히 뻥을 치다가, 내 입술 양쪽으로 나와 있는 줄기를 잡아당겼다. 치아 안쪽에서 단단하 고 마른 씨앗들이 터져 괴로워하는 나를 보며 낄낄거렸다. 나는 눈을 뜨 고 끝도 없이 쏟아져 나오는 듯한 씨앗들을 입 안에서 뱉어내면서, 나를 보고 웃어대던 언니를 노려보았다. 완전히 새로운 종류의 언어를 내 혀 위에 얹어가며.

내가 이런 장난들을 알고 있는 건 내가 수도 없이 당하고도 좀처럼 되속이지는 못했기 때문이다. 나도 한나 언니에게 들풀을 물게 만들어보려고 노력했지만, 내가 뭘 하려는지 그녀는 다 알고 있었다. 그 도시에서 태어난 막내 여동생인 나는, 학교에 입학하기 전에 이사 갔던 마을에서도 학교에서 유행하는 못된 장난들에 언제든 이용당하는 적당한 먹잇감이었다.

하지만 나는 재빨리 배우는 아이였다. 나는 들판을 누비고 다니며 서투르게나마 우리 시골집 주변에 오솔길도 내면서, 산울타리의 풍성함을 즐기고 시간에 맞춰 익어가는 곡식들을 알게 되었다. 정확한 이름이나 농업적 지식을 제대로 배운 적은 없었고 그저 직접 보고 알게 된 것들이었다.

모든 삶과 죽음의 방식이 여기, 도로들과 막다른 골목들이 모여있는 좁은 동네에 있었다. 유리병에 담겨 교실에서 생을 마감하는 개구리알들이 있었고, 자세히 보려고 둥지에서 꺼낸 후 테라스 위에 올려놓은 털도 나지 않은 아기 새들이 앞도 보지 못하는 커다란 눈으로 길을 찾기도 했다.

들판을 쏜살같이 가로지르는 토끼들도 있었다. 굴을 나온 오소리들을 발견했다면, 아마도 길가에서 비극적이면서도 코믹하게 악취 나는 가스를 잔뜩 뒤집어쓴 채 뒤집혀 있는 모습이었을 것이다. 양의 출산 시기가 다가오면 몇 주 동안 기쁨과 두려움이 공존했는데, 새 생명이 탄생과 함께 죽음을 맞이할 수도 있음을 알았기 때문이었다.

몇 가지 식물의 규칙들도 알게 되었다. 도토리들이 떡갈나무가 되고 마로니에 열매들이 마로니에 나무가 된다는 것을, 적어도 그 열매들을

식물을 보듯 나를 돌본다

식초에 넣고 피클을 만들거나 연감이나 전투를 대비해서 오븐에 구워 단단하게 만들지는 않는다는 것을.

온갖 장난을 치더라도, 쐐기풀은 장난으로라도 건드려서는 안 되는 무자비한 식물이라는 것도 알았다. 건드리면 얼얼하고 따끔거리는 발진이 생기는데, 이때 작은 다리에 서서히 부풀어 오르는 피부를 문질러주고 시원하고 부드럽게 완화시켜줄 소라쟁이 잎사귀들이 있어야 한다는 것도. 잎사귀들을 땀에 젖은 손바닥 사이에 놓고 뭉그러트리면 손가락 마디 사이로 흘러내리며 손톱 끝에 달라붙던 초록 치료제로 말이다.

자연 속에 그 모든 것이 있었는데도, 나의 생활은 대부분 실내에서 이루어졌다. 마을에는 이해할 수 없지만 매력적인 전통들, 이를테면 돼지를 통째로 굽고 양의 오줌보를 차며 놀고 수확물 발표장에서 치열하게 겨루는 등의 일들이 계속 이어지는 것 같았지만, 나는 다른 애들처럼 테크놀로지와 미래의 신호에 끌리는 90년대 아이였다.

윈도우 95 컴퓨터가 서재에 설치되던 강렬한 기억과 몇 년 후 인터넷에 접속하는 방법을 배우던 기억이 지금도 생생하다. 온라인은 우리 세대와 우리 주변 사람들 속에 삶의 가능성들을 파도처럼 밀어 넣었지만, 우리가 온라인을 어떻게 이용할 것인지에 대해 예측할 수 있는 사람은 거의 없었다.

십 대였던 나는, 점점 시골에 갇혀 있는 것 같은 공포심이 생겼다. 공간은 넓어도 벗어날 길은 없었으니까. 나는 불 꺼진 도로 위로 차들이 너무 빠르게 달린다고 걱정하는 곳이 아닌, 포장된 인도와 도시 스타일과 위기의식과 환락의 공간이 존재하는 도시로, 런던으로 가고 싶은 강한 욕망이 생겼다.

시골 마을의 고요함에, 탁 트인 하늘에 그리고 가끔은 옹졸한 사고방식에 숨이 막혔다. 그러는 동안 부모님과 선생님 들은 우리에게 무엇이 되고 싶은지를 물어보면서, 소명과 일거리와 직업을 찾으라고 재촉했다. 우리는 어른들 말씀을 그대로 따라하며 미래를 결정하기 위한 이유와 절박함을 만들어냈다.

나는 놀면서 일할 수 있는 저널리스트를 생각해냈다. 나의 글이 종이에 인쇄되는 것을 보고 싶었다. 그래서 나는 너무 커져버린 도시들 중 한 곳으로 떠났다. 그리고 내가 남겨두고 온 식물이나 계절이나 주기들에 대해 생각하지 않았다. 그것들을 얼마나 그리워하는지 깨닫기 전까지는.

차분하고 조용한 도전

이십 대 중반쯤, 처음으로 식물에 관심을 가지면서 나의 여정은 천천히 시작되었다. 겉으로 드러나는 것은 전혀 없었다. 있더라도 내가 깊숙이 감췄다. 가드닝에 빠진다는 건 뭔가 낯설고 촌스러운 노인들이나 지루한 사람들의 습관으로 여겨졌으니까.

새로 싹이 나거나 새 잎이 펼쳐진 것을 발견한 후에 남는 지속적이면서 쉽게 사라지지 않는 만족감과 모종 상자 가장자리를 밀고 나온 여러 개의 발아 씨앗을 확인하기 위해 건조용 찬장 문을 여는 희열은, 새벽 3시에 해크니 위크(런던 동부 지역명)에 있는 클럽에서 찍은 사진이나 부다페스트로 떠난 짧은 여행에서 찍은 전망 사진들처럼 밀레니얼 세대가 페이스북에 올리는 흔한 사진들과 자연스럽게 함께 섞일 수 있는 사진으로는 담을 수 없는 감성들이었다.

게다가 가드닝이 왜 좋은지 나 자신도 이해가 안 되었다. 가드닝에 빠져서 자란 것도 아니었으면서 말이다. 나는 식물학을 공부할 필요성이나 식물원에 가보고 싶은 마음을 느껴본 적이 한 번도 없던 사람이다. 가드닝에 따르는 허식—유행에 뒤처진 그래픽 디자인, 주제 넘는 지식과 좀스러움—도 여전히 나의 관심사가 아니었다.

내가 아는 단 하나, 식물을 키우는 일이 그 어디에서도(런던의 밝은 불빛 아래에서도, 유행하는 파티들에 가거나 신나는 노래들을 듣는 것으로는) 발견하지 못한 순수한 기쁨을 내게 가져다주었다는 것뿐. 식물에 빠진다는 건 식물이 어떻게, 왜 그렇게 하고 있는지에 대한 감격에 겨운 질문을 수없이 해댄다는 뜻이었다. 나는 어떻게 대답해야 하는지 알고 싶었다. 나의 머리 외에는 그 어디에도 표현할 필요가 없는 차분하고 조용한 도전이었다.

지금까지 내 삶의 동력이 되었던 요란한 것들—최고 점수를 받고, 학위를 받고, 완벽한 직업을 찾고, 소셜미디어에서 괜찮게 보이는 놀이를 함께하는 친구 그룹을 만드는 일—과는 다르게, 가드닝을 하는 데에는 각오 같은 준비가 필요 없었다.

공을 들인 만큼 결과가 달라지는 것은 확실했지만, 인과관계를 파악하는 것은 아주 까다로운 일이었다. 나의 통제를 넘어선 요소들로 예측되는 일이었으므로. 모든 것을 정확한 방향으로 밀고 나아가는 일에 아주 오랜 시간을 썼던 사람에게 가드닝은 멈추지 않는 매력을 뽐내는 마술처럼 느껴졌다.

이전의 수많은 사람이 그랬듯이, 나도 직장을 찾아 런던으로 왔다. 적응도 잘했고, 런던의 소음과 익명성에도 익숙해졌고, 끊임없는 변화도 매력적이라고 느꼈다. 그러나 도시는 인간이 필요에 의해 만들어낸 공간이므로, 그 속에서 살기 어려워지는 결과도 생기기 마련이다. 사색과 반추를 위한 공간이 거의 없다.

여기, 공기와 토양과 나뭇가지의 섬세하고 미세한 수많은 변화로부터 멀리 떨어진 이곳에서, 낯선 욕심들이 생기기 시작했다. 도시는 우리의 우선순위를 바꾸고, 우리가 중요하다고 생각해본 적 없는 방식, 즉 수입이나 휴가지를 두고 경쟁하도록 우리를 떠민다.

예전에 비해 더없이 많은 사람이 도시에 살고 있다. 내가 속한 밀레니얼 세대는, 이 콘크리트와 유리와 쇠붙이 덩어리에 모여 집을 갖기 위해 빈곤에 허덕이고 경제불황의 산업 속에서 일자리를 찾아 헤맸다. 부모님들의 기대에서 벗어나려고 애쓰며 인생을 살아갈 새로운 방법들을 만들어냈고, 아파트를 사려고 시도하면서도 물질을 소유하는 것보다는 실제 행위를 더 중요하게 여겼다.

우리는 변화무쌍하고 변화막측하며 예상이 불가능한 미래로 이끄는 직업 세계의 사다리들에 허우적대며 올랐다. 동시에 여러 가지 다른 존재가 되기 위해 노력했고, 그 모든 것이 실패했다고 느끼는 순간에도 겉치레에 능숙한 존재들이 되었다.

우리는 함께 땅을 공유하는 존재들로부터 밀려나 있었다. 식물에 대해 전혀 모르고, 더 이상 알지 못하는 식물들이 가진 힘과 목적에 무지해졌다. 이는 우리가 처음은 아니었다. 대대로, 사람들은 도시의 화려한 부를 위해 어린 시절을 보냈던 시골을 떠나왔다. 그러나 결국엔 그 땅이 우리를 다시 부른다. 그래서 우리는 초록 공간을 찾게 되고, 거기서 힘을 얻는다.

우리는 법과 정책을 어기면서, 우리 소유가 아닌 땅에 뭔가를 재배하며 우리 자신뿐만 아니라 대중의 마음도 달래주는 소박한 아름다움을 만들어낸다. 산업혁명 시대의 검댕과 스모그를 겪은 경험으로 빅토리아 시대에 공원을 위한 공간들을 만들기 시작했다.

그 덕에 사람들은 자신들의 폐가 검은 숯으로 가득 찼을 때 공원에 와서 숨을 쉴 수 있었다. 이후 정신없이 만들어진 그 시대의 기계들로 아이들이 지치고 고달플 때 가장 혁신적인 사람들이 새로운 자유를 찾으려 시도했던 일도 정원 설계와 함께였다.

이 세대들 사이에서 우리의 자리는 어디였을까? 실내에서 지내던 우리의 삶은 우리의 생각과 필요와 욕구들을 어떻게 만들어놓았을까? 나는 내가 예상하지 못했던 들풀 씨앗들의 그 거슬리는 맛을 간절히 원하고 있음을 알아차렸다. 거칠었지만 특별했던, 그 놀라운 맛을 내 혀로 느끼고 싶었다.

나는 넓은 공간을 찾았다. 내가 사는 곳이 넓을 필요는 없으나(도시는 넓고, 좌절만큼 놀라움도 가득한 곳이므로) 내가 생각하던 모습의 공간이 필요했다. 남들이 빠르게 지나치는 동안 내내 서서, 도로를 차지하고 있던 데이지 꽃들을 바라보면서 나는 내가 굶주려 있다는 걸 깨달았다. 일종의 이해를, 끈끈이여뀌가 장난이 되거나 통통한 블랙베리가 입술을 새카맣게 물들이는 간식이 되거나 소리쟁이 잎사귀가 치료제가 되던 순간에 존재했던 볼품없으나 강력한 힘을 갈망하고 있다는 것을 알았다.

이 식물들의 원리를 다룰 수만 있다면, 어떤 힘으로 피고 지는지를 이해할 수만 있다면, 나는 삶을 살아가는 새로운 방법을 찾을 수 있을 것만 같았다.

6월
June

느닷없이 찾아온 마음의 균열

꽃양귀비 | Icelandic poppy
Papaver nudicaule

"통통한 털북숭이 양귀비 꽃대가 밖으로 터져 나와 빳빳이 흠도 없이
세탁한 이불깃처럼 새하얀 꽃잎들을 드러내놓고 있었다. 나는 숨을
훅 들이마셨다. 주변의 우울함에 맞서 도도하게 반짝거리는 모습이
너무나 놀라웠다. (…) 그렇게 꽃들은 자신에게 뒤돌아있거나 신경 쓰
지 않을 때 조용히 피어났다."

고기압과 함께 찾아오는 도시의 여름

도시의 여름은 계절을 만드는 고기압과 함께 찾아온다. 벽돌 담장들은 갑작스럽게 내리쬐는 햇볕을 받아내고, 아스팔트가 익어가며 바닥이 아른거린다. 별생각 없이 긴바지와 코트에 부츠까지 신고 있던 우리는 땀을 뻘뻘 흘린다. 거대한 야자수가 머리 위에 드리워지면 우리들은 밖으로 나가 정원에, 공원에 떼 지어 모여서는 수도 없이 김빠지는 소리를 내며 맥주 캔을 딴다. 그 계절이 오래 머물지 않는다는 걸 아니까.

6월이 얼마나 습하고 소나기가 많이 내리는 달인지, 사람들은 쉽게 잊는다. 종종 폭염이라고 보도될 만큼 화창한 초순의 주말로 여름이 왔음을 알게 되니까. 낮과 밤의 길이가 달라지는 하지까지는 몇 주가 더 남았다. 그러나 늘 그랬듯이, 그 뒤로 비가 이어질 것이다.

6월은 맹렬하게 내리쬐는 열기와 배수관이 넘치도록 쉬지 않고 쏟아지는 비가 공존하며 초목들을 자라나게 하는 달이다.

그렇게 6월은 생명력이 왕성한 시기이다. 가냘픈 생명이 충만하게 돋아나는 봄과 온 힘을 다해 뻗어나가는 여름 사이, 잠시 숨을 돌리는 시간이 있다.

그러다가 6월이 되면 만물이 다채롭게 변화하며 껑충 자라난다. 접시꽃들이 움트기 시작하면서 차도에 희끗희끗 모습을 드러내고, 가로수 가지들이 잎사귀들로 풍성해지면서 도로가 좁아진 것처럼 보인다. 잔디들도 무릎 뒤에 닿을 정도로 무성하게 자라나 너울거리고, 장미들은 꽃망울을 피우고 향기를 뿜어내며 비를 맞고 단단해질 채비를 한다. 그 꽃봉오리들이 너무 많아서, 비와 바람이 지나고 나면 일부가 인도에 떨어져 지나가는 발밑에서 뽀드득거리기도 한다.

온 사방이 푸르고 풍성하며 새롭게 움트는 생명의 기운이 왕성한 시간. 지구의 축이 살짝 바뀌며 하지가 가까워질 때, 우리가 채우는 일상의 모습도 달라진다.

문을 열고 발코니로 나가다

나는 잠시 안정적인 삶을 살고 있었다. 같은 집에서 세 번째 여름을 맞이하면서, 나의 이십 대를 통틀어 가장 오랫동안 한 집에 머무르는 중이었다.

언덕 꼭대기 건물의 4층에서 도시를 내려다보고 식탁에 앉아 해가 뜨고 지는 모습을 볼 수 있던 나의 아파트는, 모든 계절의 무게를 안고 있는 곳이었다. 김이 서리는 겨울이면 희미하게 밝아오는 새벽녘 유리창을 타고 물방울들이 흘러내려 창틀에 고였다. 폭풍우가 들이닥치기도 했고, 찬란한 열기가 쏟아지는 여름이면 창문을 활짝 열고 붉게 물든 벽면 위로 석양빛이 일렁일 때까지 집 안으로 햇살을 들이기도 했다. 복도에 살랑거리던 상쾌한 바람에 복도 끝 한쪽 문이 닫히면서, 하얗게 표백된 평온함이 깨지기도 했고.

이곳은 조시와 내가 구한 함선이었다. 우리가 함께 들여놓은 물건들에 비해 지나치게 어른스럽고, 우리의 겉모습에 비해 과하게 세련된 빛나는 흰색 집. 우리에겐 모험이자 욕심이었던 곳.

우리는 오 년 전 바로 옆 동네에서 여름 내내 공원에서 점심을 먹고 템스 강변을 걸으며 사랑에 빠졌다. 따사로운 몇 주간의 시간을 보내고, 자정이 조금 넘은 시간에 트래펄가 광장의 사자상 옆에서 첫 키스를 나눴다. 그는 낯설고 쓸쓸한 런던의 외곽에서 내가 들이키던 쓰고도 상쾌하며 끝없이 끌리는 존재였다. 그 후로 우리는 한 몸처럼 붙어 다니며 어떤 관계가 되어가는 줄도 모르는 채로 연인이 되었다. 그의 이십 대 초반이 나의 삶 속에서 풀려나갔다. 차분하고 사려 깊은 그가 급하고 요란한 내게로 와서 내가 알지 못했던 사랑을 내게 보여주었고, 나는 그가 안주하고 있던 견고한 경계를 모두 허물어 그를 끄집어내려고 애썼다.

우리는 서로를 만들어주는 연인이었다. 불안한 상황 속에서도 젊음의 기회들 사이에 뿌리를 내리고 철에 맞지 않는 악천후를 만나도 묵묵히 견디며 환하게 꽃을 피워내는 그런 관계였다. 우리는 청년기의 의례들, 이를테면 동이 틀 때까지 춤을 추거나, 먼 곳으로 여행을 떠나거나, 다투고 삐치거나 하는 일들을 함께했다. 아프고 고통스러울지라도 우리는 함께 지냈고, 아무리 힘들어도 상대를 먼저 생각하는 법을 익혔다.

우리는 이 사랑에 온 힘을 쏟았다. 더 나아지지 못할 때는 견뎌가면서, 격렬하게 지지하고 이해하며 함께 맞춰간 사랑. 사랑에 빠진 연인들이 그렇듯, 우리는 서로의 삶에 켜켜이 포개져 있었다. 마치 우리 자신으로 종이접기를 하듯, 그런 관계에 익숙해져 있었다.

시간이 흐르면서, 우리가 다른 존재들로 발전해가는 것 같은 느낌이 들었다. 원하던 삶과 직업을 갖고 싶은 야망과 의지도 더해졌다. 함께 키워나간 것들도 있었다. 예를 들면 모리츠 코르넬리스 에셔(패턴과 공간의 환영을 반복한 초현실적 작품으로 유명한 네덜란드 판화가)의 작품들처럼 이해할 수 없는 말과 유머, 빙빙 돌려 말하다가 짧게 줄어드는 암호 같은 표현들처럼. 외부와 차단된 비밀스러운 유리구슬 속에서 우리는 얼마나 흥청댔던가.

나보다 걱정이 많은 사람은 그가 처음이었다. 그는 남들이 절대 해주지 못하던 방법으로 나를 자유롭고 편안하게 만들었다. 나를 그렇게 헌신적으로 돌봐준 사람도, 도덕적 기준이 그렇게 철저한 사람도, 옳고 그름을 이해하는 판단이 그렇게 단호한 사람도, 결정이 그렇게 빠른 사람도 그가 처음이었다. 나는 그가 천천히 자기 이야기를 풀어낼 때면 너무나 좋았다. 마치 어렵게 얻어낸 비밀을 듣는 것 같아서. 우리는 남들보다 일찍 철이 들었지만, 그와 함께였으므로 내게는 그다지 문제가 되지 않았다.

그 아파트는 졸업의 표시이자 딱딱한 서류와 법률 용어들로 견고하게 무장된 책임의 징표였다. 우리는 매우 운이 좋은 사람들로, 집을 소유하고 있는 몇 안 되는 밀레니얼 세대 중 하나였다. 그것도 런던에서. 상속받은 유산과 관대한 주변 사람들 그리고 나이에 비해 성숙했던 덕분에, 뉴스 기사들로 접하는 무시무시한 상황들을 피한 사람들이었다.

나는 벽돌과 회반죽으로 만들어진 이 아파트를 깨지기 쉬운 달걀 껍데기처럼 다뤘다. 새로 시작되는 우리의 삶을 감싸고 있는, 소중하고도 가끔은 얼토당토않은 겉싸개처럼. 삶의 터전이라기보다는 우리에게 주어진 새 장난감처럼.

우리는 청춘의 피로까지 편안함 속에 묻어주는 집으로, 프리사이클(중고 용품들을 무료로 나누어 재활용을 권장하는 비영리 네트워크)에서 구한 트로피들을 가져다가 핀터레스트(집 꾸미기, 요리법, 정원 관리 등에 관한 이미지 기반의 아이디어를 제공하는 소셜네크워크서비스) 게시물들을 그대로 따라한 집으로 만들어보려고 노력했다. 하지만 시간이 가면서 그 공간의 신선함은 사라졌고, 우리는 샌드위치를 만들고 양치를 하며 평범한 일상을 살았다. 고지서의 비용들을 처리하는 데 보탬이 되고자 하숙생을 들이기도 했고, 서로 다른 시간에 잠자리에 들기도 했다. 그리고 나는 집의 경계를 넘어 바깥으로, 문을 열고 발코니로 나가기 시작했다.

발코니는 우리 아파트에서 내가 제일 좋아하는 공간이었다. 그 깜찍함이 참 좋았다. 4미터도 되지 않는 길이에 1미터 조금 넘는 폭. 비바람에 낡은 크리털(세계적으로 유명한 영국 창호 회사) 창호의 문들이 양쪽 측면에 있었는데, 문들이 워낙 작아서 사람들이 조심스럽게 옆으로 지나갈 때마다 긴장한 듯 웃으며 몸이 끼일 수도 있겠다고 한마디씩 할 정도였다.

하지만 일단 문을 열고 나가면, 자유가 샘솟는 것 같았다. 하늘을 보고 하늘 속에 있는 것 같은 기분을 느끼며 제대로 호흡하는 자유. 폐가 커지는 기분이었다. 숨을 내쉴 더 큰 공간이 있었으니까.

나는 시험 삼아 그 공간을 개척하기 시작했다. 그렇게 나는 하늘을 맞이하는 작은 발코니에서 점점 더 많은 시간을 보내게 되었다. 휑하게 느껴지는 그곳에 생기를 불어넣고 싶었다. 민트와 타임, 세이지 같은 허브부터 시작해보기로 하고, 제멋대로 자라고 뿌리가 빽빽하게 엉킨 허브들을 피자 레스토랑에서 얻어온 도매용 토마토 캔에다 옮겨 담았다.

일요일 아침이면 '콜럼비아 로드 플라워 마켓(런던 꽃 시장)'으로 가기 위해 20파운드짜리 지폐를 들고 동쪽으로 향하는 일상에 빠졌다. 좋아 보이는 것들을 한 아름 챙겨 쇼핑백에 담아 기차를 타고 집으로 돌아오면서 그것들을 악의 없이 괴롭히기도 했다. 슈퍼마켓 세인스버리와 리들에서 싸게 파는 식물들을 사다가 가드닝도 연습했다. 죽은 것들도 있고, 나를 놀라게 한 것들도 있었다.

식물에 물이 필요한지 아닌지를 판단하기 위해 물을 주기 전에 흙을 손으로 만져봐야 한다는 걸 배우기까지도 시간이 좀 걸렸다. 그걸 알기 전까지 나는 물을 주는 게 사랑인줄 알고 이미 흠뻑 젖어있는 뿌리에 무작정 물을 부어댔다. 어린 것들이 격렬한 바람을 맞게 그냥 놔두었고, 키만 크면서 빈약하게 웃자라는 것이 빛과 영양분이 부족한 상태라는 표시인줄 모르고 대성공으로 착각했으며, 꽃봉오리가 맺히면(일찍 죽기 전에 마지막 에너지로 씨앗을 만들어두기 위해 꽃을 피우려는 것인데도) 호기심과 자부심을 느끼며 그대로 내버려두었다.

개중에는 충분히 아름다운 꽃들도 있었다. 지금도, 난 샐러드 겨자 꽃봉오리를 기꺼이 그대로 둔다. 바람개비 모양의 그 우아한 흰 꽃들은 내가 가장 좋아하는 꽃들 중 하나다. 꽃들이 지기 직전에 나는 줄기부터 꺾어서 샐러드에 얹고, 부드럽게 풍기는 견과류 향을 만끽한다.

나는 시골에서 온실과 채소밭을 경작하고 숨음질을 하며 위안을 찾고, 국가 소유의 정원들에서 꺾은 식물들을 슬쩍 챙겨가며, 강직한 윤리 의식을 접었던 두 할아버지의 손녀로 자랐지만, 지금까지 가드닝에 관심을 둔 적은 없었다.

자연을 싫어한다는 뜻은 아니었다. 어린 시절 내내 자전거를 타거나 들판을 누비거나 굴을 파고 놀았으니까. 하지만 읽어야 할 책이 있었고, 그려야 할 그림도 있었고, 잠시 정신이 팔렸던 우정 팔찌나 율동도 있었다. 나는 일곱 살에 안경을 쓰라는 진단을 받았고, 곧바로 안경을 끼고 살

왔다. 밖으로 나가 놀기에는 말수가 없던 아이였던지라, 엄마는 정원이 없는 아파트로 이사를 가버릴 거라며 내가 밖으로 나갈 때까지 겁을 주곤 했다.

수십 년이 지나 관심의 씨앗들이 싹틀 때까지, 가드닝은 정말 용납할 수 있는 것이 아니었다. 처음엔 가장 무기력한 종류의 반항이라고 생각했다. 마약을 하는 것도 아니고, 성적인 경계를 허무는 것도 아니고, 그저 땅을 파는 것일 뿐이니까. 클럽을 가거나 브런치를 먹거나 코펜하겐으로 주말여행을 가거나 친구들끼리 코사무이(태국 휴양지)로 휴가를 가는 것도 아니고.

사람들은 내 또래가 종종 한꺼번에 여러 가지 일—여행을 가고, 창의적으로 일하고, 진탕 놀고, 잘 꾸미고, 어느 시대보다 자연스럽게 성관계를 맺는 등—을 할 거라고 생각했지만, 무언가를 키우는 일은 우리 세대가 단 한 번도 응원받지 못한 사회 활동 중 하나였다.

응원받을 이유가 없었으니까. 우리의 발밑에 있는 토양은 우리 자신을 밀레니엄 이후의 기약이라는 아찔한 성층권 속으로 쏘아야 할 것 같은 이질적인 것이었으니 말이다. 우리 부모님들은 슈퍼마켓이 생겨나는 것을 직접 경험한 세대였다. 20세기 말에 태어난 우리들은 먹고 즐기기 위해 성장했던 사람들과 두 세대나 떨어져 있는 셈이었다. 90년대에는 앞뜰에 가지치기를 할 나무가 없었다. 전부 보도블록이 깔려 있었기 때문에. 집 안의 식물들은 조화와 말린 꽃으로 대체되었고, 온실들이 있던 자리에는 식물원과 자전거 보관소가 들어섰으며 끝도 없는 포장재로 덮어졌다.

우리도 요리하는 법과 청소하는 법, 길거리에서 좋은 중고 가구를 구하는 법 같은 기본적인 살림은 배웠지만, 실외에서 필요한 것들은 점점 하지 않아도 되는 일이 되어갔다. 식물은 더 이상 우리에게 필요한 존재가 아니었으니까. 시골에서조차 식물은 타인을 막아주는 공간의 배경 정도로 전락하고 말았다.

아스팔트와 소음, 24시간 문을 여는 술집 모두 걸어서 갈 수 있는 거리에 위치해있었기에 나는 더욱 자유를 누릴 수 있기를 갈망했고, 그런 곳을 찾아냈다. 처음에는 뉴캐슬(영국 북동부의 대학 도시)에서, 그다음에는 짧게나마 뉴욕에서 그리고 마침내 당분간은 내가 지낼 거라고 생각하는 런던에서.

그럼에도 불구하고 나는 조용히 뭔가를 키우고 있었다. 6월이 되면, 재스민이 지붕에 연결된 홈통을 타고 조심스럽게 올라오고, 보라색 바질이 그늘진 구석에서도 새잎들을 틔워냈다.

묘목 화분에 있던 호박도 꽃을 피우기 시작했다. 비록 곧 솜털 같은 흰 가루 곰팡이가 영양분 없는 잎사귀들을 점령하겠지만. (호박은 넓은 공간과 영양분이 필요한 작물인데, 나는 그 어느 것도 제공해주지 않았으니까) 싹을 틔워보려고 생활용품점에서 종자를 샀던 스위트피에는 지지대를 세워주었다. 꽃을 피우지는 않았지만, 돌아보니 싹 틔우기가 어려운 식물이라는 걸 감안하면 그리 형편없는 결과는 아니었다.

최근에 나는 삶에서 설명할 수 없는 결핍을 느끼고 있었다. 마치 내게 기대되는 것들이기 때문에 그저 해내고 있는 삶을 사는 것 같은 느낌. 즐거움도, 일도, 사랑도, 왠지 모두 시들해졌다. 그런데 여기 돋아나고 있는 모든 잎사귀에서, 표면을 뚫고 새로 나는 모든 새싹 속에서 진짜 설렘을 발견한 것이다.

나는 호기심과 작은 성공들, 참담한 실패들을 경험하며 자포자기하는 마음으로 식물을 키웠다. 나의 실험에 투자할 경제적 여유가 없었기 때문에 여기저기 뒤지고 다녔다. 나는 주워온 잡동사니 용기들에 한해살이들—싹이 나고, 꽃이 피고, 그 해에 그 자리에서 모두 열매를 맺는 식물—을 옮겨 심었다. 나무 받침대, 카레 가게 밖 길가에서 주운 기름통, 종묘상에서 들고 온 버려진 플라스틱 화분 같은 용기들에.

두 번째 여름, 나는 나의 스위트피가 기어오를 수 있도록 공원에서 주워온 죽은 나뭇가지들과 노끈으로 만든 허접한 오두막을 만들어주었다. 세 번째 봄에는 노끈들로 육각형 모양의 철조망을 아파트 벽을 따라 묶어서 그 해의 농작물들이 위로 뻗어나갈 수 있게 만들었고. 줄기들이 가끔 늘어질 때도 나는 그것들이 하늘로 뻗어나가는 모습을 상상했다.

나는 비료들을 구별하고, 좋은 비료의 진가와 화분에서 키우는 작물에 무엇이 부족한지 알아보는 안목을 키워야했다. 나의 실수와 혼란스러운 온라인 검색에서 얻은 빛과 보호법과 공간 같은 기본적인 것들만 겨우 알고 있는 상태였으니까.

나는 그저 위로 밀어 올리는 자연의 온화한 한계를 실감하며, 나의 작물이 모두 잘 자라주기를 바랐다. 작은 용기에 담긴 근대는 꽃을 피우지 않겠지만, 바라건대 겨자씨 한 통을 한 줄로 뿌릴 것이고 퇴비를 다시 사용할 것이고 두 계절 후면 싹이 나기를 기대했다.

나의 지식은 마치 먼지처럼, 인지되거나 측정되지는 않았지만 쌓여가고 있었다. 어제보다 오늘 조금 더 많이, 오늘보다 내일 조금 더 많이. 옮겨 다니기도 했고 지속되기도 했고 계절과 함께 변하기도 했고, 성공과 함께 얻어지기도 실패로 인해 정체되기도 했지만, 줄어들지는 않았다. 더불어 나의 열정도 함께 커졌다.

멍하니 발코니를 응시하게 되었고, 그곳에서 자라나는 식물들도 기대하게 되었다. 초록보다는 회색이 많은 기간이 더 길었지만, 여기저기서 얻어다가 모은 화분, 통, 음식 용기 들 속에는 생물학과 나의 통제 사이 어딘가에 존재하는 생명들이 자라고 있었다.

발코니 문 앞에서 이마를 유리에 기댄 채로, 날이 추울 때면 내가 뿜어낸 입김으로 시야가 가려질 때까지, 나는 그 자리에 서 있었다. 조시가 내게 뭐하냐고 물으면, 나는 늘 똑같이 대답했다. "그냥 구경"이라고.

끝없는 매력이 있는 곳이었지만, 발코니는 언제나 나만의 공간으로 남겨졌다. 조시를 포함한 다른 사람들은 가끔씩 양말 바람으로 나와서(지금까지도 버리지 않은 싸구려 슬리퍼들을 문 앞에 두었는데도) 어디에 서야 할지, 어디를 봐야 할지, 몸을 어디에 둬야 할지 몰라 했었으니까. 이유는 생각해보지도 않고, 나는 발코니에 나만의 고치를 짓고 있었다.

낯선 감정들이 복잡하게 소용돌이치던 때

집 안은 점점 조시의 영역이 되어갔다. 나는 제대로 쉴 수가 없었다. 두 사람이 함께 지내는 공간에 나만의 질서를 주입하려다보니, 정리정돈이 일상이 되어버렸다. 집 안을 예쁘게 유지하고 싶은 욕심에, 이상해진 곳들을 구석구석을 청소하느라 주말 아침을 몽땅 써버리기도 했다.

우리 사이에는 오랜 시간의 익숙함에서 생긴 종류의 감정들이 늘 번쩍거렸다. 정신없이 아무것도 아닌 일로 한 시간 내내 쏟아내는 엄청난 히스테리 같은 감정들 말이다. 우리가 지내던 공간은, 아무데나 벗어놓은 신발이나 사흘이 지나도 절대로 쓰레기통에 버려지지 않는 신문 같은 시시한 일을 놓고 각자가 만든 상반된 전술을 무기로 싸우는 고요한 전쟁터가 되기도 했다.

화를 내고 분위기가 심각해지는 순간에는, 우리 아파트가 창문으로 런던 전체가 보이는 언덕 위에 자리 잡은 독수리 요새처럼 느껴졌다. 일종의 새장 같은 느낌이랄까. 나는 예전에 우리가 살았고 나의 친구들이 아직도 살고 있는 강 건너 동쪽을 바라보며 내가 무엇을 놓치고 있는지 생각했다.

나는 이 감정, 이 좌절감을 이해하려고 몸부림쳤다. 다른 이들과 그렇게 가까이 살면서도, 스크린을 통해 그들의 일상을 실시간으로 공유하면서도 느끼는 그 낯선 외로움을.

나는 내게 주어진 일을 모두 완수했다. 교육, 교육, 교육을 통해 단단히 무장된 이 세대에게 주입된 끈질긴 열정을 가지고 일했다. 우리는 성공이 일상이 되고 완벽에 가까운 점수와 좋은 학위가 따라오는 시험 시스템으로 훈련받았다. 그 결과로 우리를 기다리던 것은, 좀 더 안정된 고용이라는 희미한 약속의 흔적을 바라며 몇 개월간 무보수로 일하기를 강요하는 구직시장이었다.

나는 글을 쓰고 일을 하고 여러 숙취 해소법을 시도해가며, 사람들이 더 이상 사지 않는 신문과 잡지에 이름이 박힌 기사를 쓰는 일을 하겠다는 희망 하나로 그 시간을 정신없이 통과했다. 거의 희극에 가까운 꿈같은 삶을 글로 써가며.

결국, 일자리를 구했다. 나는 활기 넘치는 스타트업의 편집 보조가 되었고 새로운 노트북과 블랙베리 스마트폰을 받아 낯설고 눈에 보이지 않는 덩굴로 회사에 묶여 지냈다. 스물넷이 되었을 때, 나는 파티에서 그럴듯하게 들리는(정식 신문에 팝 문화에 대한 기사를 쓰는) 직업에 정착했는데, 십년 전에 작성했던 희망사항들을 여러 면에서 실현한 일이었다.

좋을 때는 마치 날고 있는 것 같은 기분이었다. 공연장과 페스티벌에 가고, 그들에 대한 기사를 쓰고, 가면증후군에 흠뻑 취한 칼럼을 써대면서 말이다. 하지만 이런 일들은 내가 충분히 실력이 있음을 반복해서 증명해내기 위해 노력하고 그렇지 않을 때 돌아오는 가벼운 거절들을 삼켜가며 끊임없이 끄적거린 보상들이었다. 내 친구들에게는 증명해 보였는지 몰라도, 회사에 있는 모두에게 나는 그저 아직 싫증을 느끼지 않은 새 경력직 직원일 뿐이었다.

어린 시절과 학창 시절부터 대학 시절과 인턴 시절까지, 사방으로 뛰어다니던 시간들이 이제 책상 뒤에 앉아서 보내는 날들로 이어졌다. 차를 마셔대고 키보드 앞에서 밥을 먹고 생활할 수 있도록 허락해주는 월급이 완만하게 높아졌지만, 아주 부유한 사람들만 제대로 생활을 유지할 수 있는 도시에서 실제로 살지는 못했다.

그러나 그 도시가 나를 몰아갔던 결핍은 변화하고 채워져 갔다. 나는 필자명 자리에 내 사진을 올리거나 그림을 올리거나 표지에 커다랗게 싣기도 했고, 혹은 절대 하지 않을 것처럼 굴기도 했다. 나의 일은 갈수록 많아지는 휴가 비용을 지불하기 위해 매일 넘쳐나는 이메일과 겨루는 전투가 되어갔다. 배달 음식 용기와 키보드 사이 그 어딘가로, 나의 포부는 사라졌다. 나는 너무 지나치게 신경 쓰는 것도 그만두었다.

런던은 내가 일하기 위해 머물게 된 장소만도 못한 성배가 되었다. 템스강을 건널 때 조명들에 눈을 깜빡거리는 순간에만 도시의 크기를 실감하면서, 회사와 술집, 파티장과 집 사이를 정신없이 오갔다. 집에 오면 소파에 들러붙어서, 내가 정지 버튼을 누르기도 전에 다음 편이 시작되어버리는 넷플릭스의 쓰레기 같은 프로그램들을 보며 저녁 시간이 모조리 날아가게 놔두었다.

심장처럼 내 안에서 두근거렸던 외로움은, 내가 그 누구에게도 절대 말할 수 없는 유일한 감정이었다. 친구들이 파티를 하거나 데이트를 하거나 어딘가에서 다른 소파에 앉아 다른 노트북으로 넷플릭스를 보는 동안, 나는 내 앞에서 번쩍거리는 가상의 인생들 속으로 빠져들면서 번쩍거리는 스크린이 근처에 없는 유일한 시간인 취침 시간이 될 때까지 트위터와 왓츠앱과 인스타그램으로 문자메시지를 찍어댔다.

불가피한 일이었는지도 모른다. 내 세대, 그러니까 '글로벌 하이퍼컬러 티셔츠(90년대 초에 유행했던, 온도에 따라 색이 변하는 티셔츠)'와 〈글레디에이터〉를 보고 자란 우리들은 야외보다 온라인에서 성장하도록 강요당한 세대였으니까.

실내에 들어앉아 스스로 자판을 치는 법을 익히고 격렬한 음악을 들으며, 각자의 대역폭 속에서 기운을 북돋워주는 찰나의 만족감을 얻기 위한 요구사항들을 늘려갔다. 전화가 울릴 때마다 반복되다가 고속 데이터통신망이 지방까지 연결되면서 사라졌던, 오류투성이의 모뎀 연결음. 나는 학교에서 나의 A-레벨(대학 입학 시 필요한 영국의 수능) 시험 점수 결과를 직접 받기 전에 UCAS(영국의 대학 입학 지원절차 서비스 기관)에서 받은 이메일로 대학 합격을 확인했다.

온라인상의 디지털 시간은 독특하고 왜곡되어있다. 트위터에서는 뉴스 기사들이 몇 분 내에 전달되고, 인스타그램에서는 이 나라에 있던 사람이 다른 나라에 불쑥불쑥 나타난다. 일을 할 때도, 나는 똑같은 온라인 연예 기사 하나를 가지고 누가 가장 먼저 터트리는가를 놓고 다른 매체들과 소리 없는 경쟁을 벌인다. 모든 것이 제일 처음이어야 하고, 또 제일 빨라야 한다.

스마트폰이나 와이파이 없이 대학을 다녔다는 사실은 이제 기묘한 농담이 되어버렸다. 마치 우리가 암흑시대에서 컴퓨터 장치들이 있는 밝은 빛으로 순간 이동이라도 한 듯한 느낌이다. 이런 속도는 다른 것들의 시간도 단축시켰다. 그렇게 나는 이십 대 중반에 누가 봐도 낭만적인 삶(멋진 남자 친구, 예쁜 집, 인스타그램에 올릴 수 있는 휴가들)에 겨우 안착했다.

나는 행복하긴 했지만, 낯설고 우발적인 혼수상태 속에 떠있는 것 같은 기분이었다. 조시와 나는, 각자가 서로 다른 관심사들을 추구하는 방법에 있어서 까다롭지 않았다. 나는 조시의 애정 어린 조롱을 들으며 식물에 빠졌고, 심심풀이가 되는 그의 허세에 비슷한 조소를 날렸다. 사이렌을 막아주는 머플러가 되었던 만족감에 압도당해, 그 어떤 경고 신호도 듣지 않았다.

우리의 미래에 우리의 인생이 서로 뒤엉키고 함께 존재할 것이라는 확신이 있었으니까. 조시가 바로 그곳에 있고, 언제까지나 그럴 것이라는 확신이 말이다. 우리는 훨씬 나이가 많고 더 안정적인 관계를 유지하는 커플들이 하는 약속들을 함께했다. 신문을 구독하거나, 장거리 비행을 함께하거나, 돈을 아끼고 모아서 소중히 간직할 가구들을 사는 일들을. 우리가 늙으면 어떤 모습일지 농담처럼 이야기하기도 했다. 그러면서 나는, 그와 함께 안도감을 느꼈다. 내 생각에 우리는, 부인할 수 없는 서로의 보증 수표였다.

세월이 지나고 직업이 지속되다 보면, 침체되거나 덜거덕거릴 수도 있다. 나는 흘러가는 시간을 확인하기 위해 하늘을 바라보는 일에 의지하기 시작했다. 아파트에서는 배터시(런던 남서부 지역명 중 하나)부터 카나리 워프(템스강 도크랜드 신도시로, 고층 건물이 모여있는 지역) 그리고 그 사이에 반짝거리는 더 샤드(런던에 위치한 72층 고층 건물)와 근처의 작은 건물까지 모두 보였는데, 그 높은 건물도 시시각각 변하는 하늘색 때문에 왜소해 보였다.

구름들은 누가 보든 상관없이 조용히 진행하는 공연을 펼치며 짙어지거나 색을 바꿨다. 나는 동이 트고 지는 그 찰나의 순간에 지평선을 넘는 태양이 변화하는 모습을 보게 되었다. 작은 불가사의들을 푸느라 시간을 허비하며 발코니에서 하늘을 관찰하면서, 내가 통제할 수 있는 범위를 넘어선 있을 법하지 않게 거대한 시스템 속에 더없이 작은 존재인 나를 대입해볼 수 있었다.

모든 것이 무너지던 그 아침, 하늘은 맑았다. 그림자로 조각난 땅을 만들어내는 깊고도 한결같은 종류의 푸른빛이었다. 조시가 거실로 와서는 시간을 갖고 싶다고 우리가 시간을 가질 필요가 있다고 내게 말했을 때,

나는 아무 생각 없이 시리얼을 입에 넣으며 하늘을 바라보고 있었다. 몇 분 전에 나는 잠들어있던 그의 팔에 기대어 눈을 떴는데.

말이 되지 않는 일이었다. 이해할 수도, 하고 싶지도 않았다. 그는 내게 설명을 하려고 했던 것 같은데, 뭐라고 했는지는 기억할 수가 없다. 마치 그가 물속에서 이야기하는 것처럼, 그의 말들이 왜곡된 채로 내 귀에 들려왔으니까. 찰랑거리는 우유 속에서 천천히 풀어지며 그릇 속에 있던 시리얼이 눅눅해졌다. 나도 그 시리얼과 함께 잠기는 기분이었다. 숨을 쉬기 위해 고개를 들었을 때, 한마디가 들려왔다. "너에 대한 애정이 식은 것 같은 기분이 들어."

우리의 현실을 조용히 외면하면서

그다음 몇 시간은 마치 화장지처럼 풀려나갔다. 몸속 장기들을 바닥으로 쏟아내고 싶었다. 이 끔찍한 지옥이 다 끝날 때까지 시간이 알아서 해결하도록 놔두려고도 했지만, 나의 몸은 아무 일도 없었다는 듯이 제 기능을 하겠다는 각오로 든든하게 견뎌냈다.

우리 세대가 솔직함에 대해 그리고 불안과 정신적인 문제에 대해 지지하는 것은 거의 온라인에서만 가능했다. 실제로는 얼굴을 드러내고, 맡은 일을 하고, 웃으며 늦게까지 남아있으려는 추진력이 훨씬 더 강했다. 해야 할 현실적인 작업들이 있었고, 그래서 나는 그 몸서리나는 일을 접었다. 몇 분만이라도 내가 무너질 수 있게 허락해주던 욕실에 서서 분노와 혼란스러움으로 울부짖다가, 용감한 표정으로 얼굴을 바꾼 채 밖으로 나왔다. 그 이후로도 몇 년간, 수시로.

식물을 보듯 나를 돌본다

내게 일어나고 있는 일을 감히 인정할 수가 없었다. 그렇게 메우는 법을 모르는 균열이 벌어져갔다. 평범한 근무일이 아닌 집에서 방송을 하는 날이었고, 나는 안정적인 호스팅의 도움을 받아 방송용 얼굴을 내밀어야 했다. 동료들이 함께 거주하는 남자 친구에 대해 물어볼 때마다 나는 귀에서 심장이 고동치는데도 그가 떠나지 않은 것처럼 행동했다. 점심시간이 되어 길 건너 펍에 가서도 남들이 마요네즈와 포크를 가지고 요란을 떨 때, 나는 두 눈에 눈물이 차오르는 걸 느끼고는 아무도 보지 않았기를 바라며 눈물을 삼켰다.

속으로, 나는 어쩔 줄을 모르고 있었다. 벼랑 아래로 추락해서 엉망진창인 채로 바닥에 널브러진 내 인생을, 어디에도 도움을 요청하지 못하고 그저 바라보고만 있는 느낌이었다. 문을 열고 걸어 들어와 인사를 건네주는 조시가 없다고 생각하니 무서웠다.

그가 간단히 짐을 싸서 떠나려고 집으로 돌아왔을 때, 밖은 아직 환했다. 나는 내가 생각했던 것만큼 사랑받지 않았다는 걸, 마지막 얼마간은 정말로 사랑받지 못했다는 걸 알았다. 우리는 어찌어찌하여 서로 연락하지 않기로, 그가 돌아오고 싶은지(그럴 수 있다면) 생각해볼 수 있도록 서로에게 거리를 두기로 결정했다.

겁이 나지 않는 순간이 왔을 때, 나는 이 일이 일시적인 문제라고 작은 위기라고 우리의 인생을 하나로 묶어줄 풍성한 양탄자에 꼭 필요한 결점이라고 적어버렸다. 몇 년쯤 흐른 뒤, 이 일을 회상하면서 저녁 식사 도중 서로에게 살짝 눈을 흘기며 익살스러운 농담을 건네게 될 거라고, 그게 우리가 할 행동이라고 생각했다. 그렇게 생각하는 것이 그냥 다 무너져버리는 것보다 더 논리적이고 이치에도 맞았다. 그저 잠시 쉬어가는 순간이었고, 이후에 우리는 다시 서로를 선택해서 더 단단하고 더 행복한 커플이 될 것이었으므로.

그동안 이런 식으로 부정해왔기 때문에, 조시가 떠난다는 것이 내게 놀라움이 되었던 이유다. 유명한 저널리스트, 다재다능한 이십 대, 함께 밤외출하기 좋은 상대, 소중한 단짝 친구, 차원이 다른 여자 친구 등 한꺼번에 모든 것이 되려는 결심을 했기 때문에 나는 몇 가지 역할을 제대로 하지 않았다는 것을, 이 모든 역할을 동시에 한다는 것이 불가능한 일임을 부인했다.

우리가 가졌던 것들은 서류상으로만 좋아보였고, 원하는 상대가 된 것처럼 보였을 뿐이었다. 그래서 결국 이별의 순간이 오고 제대로 된 것이 아니었음이 밝혀졌을 때도, 나는 다시 제자리로 돌아올 거라고 조용히 스스로를 타일렀다. 우리 관계의 한계가, 우리의 미래가 더없이 날카로워지는 일로 조시가 힘겨워하는 동안에도, 나는 우리의 현실을 조용히 외면하고 있었으면서.

우울함에 맞서 꽃을 피워내는 양귀비

다음 날 아침, 하늘은 흐렸다. 짙은 구름이 몰려와 창문에 비를 뿌려댔다. 나는 침대의 허전함에서 그의 부재를 느끼며 혼자 잠에서 깼다. 핸드폰도 조용했다. 핸드폰에 모두 끔찍한 실수였다는 내용의 문자메시지가 와 있기를 간절히 원했는데.

우리는 늘 핸드폰으로 열렬하게 의사소통을 했다. 십 대 시절 내내 문자메시지 소리에 잠을 깨는 일이 하루를 시작하는 일과였다. 시간이 흐르면서, 다른 사람 옆에서 눈을 뜨기 시작했고 와이파이를 찾아 옆 사람이 다른 방으로 가버리면 따뜻한 이불 사이에서 홀로 눈을 뜨기도 했는데, 그 적막은 무거웠다.

6월이 서늘하고 눅눅해져갔다. 시간도 더디고 음침해졌다. 그가 나를 다시 받아줄지 내가 버려지는 존재가 될지 알 수 없는 그 불확실함은, 머리로 수없이 많은 시나리오를 생각해보고, 이미 벌어져버린 일을 환상적으로 되돌리는 만족스러운 시나리오를 찾으며, 해결해보려고 아무리 애를 쓴다 해도 참을 수 없는 것이었다.

나는 조시가 없이 런던에서 사는 건 상상할 수 없어서 이 나라를 떠나는 계획도 세웠다. 그저 어떤 일들이 벌어질지 알고 싶었다. 나는 막연하게 깨진 균열을 내려다보고 예측할 수 있는 일들을 상상했다. 남는 방과 가구들, 함께 쓰던 눅눅한 아파트, 눈물로 마감하는 의미 없는 밤들 그리고 나의 머릿속을 헤집고 다니는 후회와 짙은 외로움이 앞으로 어떻게 될지를 말이다.

그 누구도 조시만큼 나를 아는 사람은 없었다. 나는 너무나 좋은 친구들을 가진 행운을 누렸지만, 관계를 맺는 데에 있어서는 친구들을 진심으로 가까이하지 않는 법을 오랫동안 고수해왔다. 나는 체면을 유지하려는 욕구로 가득한, 굉장히 교만한 사람이었다. 조시와 내가 다투더라도(점점 잦아지고 속상한 일이었는데도) 나는 그 누구에게도 털어놓지 않았다. 온라인상에 멋지게 보이는 종류가 아니었고, 왓츠앱 대화로 나눌 수 있는 이야기도 아니었으니까.

오랜 기간에 걸쳐 나는, 진실과 사람들에게 공개하는 부분을 포함해서 여러 상황에 따라 다른 기준을 만드는 법을 익혀왔다. 그래서 조시가 좋아하는 나는, 친구들과 있을 때의 나와 달랐다. 더 차분하고, 더 사려 깊고, 덜 지저분하고, 덜 성가신 사람이었다. 그는 내가 더 괜찮은 사람인 것처럼 느끼게 해주었다. 비록 그 사람이 언제나 진짜 나는 아니었지만 말이다. 그가 없으니, 마치 그 인격이 통째로 사라지고 다른 부분까지도 못난 사람이 된 것 같았다.

이런 일을 생기게 한 것에 대해 자책했다. 내가 그를 밀어냈다는 것과 그보다 다른 것들, 청소와 가드닝과 글쓰기에 너무나 매달렸었다는 것을 깨달았다. 그가 필요로 하는 것을 주지 않았다는 것, 내가 자제력을 잃었었다는 것도.

나는 조시가 나를 다시 원하게 만들기 위해 나를 좀 더 나은 모습으로 만들 수 있는 모든 방법을 생각해봤다. 그와 나의 키 차이를 맞추기 위해 터무니없이 높은 구두를 샀고, 평상시에 늘 레깅스만 입고 있던 나를 달리 보여주기 위해 멋진 드레스도 샀다. 조시가 바라던 존재로 다시 바뀔 수 있을 것 같았다. 그렇게 혼란스러운 고통의 시간 동안 나는 재빨리 실질적인 부분부터 시작했다. 마치 내가 제대로 주도하기만 하면 해결할 수 있는 문제라는 듯이.

그동안 내가 스스로 터득하던 가드닝은 잠시 보류했다. 헛짓 같았다. 우리 집의 미래가 우리 관계의 미래만큼이나 애매하고 불투명했으니까 말이다. 만약 우리가 아파트를 팔아야 한다면 내겐 발코니가 없어지는 것이고, 발코니가 없으면 식물들도 없는 거였다. 내가 만든 이 발코니가 아닌 곳에서 식물을 가꾸고 감상하는 건 상상할 수 없었다.

파슬리의 씨가 여무는지를 걱정하는 것이 어리석게 느껴졌다. 시간 낭비에 불과했던 가드닝이 눈을 뗄 수 없는 삶의 일부분이 되었지만, 주먹으로 가슴을 치는 새로운 비통함 앞에서는 어느 식물에도 집중할 수가 없었다. 조시가 없으니, 나는 모든 것에서 흥미를 잃었다.

하지만 빛과 수분이 함께 제공되자, 식물들은 더없이 들뜨기 시작했다. 심지어 서양쥐똥나무처럼 평범한 한해살이들과 내가 최근 몇 주 동안 들여놓고 보살폈던 여러해살이들까지 살아나 절정을 향해가고 있었다. 도도한 보라색 루핀 줄기도 벽 앞에 자라고 있었고, 그 주변으로는 바코파의 풍성한 꽃잎이 시트러스 향을 뿜어내고 있었다. 구석에는 보랏빛 사랑초의 섬세한 꽃들이 깃털처럼 가벼운 줄기를 내리누르고 있었다. 피튜니아와 아프리카 데이지 꽃들도 화려한 분홍색과 보라색으로 흐드러졌다.

나는 유리문 너머에서 서성대다가, 머리를 유리문에 대고 어느 하나에만 초점을 두지 않은 채로 식물들을 바라보았다. 갑자기 아파트가 아주 크고 또 아주 고요하게 느껴졌다. 이제 이곳에는 내게 무얼 하냐고 물어봐주는 이가 없었다.

견뎌야 한다는, 눈물을 삼켜야 한다는, 순전한 권태일 뿐이라는 중압감이 나의 이마 위에 꽂히고 눈썹 위를 무겁게 내리눌렀다. 묵직하고 악착같은 통증이었다. 유리문 너머로 계속되는 그 광경을, 밝은 색채들과 떨어지는 비를 맞으며 힘차게 자라난 새 생명들을 이해하기 어려웠다. 울지 않겠다고 나 자신과 약속했지만, 나는 지키지 못했다.

넷째 날 오후 불현듯 깨달았다. 집에 돌아온 나는 빗물에 매끈거리는 회색 발코니 바닥에 새로운 선물이 생겨난 것을 발견했다. 통통한 털북숭이 양귀비 꽃대가 밖으로 터져 나와 빳빳이 흠도 없이 세탁한 이불깃처럼 새하얀 꽃잎들을 드러내놓고 있었다.

나는 숨을 혹 들이마셨다. 주변의 우울함에 맞서 도도하게 반짝거리는 모습이 너무나 놀라웠다. 지난 몇 주간, 어떤 것들은 몇 달 동안 꽃봉오리들을 꼼꼼하게 지켜보았는데도 실제로 꽃을 피운 순간을 보니 당황스러웠다. 그렇게 꽃들은 자신에게 뒤돌아있거나 신경 쓰지 않을 때 조용히 피어났다.

계속 지켜보고 있었던 건 아니었다. 지난 며칠 동안 나는 무엇이 자라고 있는지, 어떤 꽃봉오리들이 부풀어 오르는 중이고, 어떤 꽃들이 피고 있는지 보지 못했다. 거대한 나의 문제, 조시가 떠났다는 현기증 나는 혼란의 무게에 짓눌려 덜거덕거리는 생각들의 의미를 파악하느라. 나는 불가능한 일들에 질서를 부여하고, 예상치 못한 일들을 이해하려고 노력하는 중이었다. 그런데 여기에 작고(내 손바닥보다도 작고) 예측할 수 없으나 너무나도 정확한 무언가가 나타났다.

덕분에 나는 식물들이 상관하지 않는다는 사실을 알게 되었다. 식물들은 내가 사랑을 하는지, 애정이 식었는지 상관하지 않았다. 낙심한 내가 자신들을 관리하기를 멈췄다는 것도, 처음부터 안정감을 느끼기 위해 손댈 필요조차 없던 뭔가를 찾아 보살피려는 의도로 가드닝을 시작했다는 것도 상관하지 않았다.

그들에게는 나란 존재가 아예 없었던 것이다. 당연한 일이었다. 지각이 있는 존재도 아니고 인간과 똑같이 이해할 수 있는 것도 아니니까. 조시와 나 사이에 어떤 일이 일어났든 상관없이, 사람들이 서로에게 어떤 말을 하고 어떤 행동을 하는지 상관없이, 식물들은 자라고 꽃피우고 열매를 맺고 잎이 지며 다시 자라기를 계속했다. 그것이 식물들이 존재하는 방식이므로.

끊임없이 밀려들던 충격과 공포와 혼동이 아주 잠시나마 멈췄다. 며칠 사이에 나를 가장 안심하게 만드는 생각이 여기 있었다. 조시와 나의 고통스러운 헤어짐을 가져가 잠시나마 작고 시시한 일로 보이게 만들었다. 비통함은 아주 의례적이고 매 순간마다 수백 명의 사람에게 일어나는, 모든 것을 장악하는 감정이라고. 그 양귀비들이 작은 기적처럼, 그럼에도 불구하고 자연은 계속 살아간다는 것을 깨닫게 해주는 조언처럼 느껴졌다.

나는 대단한 계획 같은 건 세우지 않았다. 행복을 위한 가드닝을 하겠다는 맹세도 하지 않았다. 하지만 예상하지 못했던 변화가 언제나 나쁜 것만은 아니라는 사실을 인식하게 되었고, 양귀비는 그 이해의 시작이었다. 식물의 언어와 성장은 내가 거의 이해할 수 없지만 이해해보려고 안간힘을 쓰는 부분이었다.

나는 매일 우리 주변을 조용히 감싸는 생명의 법칙을 알고 싶었다. 서툴고 더디지만 내가 그것을 이해하려고 노력하기 시작했을 때, 그 식물은 내 인생에 생긴 일들을 조금이나마 이해할 수 있게 도와주었다. 실연에 대한 것뿐만 아니라 내가 실연으로 무엇을 깨달아야 하는지와 이를 어디로 보내야 할지까지.

각자의 때에 맞춰 꽃을 피우는 투지: 원예학과 여성

꽃들은 취미에 목숨 건 사람들에게 열정을 불러일으키고 삶을 더 바쁘게 보내도록 만들어주는, 연약하고 비현실적이며 멍청한 존재로 인식되기도 한다. 그러나 꽃에는 기능과 방식 그리고 내가 배웠던 것처럼 각자의 시기에 맞춰 꽃을 피우는 묵묵한 투지가 있다.

여성들도 오랫동안 이와 똑같은 일을, 기대와 경계를 뒤흔드는 일을 꾸준히 해왔다. 앞으로도 우리의 노력들이 제대로 인정받을 때까지 계속될 것이다. 여성을 가로막았던 세상과 산업들 속에서 우리 자신의 길을 찾아야 했는데, 다른 분야만큼이나 가드닝에서도 마찬가지였다.

남성들이 원예학에도 계급을 나눠놓았던 것이다. 높은 온실을 만들어 식물들을 보관했고, 가든 디자인의 소관들을 만들고, 여성들은 기록할 수 없는 자료들 속에 식물들을 집어넣었다. 그렇게 여성들은 꽤 오랫동안 원예학에서 배제되었다. 여러 활동 영역에서 여성이 배제되었던 것과 비슷한 이유들, 바로 여성들의 뇌가 너무 작거나 연약해서 혹은 여자들이 나서는 것은 꼴사나운 일이라는 이유들로.

여성들이 원예학에서 늘 배척당하지는 않았다. '보타노마니아(18세기 대영제국 구석구석에 향신료와 차와 호랑이와 함께 배로 물건을 들여오던, 영국의 칙칙한 바닷가에 상륙한 이국적인 식물들로 인해 생겨난 현상)'초창기에는 식물학이 여성들이 연구하기에 가장 적합한 자연과학으로 여겨졌다. 신선한 공기가 여성들에게 좋다고 알려졌고, 외국 식물들은 색다른 그림거리로, 새로운 약초들은 그 효능을 알아내야 할 일거리로, 숙녀가 되기 위한 필수 조건이 되었다. 1830년대까지 식물에 관한 지식은 중급 수준의 피아노 실력과 고상한 말솜씨와 더불어 부유한 여성이 갖춰야 할 기량으로 부상했다.

　가부장제가 과소평가했던 부분이 있었으니, 바로 여성들이 식물의 겉모습에 감탄하는 것 이상을 원한다는 사실을, 로열 보타닉 가든 큐(영국 런던 서남부 큐에 위치한 왕립 식물원) 등의 열정적이고 중요한 식물 수집가가 될 거라는 사실을 말이다. 오늘날 우리가 실내에서 가꾸는 식물들이 시장에서 팔리는 것은 다 여성들 덕분이다. 노랑 솜털이 사랑스러운 아카시아와 섬세한 줄무늬가 있는 크레인스빌 제라늄도 목재상의 아내로 추정되는 브롬리 가문의 노만 부인이라는 여성이 들여온 식물들이다.

　나는 돈 많은 남편에게 무시당하면서도 파티에서 비밀스럽게 식물 수입 조직을 만들었던 영리한 사교계 여성들의 개념을 정말 좋아한다. 사회가 요구한 것들—좋은 집, 잘 선택한 결혼, 제대로 된 교육, 고급스러운 삶에 걸맞은 드레스—을 충분히 갖춘 것에 만족하지 않고 자신이 원한다고 믿고 이끌려왔던 일을 찾아 밀고 나가기로 결정했던 태도도.

　마음에 들어 하지 않는 이들도 있었다. 1700년대 말, 칼 린네와 어거스틴 파라무스 드 캉돌이 식물들을 분류하기 시작하면서 식물을 즐기는 여성들을 보는 시각에 대한 차이가 생겨났다. 1829년부터 1860년까지 유니버시티 칼리지 런던의 식물학 학장이었던 존 린들리는 식물을 화실 밖으로 끌어내서 강의실로 들여오려는 임무에 특히 열성적이었는데, 여성들은 강의실에 들어올 수 없었다. (비록 나중에 식물학 간행물인 〈빅 포 허〉에 '숙녀의 식물학, 쉬운 식물학의 자연 분류 연구 소입문'이라는 글을 쓰긴 했지만)

　1836년에 창설된 런던 식물학회가 여성의 참여를 적극적으로 권장한 최초의 과학학회이기는 했지만, 그 학회에서 과학 논문에 기여한 유일한 여성이었던 마가레타 메타 하퍼의 이름은 그녀의 남편 이름으로 기재되었다. 다른 과학학회들도 성별 간의 격전지가 되었다. 그리고 이 기관들을 설립했던 남성과 같이 여성이 회의에(학회는 고사하고) 초대되어 참석하고 토론하고, 식물을 조사하고 탐구하도록 허가될 때까지도 그 전쟁은 수십 년간 계속되었다.

그러나 식물은 강의실에서 자라지 않는다. 여성들은(당연히 충분한 돈과 시간이 있는 운 좋은 대부분의 여성이) 개의치 않고 계속 식물을 키우고 수집했다. 영국 식물학 기관들이 여성들을 차단했기 때문에, 그녀들은 어딘가 다른 곳으로 옮겨갔다.

남편과 함께 가서(인도나 남아프리카 같은 식민지의 총독으로) 남편이 업무를 보는 동안 식물을 사들이는 여성도 있었고, 자신의 임무를 이어가거나 자신들의 식물들을 요구하거나 멋진 정원을 가꾸며 관례를 무시하는 여성도 있었다. 비록 선거권이 주어지기 14년 전에야 '린넨 소사이어티(자연사, 진화 및 분류법에 관한 정보를 연구, 출판, 보급하는 협회)'에 가입되었지만, 그녀들 역시 내내 식물을 연구하고 있었다.

수 세기 동안 식물을 수집하고 관찰하며 기르는 일은 여성이 식물에 매료되었거나, 좌절된 마음을 안정시키기 위해 하는 일이었다. 사별, 질병, 추문 그리고 비통함을 겪을 때 우리는 식물과 정원에서 기적을 발견하고, 우리를 가로막던 장벽들로부터 피할 길을 찾을 수 있다. 그것이 어린 곤충학자 엘레노어 오머로드가 1850년, 새벽녘에 몰래 큐 식물원에 숨어 들어가는 일이라 해도.

이전에 주로 남성이 소유했던 땅을 여성이 지배하게 되면서 원예가로서의 가능성도 드러냈다. 샬롯 매리엇(왕실 원예 협회 규칙의 허술한 구멍을 이용해서 여성들의 지원을 금지하지 못하도록 만들고, 1830년에 세 번째 여성 회원이 될 만큼 영리하고 대담한 미국 여성)은 미망인이 되면서, 남편이 남긴 유산으로 두 개의 섬이 있는 호수를 품은 자연 그대로의 정원을 구입했다. 이 얼마나 멋진 일인가.

또 이십 대 초반에 사촌 오빠 레지날드 네빌과 결혼한 후 사회적 기대를 무시하고 완전히 마법 같은 야망을 가지고 정원을 가꾸었던 도로시 네빌 부인도 있었다. 그녀는 가끔 문제를 일으키기도 했다. 누에고치를 집에서 사육하려고 시도했다가 애벌레 전염병을 달고 살았던 것이다.

100년 후, 진공청소기가 생활 속에 등장했을 때에도 여성은 자신을 위한 땅을 여전히 점령하고 있었다. 마저리 피시는 남편 월터를 사랑했지만, 그는 자기 좋을 대로만 하는 원예가(그는 아내의 꽃밭 기초를 한겨울에 깔기도 했다)이자 마저리에게 줍게 하려고 꽃들을 잘라내는 가드닝의 폭군이었다. 그가 사망하자, 마저리 피시는 그녀에게 허락되지 않았던 일들을 다시 하며 길 틈 사이에서 반항하듯 자라던 작고 작은 덩굴들을 위해 쇠 지렛대를 들어 올릴 준비가 된 여성으로 진짜 잠재력을 드러냈다.

원예학계에서 그녀는 작가이자 선구자로, 영국식 코티지 가든의 경계를 변화시킨 인물로 알려져 있다. 어떤 사람은 그녀가 월터의 비서였다가 아내가 된 거라고도 한다.

오십 대에 미망인이 된 사라 리스는 사별 이후의 삶을, 기업가인 남편을 부자로 만들어주던 올덤(영국 그레이터맨체스터주 도시)을 발전시키는 데에 쏟아부었다. 장학금을 조성하고 병원 기금을 마련할 뿐만 아니라, 녹지 공간의 힘을 믿었던 리스는, 황폐한 공업도시를 공원과 녹지와 꽃밭으로 아름답게 가꾸는 일에 집중하는 협회를 설립했다.

그녀는 스모그를 견디는 식물들을 찾기 위한 연구를 주도하고 화훼 전시회와 코티지 가든 경연 대회를 개최하여, 인간의 생활을 어렵게 만드는 도시에서 식물을 가꾸는 혜택을 전파했다. 21세기로 넘어가면서 도시 정원의 가치를 알았던 리스는, 여성의 권리 의식을 일깨워주는 참정권 운동에도 똑같은 열정을 바쳤다.

빅토리아 시대의 독신주의 식물학자 마리안느 노스가 세상을 탐험한 것도 비통함 때문이었다. 어머니가 먼저 돌아가시는 바람에 그녀는 아버지의 여행에 동행하게 되었는데, 아버지마저 돌아가시면서 그녀의 버팀목이 되어주던 유일한 여행 동반자를 잃게 되었다. 그 상태로 그녀는 홀로 여행을 이어갔다. 페미니스트였던 노스는, 자매들의 결혼생활을 직접 목격하고는 결혼이 여성을 '높은 등급의 하인'으로 전락시키는 '끔찍한 시도'라고 말하며 자신과는 맞지 않다고 판단했다.

대신, 그녀의 인생 과업이 현재 큐 식물원에 남아있다. 그 안에 담긴 보물들과는 상반되는 말쑥한 붉은 벽돌 건물에, 노스가 그린 8백 점의 그림이 마치 앨범 속 사진들처럼 그녀의 분류에 맞춰 전시되어있다. 비교적 작은 갤러리이지만 매우 다양한 종류의 작품들로 구성되어있어 그곳에 있으면 마치 보석 상자 안에 서 있는 기분이 든다.

노스는 서른여덟에 홀로 여행을 시작하면서 장신구들을 처분했다. 그녀는 화려한 드레스들이나 가족 인맥으로 초대받은 대사급 만찬들을 신경 쓰지 않았는데, 신경을 썼다면 그녀의 여행 기간이 훨씬 편했을 수도 있었을 것이다. 하지만 그녀는 사람들에게 "나는 전혀 길들여지지 않은 새라서 자유가 좋습니다"라고 말하며 자신만의 길을 만들었다.

그녀는 지형과 계절에 따라 전 세계를 돌아다녔다. 18개월간 인도를, 13개월간 브라질을 천천히 횡단하며 이전에는 한 번도 그려진 적 없고 당장 변형될 위기에 처해있던 맹그로브 나무 같은 식물이 담긴 풍경화 수백 점을 그렸다. 식물들을 직접 뽑아 영국으로 들고 오는 대신 수백 점의 그림 속에 담는 방법으로, 노스는 시간과 함께 사라졌을 풍경들의 시각적 타임캡슐을 만들어놓았다.

엘렌 윌모트도 고아로 자란 덕분에 그녀의 엄청난 재산을, 호화로운 식물 여행들과 영국과 프랑스와 이탈리아에 있는 정원들 그리고 수십 명의 원예가에게 쓸 수 있었다. 비혼이던 윌모트가 길렀던 식물들의 목록은 가히 엄청나고 그만큼 파격적이다. 가장 맛 좋은 종을 결정하기 위해 가능한 모든 종의 감자를 재배했던 한 해를 포함해서 10만 종이나 되었으니까.

그러나 더욱 주목할 만한 사실은, 그녀의 지식이 왕실 원예 협회에서 수여하는 빅토리아 명예 훈장을 첫 해에 수상하기에 충분하다고 여겨졌다는 점이다. 그녀는 58명의 남성 회원과 함께 훈장을 받은 두 명의 여성 중 하나였다.

또 다른 여성은 트루드 지킬로, 1843년에 태어나 스무 살에 식물 수집을 시작했고, 정원 디자인과 원예의 역사에 매우 광범위하게 영향을 끼쳤다. 그녀의 이야기는 여기서 반복할 필요도 없을 만큼 잘 알려져 있지만 특별한 지식이 없는 사람들을 위해 간단히 설명하자면, 그녀는 그림 그리기를 사랑했기 때문에 정원을 가졌고, 시력을 잃었을 때 꽃으로 색을 풀어내어 오늘날까지도 밝게 불타는 영감의 흔적을 남겼다.

내가 그녀에게서 가장 감명을 받은 부분은, 그녀가 정식으로 원예학을 배운 적이 없다는 점이다. 그럼에도 불구하고 그녀는 사십 대 후반에 〈더 가든〉에 식물에 관한 글을 썼고, 십 년 후에 그녀의 첫 책 《숲과 정원: 일하는 아마추어의 실질적이고도 중요한 기록과 사색》을 출간했다. 일하는 아마추어 지킬은 원예가로도 돈을 번 부유한 여성이었다. 그렇게 그녀는 정식 교육은 받지 못했으나 열의와 재능이 있는 여성들로 하여금 선례를 따를 수 있도록 물꼬를 터주었다.

지킬과 윌모트는 좋은 친구였고, 마지막까지 정원을 가꾸었다. 지킬이 시력을 완전히 잃었을 때도, 그녀는 향기와 촉감으로 식물들을 구별할 수 있었다. 윌모트가 사랑하는 집과 정원들이 있는 윌리(영국 중서부 웨스트 미들랜드주 도시)에서 압류 경고장을 받았을 때, 그녀는 밖으로 나가 잡초를 뽑았다. 하지만, 그녀가 남긴 가드닝 유산들이 아마 그녀에 대해 더 많은 것을 말해줄지도 모르겠다.

'윌모트 양의 유령'은 씨홀리라고 알려진 식물인데, 다른 사람들의 정원에 몰래 뿌리려고 주머니 속에 씨앗들을 가지고 다니던 윌모트의 습관 때문에 붙여진 이름이라고 한다. 게릴라 걸(예술계에서 성차별과 인종차별에 대항하는 익명의 페미니스트 여성 예술가 그룹)식 원예법의 은밀하고 깐깐한 표현이랄까.

원예학에 자리 잡은 유리천장을 박살내려고 노력했듯이 여성들은 더 광범위한 평등을 얻기 위해 정원 유리 온실들도 부쉈다. 1913년 2월 8일, 여성 참정권 운동가들은 큐 식물원에서 매우 인기 있던 난초 온실에 침입하여 40여 장의 판유리를 부수고 들어가, 그 안에 값을 매기기 어려운 식물들을 훼손했다. 큐 식물원은 지금과 마찬가지로 1913년에도 인기 있는 관광지였는데(그 해 6월과 9월 사이에 약 380만 명의 방문객을 불러들였으니), 책임자는 시위 바로 직전에 시위대로부터 공격에 대한 경고를 받았었다. 여성들은 아침 이른 시간에 시위를 하고 빠져나가면서, 그 자리에 '여성에게도 투표권을'이라고 새겨진 손수건과 봉투를 상징적으로 남겨두었다.

이 사건을 다룬 뉴스는 전 세계의 머리기사가 되었고, 여성들의 참정권 운동에 엄청난 관심을 불러일으켰다. 그녀들이 저지른 파손 행위의 충격에 자극을 받은 것으로 보이는 두 명의 여성 참정권 운동가가, 그로부터 12일 후 큐 식물원의 찻집에 방화를 저지르는 도중에 붙잡혔다. 스물여섯 살의 올리브 와리(그때 그녀는 23세라고 말했지만)와 스물두 살의 릴리안 렌튼은 '참정권 없는 두 여성'이라는 카드를 현장에 남겼다. 법원의 기록들을 살펴보면, 거침없고 두려움 없는 두 여성의 그림이 남아있다.

렌튼은 형을 선고받는 동안 재판관들을 향해 서류 뭉치와 책을 던지기까지 했고, 수감되면 단식 투쟁을 벌이겠다고 협박했으며, 실제로 단식 투쟁을 감행했다. 렌튼은 늑막염으로 강제 급식을 받은 후 풀려났지만, 와리는 32일간이나 음식을 먹지 않았다.

이 년 후, 전쟁에 나간 남자들을 대신해서 여성 원예가들이 큐 식물원에 들어오게 되었다. 언론은 제2차세계대전 중 돌아온 여성들을 계속 '큐 티즈(큐 식물원의 이름으로 귀염둥이가 연상되게 만든 단어)'라고 불렀다.

앨리스 워커(《컬러 퍼플》 저자로, 인종과 성을 중심 주제로 작품 활동을 하는 작가이자 운동가)는 어머니의 정원에 《어머니의 정원을 찾아서》라는 한 권의 책을 헌정했는데, 어머니가 흑인이 아니었다면, 부업으로 침모 일을 하면서 아이

여덟 명을 키우는 소작농이 되기 전에 20세기를 맞이했다면, 이뤘을 수도 있는 것들에 대한 증거를 찾았기 때문이었다.

워커의 어머니는 '너무나 많은 부분에서 가로막히고 침범당한' 사람이었는데도, '3월 초부터 11월 말까지 풍성하게 꽃을 피우는 50종이 넘는 다양한 종류의 식물로 어마어마한 정원들을 용케 가꾸던' 분이었다. 그녀의 어머니는 '해가 떠서 밭으로 일을 나가기 전까지, 집으로 돌아온 후 밤이 늦어 앞이 보이지 않을 만큼 어두울 때까지' 정원을 가꿨다. 그녀의 어머니가 피워낸 꽃들은, 워커에게 '만개한 꽃들 사이로 보이던 가난의 기억'을, 어머니의 예술 작품이라고 여기며 감탄하며 바라본 '완벽한 타인들과 불완전한 타인들'을 의미했다.

분노와 정의 그리고 비통함은 여성과 식물을 하나로 묶어주었다. 결국, 그들이 디뎠던 길들은 사회 속에 각인되고 지속되기 시작했다. 여성들은 배제되었던 수십 년의 세월을 뒤로 하고, 모두가 참여하여 식물을 가꾸고 식물을 기르는 즐거움을 느낄 수 있도록 도왔다. 이 유산이 바로, 밖에서 자라는 것들 속에 담긴 작고 말 없는 구원을 찾기 위해 꾸역꾸역 발코니 유리창으로 나가면서, 내가 파고들던 것이었다. 놀이와 활기가 있는 나만의 작은 공간을 건설하려고. 나만의 야외 공간을.

불안과 우울을 옮기는 일

계절이 바뀌는 미묘한(공기의 내음과 발아래 닿는 땅의 경도가 달라지는) 변화들을 가만히 외면하며 지내는 동안, 나는 나만의 연중행사들을 정했다. 하지는, 나의 가장 친한 친구의 생일이자, 시간이 더 이상 힘을 쓰지 못하는 일시적인 세상을 찾는 사람들을 위해 밤에 조명을 쏘아올려가며 해가 긴 날들이 이어지게 하는 글래스턴베리 페스티벌(매년 6월 영국 서남부 도시 글래스턴베리에서 개최되는 록 페스티벌)이 시작되는 때이자, 드럼과 베이스를 아침 8시 혹은 명상에 잠기는 황혼녘에도 들을 수 있는 기간이자, 안개가 피어오르고 바위들이 언덕을 장식하는 아발론의 계곡에서 닷새 동안 수천 개의 심장박동이 다른 종류의 리듬을 찾는 날이다.

지난 몇 년간, 나는 일을 위해 그 페스티벌에 갔었다. 이 직업의 또 다른 종류의 업무로 다른 사람들에게 부러움을 샀지만, 비정한 파우스티안(파우스트식 거래로, 돈과 성공을 위해 옳지 않은 일을 행하는 것) 업무의 일종으로 음악 산업에서 반드시 필요한 냉소가 동반되어야만 하는 일이었다.

나는 음악 밴드들을 찾아내고 그들의 음악에서 의미를 찾아내는 데에 사로잡혀 있던 열다섯에서 너무나 바쁘고 지쳐서 음악을 듣는 새로운 방법을 찾지 못하는 사람으로 자라있었다. 더 이상 예전만큼 신경 쓰는 것이 힘들었고, 이를 인정하기가 두려웠다. 실패처럼, 협잡꾼이 되는 확실한 길처럼 느껴졌다.

그곳에 있는 동안, 나는 무대들을 바쁘게 돌아다니면서 임시로 세워진 그곳의 공기 중에 떠있는 마법을 인쇄물에 담아내야 했다. 에너지가 솟아나는 일이었다. 나는 즉석에서 일을 처리하기를 좋아했고, 밴드를 구경하기를 좋아했고, 그들에 대한 글을 쓰는 일은 더더욱 좋아했다. 하지만 백스테이지 패스를 손에 쥐고도 모두가 나보다 더 즐거워하고 있다는 느낌은 절대 피할 수 없었다.

그럼에도 불구하고, 나는 그곳이 사랑하기 쉬운 장소라는 걸 알았다.

글래스턴베리에서 보내는 일주일 남짓한 시간은, 하늘 아래 오직 텐트와 덮개로 나뉜 곳에서 밤낮을 보내는 연중행사가 되었다. 글래스턴베리로 가기 위해 버스를 타고 섬머셋(영국 남서부 주) 도로를 덜컹거리며 지나는 그 느낌을, 버스가 행사장에 가까워지면서 멀리 보이기 시작하던 그 임시 도시를, 나는 사랑했다.

올해 6월도 다를 바 없었다. 조시가 집을 나간 며칠 후, 아파트를 잠시 벗어난다는 것에 기뻐하면서 페스티벌의 끊임없는 감각과부하가 단 일 분만이라도 슬픈 의아함에 잠긴 내 머리를 식혀주기를 기대하며, 나는 짐 가방을 챙겼다.

하지만 올해는 비협조적인 해였다. 준비기간 내내 폭풍우가 내렸는데, 낮에도 서늘하고 빗방울이 약해질 뿐 멈추지 않고 주변을 적셨다. 셀 수 없이 많은 핸드폰, 지갑, 신발, 다른 쓰레기를 빨아들여 포로로 잡고 있는 것이 분명한 이 30센티미터 깊이의 진흙이 나의 평소 습관들—페스티벌의 첫날 밤 해질녘에 펼쳐지는 드루이즈의 주술적인 개막식 공연 보기, 홀로 몇 시간 어슬렁거리기, 열기에 흠뻑 빠지기, 일출을 감상하기 위해 월요일 아침에 환상 열석(거대한 선돌이 둥글게 줄지어 놓인 고대 유적)까지 달려가기—을 모두 방해했다.

이 페스티벌 행사장이 회복하는 데에(월티 농장의 380마리 소가 뜯어먹을 충분한 양의 풀이 자라날 만큼) 보통 6주가 걸리는데, 이번에는 땅이 망가져버린 바람에 7개월이나 걸렸다. 토양이 재생되기 위해서는 시간과 공간, 햇빛과 바람과 신선한 물이 합쳐진 성장 조건이 필요하다.

나의 불안함과 우울함을 옮기는 일은 생각보다 더 어려웠다. 지난 며칠간은 충격과 부인의 시간들이었다. 이 일을 전한 몇몇 친구들은 이 소식을 생존자의 거한 허풍으로 받아들였다. 나는 나의 분노를 술집에서 나누는 대화 정도로 무디게 할 수가 없어서, 짤막한 자기 비하의 형태로 털어냈다. 그러나 비에 흠뻑 젖은 이 야외에 나의 감정을, 특히 나 자신에게 숨길 수 있는 공간은 훨씬 적었다. 진흙투성이의 글래스턴베리에서 생기는 평범한 기능 장애와 탈진 상태—3시간 쪽잠을 자가며 21시간을 서서 보내는 일정이니까—도 내 머릿속 혼돈으로 더 심해졌고.

나는 그가 지독하게 그리웠다. 그의 순수한 육체를 향한 온전한 그리움이었다. 그의 목덜미에서 나는 냄새, 그의 품 안에서 느끼던 든든한 안정감, 항상 나를 먼저 잠들게 해주던 배려까지.

서로 연락하지 말자는 우리가 정한 규칙은 지켰지만, 그에게 연락하고 싶었다. 그래서 나는 시간이 오래 걸리는 방법들로 연락을 했다. 끝없는 생각들을 공중에 띄우고, 새로운 페스티벌 우체통에서 엽서를 보내는 방법으로 말이다. 그 엽서들이 수신되었는데도 그에게서 답장오지 않았다는 사실을 문득 깨달았을 때, 내 자신이 완전 바보처럼 느껴졌다.

고통이 뼛속으로, 육중한 몸뚱이와 야외에서 시들어버린 살갗 속으로 스며들었다. 감각이 모두 누그러진 느낌이었다. 어쩌다 요원한 희망 속으로 떠가는 기이한 무의식 상태를 거의 벗어나지 않는 감각 상태. 우월감을 느낀다는 건 함께 일하고 있는 동료들과 나의 상황을 나누지 못한다는 뜻이었다. 나는 동료들이 나를 다정하게 대하길 원하지 않았다. 그냥 무너져내릴까봐.

적어도 내 인생의 한 부분만은 정상적으로 보이고 싶었다. 비록 정상이라는 것이, 당시에는 해방감과 쾌락을 좇는 사람들로 가득 찬 천막들 아래서 일어나는 일이었지만. 내가 바라던 것은 해방감도 쾌락도 아닌, 어떤 문제도 결코 본 적이 없는 삶으로 돌아갈 수 있다는 것을 아는 안도 감일 뿐이었다. 다음 단계로 넘어가는 건 불가능한 생각이었고, 어딘가 에 몰두하겠다는 것도 어리석은 발상이었다.

나는 이미 헤매고 있었으니까. 나는 나의 업무에, 모든 사람이 놀러온 어딘가에서 요상한 작업을 하는 나의 일을 잘해내는 것에 집중했다. 다 른 자리에서는 내가 너무나 쓸데없는 존재로 느껴졌으니까. 여자 친구 의 일도, 연인으로의 일도, 멀리서 그리워하는 일도.

나는 낯선 사람들을 고해성사실의 신부님처럼 써먹으며, 예전에 정신 없이 돌아가는 기자실 텐트에서 잠깐 만났던 사람들에게 내 마음을 쏟아 냈다. 비밀스러운 장소들을 찾아내거나 공연의 가장 멋진 부분을 골라 내는 나와는 다르게, 직선적으로 말하지 않으며 백스테이지에서 제임스 코든과 알렉사 청의 사진을 찍으러온 친절한 중년 사진작가들에게 말이 다. 그들은 내게 자신들의 연애 경험담을 나눠주었고, 결국에는 다 괜찮 아진다는 이야기들을 들려주었으며, 만약 괜찮아지지 않더라도 결국 그 의 손해라고 했다.

그 어느 누구도 용기 내어 다른 말을 해주지 않았다. 내가 두 팔 벌리 고 돌아가더라도 조시는 원하지 않을 거라고, 나는 다시 시작해야 하며 아주 외로울 거라는 사실을.

한편 그 시골은 들끓었다. 수천 명이 나무 지붕들 아래에 있던 DJ의 음 악에 맞춰 몸을 비트는 동안, 나는 오밤중에 낯선 사람과 함께 서서 게이

츠헤드(영국 동북부 항구도시)가 EU를 탈퇴하기 위한 투표를 했다는 기사를 번쩍거리는 스크린으로 읽었다.

우리 세대의 미래를 도둑맞은 기분이었다. 두렵고 상상이 되지 않는 충격이면서, 여러 면에서 내가 빠져 있는 수렁이 확대되는 기분. 그로 인해 생길 혼란에 대해, 투표의 파장으로 이 나라에 번질 불확실성과 피해에 대해, 얼마나 많은 부분에서 우리의 삶이 바뀔지에 대해, 우리는 아는 것이 거의 없었다.

페스티벌의 후반부에 가서야, 나는 일종의 해방감이 생겼다. 괜찮은 것처럼 가장하던 눈물을 떨쳐버리고, 그대로 나아가려던 이상한 자존감을 유지하려고 우겨대며 애쓰던 날들을 보내고, 나는 울어버렸다. 모든 걸 다 내려놓고 울었다.

PJ 하비와 매티 힐리가 브렉시트에 반대하는 간절한 연설을 하는 동안에는 부드럽고 차분한 눈물을, 아델의 〈섬원 라이크 유〉를 12만 5천 명이 따라 부르는 동안에는 묵직하고 추하고 콧물까지 범벅이 된 울음을 꺽꺽대면서. 무슨 노래를 부르든지, 그녀의 노래는 거대한 감정의 기폭제가 되어 폭죽과 깃발들도 함께 휘날렸다.

데이비드 보위가 80명의 합창단과 함께 부르는 〈히어로〉를 들으면서 흐느껴 울었다. 우리 두 사람에게 너무나도 의미가 큰 노래였기 때문에. 나는 플로렌스 웰치가 피라미드 스테이지(글래스턴베리 페스티벌을 상징하는 무대)에서 상반신을 드러낸 채로 뛰어다니며 보여준 순수하고 구속되지 않은 아름다움에도 눈물이 났다.

아무도 상관하지 않는 곳, 아무도 나를 모르는 장소에서 공개적으로 태연하게 흐느껴 우는 자유에는 완전한 카타르시스가 있었다. 나는 마치 플러그가 뽑힌 것처럼, 지난 주 내내 억눌렸던 감정들로부터 빠져나오는 것 같은 기분이 들었다. 현실을 부정하던 마음이, 한때 우리의 관계를 그리고 다시 우리가 될 수 없음을 깨닫기 시작하는 눈물을 흘리면서, 서서히 희석되어갔다.

그러나 무엇으로 그 공간을 채울지는 불확실한 채로 남았다. 글래스턴베리는 사람들이 다른 존재 양식 속으로 섞일 수 있도록 모든 종류의 대체 가능한 직업, 즐기고 해체시킬 공간을 제공했다. 이곳에는 언제든 놀러갈 수 있는 다른 종류의 파티가 있었다. 그 해에 나는, 내가 있어야 할 곳에 있다고 전혀 느끼지 못했지만.

대신 나는 페스티벌의 영속농업 정원에서 작은 위로를 얻었다. 작약들이 우유병에 예쁘게 꽂힌 채로 비를 피해 나무 아래 보호소에 놓여있었다. 혼자 날던 벌 한 마리가 쥐오줌풀 꽃들이 핀 축축한 엽침 주변을 날아다녔다. 원시적인 느낌이 나는 이 공간은 하지 기간 동안, 휘청거리는 수백 명에게 장소를 제공했다가 그들이 모두 집으로 돌아가고 나면 원래의 일상을 이어갔다.

퇴비 더미가 부패하며 김을 내뿜고, 식물들은 꽃을 피우고, 구석에 있는 교육용 오두막의 푸른 지붕에서는 먹거리를 추수했다. 글래스턴베리의 영속농업 정원은 1989년에 만들어졌고, 그때부터 계절을 거듭해가며 기꺼이 그 방식을 고수했다. 페스티벌 현장을 통과하는 폐철로를 따라 이곳으로 들어오면, 그 농업이 일궈내는 차분한 근면함에서 얻는 위안이 있었다. 내가 살고 있는 도시에서 멀리 떨어진 곳에서도 생명들이 자라고 있다고, 살아있는 식물들이 내게 전해주는 위안 말이다.

짧은 밤이 시작되면 기대와 호기심 덩어리들도 생겨났다. 줄줄이 포진되어있는 또 다른 공연을 향해 무거운 걸음걸이를 옮기다가 잠깐씩 쪽잠을 자려고 텐트로 돌아가기를 반복하면서, 이 모든 것에 종종 염증을 느끼기는 했지만, 나는 여전히 글래스턴베리의 밤에 매료되어있었다.

새로운 것도 찾았다. 바로 여자들의 의리. 우리는 꼭대기에 형광 표지판이 걸려 있는 포장마차를 우연히 발견했다. 그 안에는, 야한 옷차림의 두 여성이 손톱 손질 카운터에 앉아서 일부러 세계 최악의 손톱 손질 서비스를 제공하고 있었다. 그녀들이 나의 중지에 매니큐어를 대충 발라주고 글리터 용기에 밀어 넣은 다음, 나를 커튼 안으로 떠밀었다. 남자였던 내 친구들은 모두 입장 불가였다.

포장마차는 싸구려 가구와 술이 달린 전등갓들과 낮은 무대로 채워진 어두운 방으로 연결되어있었는데, 무대에서 흰 정장을 입은 빼빼 마른 소녀가 펑크 밴드를 리드하고 있었다. 구석마다 여자들이 서로 몸을 뒤섞고 방석을 끌어안고 커튼을 흔들어댔다. 아는 사람이 아무도 없었지만, 나는 나를 끼워준 여자의 무리 안으로 들어갔다가 근처의 라틴 뮤직 그룹들 중 하나로 옮겼다.

그렇게 새벽 4시까지 새 친구들과 춤을 추었다. 그녀들의 이름은 내게 낡은 조각보와 같았고, 그 후로 다시 만난 적도 없었다. 그럼에도 짧은 시간 동안, 나는 다른 사람이 될 수도 있는 그 덧없는 천막 안에 나의 고통을 묻을 수 있었다.

몇 년 만에 처음으로, 서서히 적응해가던 안락한 상황에서 나 자신을 억지로 떼어내 본 경험이었다. 조시가 존재하지 않는 상황, 강하고 자신감에 차 있으며 혼자서 행복한 여성들에게 도움을 받으며 나도 그런 존재로 성장해나가는 상황에 대해 희미하고 아득하게나마 생각해볼 수 있는 경험이었다.

여성들이 정한 규칙으로 유지되는 공간에서 제공하는 진귀한 다과를 먹으면서, 나는 나의 이십 대를 잠식하고 있던 여성다움 속에서 내가 어디쯤에 있는지 생각하기 시작했다. 나는 나의 관계가 회복될 것이라고 기대했지만, 낙관적인 마음을 유지하지 못했고 거부하고 미루려는 마음에서도 벗어나지 못했다. 나는 되찾을 거라고, 다시 시작할 또 다른 기회가 우리에게 있다고 우겼다. 그런 기회가 어떻게 생길지 제대로 알지도 못하면서.

다음 날 밤 나는 제임스 머피가 가냘픈 목소리로 마이크에 대고 〈아이 캔 체인지〉를 부르는 모습을 LCD 사운드시스템으로 듣다가, 문득 모든 가사가 기도이자 결심처럼 들려왔다. 파괴된 우리의 관계는 바로잡으려던 나의 잘못이라고, 내가 실패했기 때문에 내가 부정했던 거라고 느껴졌다. 나는 잘될 수 있도록 나 자신을 만들어내고 싶었지만, 다른 무언가가 신경을 건드렸다. 바꿔야 하는 것이 나 자신일 필요는 없다는 것, 다른 것이어도 된다는 것이었다.

몇 년 동안 나 자신을 다른 누군가와 공유한 후에야 나는, 스물두 살 이후 처음으로 온전히 독립적인 존재가 되려는 시점에 서 있었다. 아마 그 여성이 어떤 존재인지에 대해서도 배워야겠지만.

짧은 기간, 글래스턴베리에 쏟아졌던 모든 표지판과 깃발과 슬로건 중에 하나가 눈에 띄었다. '만약 우리가 매일 이렇게 살 수 있다면?'이라는 문구. 페스티벌이 만들어내는 마법의 일부는 자유와 형제애에 있었다. 낯선 사람들과 함께 똑같은 노래의 가사를 큰 소리로 부르며 생겨난 솔직한 사랑 위에서, 반무법의 상태가 가능하게 해주던 환상. 며칠 동안 사람들이 천막 아래에서 자고 약간 지저분한 야외에서 어슬렁대면서, 사회의 구조들이 휘어지고 뒤섞이며 권력과 부를 향한 욕망도 오그라든다.

우리는 절대, 당연히, 매일 이렇게 살 수는 없었다. 그러나 그 문구가 내게 들러붙어서 머릿속을 잠시 맴돌았다. 내가 살아오던 소관을 넘어설 필요가, 식물들을 수집하면서 관습을 꼈던 사교계 여성들과 똑같은 방법으로 땅으로 돌아가야 할 필요가 있는지 생각하게 만들었다.

나의 관계에 생긴 문제와는 상관없이, 배운 대로 사는 것이 조시나 내게 행복을 가져다주지는 않았던 것 같았다. 나라 전체가 앞으로 엄청난 변화를 검토하고 있었던 것처럼, 나도 나의 변화에 맞서라고 떠밀리고 있었다. 모든 것이 예전과 같은 상태로 돌아갈 수 있다는 기대는 멋모르는 생각 같았다.

집으로 돌아가는 버스 안에서, 나는 아무도 없는 아파트로 돌아가고 있다는 것과 만만치 않은 심각한 현실이 문제들과 함께 놓여있다는 것을 생각하며 잠들었다 깼다를 반복했다.

섬머셋을 통과하는 시골길은, 저물어가는 6월의 날들과 함께 나른했다. 바늘방석 같은 멧돼지풀이 들풀 속으로 파고들며 흰색에서 분홍색으로 변했고, 제라늄은 바람을 막아주었고, 접시꽃은 양방향 도로 한가운데에서 자라났다. 버스가 시골길을 벗어나고 흰 나팔꽃이 지는 동안 나는 잠이 들었다가, 한 시간쯤 후에 일어났다. 연한 분홍색 양귀비들이 회색 하늘을 배경으로 솜사탕처럼 한들거리는 들판과 차도 양 옆으로 난 뜻밖의 꿈같은 모습을 보고, 나는 두 눈이 번쩍 뜨였다.

집 안에 들어서자마자, 나는 일주일치 빨랫감을 바닥에 던져두고 활짝 핀 스위트피 뭉치를 보기 위해 발코니로 나갔다.

식물을 보듯 나를 돌본다

7월
July

나를 일으켜 세울 의지

스위트피 | Sweet pea
Lathyrus odoratus

"잘 살펴본다면 숲속에서 접한 것들을 런던에서도 찾을 수 있을 거라 짐작했다. 숲에서 번성하던 식물들의 의지가 도시의 집이라고 부르는 곳에서도 유지되고 있을 거라고 말이다. 그건 나의 절망 깊은 곳에 있던, 진심으로 절실하게 울리는 결심이었다. 나를 땅 위에 세워줄 의지이기도 했다."

지나친 계획은 무용하다는 깨달음

다시 조시를 만났을 때, 그는 내가 모르는 새 우비와 셔츠를 입고 있었다. 우리가 처음 데이트를 했던 날처럼 매력적으로 어정쩡한 모습이었다. 나는 우리가 만나기로 했던 공원 입구 바로 안쪽에 있던 벤치에 앉아 있었다.

며칠 전, 우리 아파트로 오지 않고 공원에서 만나자고 내게 말했을 때 나는 끝이 왔음을 짐작했다. 행복한 대화를 나눌 장소로 중립 지대를 선택하는 사람은 없으니까. 그에게 다가가기 위해 자리에서 일어서자 그는 마치 내가 연세 많은 고모님이라도 되는 것처럼 나를 안아주었고, 최근까지 익숙했던 그의 가슴 위로 내가 머리를 기대자 머뭇거리다가 두 손으로 내 어깨뼈를 톡톡 두드려주었다.

그 짧고 고통스럽던 잡담은 가까운 거리에 있던 작은 언덕을 오르면서 끝이 났다. 마치 영화의 대본처럼 비가 내렸지만, 심하게 내리는 것도 이제 막 피어난 들꽃을 망가트릴 정도도 아니었다. 자리를 잡고 앉은 다음, 나는 짧고 쓸데없는 이야기를 너무 빨리 시작했다가 훌쩍거리며 끝내버렸다.

이 상황을 부정하던 나의 마음은 아직 완전히 가라앉은 상태가 아니었다. 마음 한 구석으로는 여전히 우리가 다시 되돌릴 수 있다고, 내가 더 빛나고 멋진 모습이 될 수 있다고 믿었다. 어쩌면 그가 얼마나 나를 그리워했는지를, 내가 있어야 그의 인생이 더 나아진다는 것을 깨달았을 거라고 기대했지만, 그렇지 않았다.

나는 조시가 왜, 어떻게 이런 결론을 내렸는지에 대해 자세히 묻지 않았다. 궁금해할 여유도 없었다. 내가 더 이상 그에게 필요하거나 그가 원하는 사람이 아니라는 것, 그에게 내가 다시 그런 존재가 될 거라는 생각이 그에게 없다는 것을 알게 되었다. 그 말을 한 후, 그는 곧바로 일어서려고 했다. 분명히 죄책감 때문이었겠지만, 끝냈다는 안도감도 함께 있었을 것이다. 우리는 서로 반대 방향으로 걸었다. 그가 어디로 향하는지 전혀 알지 못한 건, 그날이 지난 오 년간 처음이었다.

나는 그와 반대로, 여러 대의 버스를 갈아타고 보풀이 일어난 화장지로 벌겋게 달아오른 얼굴을 식히며 부모님이 살고 계시는 시골로 향했다. 조시와 함께 아파트로 돌아와, 우리의 인생을 함께하는 새로운 시기를 다시 시작하면서 금세 기분 좋게 짐을 풀줄 알고 챙겨두었던 가방을 들고서.

부모님께는 어떻게 설명을 드려야 할지 몰랐다. 대단한 싸움이 있었던 것도 아니고, 속이거나 배신한 것도 아니었으니까. 언제부터인가 호화롭게 꾸며진 안락한 공간 같던 우리의 관계가, 내가 알아채지도 못한 사이에 무너지기 시작한 거였으니까.

나는 석고와 시멘트 바닥에 모여있는 젖은 벽지 뭉치 앞에 서서, 이것들을 어떻게 다시 이어 붙일지 생각했다. 남아있던 조각들도 완전히 알아볼 수 없을 만큼 깨진 직후였으므로 아주 나쁜 상태였다. 그때 나는 조시가 없는 나의 삶에서 다른 것들이 조금씩 움직이기 시작하려는 것을 알아차리지 못했다. 서서히, 공간이 열리고 있었는데 말이다.

처음에는 휑하게 느껴졌다. 부모님 댁에 있는 일인용 침대에 누워서도, 어리둥절한 채로 일어나 그가 다시는 함께 있지 않을 거라는 사실을 기억하지 못하고 왜 그가 곁에 없는지 의아해했다. 나는 조시가 6개월 안에 마음을 바꾸고 우리의 관계가 다시 시작될 거라고 생각하려 했지만, 아무리 애를 써도 너무 순진한 생각 같았다. 나는 심각한 이별을 겪어봤던 친구들에게 문자를 보내서 가볍게 물었다. '어떻게 하면 덜 상처받을 수 있어?'

순수하게 아무것도 하지 않는(말도 거의 하지 않고, 시간이 흐르는 것도 확인하지 않던) 시간들 뒤로 정신없이 돌아가는 현실들이 이어졌다. 친구들과 모이고, 페스티벌 티켓을 위해 홍보 직원들에게 이메일을 보내고, 즐거운 생각들로 가까운 미래를 채우는 일상. 더 이상 눈물을 흘리지 않게 되었을 때, 나는 전화를 돌리는 걸 멈추고 제일 좋아하는 티셔츠를 입은 것처럼 나를 편안하게 만들어주는 여자 친구들과 이야기를 나누며 한 번에 몇 분씩 집 주변을 거닐었다.

부모님 연세의 어른들 사이에 붙잡혀 있으면 이상하게도 마음이 안정되었다. 나는 정원 주변을 어슬렁거리면서, 저녁 식사에 넣을 허브와 채소들을 따고 등나무에서 떨어진 통통하고 복슬복슬한 꼬투리들을 주웠다. 모든 것이 더 천천히 움직였다. 나의 대모님이 나타나 랭커셔(영국 잉글랜드 북서부의 카운티)식 포옹을 세게 해주시며 '너무너무 사랑해, 앨리스, 너무너무 사랑해'라고 귀에 대고 격렬하게 속삭여주셨다. 나는 응석받이가 되었고, 십 대처럼 굴었고, 따뜻한 목욕을 하는 기분이었다.

며칠 동안 현대적이고 정신없이 바쁘고 과시적이던 일상이 그대로 멈췄다. 어느 날 밤 도시에서 매주 만나던 학창 시절 친구 안나가 우연히 부모님을 뵈러 우리 집에 왔다가, 엄마가 슈퍼마켓에서 사온 요상한 과자를 먹으며 함께 시간을 보냈다. 다시 열여섯이 된 것 같았다. 정말 좋았다.

나는 런던으로 돌아와서도 어린애 같은 기질을 계속 유지했다. 일단 우리의 동거 생활을 가장 분명하게 드러내는 것들을 치우는 일부터 시작했다. 싸구려 선반에 두 줄로 조르륵 올려두었던 우리의 짧은 해외여행 사진들을 떼고, 현관에 있던 조시의 신발들을 정리해서 옷장 안으로 치웠다. 그의 부재를 메우고자 그가 자던 자리에서 자기 시작했다가 내게 생긴 새 공간까지 모두 차지하면서 침대 전체를 가로질러 누워버렸다.

너무 오랜 시간을 어른으로 살아서 이제 정말로 어른이 되기 위한 일은 남아있지 않은 듯했다. 집 안을 치우고 음식을 채워 넣는 건 고사하고, 조시 없이 아파트 안에 있는 것도 견디지 못했으면서 말이다. 마치 나만 놓치고 있는 것처럼, 마치 내 또래의 대부분은 감정과 잠자리 패턴에 훨씬 더 무모하고 더 재미있게 지내며 몇 주씩 향락에 빠져 지낸다고 느꼈던 시간을 모두 감내했다.

나는 침체되어있기를 거부하며 바와 술집에서, 소풍과 밤 버스에서 찾은 혼자만의 무질서한 행복들을 경험했다. 지나치게 큰 소리로 웃었고, 지나치게 많이 마셨으며, 친구들을 힘껏 사랑했다. 또 다음 날 아침에도 내 곁에 있어줄 사람 옆에서 잠이 드는 거라고 나 자신을 다독이며 홀로 잠이 들었다. 이 모든 것이 카라맥(부드럽고 달콤한 캐러멜 바)처럼 달콤하면서도 금방이라도 부서질 것처럼 불안정하게 느껴졌다.

술에 취한 채로 버스를 기다리며 느끼던 아찔한 새로움은, 클럽에서 춤추는 모든 사람을 둘러보며 나만큼 부서진 사람이 있을까 생각하던 그 공간에 도착하자마자 사라져버렸다. 하지만 나는 멈추지 않고 격렬한 동작들로 내 몸을 혹사시키며, 흐르는 땀이 나의 고통을 덜어주기를 바랐다. 이건 내가 원했던 일이 아니라 위대하면서도 소리 없는 사회적 지식이 명령한 의무이므로 이렇게 하는 것이 옳다고 나 자신에게 더 많은 시간을 들여 이야기했다.

나는 사진들을 찍고 인스타그램에 올렸다. 내가 좋은 시간을 보내는 것처럼 보일 거라고, 특히 그 사진들이 조시의 피드에도 뜰 거라고 생각했다. 비록 실제와는 전혀 다른 상태일지라도 그것이 내가 보여줄 수 있는 나의 모습이었다.

하지만 진실한 관계들도 있었다. 나는 아주 오랫동안 친구들을 멀어지게 만들며 나를 구속하던 자존심을 털어버렸다. 가까이 오지 못하게 막았던 태도를 인정하자, 몇 년 만에 처음으로 그로부터 해방되어 덜 행복한 모습을 털어놓는 것이 부끄러운 일도, 바보 같은 일도 아님을 알게 되었다.

펄펄 끓던 우정이 감정의 고집스러운 흐름을 누그러뜨려서 나의 이성과 본능이 막히지 않고 손가락 사이로 흘러나가게 만들어주었다. 나는 늘 살짝, 예의상 거리를 두었던 사람들에게 마음껏 다가갔다. 이제 나는 그들과 침대를 나눠 쓰고, 그들과 노을을 바라보고, 그들과 이야기하고, 이야기하고 또 이야기했다.

진창 같던 6월이, 주말을 야외에서 보내고 새로 생긴 햇볕 자국들을 서로 확인할 만큼 더운 7월로 바뀌었다. 뜨겁고 건조한 여름이 오면, 시골은 비밀들을 드러낸다. 물이 말라 껍데기 같은 호수에서 잃어버렸던 마을들이 드러나고, 불에 타고 붕괴되었던 대저택의 골조들이 누렇게 마른 땅을 뚫고 감은 눈 사이로 비치는 한낮의 햇빛처럼 번쩍거린다.

채스워스 하우스의 거대한 소용돌이 모양의 꽃밭과 1699년에 놓은 길들도 다시 모습을 드러냈다. 마치 원판 사진들처럼 아무것도 없는 줄 알았던 것들이 마른 땅 위에 나타났다. 그것은 바로 햇살 가득하고 감정적으로 흠뻑 취했던 몇 주 동안 내가 느꼈던 감정이었다. 아주 깊숙이 묻혀 있었던 나의 조각들이 완전히 그을린 표면 위로 드러나는 기분 말이다.

이 친구들은(대부분이 여자였는데) 충격과 분노의 감정을 그대로 드러냈다. 나는 대부분 속으로만 간직한 채 끝끝내 표현하지 못했다. 나는 누군가를 미워하는 감정을 이성적이라고 여겨본 적이 없었다. 사람들은 절대 우리가 그들에게 바라는 대로 느끼지 않으니까.

나는 친구들의 일상 속에 발을 담그는 것이 좋았다. 그들은 대부분 싱글이었고 너무나 협조적이었으며 잘 웃고 마음도 너그러웠다. 우리는 이것저것 살펴보다가, 밤이 되면 더 재미있는 일들을 찾았다. 처음에는 몇 분, 그러다가 몇 시간, 가끔은 저녁 내내 그 애들은 내 손을 잡고서 삶을 살아가는 또 다른 법을 보여주었다.

내게 이것이, 이런 뜻밖의 몰입이 필요했다고 나는 말했다. 어릴 때부터 나를 두려워하도록, 무너지도록 만드는 것이 바로 '걱정'이었다. 일곱 살 때, 나는 외출하던 길에 대마 상점에서 페루산 걱정 인형들(우울하거나 겁이 많은 아이들을 위한 인형으로, 걱정과 슬픈 감정을 인형들에게 털어놓은 다음 베개 밑에 깔고 자면 그 감정들이 사라진다고 아이들을 안심시키기 위한 용도로 사용된다)을 샀는데, 그것들은 몇 년 동안이나 내 침실의 묘한 신적 존재처럼 자리를 지켰었다.

나는 늘 지나친 계획이 아무 소용없다는 사실을 알았다. 할 일을 적은 목록을 원하는 만큼 만들 수는 있지만, 그런다고 해서 화창한 월요일 아침에 삶이 무너져버리는 것을 막지 못하는 것처럼 말이다. 그런데도 나는 아직도 봉투 뒷면이나 휴대전화 메모 폴더에 할 일을 적는다. 언제나 얻게 되는 차분한 만족감 때문에.

이별 뒤에는 너무나 많은 것이 불확실한 채로 남아있었다. 나는 조시와 내가 끝났다는 사실을 받아들이기 시작했다. 하지만 눈에 보이는 일들, 예를 들면 우리가 어디에서 살지, 우리 아파트는 어떻게 될지, 우리가 함께 이룬 삶의 조각들은 어떻게 나눠야 할지 등은 수수께끼로 남아 있었다.

변화와 통제 사이의 난투

주거 공간은 우리 세대가 끊임없이 허우적대는 문제였다. 열일곱 살 때 나는 지원한 모든 대학 과정의 일인당 공간 비율을 계산하는 동안, 더 좋은 학교에서 패션을 공부하는 친구들은 수업 첫날, 졸업 쇼를 해내는 학생이 얼마나 소수인지에 대해 들었다. 우린 모두가 입주할 수 있는 넉넉한 공간이 부족했기 때문에, 매해 11월마다 학생 기숙사를 배정받으려고 미친 듯이 서둘렀다. 우리의 청춘 내내 계속된 일이었다.

경쟁은 모든 곳에서 터졌다. 편집 보조 자리들과 무보수 인턴십 자리들을 두고도, 3구역의 월세 700파운드(2020년 11월 기준 한화로 약 100만 원)짜리 골방을 두고도. (런던은 아홉 개의 구역으로 나뉘어있고 가장 중심은 1구역, 외곽으로 갈수록 숫자가 커진다) 마치 모든 것을 서둘러야만 하는 것처럼, 동시에 그 누구보다도 잘해야 하는 것처럼 느껴졌다. 우리를 위한 넉넉한 공간은 없었다. 그 어느 곳에도, 그 어느 것도.

그래서 아파트를 소유하고 있다는 게 어떤 특권인지를 잘 알고 있었는데, 이제는 문제가 되어버렸다. 우리가 함께 세금을 내고 있었기에 세를 줄 수도 없었다. 어떻게 팔지도 결정하지 못했기에, 아파트를 함께 소유하되 한 달씩 번갈아가며 한 사람씩 지내기로 했다. 그동안 다른 사람은 지낼 곳을 찾아 나가는 것이 가장 타당하겠다고 결정했다.

조시의 가족은 런던에 있었지만, 나는 여러 개의 단기 임대를 찾아야 했다. 나는 그것이 얼마나 어려운 일인지도 알고 있었다. 런던은 임대 기간이 시작되기 며칠 전에 방이 나갔다. 나처럼 깐깐하고 신경질적인 계획 선수도 아무런 준비를 할 수 없는 곳이었다. 나는 그저 방이 생기기만을 기다릴 수밖에 없었다.

나는 변화와 통제 사이의 난투를 피할 수 없었다. 나는 일상적인 생활고에 저항하는 순간에도 삶이 어떻게 이어지는지 알고 싶었다. 수요일 밤에 내가 평론을 쓰는 공연장으로 오래된 대학 친구를 불러냈다. 공연이 끝나고 밤을 더 즐기기 위해 쇼디치(런던 동쪽 끝에 위치한 예술과 유행을 선도하는 지역)로 자리를 옮긴 후에도 우리는 많은 대화를 하지 않았다. 그는 내가 직접 말하기 전까지 내가 조시와 헤어졌다는 것을 몰랐다.

그는 항상 무모한 계획을 세우고 몇 개월 이상을 한 나라에 머무는 법이 거의 없었다. 일상적이고 꽉 막힌 생각들, 예를 들면 일 년 동안 방을 빌려서 사는 것 같은 생각에 기겁했었다. 우리가 뉴캐슬에서 학생일 때는 상상도 못할 정도로 호화롭게 느껴졌던 일인 레바논 식당의 아무도 없는 옥상에서 천천히 구워진 양고기 요리를 먹어가며, 느긋하게 오후를 보냈다.

그는 가장 마지막 순간에 나타나서 포옹을 한 채로 나를 번쩍 들어 빙빙 돌려대며 정신을 쏙 빼놓았다. 그러고서 다른 사람들이 쳐다볼 정도로 큰 소리로 내 이름을 불러대는, 그러니까 계획을 함께 세우거나 의지할 수 없는 인물이었다.

그래서 집으로 돌아가 평론을 써야했을 그 시간에, 빅토리아 스타일의 붉은 벽돌로 된 주거단지인 아놀드 서커스(런던에서 가장 오래된 공영 주택단지에 있는 로터리) 위에 만들어진 음악당에서 그와 키스를 했다. 몇 시간 동안 배달시킨 피자를 먹고, 캔에 담긴 술을 마시고, 최고로 기분 좋은 대화를 나누다가 일어난 기습적인 사건이었다.

나는 그 바보 같고 아련한 키스에 무방비 상태였다. 어리석게도 그 키스를 행복한 돌발이라기보다는 도피라고 생각했다. 우리는 둘 다 약간 엉망이었다. 나는 그 키스에 어떤 이성도 적용하지 못한 채 벗어나는 중이던 우울함을 잠시나마 강탈해간, 낯선 판타지와 좌절감이 나를 뒤흔들게 내버려두었다.

즐길 수 있는 새로운 현실이 너무나 간절했으니까. 나의 현실은 어렵고 짜증스럽게 보였다. 대부분 시간이 지나가야만 나아지는 일들이었다. 나는 내가 원하는 것, 우리가 너무나 많은 부분에서 당연하게 여기는 순간적인 만족감을 위한 행동에 너무나 익숙해진 상태였다. 그래서 나의 현실도 완전히 피할 수 있겠다고 생각했다. 나는 그와 함께 런던을 완전히 벗어나는 겁 없는 상상을 즐겼다.

갑자기 코펜하겐에 생긴 일자리 인터뷰 제안에 나는, 꽤 확실하게 이 모든 현실로부터 도망친 후 핀터레스트에 올라오는 사진들처럼 완벽한 스칸디나비아의 자연으로 이사를 간다면, 괜찮아질지도 모른다고 생각했다. 인터뷰에서 탈락했을 때 나는 실제로 나를 에워싸고 있던 현실, 즉 나 혼자서 이겨내야 하고 견뎌내야 하는 상황과 다시 씨름해야 했다.

어쩌면 다행스러운 일이겠지만, 나는 혼자가 아니었다. 그 여름, 인간 관계들이 도미노처럼 이어졌다. 런던으로 돌아와 몸을 조이는 옷을 입기 시작하고 불안정한 평화를 이어가기 시작했을 때, 케이트에게서 자신도 '차였다'는 문자를 받았다. 몇 시간 만에 우리는 사무실에서 가까운 공원에 앉아있었는데, 그녀에게서 이 주 전 나의 모습과 슬픔을 이기지 못하고 엉망이 된 상처받은 여성의 모습을 보았다.

또 몇 주가 지나고 또 다른 학창 시절 친구도 전부를 잃었다. 여자 친구, 보트, 개, 긴 머리카락까지. 친구들이 쓰라린 상처들을 털어놓자, 조심스럽게 딱지가 앉기 시작했던 나의 상처가 건드리기만 해도 살아나는 듯 다시 생생하게 느껴졌다. 우리는 런던 남쪽의 옥상에 앉아 엄청난 양의 후무스를 먹어치웠다. 나는 동네를 바라보며 이제, 정말, 더 이상 내 공간이 아니라는 것, 그저 혼자 잠드는 장소일 뿐이라는 것을 깨달았다.

도무지 주목할 수 없는 아름다움일지라도

나는 1.5킬로미터 남짓 자전거를 타고 케닝턴(런던 남부 지역)으로, 내가 늘 좋아하던 거리에서 여름을 보내고 있는 제이미에게로 갔다. 코트니 스트리트를 가로지르며 런던에 처음 와서 살던, 첫 봄에 사랑에 빠졌던 도시를 두 바퀴로 어루만졌다.

낡고 낡은 배낭 앞주머니에 딱 맞게 들어가는 안내서와 아빠가 팁으로 받은 돈으로 사주신 산악자전거를 가지고 다니던 시절. 최저임금을 주는 잡지사 인턴십으로 런던의 집세를 충당한다는 건, 자전거를 타고 다니며 엘레펀트 앤드 캐슬과 코벤트 가든부터 사우스뱅크와 올드 켄트 로드(런던 남동부를 관통하는 대로명) 그리고 클러큰웰에서 강변까지 오는 경로들—모두 런던 지역명—이 머릿속에 그려질 때까지 도시의 지리를 완전히 꿰고 있어야 한다는 의미였다. 이 위치들을 익힌다는 건, 이 도시와 떨리는 관계를 맺기 시작해 이 도시의 길을 모두 연결한 다음 머릿속에 새긴다는 뜻이었다.

코트니 스트리트는 케닝턴의 높은 건물들 뒤에 숨어있는 짧은 도로이다. 인상적인 연립주택들이 마치 다른 곳에서, 더 문명화된 도시에서 솟아난 듯 줄지어 들어서 있다. 이곳의 집들은 아담하고, 둥글고, 허술한 흰색 울타리로 이어져 있다. 근처에는 코트니 광장과 곡선으로 된 납 장식들이 현관문과 구식 가로등 사이에 설치된 카디건 스트리트도 있다.

만약 이곳이 케닝턴 대로의 지저분한 쓰레기 뒤에 숨어있는 곳이 아니라 노팅힐(최신 유행을 선도하는 런던 서부의 부유한 지역)이었다면, 인스타그램에 사진을 올리려는 수많은 사람을 매일 끌어들였을 텐데. 도시 전역에 일어났던 것과 마찬가지로, 이곳도 더 큰 계획을 위해 울타리가 설치되었던 제2차세계대전과 그 이후에 더 망가졌지만, 60년대 말 재건의 노력으로, 이제 이곳에 살고 싶으면 많은 돈이 있어야 한다. 또는 제이미처럼 그곳에 사는 가까운 친구들이 있거나.

제이미가 머물고 있는 집은 최근에 사망한 나이 많은 예술가가 위탁한 곳으로, 내 생각에는 50년 전에 매력적이고 낡은 옛 동네로 이사 온 자유분방한 독신 귀족이지 않았을까 한다. 그 집은 오랜 시간이 지나도 거의 자리가 바뀌지 않던 잡동사니로 가득한 곱게 낡은 할아버지의 집을 떠오르게 했다. 벽난로 위에는 퀸틴 블레이크(영국 아동 문학 작가이자 만화가)의 엽서가 놓여있고, 부엌 선반들 위에는 원색의 에나멜 그릇들이 쌓여있다. 프랑스식 유리창으로 들어오는 햇빛에 먼지가 보이고 그 너머는 뿌옇게 보이던 곳.

하지만 제이미가 그 집에 있었던 이유는, 그 역시 마음의 상처를 치유하는 중이었고 또 집이라고 부를 안정된 공간이 없었기 때문이었다. 그의 상처는 몇 개월이 되어가는 중이었는데, 잔인한 올가미에 잡혀 몇 주를 보내고 나자 자신감이 생긴 것 같았다. 이젠 부엌 싱크대 옆에 서서 헤어진 여자 친구에 대해서도 차분하고 지혜롭게 이야기할 수 있었다. 서로 잘 지내고 있다면서.

함께 정원으로 들어가면서, 나는 제이미가 씨를 뿌리려고 남겨두었던 스위트피에 대해 가르쳐주었다. 스위트피가 사랑받던 에드워드 시대인 1913년에 지어진 집의 정원에서 자라고 있었으니, 어울리는 이야기였다. 1900년, 스위트피 200주년 기념 전시회에서 264개의 품종이 전시되었고, 일 년 후에는 국립 스위트피 협회가 창설되었으며, 지금도 계속 유지되어서 현존하고 있다는 이야기를 말이다.

그 꽃들은 그 해 초에 누군가가 심어둔 게 분명했다. 꽃들은 잘 자라고 있었다. 먼저 일년생들은, 대나무와 노끈으로 만든 불안정한 직각 구조물(원형 구조물이 더 견고하다)을 앞다퉈 기어오르는 굵고 홈이 파인 줄기들과 덩굴들 사이에 모여있는 파스텔색 꽃잎들이 꽃을 꺾지 않아야 생기는 작고 솜털 같은 꼬투리들과 어우러져 있었다.

몇 주일 안에, 날이 충분히 따뜻하다면 며칠 안에, 이 꼬투리들은 두툼해지고 무거워지고 마르기 시작할 것이다. 줄기도 그 뒤를 이어, 한때 두껍고 부드러운 초록이던 부분이 연노랑 흔적으로 남을 테다.

개중 운이 좋은 씨앗들은 꼬투리에서 빠져나와 바닥에 떨어져 뿌리를 내리고 자라나기도 한다. 대부분의 생명체가 그러하듯, 스위트피도 번식하기 위해 존재한다. 씨를 맺기 위해 자라고, 씨를 맺어 다음 세대의 가능성을 보장해둔 다음에야 잎이 진다. 작은 언약의 꼬투리를 만들기 위해 막대한 에너지를 쓰고 나면, 임무는 끝이 난다.

여러해살이 형태와 빛깔이 변하지 않는 스위트피(라티러스 라티폴리우스)와 더 예쁜 덩이줄기 콩(라티러스 튜베로서스)은, 이 과정을 매해 반복하고 뒤에 오는 여름도 이겨낸다. 일년생 사촌들이 가진 향기도 여름 볕에 말린 빨래 같은 행복한 상큼함도 없지만, 이 식물들은 그 향기와 상큼함을 넘어서는 활기가 있다.

나는 디킨스 소설에 나올 것 같은 캠버웰(런던 남부 지역명) 뉴 로드의 연립주택에 세워진 검은 금속 울타리를 감싸고 자라는 스위트피를 제일 좋아한다.

그곳은 슬픔 속에 허우적대는 건물이지만, 매해 7월이 되면 콘크리트 사이에서 선홍색 꽃들이 수많은 차가 지나가며 뿜어대는 스모그에 맞서 저항하듯 피어난다. 그 꽃들의 자매격인 갯완두(라티러스 자포니커스)들이 던

지니스(영국 켄트의 해안가)의 자갈들 위에서 의기양양하게 자라는 모습을 본 적이 있다. 그 기이하고 비현실적이며 너무나 건조해서, 엄밀히 말하면 영국의 유일한 사막으로 꼽히는 삼각 해안지대에서 말이다.

여러해살이 스위트피는 앞뜰의 거칠지 않은 관목들과 도시의 허접한 공원들 주변의 울타리 사이에서도 자란다. 내가 죄책감 없이 꺾을 수 있는 몇 안 되는 꽃들인데(얼른 덧붙이자면 공공장소에서), 그들이 충분히 많기 때문이다. 보통은 그 꽃들을 꺾기 위해 몸부림을 치기도 하지만, 온몸을 긁힐 만한 가치가 있다. 집으로 돌아와 그 가지들을 물에 꽂아두면, 거의 일주일간 가끔은 더 길게 유지되면서 꽃잎들이 조금씩 칙칙한 다홍색으로 시들어간다.

여러해살이 스위트피(라티러스 라티폴리우스)가 도시의 모진 한계 속에서도 잘 자라는데도, 도시의 원예가들은 매해 더 연약한 한해살이 스위트피(라티러스 오도라터스)를 심으려는 노력을 멈추지 않는다. 내가 보기에는, 많은 사람이 내심 일년생 스위트피가 시골 정원에 어울리는 꽃이라고 여기는 게 아닐까 싶다. 그 꽃의 아름다움은 단순함에 있다. 현란한 꽃차례나 요란한 모양이 아닌, 그저 참하게 주름 잡힌 꽃잎들이 손수건처럼 붙어있는 단순함에.

위대한 원예가이자 버지니아 울프의 연인으로 유명한 비타 색빌웨스트의 시각은 조금 부정적이었다. 1952년 10월, 〈옵저버〉에 쓴 그녀의 주간 칼럼에(이 칼럼들은 후에 《인 유어 가든 어게인》으로 출판된다) 진짜 스위트피는 '작고, 고깔 모양에, 어떤 아름다운 색으로도 튀지도 않는' 꽃이라고 묘사했다. 17세기 말에 이탈리아 바닷가에서 들여온 이 야생 이탈리아 품종을

식물을 보듯 나를 돌본다

언급하면서. 우리들의 정원에 더 화려하고 더 향기로운 품종들—쿠파니, 스펜서스, 그랜디플로라스—이 생겨난 계기도 이 '소박하고 작은 야생화'에서부터다.

50년대에 들어 색빌웨스트는 '의도치 않게 해가 드는 부엌 정원 한 구석에서 엉켜 있는 줄기들 사이로 완두의 지주를 기어오르게 내버려둬야 하고 모두 꺾기 위해 남겨둬야 한다'던 그 이탈리아 품종을 찾아다녔다. (재미있게도 제이미가 빌려 쓰고 있는 이 집에서 일어나는 일에 이 묘사가 정확하게 들어맞았다) 하지만 그 시절 외할아버지께서는, 아버지가 되기 석 달 전에 그다음 해 여름을 위해 스위트피 씨앗을 뿌려두고 계셨을 것이다.

꽃을 피우는 일

엄마가 스위트피를 키웠기 때문에 나도 키우고, 할아버지가 키웠기 때문에 엄마도 키웠던 대로, 나는 꽃다발이 바깥쪽으로 향하도록 약 8센티미터 깊이로 심었다. 나는 마음속으로 내 꽃이 엄마의 꽃만큼 예쁘지 않다고 중얼거리면서, 내 스위트피를 보며 혀를 찼다. 엄마가 "아직도 아빠 꽃만큼 예쁘지는 않네"라고 투덜거리며 엄마의 꽃을 보고 쯧쯧거렸던 것처럼.

우리 할머니는 스위트피를 꺾어 집으로 가지고 들어오셨는데, 내가 듣기로 그 꽃은 60년대의 거실을 전형적으로 가득 채운 향기였다고 했다. 내가 자랐던 부엌에는, 꺾어온 스위트피가 파란색과 흰색으로 칠한 도자기 단지 안에 담겨 식탁 위에 놓여있곤 했다.

격자 울타리에서 부엌 창문을 넘어오는 짧은 여정 동안 충분히 털지 않아서 가끔은 어리둥절한 진딧물 한 마리가 붙어있기도 했고, 어느 때에는 마을 끝자락 부근에 있는 빅토리아 스타일의 오두막에 살면서 지나치게 짧은 바지를 입던 조지라는 이름의 할아버지 집에서 한 다발 가져오기도 했다.

스위트피도 마술 같은(5월에 씨를 파종하는 것이 가장 좋은 코스모스처럼) 일년생식물 중 하나라서, 일상의 황량함을 더 많은 꽃으로 보답한다. 당연히 나처럼 비옥한 토양이 가득 담긴 꽃밭에서 키우는 것이 아니라면, 줄기는 점점 짧아진다. 화분에 식물을 기르고 꽃을 광적으로 좋아하는 친구 하나가 언젠가 내게 말해주기를, 스위트피가 땅에서는 멋지게 자라지만 화분 안에서는 화분 크기가 아무리 넉넉해도 7월 초만 되면 시들어버린다는 사실을 알면서도 향수를 느끼려고 스위트피를 키운다고 했다.

잘 다듬고 영양분을 잘 제공하고 계절이 괜찮으면, 화분에서 자라는 스위트피도 몇 개월간 꽃을 피운다. 나도 본 파이어 나이트(매년 11월 5일로, 1605년에 가이 포크스가 국회의사당을 폭파하려던 시도를 기념하며 모닥불을 피우고 불꽃놀이를 즐기는 영국의 기념일)에 엄마의 화분에서 꽃을 딴 적이 있었다. 그렇게라도 하는 이유는 스위트피가 씨앗을 맺고 훗날 자손을 번식할 가능성을 확보하는 유일한 방법이 꽃을 피우는 일이기 때문이었다. 꽃들이 시들고 가운데 부분이 꼬투리로 커지는데, 그대로 두면 결국 꼬투리가 터져 씨앗들이 흩어지고 싹도 트게 되니까.

여기까지가 내가 7월의 수요일 아침에 제이미에게 설명해준 내용이었다. 여기에, 원예가들이 과정을 중간에 끊는 방법도 알려주었다. 연한 노랑 꽃봉오리들이 부풀고 며칠이 지나면 꽃잎들이 펼쳐지는데, 이제는 때를 기다릴 차례다. 다른 꽃봉오리들에게 자리를 만들어주기 위해 아름다운 식물의 연약한 첫사랑을 자르기까지 얼마나 오래 참을 수 있을까.

일년생 식물들은 꽃이 피고 지는 주기를 맞추도록 몇 주간 이런 비법을 쓴다. 통제하다 풀어주고 보살피다 손상을 입히는, 작은 왈츠를 추는 과정. 어떤 꽃을 얼마나 오래 살게 하고, 그 과정 속에서 새로운 것을 시도하는 희망을 품다가 느닷없이 아름다움을 얼마나 지속하고 얼마나 즐기다가 끊어야 할지 결정해야 한다.

제이미의 남아있는 꽃들은 시들어 떨어지기 전에 꽃잎들이라도 건지기 위해서 베어내야 했다. 다른 꼬투리는 우리 머리 위로 오동통하게 자라고 있는 꼬투리들과 함께 남겨두었다. 잡동사니들 사이에 가위는 없었지만, 우리는 자몽 깎는 칼을 찾아서 줄기들을 절단했다. 일을 끝내고 보니, 제이미는 흰 셔츠를 입은 채 노란색 의자 옆에 서서 캔디 핑크색 꽃들을 한 아름 안고 향기를 들이마시고 있었다.

식물계의 살아있는 화석, 양치식물

나는 음악 페스티벌들을 가까이 접하면서 자랐다. 우리 오빠—그때 겨우 열여섯 살일 뿐이었는데도 어쩜 그렇게 크게 보였는지—가 라디오헤드(90년대 초에 결성된 영국 얼터너티브 록 밴드)처럼 90년대식으로 앞머리로 눈을 가린 채 군중 사이에서 활짝 웃고 있는 모습을 BBC 방송에서 보면서 말이다.

당시 글래스턴베리는 아수라장이었다. 넘어갈 수 없는 철재 울타리와 사진이 있는 신분증으로 온라인 등록을 해서 오직 정해진 사람만이 티켓을 살 수 있는 지금보다 훨씬 오래전이었으니까. 사람들은 노상강도를 당하고 두드려 맞았다. 야영장이 하나의 우범지역으로 인식되던 시절이었다.

누군가는 글래스턴베리가 이제는 강렬함을 잃었다고 말하겠지만, 여전히 영국에서 가장 적은 기업체의 통제를 받는 주요 페스티벌이다. 지난 20년간 페스티벌들은 영국의 거대 산업이 되어왔다. 천막장이들과 장화 대여소, 글리터와 꽃 헤드밴드 조달 업체 그리고 음식을 파는 트럭들에게 큰 이익을 가져다주었다. 나는 열다섯 살 때 처음—당연히 리딩 페스티벌(영국의 리딩과 리즈에서 개최되는 페스티벌)에—으로 갔는데, 좋아하는 밴드들이 군인처럼 모두 한 줄로 서서 연주하는 모습을 보고 내 눈을 믿지 못했다.

글래스턴베리는 음악만을 위한 페스티벌이 아니었다. 사람들은 옷을 차려입고 신나게 돌아다니고, 탁 트인 곳에서 반짝거리는 옷을 입으면서 직업의 한계를 벗어나보겠다며 며칠간 휴가를 냈다. 맥앤드치즈를 파는 똑같은 영세 좌판들과 칵테일 포장마차들도 매 주말마다 나타났고, 다른 이들도 편승했다. 코미디언, 연극 공연단, 문학클럽 들도.

대형 천막 안에서 서로가 아무도 모르는 결혼식장 같은 만찬이 펼쳐지기도 했고. 그 모든 일이 '경험'이라는 이름을 달고 물질적인 욕심을 해결할 물건이나 주택이 부족한 밀레니얼 세대가 꼭 해야 하는 목록이 되어있었다. 반짝거리는 레깅스와 여우 마스크를 쓰고 술과 마약으로 몽롱한 상태에서 숲속을 돌아다니는 것이, 제대로 된 출세 지향적인 삶을 살고 있는 사람들에게 꼭 필요한 것처럼 여겨지는 소중한 해방구였다.

보통 여름에는 페스티벌들 중 열 개를 섭렵한다고 알려져 있던 내가, 조시와 헤어졌던 여름에는 한 곳에만 참석했다. 나는 입장권과 부티크 캠핑 정도는 쉽게 들를 수 있을 정도의 위치에 올랐고, 내 친구들과 나는 경비나 계획에 큰 신경을 쓰지 않았기 때문에(언제나 막판에 결정하곤 했으니까), 우린 그냥 며칠 밤만 불쑥 방문했다. 재미있었고 모든 게 호화로웠다. 나는 밝은 색 손목 밴드를 팔에 차고 깃발이 매달린 야외로 나가 그저 재미있게 즐기기만 했던 순간에 가 있는 것 같았다.

춤은 항상 스트레스를 날려주는 강력한 방법이었다. 늦은 시간까지 남아서 비트가 울리는 짧은 초월의 순간을 찾아 정처 없이 어슬렁거리며 해방감을 느꼈다. 노래하는 군중 사이에 낀 채로, 캄캄한 여름밤 얼굴을 스치는 선선한 공기를 느끼는 것도 매력적인 일이었다. 때때로, 이 페스티벌들이 나의 머리를 잠잠하게 해주는 공간이 되었다.

내가 운이 좋기도 했고, 몇 년 동안 열심히 일했던 직업이 누리는 특전이기도 했다. 하지만 이 입장권들은 양날의 검이었다. 무대 뒤까지 갈 수는 있는 대신, 절대로 진짜 즐기는 모습을 보일 수는 없으니까 말이다. 자제력을 잃고 과하게 흥분하는 순간, 모두가 당황하니까.

입장권을 구입한 사람, 휴가를 즐기러 온 사람에게는 그런 임무가 없다. 있을 때도 있겠지만. 페스티벌이 워낙 광범위한 현상이 되어서, 샴페인을 마시고 별빛 아래에서 춤을 추는 아름답고 빛나는 사람들의 영상들로 가득한 소셜미디어 프로필과 유튜브 계정들이 생겨났다.

그 속에는 햇빛에 그은 사람도, 몸이 노곤한 사람도, 숙취로 고생하는 사람도, 아침이 되어도 슬픈 사람이 없었다. 도리어 뒤틀리고 암울한 우리 삶의 현실에서 벗어나 일종의 자유를 받아들이는 수단이 되었고, 훌륭한 조명과 스타일 관리가 뒤받침되지 않으면 일어날 일 없는 상상으로 포장되었다.

나는 늘 '부티크' 페스티벌 현상이 과열되면서 페스티벌을 매력적으로 만들기 위해서는 그 지역의 아름다움이 꼭 필요하다는 사실을 흥미롭게 생각했다. 그런 현상의 원조는, 당연히 글래스턴베리였다. 아발론 계곡은 완만한 경사에 푸르고, 동틀 무렵이면 사람들을 각자의 텐트로 돌아가게 만드는 엷은 안개가 나타나는 곳이었다.

요즘 페스티벌들은 싹 달라져서, 흥청대며 놀 수 있는 숨겨진 빈터가 있는 숲이 있다고 홍보하고 클럽에 흥분제를 놔두고 땀방울이 떨어지는 벽들을 없앤다. 그런 오래된 공간들—이끼와 진흙과 나뭇잎과 줄기로 이루어진 생태계—이 여름 주말을 보낼 특이한 장소가 된 것이다.

사람의 손길이 거의 닿지 않은 자연보호구역에서 누려야 할 자유가 있다고 느끼면서도, 우리는 어둠 속에서 얼굴에 붙인 글리터에 반사되는 조명을 받으며 멋진 드레스를 입은 채로 그 자유를 슬쩍 건드려만 본다. 자연이 타락의 주체가 되었고, 우리는 돌아서서 일상으로 돌아온다. 우리가 무엇을 남겨두고 왔는지 거의 인식하지 못하는 채로.

이렇게 행동한 세대는 우리가 처음은 아니다. 빅토리아 시대의 사람들도 유행처럼 몇 년간 숲으로 몰려들었다. 겉치장은 달랐지만, 신조는 다르지 않았다. 더 높은 품위를 찾겠다는 생각과 같은, 자신의 가치를 높인다는 개념이 핵심이었다. 가장 열심인 이들은 오직 친구들에게 과시할 증거를 집에 가져가려고 극단적인 장소들을 찾아낸 다음, 새로운 땅을 밟아 뭉갰다. 모든 행동이 시작된 원인 뒤에는 한 가지 식물이 있었다. 빅토리아 시대 사람들이 오랫동안 다양한 이유로 집착했던 양치식물이.

양치식물은 식물계의 살아있는 공룡이다. 화석은 3억 6천만 년 전의 것으로 보이지만, 지금 자라고 있는 양치식물들은 1억 4천 500만 년 전쯤 생겨났다. 그때부터 다른 식물들은 감당하지 못하는 장소들—바위 틈, 그늘진 숲속, 바람을 고스란히 맞는 산비탈 그리고 우리 아파트 발코니—에서 조용히 서식해오고 있다.

엄마가 공중에 있는 내 작은 텃밭에서 올라가는 양치식물들을 보고 "나는 정원에 자라는 고사리들을 뽑아냈는데, 너는 그걸 열심히 키우고 있네!"라고 했던 것처럼, 양치식물은 오랫동안 조경에서 당연하게 무시되어왔었다.

그런데 빅토리아 시대 사람들이 바꿔놓았다. 그들은 오랫동안 무시되었던 양치식물의 장점을 발견했고, 거의 변형되지 않은 잎사귀에 반했다. 꽃을 피우지 않는다는 사실이 양치식물이 '겸손한' 존재라는 증거라고도 생각했다. 식물학자들은 18세기 말이 되어서야 겨우 양치식물이 번식—어느 정도는 수그루의 엽상체 밑면에서 발견된 갈색의 몽글몽글한 포자들에 의해서라는—하는 법을 알아냈을 뿐이었다.

선사시대의 기원을 가지고 있음에도 불구하고 그 비밀이 밝혀지기까지 너무나 오랜 시간이 걸리는 바람에, 양치식물은 이질적인 매력에 쌓여있었다. 빅토리아 시대 사람들은 자신들의 연구가 인내의 시간을 견뎠기 때문에 고귀하다고 떠벌리며, 영국과 주변의 멀리 떨어진 구석에서 자라는 다른 종들을 찾아내는 책임을 맡았다.

양치식물의 진가를 인정하는 것은, 조물주의 좀 더 소극적인 노력을 조명했다는 점에서 본능적으로 경건한 자연주의로 받아들여졌다. 일시적인 유행도 아니었다. 1830년대에 빅토리아 시대의 중산층 사이에서 생겨난 양치식물 열풍은 다음 세기가 시작될 때까지 이어졌다.

1855년《물의 아이들》의 저자 찰스 킹슬리는 온 나라의 가정을 휩쓴 양치식물 열풍을 한마디로 요약한 '트리도매니아'라는 용어를 만들어냈다. 트리도매니아 자체는 여러모로 오늘날 거의 이해할 수 없는 현상이었다. 이 현상에 사로잡힌(트리도매니악이라고 알려진) 사람들은 양치식물을 연구하고, 말도 안 되게 길고 때때로 너무나 다양한 이름들을 익히는 일을 자랑스럽게 여겼다.

배움에 열심인 팬들을 부추기려고 양치식물에 관련된 책들을 출간하는 붐도 일었다. 이 열풍의 가장 심각한 문제는 양치식물 채집에 집중되어있었는데, 양치식물 팬들이 특이한 종을 찾아 집으로 가져와서는 '와디안 케이스(천장과 측면이 유리로 된 식물재배용 유리 상자)'라는 유리 상자에 넣어두려고 원정을 간다는 것이었다.

노나 벨레어스는 자신의 트리도매니아 여행을 기록한 여러 여성 중한 명이었다. 1865년에 그녀는《강인한 양치식물: 채집과 재배법에 관하여》을 출간했다. 두 개의 모종삽과 식별 도감 그리고 몇 주 내내 세워서 보관한 무명을 짠 견본이 들어있는 '자물쇠 달린 커다란 금속 상자와 열쇠'를 가지고 스코틀랜드에서 보낸 3개월간의 여행을 자세히 기록했다.

이 책을 출간했을 때 벨레어스가 사십 대 초반이었는데도, 그녀는 양치식물의 종을 확보한다는 명목으로 위태로운 상황에 뛰어드는 일을 마다하지 않았다. 그녀는 해식동굴 안에서 '끝에 칼을 묶은 약 5미터짜리 대나무'로 '아름다운 (아스플레늄) 마리넘'을 꺾은 일화를 신나게 풀어냈다.

빠르게 밀려들어오는 파도 때문에 그녀는 배를 타고 있던 '한 명의 신사와 숙녀 그리고 뱃사람'에 의해 구조되어야 했는데, 그들도 나중에 '그 양치식물 주변에 모여서 충분히 감탄하기 어려울 정도의 감정을 느꼈다'고 했다. 벨레어스는 운 좋게 살아남아 이야기를 전할 수 있었지만, 운이 없던 사람들도 있었다. 1867년 퍼스셔(스코틀랜드 중부 지역명)에서 양치식물을 채집하다가 절벽에서 실족사했던 제인 뮤어스처럼.

트리도매니아를 염두에 두고 기획되는 나들이와 여행도 있었다. 토마스 쿡 앤드 선이라는 회사 역시 여행 일정표에 양치식물이 자라는 도랑과 양치식물 군집 지역에 방문을 추천하는 여행사 중 하나였다. 스노도니아(영국 웨일스 북서부 지역 국립공원)와 윈드미어(영국의 가장 큰 자연호)처럼 풍요롭고 모험적인 지역에서는, 직접 캐온 양치식물 잎으로 새 양치식물 사냥꾼들에게, 트리도매니악들—최근 완성된 기찻길로 도착한 사람들—에게 접근하여, 자신들이 양치식물이 넉넉하게 있는 곳을 보장해줄 안내인이라고 소개하는 사람들도 있었다.

신기하게도, 트리도매니아는 여성들의 취미로 인식되었다. 빅토리아 시대의 숙녀들이 양치식물들을 발굴하고 확인하고 보관하고 분류하고 그리는 일에 매달리는 동안, 훨씬 더 편안하게 움직일 수 있도록 특별한 디자인의 킬트 드레스들도 만들어졌다. 킹슬리는 《글라우커스, 혹은 해변의 기적》에서 "(당신의 딸들이) 그 속에서 즐거움을 찾고, 잡담이나 바느질이나 자수를 할 때보다 더 적극적이고, 더 활기차고, 더 헌신적이라는 사실을 부정할 수는 없다"라며 자신도 이 현상을 인정한다는 것을 조심스럽게 드러냈다.

하지만, 찰스 디킨스는 그다지 열광하지 않았다. 1862년, 그는 신중하게 [자신의 딸을] 심문한 뒤 자신은 '그녀가 양치식물 케이스를 가질 만하다고 믿지 않는다'고 결론을 내린 후, 그녀에게 (현재 시가로 200~500파운드 되는) 와디안 케이스를 사주지 않았다. 그는 친구에게 보내는 편지에 이렇게 썼다. "나는 젊은이들의 지조가 믿을 만하지 않다고 꽤 확신하네. 차라리 그 애가 꿈꾸는 스페인의 대저택이나 영국 궁전들 중 하나에 고사리 상자를 붙이는 게 말이 되겠어." 트리도매니아의 열기가 끝나갈 무렵, 이디스 워튼의《순수의 시대》에 등장하는 여성들은 조금 더 운이 좋아서 별 반대 없이 와디안 케이스들을 가졌다.

여성들은 아마도 적극적으로 식물을 알아보도록 권장하는 건 고사하고 너무나 오랫동안 식물들에 대해 배우는 것조차 금지되었던 까닭에, 식물을 쫓는 새로운 흥미와 그에 따른 학구적 정밀함을 즐겼을 수도 있다. 여성들은 100여 년 동안 실내용 화초를 가꾸도록 허락받았었다.

1770년대에 조지아 웨지우드(영국의 대표적인 도자기 브랜드 웨지우드의 창업자)는 여성 고객들을 상대로 새로운 종류의 구근식물용 화분을 위한 시장 조사를 했다. 빅토리아 시대의 시작과 더불어, 여성들도 조금씩 집 안에서 식물을 어떤 방식으로 집 안에 둘지 결정할 수 있었기 때문이다. 새로 지어진 현대식 주택의 실내에 생겨나던 유리 상자와 실내 화분 들의 확산을 위해서는, 여성들의 조신한 손길은 적합한 수단이라고 여겨졌다.

도시 건물이 급증하면서 새로이 부상한 대부분의 여성 도시 거주자들로 인해 실내용 화초들을 키우는 능력이 지위의 상징으로 인식되었다. 비교적 소홀한 관리에도 잘 견디고 우중충한 복도의 낮은 조명에도 잘 자라서 요즘에도 인기가 많은 켄티아 야자수는, 빅토리아 시대에도 똑같은 사랑을 받았다. 그을음 범벅에 가스가 가득 찬 거실에서도 살아남는다는 것을 그들도 발견했다. 여성들을 겨냥한 가드닝 서적과 잡지도 급증했다.

1842년, 제인 루돈은 〈레이디스 매거진 오브 가드닝〉에 다음과 같이 기고했다. "내게 정원은 없지만 커다란 발코니가 있어서 여러 온실 화초를 키우는데, 여름에는 아주 좋아 보여도 겨울이 되면 큰 골칫거리가 된다. 모든 창문을 덧대야 하고, 화초가 가득 놓인 화분대를 모두 거실 안으로 옮겨와야 하니까. 그럼에도 없애기로 결정하지 못하는 화초가 여전히 많다."

실내에서 화초를 기르고픈 열망과 그로 인해 겪은 좌절을 생각할 때, 야외나 온실 속 식물재배에서도 대부분 제외되었던(남성들의 일이라고 여겨져서) 여성들이 양치식물을 찾으러 숲속을 미친 듯이 뛰어다닐 수 있다는 허가에 크게 기뻐했던 것은 그다지 놀라운 일이 아니다. 다른 여성들과 함께가 아니더라도 말이다.

1900년, 펜실베이니아의 산악 휴양지인 포코노 파인스에서 열린 '양치식물 수업'에 깃이 높은 블라우스를 입고 참석했던 여성 관중들이 빽빽하게 들어차 있는 사진에는 자매들처럼 보이는 즐거움이 묻어난다.

여러 종의 양치식물이, 그 식물을 발견한 여성들—예를 들면 비버 양이나 볼랜드 여사—의 이름을 따서 명명되기도 했다. 당연히, 모두 좋은 일은 아니었다. 컴컴한 거실 한구석의 유리 상자 속에 가만히 놓여 습기를 내뿜으며, 고통당할 목적으로 자연 서식지에서 무차별적으로 뽑혀나가는 양치식물의 기사를 읽는 건 힘든 일이었다.

벨레어스와 같이 공인된 양치식물 애호가마저도 '무자비하게' 파내서 금속 상자에 구겨 넣어 집에 가져오자마자 포기해버린 양치식물에 대해 "단 한 번도 너를 살린 적이 없었고, 두렵건대 나는 절대 그럴 수도 없겠지. [그녀는 보트리치움에 대해 이야기한다.] 절대로 일정 시간 동안 너를 살려둘 수 없다는 걸 알았을 때, 나는 그 사실을 받아들였지… 그럼에도 불구하고, 너는 찾아낼 가치가 있는 식물이다"라고 썼으니까.

애정 없이, 무엇을 가져가는지 이해하지도 못한 상태로 약탈해갔던 사람들을 일컫는 '양치식물 강도'라는 용어는, 열풍이 자취를 감춘 19세기 말 이후로도 오랫동안 사라지지 않았다.

하지만 트리도매니아에 담긴 모든 숨 가쁜 소동에는 한 세기 반 후와 살짝 비슷하게 느껴지는 요소들이 있었다. 호주 나무고사리에 걸터앉은 여성들의 사진은 인스타그램에 도배된 인위적인 야자수와 비키니 사진들을 연상시킨다. 트리도매니악들이 여행을 기록하고 커피 테이블 위에 의도적으로 올려두었던 양치식물 앨범들은, 세심하게 선별된 우리의 소셜미디어 피드들과 똑같다.

내 마음을 움직이는 것들

양치식물들은 빅토리아 시대의 중산층 가정에서 빠르게 확산되었는데, 갈수록 늘어나는 세입자들이 쉽게 들여놓고 또 쉽게 치울 수 있었기 때문이었다. 마치 도시로 향하는 임대 세대가, 불친절한 집주인의 믿을 수 없는 조건들에 신경 쓰지 않고도 소유할 수 있는 활기차고 살아있는 생명으로 실내 화초들에 매달리는 것처럼 말이다. 양치식물은 빠르게 사회적 기표가 되었다.

1840년, 식물학자인 애드워드 뉴만은 "양치식물은 더 이상 식물학자와 원예학자에게 국한되어있지 않다. 좋은 취향을 가진 거의 대부분의 사람이 성공적으로 이 식물을 재배하고 있으니"라고 말했다. 양치식물은 인쇄물과 가정용품 속으로도 뻗어나갔다. 2010년 중반, 나뭇잎이 인쇄된 벽지, 그림, 쿠션, 소파, 그릇 위에 야자수가 올려졌던 것처럼 말이다. 빅토리아 시대의 양치식물 제품들은, 인테리어 그 자체로 유행이 되었고 고급 드레스의 치맛자락에 양치식물의 갈라진 잎사귀가 수놓이기도 했다.

새로운 유행들이 생겨나면, 이전의 열풍을 끌던 열정은 줄어든다. 요즘 어반 아웃피터스(미국에 본사를 둔 다국적 라이프스타일 소매점)에 있는 후줄근한 다육식물이 30년대에 사막에서 내수 시장으로 가지고 들어온 선인장 마니아들의 열정을 전달하지 못하는 것처럼, 극도로 유행했던 트리도매니아도 초창기에 맑은 공기가 있는 시골로 나가 양치식물 군집지를 행복한 마음으로 더듬거리게 했던 초기의 황홀함을 잊은 것 같았다.

빅토리아 시대 최초의 양치식물 전문가 중 한 명인 에드워드 뉴만이 불안증 때문에 처방받았던 '3개월의 여행'을 다녀온 후에야 양치식물들의 이름을 배우기 시작했으니까.

헨리 데이비드 소로의 일기에 좀 더 잘 압축해서 설명되어있는지도 모른다. "양치식물을 알고 싶다면, 이전에 알고 있던 식물학 지식을 잊어야 한다. 용어 하나, 특징 하나까지도 가장 적게 아는 것이 좋다." 이 조언은 '바구니와 모종삽을 들어줄 신사나 하인을 데리고 시골길을 배회하는' 멋진 여성들의 생각보다 훨씬 더 강력하다.

7월 중순, 나는 음악 페스티벌에 빠져들었다. 잊어야 할 식물학 지식도 별로 없었거니와 알고 있던 어떤 식물과 관련된 지식도 사용하지 않았다. 그런데도, 내가 원했던 것이 야외임을 알았다.

나는 또래들 사이에서 서서히 사회적 명성을 얻기 시작했던 실내용 화초 열풍에 대한 면역이 없었다. 투박하게 뻗어나가는 떡갈잎 고무나무가 갑자기 나타나기 시작하더니, 인테리어 디자인 잡지 속 소파 옆에 자리를 잡았다. 우리 부모님들에게는 봉래초라고 알려진 몬스테라 델리시오사가 인스타그램과 핀터레스트 속 새로운 모던함의 상징이 되었다. 실내용 화초들은, 찬밥 신세였던 수십 년의 시간을 흘려보내고 다시 실내로, 콘크리트 벽이 그대로 드러난 세련된 카페와 노골적으로 미니멀리즘을 추구하는 가정집 속으로 돌아왔다.

빅토리아 시대 사람들이 그랬듯이 밀레니얼 세대도, 도시로 이주해 와 스크린을 쳐다보며 번 돈으로 얻은 작고 비싼 아파트 속으로 밀려들어가면서 버려두었던 자연을 붙들고 있었다. 우리에게도 역시, 식물은 갖고 싶은 물건이 되어버린 것이다. 누구나 갖고 싶은 공간으로 장식된 웹사이트 페이지마다 좁은 도시의 주거환경을 위한 실내용 화초가 놓인 집들이 가득했다.

빅토리아 시대의 십 대들이 와디안 케이스를 갖고 싶어 했다면, 우리는 우리만의 작은 유리 상자들에 환장했다. 테라리엄—앙증맞으면서도 필요한 초록 생태계가 다 들어있는 봉인된 유리 상자—의 유행이 돌아왔던 것이다. 인스타그램에서 우리는 온실과 식물원, 투명한 성전 속에 둘러싸인 우거진 정글의 이미지에 수천 개씩 '좋아요'를 눌렀다.

통제력이 성공의 비결인 야외에서는 존재할 수 없는 생명을 보살피려는 순수한 의도로 주변 환경을 고정시켜둔 세상. 감금시킨 환경이 우리에게 자유를 느끼게 해준다는 것이 아이러니하지만, 우리 세대가 떠받들어 왔던 가치들—소유를 넘어서는 경험의 가치, 순수한 생존에서 비롯된 기대를 넘어선 추진력에 대한 가치, '진정성'에 대한 가치—을 인공적 요새 속에서 찾을 수 있었다. 우리의 삶은 너무나 일시적이었지만, 유리 온실이 품고 있는 세상에서는 시간이 느긋하게 흘러가며 오직 자연의 과정만을 드러냈다.

나도 실내용 화초들을 아파트에 가져다두었다. 중고 용품점에서 가져온 갈대선인장도 있었고, 근처 종묘상에서 사온 다육식물을 창가에 전시해두기도 했다.

화장실에는 쓰임새 많은 알로에 베라가 자랐고, 거실 창가에는 선물로 받은 하월시아와 카랑코에처럼 손이 많이 가지 않는 식물들을 드문드문 놔두었다. 사무실에는 연한 색상의 선인장이 내 컴퓨터 옆에 자리를 잡았고, 아침마다 일찍 출근해서 사무실이 건조할 때면 그 공간 주변에 놓인 산소에 주렸던 야자수 잎사귀를 통과하는 햇살을 즐겨보곤 했었다.

하지만 나는 식물들과 교감하기가 무척 어려웠다. 아주 운 좋게 모은 식물들이었다. 선물로 받기도 했고, 프로듀서들이 답례품으로 보낸 다육식물에 잠깐 관심이 간 적도 있었다. 받은 식물들이 자라는 모습에 무관심한 건 예의가 아닌 것 같았지만, 그땐 거의 소품으로 여겼다. 다육식물은 겨울이나 여름이나 그대로였으니까. 영국 가정에서 다육식물은 작고 재미없는, 자연 서식지에서 보던 식물의 값비싼 형태로 취급한다.

내 마음을 움직인 식물들은 실외에서 살고, 날씨와 상관없이 견뎌내는 식물들이었다. 주변의 더 큰 자연에 기여하기 위해 존재하고, 벌들에게 먹을 것을 공급하며, 봄의 약속을 믿고 겨울의 죽음에 맞서는 식물들.

나는 주변에 세워왔던 경계들을, 인생이 어떠해야 한다는 관념들을 넘어서기 위해, 몇 개월 동안 밖으로 나가려고 나를 밀어붙이고 있었다. 벗어나는 법도 모르는 채 쉼 없이 실내에만 머물러 있었으니까. 그래서 내가 숨을 내뱉을 공간으로 발코니를 택했는지도 모르겠다. 어쩌면 그래서 길가에 있는 시멘트 벽으로 둘러싸인 정원을 피난처로 삼았는지도 모르겠다.

주변에 아무도 없기 때문에 내가 이곳저곳 나다녔다고 생각했던 행동에는 더 깊은 이유가 있었다. 나는 밖에 있고 싶었다. 몇 개월, 몇 년 동안 원했던 일이었고, 내가 발코니에서 살아난 이유였다. 나는 그것만으로는 부족했을 뿐이었다. 나는 단순히 런던과 그곳에 있던 모든 기억에서 벗어나는 것이 아니라, 나 자신을 뿌리내릴 무언가를 찾고 있었다.

야외에 머물고 싶고 오직 구름에게만 잡혀 있고 싶은 무언의 욕구는, 내가 십 대였을 때 음악이 나를 사로잡았던 것과 똑같은 방법으로 내 마음을 움직였다. 나는 노래 가사에서 위로와 의미를 찾았고, 모든 교과서와 교과서를 넣은 가방에까지 볼펜으로 가사들을 적어놓았었다. 드럼 소리에는 시간을 뛰어넘는 해방감이 있었다.

나는 학기 중에도 밤에 공연장들을 찾아가 얼음처럼 냉정한 무대의 문이 열리면, 그 앞에 서서 어떤 응원이라도 보낼 준비를 했었다. 스피커로 전해오는 반향에 마이크 주변으로 몸을 던지는 사람들을 보면서, 나는 어디에서도 얻지 못한 에너지를 얻었다.

하지만, 시간이 흐르면서 서서히 사라졌다. 세심하게 따져가며 점수를 매기고 나를 어떻게 느끼게 하는지보다 수당을 위해 평가하는 직업의 일부가 되면, 펄펄하던 열정도 유지하기 힘들어졌다. 아니, 어쩌면 그저 내가 나이를 먹었을 수도 있다. 처음으로 밴드를 발굴해내려는 사람들 사이에 있을 수 없을 만큼 너무 나이가 들어버렸을지도 모르겠다.

아무리 많은 페스티벌을 다녀도, 아무리 많은 밴드를 만나도, 십 대 시절의 활기와 열정을 느끼는 횟수가 줄어들었다. 인정하기 정말 어려웠지만, 내 마음은 무감각해졌다.

그런데도 여전히, 나는 그 속에 있었다. 스타들의 공연들은 막을 내렸지만, 흥청망청한 파티는 계속되었다. 일회용 술잔을 들고 암페타민에 취해서 점점 시끌벅적해지던 군중이 숲속으로 몰려들었다.

선택할 수 있는 옵션이 다양했다. 은박지나 상자로 로봇처럼 꾸며 입은 사람들이 있는 텐트, 헤드폰을 끼고 노래를 부르는 사람들의 소음과 그들이 구르는 발소리로 가득 찬 텐트, 심야의 코미디와 야한 농담이 오가는 천막 그리고 우리의 목적지였던, 익명의 DJ가 비트를 마구 틀어대는 숲속의 공터 나무 사이에 마련된 댄스 플로어.

오르락내리락 거리며 군중은 스피커를 향해, 그들의 육체를 통과하며 전율하는 전자 천둥 앞으로 몰려들었다. 머리는 어딘가에 두고 몸뚱이만 가담했던 나도, 이곳에 홀로 있는 건 아닌가 하던 외로움으로부터 벗어났다.

그런데 그때 다른 리듬이, 잎사귀 사이로 떨어지는 빗방울이 등장했다. 음악소리가 없었다면 크고 근사하게 들렸을 테지만, 빗방울소리는 그저 느낌으로만 알아차려야 했다. 물방울들이 이마에 떨어지고, 콧등에 흘러내리고, 손등 사이로 흘러내리는 감각으로. 모자를 쓰고 고개를 위로 젖힌 채 춤은 계속되었다.

결국 빗방울은 숲의 바닥까지 떨어졌다. 흠뻑 젖은 운동화 밑으로 축축하고 짓뭉개진 흙이 뒤섞이면서 고사리가 다리 사이로 밀려 올라왔다. 오랜 시간 견디며 세월의 흔적으로 가득한 향기가, 나의 코와 폐를 위아래로 흔들며 머리까지 올라가 오랫동안 경험하지 못한 원초적 친근함으로 나를 두드리며 나의 감각들을 휘감았다.

숲속을 누비던 어린 시절의 기쁨, 이슬이 맺혀 있는 아침의 평화로운 고요함, 자유라는 확실한 에너지. 내가 찾고 있었는지조차 몰랐던 몸의 기억에 의해, 음악이 내게 주던 것과 똑같은 힘에 의해 나는 흔들렸다. 나는 소유하려면 움켜쥐는 대신 놓아주어야 한다는 사실을 깨닫지 못한 채 뭔가를 소비하려고만 했다.

젖은 발밑 바닥이 음악으로 요동치는 동안, 나는 가만히 서서 친구들이 춤을 추며 만들어낸 빛들이 공중에 형성한 둥근 원들을 보면서 밀레니얼 세대를 위해 고요하고 복잡한 과정들을 통과했던 이 공간을 받아들였다. 고사리(너무나 흔하고 빠르게 퍼져서 수집가들이 거의 신경 쓰지 않는 양치식물)가 몇 미터 높이까지 자라 둑 너머로 울창한 밀림을 형성하여, 신선한 향기를 내뿜으며 완전히 새로운 호흡의 세계를 제공하는 그곳을.

그 주말 내내 숲은 나를 끌어당겼고, 나는 친구들을 끌고 갔다. 낮 동안 숲은, 덜 소란스러웠고 얼룩덜룩한 빛과 일렁거리는 잎사귀들의 안식처에 더 가까웠다. 나는 무대에서 끊임없이 연주되던 기타 소리와 친구들의 수다 소리에 귀를 거의 기울이지 않은 채로 쓰러진 통나무들이나 떨어진 나무껍질들 위에 앉아 인스타그램에 올라온 사진을 훑어보다가 다시 런던으로 끌려 들어가고 말았다. 하루 전날 아름다운 스타일리스트가 사는 멋진 곳에서 밤을 보낸 조시의 사진을 보고서.

나는 케이트와 함께 있었다. 그녀는 그 사진에 조롱을 퍼부으며 호수로 수영이나 하러 가자고 끌어당길 줄 아는 사람이었다. 그녀는 허튼 소리를 하지 않는 요크서 아가씨와 쉽게 사람의 진심을 움직이는 자신감 넘치는 웨스트민스터 기자의 강력한 조합으로, 이 상황에 딱 맞는 진정제였다.

꽥꽥 비명을 지르며 호수 속으로 몸을 던졌다. 호수가 우리의 살갗을 식혀주고 우리의 의식을 일깨워주자, 우리는 깨진 마음들을 자세히 들여다보았다. 우리가 머물러 있던 고립감을 누그러뜨리는 각자의 실연을 드러내고 나니 위안이 찾아왔다. 우리는 젖은 머리가 목덜미에 걸쳐진 상태로 피부가 햇살에 데워져 물기가 천천히 마르는 동안 숲으로 돌아왔다. 그날 내내, 내 피부에서는 자극적이고 푸르른 해초 냄새가 났다.

이곳은 어떤 것도 요구하지 않는 때가 타버린 우리 집과 지친 마음과 무의미한 바람의 구속에서 벗어나, 즐길 수 있는 도피처였다. 야생에서 목적을 찾고자 화분들이 가득한 도시의 아파트로부터 벗어났던 이전의 여성들처럼 나에게 만족감을 주는 무언가가 이곳의 흙 속에 있었다.

나는 페스티벌을 먼저 떠났다. 적어도 몇 주는 머물렀다. 그만하면 충분했다. 더 이상은 그 기교가 좋은 시간이라는 생각이 필요하지 않았다. 내게는 소용이 없었으니까. 낯선 무리 속에서 찾을 수 있는 만족감은 없었다. 비현실적인 일몰이 하늘을 가득 채우던 시골길을 한가롭게 누비던 이층 버스 안에, 파티의 잔재들을 남기고 떠나는 기분이 쏠쏠했다.

잘 살펴본다면 숲속에서 접한 것들을 런던에서도 찾을 수 있을 거라 짐작했다. 숲에서 번성하던 식물들의 의지가 도시의 집이라고 부르는 곳에서도 유지되고 있을 거라고 말이다. 그건 나의 절망 깊은 곳에 있던, 진심으로 절실하게 울리는 결심이었다. 나를 땅 위에 세워줄 의지이기도 했다.

8월
August

단단한 뿌리가 세우는 안정

부들레야Buddleja
Buddleja davidi

"부들레야는, 나의 생각과 다르게 흘러가는 시간을 이해하는 법을 알려주었다. 기분이 나아지기 시작했다. 행복이 돌아오고 있었다. 나의 행복은 부들레야처럼 매일 규칙적으로 자라지는 않았지만, 고개를 들어 그들의 달라진 모양과 키를 확인하는 일에서, 달력과 시계가 보여주는 어떤 숫자보다도 큰 변화를 체감하게 만들었다."

뿌리가 단단하게만 심어진다면

뿌리는 땅속에 있는 식물의 뼈대이자 위장이다. 식물을 고정시켜주고 수분과 미네랄을 제공한다. 식물이 활동하는 동안에는 양분의 저장고 역할을 담당하여, 식물이 발생시킨 에너지를 영양분으로 저장한다.

뿌리는 생명의 첫 신호이기도 하다. 씨앗이 발아하면서 새싹을 밀어내는데(일상에서 평범하게 보는 가장 섬세한 광경들 중 하나), 이 과정은 오직 뿌리가 먼저 자리를 잡고, 아래에 기반을 세우기 위해 깊숙이 뻗어나가야만 가능하다. 뿌리는 잘 다져진 토양 속으로 뻗어나가는 도전을 선호해서, 뿌리 섬유들과 뿌리가 자랄 공간을 분리시키는 커다란 에어포켓 없이 단단하게만 심어진다면, 뿌리가 달려 있는 식물은 더 빨리 자리를 잡는다.

뿌리의 종류는 여러 가지이다. 땅속으로 곧장 파고드는 곧은뿌리, 가지런하고 균일한 수염뿌리, 영양분을 저장하는 거대한 덩이뿌리 등. 공기뿌리는 우리가 발에 걸려 넘어지는 종류의 뿌리로, 수백 년생 떡갈나무에서 떨어진 낙엽 아래에 숨어 오래되고 단단해진 땅을 부수며 뻗어나간다. 막뿌리는 낙천적인 종류로, 땅속이 아닌 지면으로 한참 올라온 초록 줄기에서도 뻗어 나온다.

재미있는 사실은, 사람들이 자신들의 유산에 의미를 부여하기 위해 뿌리의 개념을 사용한다는 것이다. 모든 종류의 식물 가계도는 특이한 몸과 마음을 가진 인간들이 식물학을 가지고 복잡하게 만들어낸 결과물이다. 앞으로도 다른 종끼리 타가수분하여 새로운 종들이 나타날 것이다. 우리는 식물을 부를 때도 복잡하고 엉뚱한 이름들로 부르고(풀고사리는 고사리류가 아니라 백합과의 한 종류로, 뿌리도 덩이뿌리인데), 식물을 발견한 사람들로 기억한다. 식물의 기원에 대한 단서들은 땅 아래에 놓여있는 것이 아닌 식물의 여러 다른 부분에 들어있는 셈이다.

식물과 마찬가지로, 우리도 뿌리를 장소와 연결한다. 그리 특별하진 않지만, 나는 정원에서 나의 뿌리들이 연상된다. 나의 유년 시절은 버크셔에 있던 연못과 테라스, 거기에 앞뒤로 직사각형의 잔디밭이 있던 집으로 기억한다. 나는 진입로에 당당하게 심겨 있던, 아무 생각 없이 흔들리는 팜파스그래스에 빠져 있었다. 부모님이 뽑아버렸지만 말이다.

나는 오월 나무(분홍색 산사나무)라고 이름 붙인 나무의 작은 선홍색 꽃봉오리들 아래 누워 있곤 했는데, 아빠가 말한 대로 한 달 후에 꽃이 피었다. 나는 너무나 오래되고 미신도 얽혀 있어서 쓰러질 수가 없는 맑은 수액이 나오는 주목나무 한 그루와 내가 언제나 좋아했지만 겉보기에 불쾌한 모양의 떡갈나무들이 끝에 서 있던 길고 좁다란 정원에서 청소년기를 보냈다.

아침이 되면 정원에 내려앉은 안개가 아침 식사 시간까지 스멀스멀 기어들어와 이슬과 신선함을 남기면서, 우리 집 식탁의 뒷배경을 장식했다. 아빠의 의자는 식탁의 제일 끝자리에 놓여있었다. 그곳에서 자라는 동안 창문 너머로 본 것들 중 제일 흥미진진했던 장면이 생각난다.

어느 겨울, 해가 뜨자마자 젖힌 커튼 뒤로 겨우 60센티미터 너머에서 나를 정면으로 바라보고 있던 꿩을 발견한 일이었다. 아빠는 몇 시간이고 창문 밖을 바라보기만 하셨다. 물론, 결혼반지를 머그잔에 대고 톡톡 두드리며 잠깐씩 그 너머의 초록 정원을 바라보기도 했지만. 아마도 아빠는 머릿속으로 해야 할 일들을 계획하고 계셨던 것 같았다. (가끔씩 이웃

집 유칼립투스에 대해 투덜거리시기도 했으니까) 배경이 매일매일 아주 조금씩 달라지는 공간을 받아들이며, 다가올 날을 머릿속으로 그려보는 같기도 했다.

스쿨버스가 오기 전 내가 잠에 취해 뚱한 얼굴로 허겁지겁 아침을 먹을 때, 아빠는 우리 집에서 제일 좋은 명당자리를 내게 내어주곤 했다. 정원이 내려다보이던 그 자리를. 식사를 끝냈다고 혹은 좀 걸어야겠다며 자리에서 일어나 창밖을 내다보면서 아빠의 자리를 내어줬다.

나는 신문을 들추거나 텔레비전을 쳐다보느라 아빠의 작은 배려를 조금도 눈치 채지 못했다. 대신, 무의식적으로 몸에 익혔다. 나는 대학에서 돌아왔을 때도 창문 아래에 있던 라디에이터에 두 다리를 녹이면서(집이 늘 추웠던지라), 유리에 머리를 대고 정원의 전망에 내 입김이 서리는 모습을 지켜보곤 했다.

조시와 함께 살던 아파트에서도 그대로 살았다는 걸 깨달았다. 나는 식탁을 발코니와 나란히 창문을 등진 자리에 두고, 창문에서 제일 먼 끝자리에 앉아 식사를 하고 글을 쓰고 신문을 읽었다. 벽 한가운데 60센티미터짜리 틈을 통해 보이는 발코니의 풍경이, 아침과 저녁을 먹고 일을 하고 휴식을 취하는 공간의 배경이 되었다. 특별한 계획 없이 식물들을 숨겨둔 상자를 정면으로 볼 수 있는 그 자리가 아파트에서 내가 가장 좋아하는 자리가 되었다.

그 자리에 앉지 않는 유일한 순간은, 손님들을 초대해서 아빠가 내게 해주셨던 것처럼 집에서 가장 좋은 자리를 티내지 않고 그들에게 양보할 때였다. 그들이 눈치를 챘는지는 나도 모르겠다. 더 샤드의 풍경이나 와인 또는 수다에 그들도 마음을 빼앗겼을 테니. 논리적으로 납득이 간다.

깨닫는 데에는 시간이 걸리는 일이니까.

다시 생각해보니, 그 관례를 한 번 어겼던 적이 있다. 조시와 깨진 날 밤, 나는 무기력하고 잠 못 들던 시간들을 반대편 의자에 앉아서 발코니를 등진 채로 보냈었다. 나의 은신처에 해가 지는 모습을 바라보는 것이 감당하기 너무나 힘든 일이라는 듯이.

자주 찾아가지는 못했지만, 할아버지들의 정원들은 내 기억 속에서 다른 것들보다 더 생생하게 빛났다. 친할아버지는 빅토리아 시대의 집 뒤에 숨겨진 구석들과 뽕나무 덤불과 한때는 티끌 하나 없이 말끔했던 작은 밭 하나를 가지고 있었다. 할아버지의 절대적인 기쁨이었던 땅을.

알버트가 12번지는 온실과 연결해서 지어졌는데, 할아버지가 구십 대 후반까지 빈 채소 모판과 비료 자루 주변을 돌아다니셔서, 자식들 걱정이 이만저만 아니었다. 온실 안팎에서 자라던 채소들이 뒤섞이며 온실 유리 벽을 따라 웃자라고 틈새로 밀고 올라오면서, 자연은 자신을 통제하려고 세워진 구조들의 경계를 흐릿하게 만들었다.

나는 일곱 살에 처음으로 온실에 들어가도 된다는 허락을 받았다. 할아버지는 늘 게발선인장을 몇 그루 키우셨는데, 내게도 한 그루 나눠주셨다. 나는 조심스레 다루며 뭉툭하게 나뉜 줄기들에서 요란한 분홍색 꽃들을 피우게 만들었다. 십 년 후, 나는 할아버지 댁에 가서 할아버지가 온실에서 식물들을 화분에 옮겨 심는 일을 도왔다. 조용히, 차분하게 그냥 하면 되는 일이었다.

할아버지는 즉흥적으로 정원 주변을 걷는 습관을 조용히 알려주셨는데, 할아버지와 부모님이 꽃밭을 보고 감탄하는 모습을 집에서 바라보던 나로서는 이해하기에 시간이 필요한 일이었다. 이제 언니와 내가 언니 네 집에서 똑같은 일을 하면서 보니, 그건 저절로 그렇게 되는 일이었다. 이렇게 격식 없는 점검을 하다 보면 묵상의 힘이 생긴다. 제대로 보는 법을 배우는 것은 가드닝에서 가장 중요한 기술들 중 하나로, 정원사들이 집중해서 식물들을 볼 수 있는 이유다.

할아버지는 온화한 5월 중순의 날에 걸맞게, 무성한 성장을 시작하던 할아버지의 정원을 가장 가까운 친구에게 보여주는 일로 생의 마지막 저녁을 보내셨다. 전해 듣기로는, '이제 가도 되겠다'며 만족스럽게 끝맺음을 하시고는 몇 시간 후 아흔일곱의 연세로 우리를 떠나셨다.

친할아버지에게 식물학적인 식견이 있었다면, 남부 여성인 엄마의 아버지이자 당당한 요크셔 남자, 외할아버지는 재배가였다. 내가 솜털이 보송보송하고 심하게 과소평가된 펠라르고늄 잎들과 새로 난 토마토 잎들의 냄새를 맡았을 때, 나는 햇빛을 머금은 작은 식물들이 어떻게 자라나는지 아는 사람으로 바뀌었다.

온실에는, 좁은 공간에서 바쁘게 자라나는 자연의 후덥지근한 초록 향기뿐만 아니라 무언의 자부심도 넘쳐났다. 온실 밖에는, 땅에서 뽑은 다음 씹을 때마다 흙 내음을 느끼며 아사삭 씹어 먹기 위해 흙을 씻어내려고 서둘러 부엌으로 가져가던 당근들이 자라고 있었다.

몇 년 후, 앨범에 정리하지 않은 사진들이 들어있는 상자에서 사진 한 장을 발견했다. 이른 여름에 찍은 사진이 분명했다. 콩잎들이 오른쪽에 있는 곧은 대나무 막대들을 휘어감아 올라가고 있고, 당근 잎들 옆에는 무성한 감자 잎들과 왼쪽으로는 스위트피 다발이 육각형 모양으로 구멍이 난 철조망 위로 앞다퉈 자라고 있고, 긴 호스는 모판 위에 돌돌 말려 있었다. 두 살 먹은 나는 동글동글하고 활짝 웃는 얼굴로 내 다리 하나만 한 모종삽을 들었다.

지금 내가 기르는 식물들과 시공간적으로 붙들고 있는 기억들이 나의 뿌리들이었다. 어쩌면 나의 식물학을 향한 관심의 기원은 그보다 훨씬 전부터 존재했는지도 모르겠다. 나의 고조할머니이신 루이자 엘리자베스 알렌이라는 여성은 꽃그림을 그리셨다. 나와 이름이 같고, 내가 푸른 눈동자와 날카로운 언변을 물려받은 증조할머니의 언니인 글래디스 밀렌도 그러셨고. 우리는 너무나 많은 것이 얽혀 있는 존재들이었다. 사람도 식물과 똑같이 뿌리를 가질 수 있다고 생각한다면, 우리도 뿌리째 뽑힐 수 있다고 생각하기로 했다. 그래서 8월에 내가 이리저리 방황했던 거라고 말이다.

그다음 6개월, 처음 몇 주 동안은 한때 나의 집이었던 공간이 임시 거처 같았다. 그랬다가 마음이 뒤틀리던 지난 6주 동안 헤어짐 뒤에는 또 다른 종류의 삶이 있다는 것을 알게 되었다. 한때 쓰라려 하던 홀로서기의 맛에 애정이 생긴 것이다. 늘 너무 많이 부어서 넘치려 했던 입안의 셔벗처럼 보글거리면서.

모든 것이 아주 다정하게 느껴졌다, 아직은. 친한 친구들은 여전히 나를 부드럽게 대해주었지만 내가 말하지 않은 사람들에게도 내 소식은 퍼져 있었다. 이별 이야기는 그들에게 별 관심 없는 주제였고, 바라지도 않는 조언과 일화를 전할 기회에 불과했다. 조시와 내가 아직 좋은 관계로 지낸다고 말했을 때, 그들은 콧방귀를 뀌며 변할 거라고 내가 너무 순진한 게 아니었는지 생각하느라 머리가 어질어질해 보였고, 나 역시 그들처럼 독설로 가득 차서 끝장을 낼 거라고 맞받아쳤다.

사람들은 엉망이 된 나의 상황을, 그러니까 우리가 함께 소유한 아파트를 팔아야 할지 세를 줘야 할지 아직 결정하지 못해 불편한 상황이 되었음을, 대놓고 놀라워했다. 나는 어리둥절해하며 현실성 없는 위로를 받을 수밖에 없었다.

그런 위로는 내가 방어 가드를 더욱 견고히 올리게 만들 뿐이었다. 나는 이 깨지기 쉬운 껍데기들을 겹겹이 쌓는 일에 능숙해져갔다. 더 이상 오래 사귄 여자 친구가 아니었는데도, 최근에 이별한 사람처럼, 독립적인 상태가 불가능한 사람처럼 느껴졌다. 나는 내가 누구인지, 엉망인 상황에서 무엇이 남아있는지, 앞으로 어떻게 할 것인지 결정해야만 했다.

나는 그냥 떠날 수도 있었고, 아파트 공동 소유자를 구할 수도 있었고, 아무에게나 마음을 주면서 반복해서 마음에 상처를 입을 수도 있었다. 수녀가 될 수도 있었고, 직업을 바꾸거나 다 그만두고 세계 일주를 할 수도 있었고, 이사를 갈 수도 있었다. 서커스단에 들어갈 수도 있었다.

나뿐만 아니라 내 또래의 많은 사람이 듣는 말들이었다. 충분히 힘껏 노력하면 원하는 건 모두 할 수 있다는 말. 그러나 누가 상상했겠는가? 옵션이 모두 쉽지 않을 수 있다는 것을, 좀 더 괜찮은 옵션이 있을 수도 있다는 것을 누가 상상했겠는가?

이제 나도 뿌리가 없어졌고, 계획들은 애매해졌다. 선택할 수 있는 옵션도 바스락거리며 바닥에 날리는 늦여름의 나뭇잎처럼 너무나 제각각이었다. 나는 내가 나가야 한다는 사실에 약간의 강제성을 부여하려고 애를 썼다.

이번에는 조시가 아파트로 돌아올 차례였다. 8월은 두 사람을 위해 새롭게 정한 사용 계획으로 각각의 주말이 나뉘어있었다. 몇 주 넘게 지낼 곳을 빌리는 것은 당시 내게는 벅찬 일이었다. 썩을 위험이 있던 기억들이 심하게 곪아가는 상태였기 때문에, 나는 여전히 주말마다 어딘가로 도피할 필요를 강하게 느끼고 있었다.

시끌벅적한 집의 셋 중 막내라는 사실은 혼자 보내는 시간을 항상 살짝 두려워했다는 뜻이었다. 나는 누군가와 함께 있지 않으면 지루해지거나 가만히 있지 못했고 안정을 찾기 위해 버둥거렸으며 페이스북과 트위터, 인스타그램을 끊임없이 확인하며 마치 환각제처럼 친구들과 함께 있는 다른 사람들의 사진들에 빠져들었다. 나의 자존감과 행복을 갉아먹는 일이었는데도 말이다. 오랫동안 나는 사람들과 어울리는 것이 성공이라고, 친구가 없거나 친구들과 함께 재미있는 시간을 자주 보내지 않는 것은 실패라고 여겼었다.

부모님 댁에 있던 시절에는 공황 상태에 빠져 페스티벌 티켓과 기차표를 똑같이 쌓아놓았지만, 이제 그런 시절은 지나갔고 순수한 소란도 모두 부담스럽게 느껴졌다. 나는 나를 지나치게 써먹었고 과하게 계획했었다. 나는 지쳤고, 잠을 자거나 책을 읽으면서 조금은 평범하게 지낼 시간이 간절했다. 끊임없이 다른 버스와 기차를 뒤져야 하고 이마에 땀이 차는 일 없이, 어딘가로 가서 오롯이 나를 위해 보낼 시간이 말이다.

나는 끝까지 밀고 나가기로 했다. 후유증은 절대 생기지 않았다. 누군가는 파티 카르마라고, 깨져버린 내 마음을 위한 위로의 상이라고 비아

냥댔다. 그러나 그건 마치 내가 상황에 따라 오르락내리락하는 일차원적 평면 위에 존재하는 것과 같은 느낌이었다. 매일매일이 여름날 거리를 장식하는 색종이 조각처럼, 공중에 걸어놓은 바구니에서 떨어진 꽃잎과 반짝거리고 버려지고 날카롭게 깨진 맥주잔 조각처럼 느껴졌다.

텐트들 아래서 밤을 보내며 멀리서 등골이 울리는 페스티벌의 드럼 소리와 함께 잠을 청하는 사이사이, 나는 8월의 첫 몇 주를 친구가 새로 사귄 남자 친구의 집, 배터시의 높은 건물 8층에 남는 아주 작은 방에서 보냈다.

내가 아파트를 떠날 때 조시도 그곳에 있었다. 조시가 지나치게 큰 택시를 불러줬는데, 우리가 나눴던 작별 인사 중 가장 낯설고 어떤 면으로는 가장 친절한 작별 인사였다. 나는 긍정적이고 활기차게 보이려고 애썼다. 진저리나는 새로운 현실의 시작이 아니라, 신나는 여름 여행이라는 듯이. 나는 속으로 부서지고 있었다. 침대 하나로 가득 찼던 작은 방에서 나는 배를 깔고 누워 창밖에 펼쳐진 기찻길을 베개 너머로 내다보았다.

간절히 연결되고 싶은 욕구

여름은 이제 7주째로 접어들었다. 아침, 더위를 잘 견디는 사람들에게 적합하지 않은 도시에서 삶을 이어가려는 수많은 사람의 땀이 남긴 잔류물로 축 처졌다. 태양은 벌써 시들해지고 있었다. 나는 낯설고 잘 모르는 부엌에, 끈끈한 바닥에, 맨발로 서서 유순한 도시 위에 매달린 우주의 노른자를 쳐다보았다. 아침이 점점 짧아지고 있다는 신호. 모든 것이 숨 막

힐 듯 느껴졌다.

조시 없이 집에 있는 것은 그 자체만으로도 벌을 받는 일이었다. 옆에 없다는 사실을 끊임없이 상기시키니까. 하지만 새롭고 완전히 다른 어딘가, 오로지 피난처로 찾은 곳에 머무르는 일은 더 힘든 시간이었다. 일상의 작은 행위들—아침마다 몸을 씻고 옷을 입고 가방을 챙기고 집을 나서는 일—이 모두 어렵고 생경한 일이 되었다.

친절하고 다정한 사람들, 나의 단기 동거인들 주변에서 나는, 제대로 행동하는 법을 잊어버렸다. 가벼운 대화의 진부한 움직임이 너무나 멍청하게 느껴졌고, 너무나 불필요해 보였다. 나는 얼마 후면 떠날 사람이었다. 이 사람들에게 새로운 친구는 필요하지 않았으니 말이다.

나는 언제나 저녁 식사를 만드는 일이 긴장을 풀고 편안해지는 방법이라고 생각했는데, 이마저도 아무런 의욕을 끌어내지 못했다. 그래서 간편식 용기를 오븐에 넣고 몽땅 녹여버리는 실수도 저질렀다. 내가 집을 공유하던 사람들은 초저녁부터 침실로 들어갔기 때문에, 나는 거실을 차지하고서 넷플릭스를 켜고 스크린을 들여다보았다. 위층에 사는 사람들도 똑같았을 거라고 생각한다. 아마도 우리는 모두 서로 분리되어있다고 느꼈을지도 모른다.

나는 어떤 것이든, 누구든 간절히 연결되고 싶었다. 그저 같은 곳에 있고 같은 생각을 한다는 이유만으로, 잘 알지도 못하는 이상한 조합의 사람들과 섞여 밤마다 밖으로 나가, 나이트클럽에서 땀에 젖은 타인과 몸을 맞대면 자연스레 공동체 의식이 생길 거라고 생각했다.

오래된 대학 친구가 가끔씩 문자를 보내서 내가 쓴 글이나 자신이 외국에서 봤던 광경에 대한 부스러기들을 떨구면, 나는 낚시 바늘에 걸린 먹이를 물듯 덥석 물고서 오직 숨을 쉬기만을 갈망하며 친구를 기다렸다. 그리고 친구를 만나면 내가 지루하고 불가능한 환상을 꿈꿨다는 걸 깨달았다. 허술한 기억 말고는 아무것도 얻는 것이 없었으니까.

부족한 야외 공간이 소외감을 부추기지는 않았다. 아파트 지역은 런던 남부를 가로지르는 대로 위에 있어서 햇빛이 내리꽂히는 더 샤드 아래로 도시가 퍼져나가는 모습을 볼 수 있었다. 그러나 나는 그보다 수십 미터 아래의 도로변에 잘 가꿔놓은 꽃밭을 감상하기 위해 창밖을 내려다보았다.

식물들은 사랑받는 공간이 되는 법을 보여준다. 비비추는 식욕 왕성한 달팽이들을 피하려고 풍성하게 높이 자랐고, 제라늄은 군데군데 뒤섞여 만발했으며, 단정하게 다듬어진 관목과 재스민 다발은 도시에서 나는 여름 악취를 막아주는 달콤한 향기를 제공했다.

극복해보려 애쓰던 나는 혼란스럽고 요동치는 마음으로 따뜻한 유리창을 열었지만, 칙칙한 공기만 느껴질 뿐이었다. 그곳에 머무는 몇 주 동안, 도시는 상자들로 만들어진 곳처럼 보였다. 나는 하나의 상자 속에서 눈을 떴고, 지하철 선로들 위에 있는 또 다른 상자를 타고 일하러 갔다. 운 좋게 창가에 앉더라도 창문이 너무 높고 너무 커서 열 수가 없었다. 밖을 내다보았을지라도 유리들로 덮여있고 상자들의 행렬로 가득 찬 광경뿐이었을 것이다.

나는 자전거를 타고 그곳을 벗어나보려고 했다. 도시에는 여러 한계가 자리를 잡고 있다. 야망, 포장 도로, 교통 체증이 우리를 가둔다. 빨간 신호등 불빛은 한여름 무더위 아래 알른거리는 아스팔트 위에 버스 한 대를 붙잡고 있고, 그 주변은 부글거린다. 경찰차가 지나가더라도 사이렌 소리는 단단한 열기에 막혀 튕겨나갈 것이다. 하지만 자전거를 타면 일종의 자치권이 생긴다.

중앙분리대가 있는 정신없는 대로들과 강 사이에 놓인 배터시는 자전거를 타기 편한 곳이다. 자전거를 가지고 리놀륨 바닥이 깔린 어중간한 임시 거처의 긴 복도를 빠져 나오는 일탈에서 나는 해방감을 느꼈다. 템스강을 따라 새로 난 길을 달렸다. 자전거 길과 자동차 길 사이를 요리조리 넘나들며 퉁퉁거리는 자동차들을 제자리에 두려는 구속들에 저항할 수 있었다. 나는 자전거를 열쇠로 잠그는 동안 내 몸이 움직이고 심장이 두근거리는 느낌을 사랑했다. 자전거가 머물고 싶은 어딘가로 나를 데려다준 듯한 기분이 들었으니까.

나는 6시간을 들여서 학창 시절 사랑에 빠졌던 도시인 뉴캐슬에 다녀왔다. 나와 조시의 기념일이었던 주말에 런던에 있지 않으려는 예방책이었다. 그 동네에서 무엇을 하며 보낼지는 몰랐지만, 이제 그곳의 모든 것이 너무나도 극적으로 보였다.

아직도 그곳에는 오랜 친구들과 친자매나 다름없는 언니들이 있었는데, 점잔을 빼고 이야기하더니 프로세코 와인을 가방에 챙기고 생선 튀김을 종이에 싸서는 페이머스 파이브(어린이 네 명과 개 한 마리의 모험을 다룬 소설 시리즈) 스타일로 바람에 깎여 폐허가 된 성과 바닷가로 나를 데리고 다녔다. 나는 그들과 함께 있으면서 그들이 건네는 위로의 말을 들으며 위안을 얻었으나, 일시적인 처방일 뿐이었다. 북쪽으로 돌아가는 발걸음이 마치 학창 시절로 돌아가는 기분이었지만, 내가 더 이상 알딸딸한 칵테일로 쉽게 기분이 좋아지는 열아홉이 아니라는 사실을 생각하지 않을 수 없었다.

달리 할 일이 떠오르지 않아서, 우리는 학창 시절에 내가 제일 좋아했던 클럽으로 향했다. 거의 십 년 전, 학기 중 어느 화요일에 그 클럽에 걸어 들어가면 워낙 많은 사람을 알고 있었기 때문에 흡사 집에서 파티를 연 기분이 들었다. 하지만 지금은 한창 여름방학 중인 8월 중순이었다.

댄스 플로어는 바짝 말라있었다. 그 위에 우리 셋이 있으니 더 휑해 보였고, 슬픔의 이유도 훨씬 단순했던 시절에 느꼈던 자유와 기쁨을 흐릿하게 기계적으로 흉내 내는 느낌이 들었다. 그 자유와 기쁨을 되살릴 수 있다는 기대가 바보처럼 느껴졌다. 어린 시절의 내가 있던 곳에 지금 전혀 다른 사람이 서 있었으니까. 나는 조시가 보게 하려고 그 사진을 인터넷에 올린 다음, 진심 없는 '좋아요'들이 올라오기를 얄팍한 만족감으로 기다렸다.

새로운 일을 시도하는 게 나았다. 우리는 제스먼드 덴(뉴캐슬 북부에 있는 작은 공원)에서 개를 산책시켰다. 이곳은 1866년에 공원으로 바뀌었는데, 그 전에는 지역에서 잘나가던 청년이었다가 무기를 개발하여 부자가 된 뒤 환상적인 발명에 재산을 사용했던 빅토리아 시대의 자선가, 암스트롱 경의 타운 하우스에 딸린 화려한 정원이었다.

암스트롱과 몇몇 사교계 여인들보다 정원에 더 많은 투자를 했던 그의 아내가 그 땅을 샀을 때는, 빙하곡은 가시금작화와 검은 딸기나무들이 토종 나무 몇 그루와 함께 듬성듬성 지저분하게 엉켜 있었다. 나중에 덴

이 대중에게 공개되었을 때는 폭포와 물방앗간, 연회장 그리고 멋진 철교가 있는 비옥한 창작물로 바뀌어있었다.

학창 시절 나는 제스먼드에 있는 집에서 히턴(영국 뉴캐슬에 있는 지역명)에 있는 다른 곳을 가면서, 그 철교를 일주일에 몇 번씩 건너다녔는데도, 덴 공원은 내게 크게 남아있지 않았다. 오히려 졸업 후에 그곳을 더 제대로 보게 되었다. 열면 안 되는 파티에 바글바글 모인 사람들과 함께 촛불을 켜놓고 춤을 추며, 그 도시를 떠나기 전 마지막 시간들을 덴의 채석장에서 보냈다. 내게 제스먼드 덴 공원은 언제까지나 시험이 다가오는 시즌에 자라던 야생 마늘의 향기로, 자연으로의 현실도피와 원래의 의도를 기억하게 만드는 고뇌가 우습게도 함께 있는 곳으로 기억될 것이다.

암스트롱은 근면하게 일하는 항구 도시인 뉴캐슬의 시민에게 고된 일상을 피할 공간을 제공하고 싶어 했다. 몇십 년이 지난 지금도, 덴 공원은 그 취지를 수행하고 있다. 계곡 안에 자리 잡은 올드 밀은 지붕이 없는 건물인데, 그곳에는 마지막 향기를 내뿜는 파속 식물과 스위트피 휴케라들이 만발했다. 올드 밀 전체가 철조망으로 막혀 있었지만, 누군가 안으로 들어가서 식물들을 심은 것이 분명했다. 노랑 양귀비들이 씨를 맺기 시작했다. 나는 마른 머리들을 주머니에 챙겨넣었다.

내가 멀리 갈수록, 런던의 맥박은 더 강해졌다. 도시의 제약들과 좌절들을 경험하고도, 나는 그곳으로 다시 끌려가는 기분이었다. 8월은 어쨌든, 사무실에서 벗어나기에는 별로인 달이었다. 학교 방학과 음악 페스티벌이 너무 많아서 사무실이 휑했으니까.

집이 정해지지 않아서 정착하지 못했던 나는, 집이란 나에게 요구하는 것이 적을 때만 안전한 공간이자 모든 것이 정상인 것처럼 가식적으로 행동할 수 있던 공간 그리고 내가 연기하고 있는 역할이 무엇인지 알던 공간이라고 생각하기 시작했다. 주로 빠르고 창의적으로 두서없이 이루어지는 나의 일이, 온전한 권태감에 빠진 내게 위안이 되어주었다. 나는 스프레드시트와 인턴 꼬맹이들이 적당한 양의 일을 하고 있는지 확인하면서 대부분의 시간을 보냈다.

조시와 헤어지기 전, 나는 알 수 없는 변화를 갈망하면서 다른 나라의 일자리와 대규모 단체에 열을 올리며 지원했었다. 하지만 지금은 그 희소성을 받아들이고, 리딩 앤드 리즈 페스티벌에서 야영할 수 있는 장소를 구글에서 두드리며 프리랜서의 자유를 아무 생각 없이 계획했다. 혼란에 대응하는 진통제가 되어주었으므로. 나는 짐 가방을 책상 아래에 두고 모든 것이 정상이라는 듯 행동했다.

초록 공간이 품은 회복

발코니에서 누리던 위안으로부터 쫓겨나면서, 한동안 인식하지 못했던 임무가 예고도 없이 주어졌다. 내가 집이라고 불렀던 장소들의 한계를 벗어나 어디든 기운을 회복시켜주는 힘이 있는 초록 공간을 찾는 일이었다.

내가 성장하는 동안 시골의 자연을 등졌을지 몰라도, 도시에서 자연을 찾는 법은 익혀두었다. 나는 런던의 자연이 있는 곳이면 어디든 금속과 콘크리트에 대항하듯 자라는 것들에 어마어마한 동지애를 느꼈다. 시간의 흐름을 위한 법칙과 포석을 위한 계획들을 무시하고 제멋대로 자라나는 생명체들에게 말이다.

그것이 바로 우리가 한나 언니의 정원에서 발견한 것이었다. 한나 언니와 형부는 그 집에서 거의 살지 않았다. 두 사람은 몇 주 전에 그들의 미래를 약속한 방 세 개짜리 흰색 집으로 이사를 갔다. 미래가 현재를 단호하게 밀어내고 있었다.

언니는 임신 3개월에 접어드는 중으로 볼록 나온 배가 작은 몸에 익살맞게 붙어있었다. 폭신하면서도 단단한 아기 주머니. 내 손을 대보라고 보여주던 언니의 손이 기억난다. 언니가 "거기가 아기 엉덩이야!"라고 말했다. 같은 방, 같은 소파 위였으나 완전히 다른 세상에 있는 태어나지 않은 존재의 작은 엉덩이를 느낄 수 있었다.

나는 아기의 방이 될 곳, 곧 아기 침대가 놓일 벽에 기대어 몸을 접고 잠을 청했다. 하지만 공간이 넓어서 나는 내 옷들을 둥지처럼 쌓아놓았다. 이 방은 그 집에서 낮에 제일 먼저 햇빛이 물러가는 쪽에 있었다.

어느 토요일에 긁는 소리와 금속으로 땅을 파는 소리에 깨어 밖을 내다보니, 언니가 몸을 숙이고 다리를 넓게 벌린 채 바싹 마른 단단한 여름 땅을 포크로 긁고 있었다. 나는 아래층으로 내려가, 언니에게 그 일이 굉장히 심각한 일이라고 심하게 비난하며 조용히 시켰다. 그때는 고작 아침 8시밖에 되지 않은 시간이었다. 언니네는 이사 온 지 얼마 되지 않은 주민이었으며, 동네 사람들의 아침잠을 방해하면 안 되었으니까.

언니는 잡초를 뽑는 중이었다. 제멋대로 길게 자라서 잔디가 자랄 자리에 요란하게 잎을 틔우며 맨땅을 점령해가던 풀들을. 둥근 부채꼴 모양의 잎사귀들이 그 아래에서 맹렬히 자라고 있었다. 언니는 잡초들을 바닥에서 분리하고, 당근처럼 두꺼워진 뿌리를 찾아 되도록 많이 잡아뜯으려고 애쓰고 있었다.

잡초들의 곧은뿌리는 길고 뾰족하여 씨앗에서 나와 땅속으로 깊이 파고들어, 성장하기 위한 물과 양분을 찾아 위로 옮기기에 효과적이었다. 묘목이나 작은 식물 뿌리에 조심스럽게 파고들었다. 뿌리가 있는 식물에게 곧은뿌리는 땅속 묶음 중에서 가장 인상적인 적수일 것이다.

작은 식물의 성장을 방해하는 가장 확실한 방법은 뿌리를 잘라내는 것이다. 곧은뿌리가 손상을 입으면, 식물은 키가 크거나 튼튼하게 자라지 않는다. 하지만 손상이 없으면, 곧은뿌리는 밭에서 가장 강력한 존재가 된다. 다른 뿌리들은 협동 그물을 만들어 식물을 땅에 세우는 반면, 곧은뿌리는 단단한 갈색 씨앗 표면에서 생겨나는 순간부터 집요하다. 곧은뿌리는 필요한 만큼 멀리 뻗어나간다. 칼라하리 사막에서는 지하 68미터에서 곧은뿌리가 발견되기도 했다.

어떤 식물이든 땅에서 자라는 이상, 뿌리가 끌어당기는 것은 똑같았다. 물, 양분, 산소. 산소는 뿌리 세포를 위한 것이다. 잎 세포는 공기 중의 이산화탄소를 변환시킬 때 생성된 부산물로 산소를 발생시키지만, 뿌리는 주변의 토양에서 산소를 취해야만 한다. 흰 뿌리는 호흡을 잘한다.

나는 식물을 살 때 꼭 화분을 슬쩍 뒤집어보고 뿌리를 확인한다. 복잡하게 얽힌 뿌리 덩어리가 얼마나 촘촘하게 플라스틱 화분 속에 형태를 맞추고 있는지, 얼마나 촉촉하고 색이 진한지를 확인한다. 뿌리가 희고 흙이 축축하고 살짝 보슬보슬한 것으로 고르면, 생존할 확률이 높다.

물을 너무 많이 주면, 뿌리 주변의 공기가 함께 쓸려 나간다. 그러면 뿌리 세포가 호흡을 하지 못하고, 뿌리가 검게 변하고 썩어서 결국 죽고 만다. 공간이 충분하지 않은 것도 역시 좋지 않다. 뿌리는 공간을 채울 때까지 자라나기 때문이다. 뿌리를 잘 내린 식물은 주변으로 계속 뻗어 나가며, 식물이 심겨 있는 화분의 모양대로 자라고, 심지어 물이 빠지기 위해 뚫어놓은 화분 바닥의 구멍으로도 밀려 나온다. 뿌리가 가진 모든 잠재력을 펼치기 위해서는, 더 많은 흙과 더 많은 양분 그리고 마음껏 뻗어나갈 수 있는 더 넓은 공간이 필요하다.

한나 언니의 정원에 있는 뿌리들은 쉽지 않았다. 좌절할 만큼 약했고, 손으로 스치기만 해도 끊어졌으며, 새하얀(건강하고 산소가 풍부하게 공급된) 균열들도 스스로 드러나 런던 남동부의 진흙 속에서 불패의 만족감을 뽐내고 있었다. 하지만 우리도 만만치 않았다. 우린 언제나 집요했었다.

언니는 나보다 네 살 반 위인데, 내가 여성스러워지기를 간절히 바랐다. 내가 생물학적으로는 여자애였지만 어린 시절에는 아무렇게나 다 듬어진 아이 같았기 때문에. 하지만 난 오빠의 브릿팝(90년대 초반 영국에서 유행하던 록의 흐름) CD들, 물려받은 레고, 파란색에 대한 집착, 핑크색에 대한 혐오 등 사내아이다운 것을 좋아하는 아이였지 선머슴은 아니었다.

우리 삼남매는 늘 실질적이고 시간이 걸리는 일들을 함께하며 뭉쳤다. 90년대 후반, 우리는 넘겨받은 집 건너 작은 땅을 채소밭으로 일구기 시작했다. 씨앗을 뿌리고, 땅속에 감자를 심고, 배추 모종들을 한 줄로 늘어놓았다. (씨앗에서부터 키우면 초반에 큰 성취감을 맛보지만 몇 주간 자란 모종이 더 건강하고 덜 예민하기 때문에, 채소를 키우는 사람들은 대부분 이 두 가지 방법을 섞어서 사용한다) 엄마가 도와주긴 했지만 회의적이었다. 엄마는 날이 따뜻해지지 않으면 우리가 밭을 돌보지 않을 거라고 했다. 잡초를 뽑지도, 당근을 솎지도(곧은뿌리가 더 굵어지도록 시들시들한 것들을 뽑지도) 않을 거라고, 민달팽이들이 활발해지면 흥미를 잃을 거라고 말했다. 변변찮은 채소를 얻는 가장 값비싼 방법일 거라고도 했고.

당연히 엄마가 옳았다. 엄마가 말했던 일은 모두 그대로 일어났다. 우리 셋은 나이를 모두 합쳐도 서른네 살밖에 되지 않는 인내심 부족한 어린애들이었으니까. 게다가 우린 채소도 그다지 좋아하지 않았고. 그러나 아무리 결과가 불행하게 끝났어도, 뭔가를 작업하는 행위를 오래도록 했다는 것이 중요했다. 눈사람을 만들고, 종이 상자로 궁전을 짓고, 바닷가에서 아빠를 모래 속에 파묻는 일들처럼.

여러 주 동안 이해할 수 없는 일들을 겪던 중에 처음으로, 조용히 잡초를 뽑으며 새벽 시간을 보내는 것이 이해가 되었다. 그에 대해 별다른 반발 없이, 나는 그 리듬 속에 빠져들고 말았다. 삽으로 파고 뒤적거리고 뽑고, 삽으로 파고 뒤적거리고 뽑고. 조심스럽고 단호하게 서두르지 않으면서, 거대한 뿌리 망나니를 무릎 아래 땅 밑에서 제거할 때 얻는 본능적 만족감. 속에서부터 꿈틀대는 기쁨. 잡초들을 양동이에 던져 넣을 때 나는 희열의 소리.

나는 즉흥적으로 언니의 정원을 돌보는 일이 내가 막내로 있는 동안, 우리가 자매로 함께하는 마지막 일들 중 하나라는 것을 알았다. 몇 주 내로 아기가 태어날 테니까. 또 다른 버전의 언니, 나보다 언니와 생물학적으로 더 가까운 존재가 말이다. 지금은 언니의 몸 안에 있는, 언니가 온 마음으로 사랑하고 사랑할 존재.

원예가들은 8월에 잠시 숨을 돌린다. 5월의 찬란함은 오래전에 지나갔고 6월과 7월의 요란한 성장도 조금 주춤해지면, 깎은 잔디가 올라오고 또 올라왔다. 가을과 겨울을 위해 씨앗을 뿌리는 동안, 8월을 시든 꽃을 잘라내고 가뭄의 피해를 막기 위한 시간으로 사용한다.

새 집으로 이사 온 후 아기가 태어나기 전 첫 몇 주 동안, 한나 언니는 부풀어 오르는 임신기간의 벅찬 감정을 새 정원에 쏟아부었다. 그녀는 시도 때도 없이 물을 주었다. 식물에 물을 주려는 그녀의 의지는 집착에 가까웠다. 나는 언니가 아침마다 퇴근 후에 엄마가 늘 물을 주던 시간과 똑같은 시간에 물을 주는 걸 봤다. 저녁을 시작하고 셰리주를 마시는 중간에 짬을 보내기에 딱 좋은 방법이기도 했고, 그때가 물이 하루 중 덜 증발하고 바싹 마른 땅속으로 더 많이 흡수되는 시간이기도 했다.

아이들을 낳은 친구들이 말하기를, 아이들이 뱃속에서 자라고 있을 때 가드닝이 꼭 필요하더라고 했다. 우리 몸의 기능과 관련된 무의식적인 일이기 때문에, 말로는 제대로 표현하지 못하는 일인 것 같다. 두 상황을 '부분적으로 따분하고, 부분적으로 불쾌하고, 부분적으로 엄청난 걱정거리이지만 결국에는 그럴 가치가 있는 일'이라고 비유한 친구도 있었다.

또 다른 친구는 임신기간 중 겨울이 시작되어 가드닝을 중단했었는데, 더 일찍 그만뒀더라면 미쳐버렸을 거라고 했다. 셋째 아이를 임신한 어떤 여성은 임신기간 내내 가드닝을 했는데, "삼 년 전 정원에 아무것도 없이 시작했는데, 지금은 너무너무 잘 자라고 있어요"라고 말했다.

그럼에도 불구하고 여성의 몸에 대한 기대는, 어머니 세대보다는 훨씬 유연해졌지만, 자녀를 갖기에 앞서, 먼저 아이들을 견딜 수 있는지에 관해 묻는 시대는 아직 오지 않았다.

모성에 대한 나의 느낌은 늘 느리고 나태한 것이었다. 그 감정이 앞으로 바뀔 여지가 있는지는 모르겠다. 하지만 다른 사람들은 모성이라는 감정이 심장을 비트는 메트로놈 같다고 말한다. 나는 우리가 어느 쪽을 원하든지 선택권이 많아서 다행이라고 생각한다.

우리 세대는 어른이 되고, 집을 사고, 가족을 만드는 데에 더 오랜 시간이 걸린다. 이십 대 말에 친구들이 행복하게 임신하는 동안, 내가 양수 속에 무엇이 존재하는지 아는 바가 없는 상태로 남아있을 때, 나에게도 생식의 본능이 서서히 생겨났다. 하지만 양육의 욕구는 다른 방법으로 드러났다. 구체적으로 말하면 씨앗들 속에서, 창틀 위에 있는 화분 안의 흙 속에서 싹을 틔워보려는 의지로.

밀레니얼 세대가 점점 더 식물에 매료되는 것을 두고 막말을 많이 한다. 우리가 강아지나 아기를 다루기엔 너무 미숙하고 무능력해서, 그 대신에 값비싼 실내용 열대 화초에 지나친 애정을 쏟는 거라나. 그런 경박한 말들은 더 근본적인 어려움, 시대가 바뀌면서 스스로 반복해서 드러났던 문제들을 묵살하는 것이다. 자연에서 격리시키고 콘크리트와 아스팔트로 만들어진 상자 갑들 한가운데에 가두고 뻥 뚫린 하늘로부터 숨겨두면, 사람들은 녹색 식물들을 찾아 밖으로 나간다는 것을.

마음의 위안을 찾아 자식이든, 다른 것이든 다른 생명체들에게 눈을 돌린 적은 우리 세대가 처음은 아니었고 마지막도 아닐 것이다. 내가 나 자신 그리고 다른 사람들에게서 똑똑히 확인한 것처럼, 자연의 리듬은 마음이 어수선해질 때 어느 곳에서도 얻지 못한 안정감을 제공하는 경고

음이 되어주었다.

한나 언니가 자리를 비울 때면, 내가 언니의 광적인 물 주기 규칙을 이어갔다. 우리는 잡초 뿌리를 뽑고 난 자리에 남겨진 황토색 맨땅 위에, 부모님의 헛간에 아무렇게나 보관되었다가 전해 받은 잔디 씨앗들을 마지막 희망으로 뿌렸다. 건조한 8월, 땅은 단단하게 굳어있었다. 나는 잔디밭 양쪽에 울퉁불퉁한 화단 두 개 너머에 있는 호스를 끌어다가 물을 주었다. (호스라니! 야외 수도꼭지! 자매라는 정으로 뒷방에서 지내던, 나와 언니에게 성인 크기의 인형의 집이라는 기적이 생긴 것 아닌가!)

내가 언니에게 그러지 말라고 조언했음에도 불구하고, 바질은 매일 흠뻑 젖어있었다. 내가 바질에 매번 물을 준 다음 햇빛이 드는 곳으로 옮겨 놨는데도 다음 날이면 제자리에 되돌아와 있었다. 바질은 인도산 식물로 온화하고 건조한 날씨를 좋아하는 식물이다. 햇볕과 따뜻한 온도 그리고 로즈메리와 라벤더처럼 밤새 뿌리가 젖어있는 것을 싫어하는 식물인데 말이다.

8월은 식물을 심기에 그리 적절한 시기는 아니지만, 팬지는 확실히 예외다. 팬지는 축축하고 서늘한 날씨를 좋아하고 작은 몸집에 비해 훨씬 맹렬한 바람도 이겨낸다. 하늘하늘한 꽃잎이 달린 꽃들이 태양을 향해 고개를 돌리는데, 햇빛을 너무 많이 받아도 죽는다.

그래도 나는 팬지를 심었다. 흰 뿌리들에 쌓여 축축하던 작고 깔끔한 사각 흙덩어리들을 손가락들과 엄지로 움켜잡고서 화단의 새 자리에 심었다. 팬지들은 심겨진 자리에서 다른 화단까지 뻗어나가며 무더위에서도 잘 견뎌냈다. 나는 덴 공원에서 양귀비 씨들을 구해다가 정원 맨 끝으로 가져와서 이랑을 따라 손톱으로 줄을 그은 다음, 내 손바닥 위에 소리 없이 놓여있던 작고 완벽하게 검은 동그라미들을 흙 위에 내려놓았다.

한나 언니는 부들레야를 기르고 싶어 했다. 도시의 철길 너머로 번지는 모습을 봐서인지, 어린 시절 죽어가던 채소밭 바로 옆에 있던 우리 집 정원에서 기른 엄청 큰 부들레야 다비디 덤불 때문인지는 모르겠지만. 수십 개의 트럼펫 모양의 꽃들이 모인 통통한 원뿔들은 별일 아니라는 듯 나비들을 유인했다. 대부분 보라색 꽃 위에서 호피 무늬 날개를 반짝거리는 산네발나비였지만, 공작나비와 작은 호랑나비도 모여들었다. 그리고 여름방학과 함께 달려온 시시한 인간 별종도.

우리 아빠는 알아봤을 것이다. "부들레야구나." 그러면 나도 쥐꼬리만큼 알고 있는 애매한 식물 지식을 끝도 없이 자랑스럽게 읊어댔겠지. 부들레야가 만개하면 입천장에 닿는 꿀 같은 향기, 너무나 진해서 도리어 시큼하게 느껴질 향기를 내뿜었다.

강인함과 끈기의 상징, 부들레야

어른이 되면, 여름이 더 일찍 시작된다. 매해 반복되는 부들레야와 런던 기차역 사이의 애정 행각은, 7월에 시작되어 가을이 될 때까지 그 길을 따라 도시 전체를 초토화시킨다. 이쯤에서 기억해야 할 사실은 부들레야는 곧은뿌리 식물이 아니라는 것이다. 이 식물은 한 자리에 머물며 자리 잡는 식물이 아니라, 끈질긴 수염뿌리를 뻗어 자신들이 서식하는 혹독한 지역에서 최대한 많은 영양분을 끌어당긴다.

대부분의 공간을 차지하며 성장하는 식물도 부들레야다. 자신들이 언제든 뿌리째 쉽게 뽑힐 수 있음을 안다는 듯 최대한 빨리 자라고, 꽃을 피우고, 열매를 많이 맺는다. 그 결과, 부들레야는 분열을 초래하는 식물이 되었다. 원예가들은, 급속도로 퍼지는 특성상, 이 꽃의 아름다움을 감상한 만큼 비난당할 수 있음을 알고 제대로 판단해야만 했다.

하지가 될 때까지 적어도 런던에서는 잠재력을 잔뜩 머금고 단단하게 여문 초록색 원뿔 꽃봉오리들과 함께 부들레야의 새순들이 철로와 역을 뒤덮기 위해 뻗어나간다. 여리여리해 보여도 새순들은 기차가 지나갈 때 일으키는 거센 바람을 견딜 만큼 강하다. 집요하기도 하고.

부들레야의 가지들은 지붕과 벽 틈 사이를 비집고 자라기도 한다. 처음에는 그저 특이한 가지일 뿐이겠지만, 8월 한여름이 되면 꽃들이 굵어지면서 하루를 시작하는 사람들로 북적거리는 통로로 겁 없는 벌레들을 끌어들인다. 로맨스도 최고로 부풀어 그 열병으로 인해 기차역 가구들이 연보라색으로 물든다.

부들레야 각각의 꽃송이들은 3백만 개의 씨앗을 만들어내는 데에 자신들이 가지고 있는 에너지를 모두 사용한다. 그동안 연보라색 나팔 모양의 꽃들은 갈색으로 변하면서 시들어간다. 깃털처럼 가볍고 이동성이 좋은 씨앗들은 기차들이 빠르게 지나가면서 일으킨 순간적인 바람에 날려 어딘가에 떨어져 싹을 틔우고, 자라기 위해 기다린다.

그 여름도 마찬가지였다. 제대로 된 여름 날로 날씨가 바뀌자 덴마크 힐역(런던 남부에 있는 기차역) 위 빅토리아 스타일의 유리 구석마다 부들레야가 잎이 무성한 소용돌이들을 남겼다.

부들레야는 내가 제일 좋아하는 흥미진진한 부들레야속 식물 중 하나였다. 지저분한 유리 사이에서 불쑥 나타나 기괴해 보이고, 관리해주기엔 너무 멀리 있던 식물. 한겨울이 되어 줄기 위에 눈이 쌓이면, 소멸된 존재의 유령처럼 보이기도 했다. 이곳에 머물 계획을 세우지는 않았겠지만, 한 시간에 몇 대씩 지나다니던 기차들에 의해 씨앗들이 심긴 후 오랫동안 순전한 강인함으로 버텨오고 있었다.

이 광란의, 숨 막히는 밀회는 수십 년간 반복되었다. 부들레야는 기차 선로가 아니라, 런던의 거미줄 같은 거리에 높고 좁은 연립주택의 테라스들을 지을 때 사용했던 모르타르로 인해 땅속에 남아있는 석회를 사랑했다. 석회 모르타르가 선로와 주변 건물들에서 침출되었고, 그렇게 영국 대공습으로 도시의 주택들이 무너졌을 때도 부들레야는 자라났다. 너무나 잘 자라서 부들레야는, '폭격 구역 식물'이라는 별칭도 얻었다.

30년대 말부터 40년대 초에 걸쳐 가해졌던 폭격들로 셀 수 없이 많은 사람이 목숨을 잃었지만, 자연은 런던에서 자신의 영역을 되찾았다. 뒤틀리고 버려졌던 땅은, 경계가 줄어든 것을 새로운 시작의 기회로 여기는 왕성한 식물들에게 놀랍도록 알맞은 거주지가 되어주었다.

분홍바늘꽃도 곧바로 피어났다. 이 꽃은 여러 명의 빅토리아 시대 사람들에 의해 영국에 들어온 이후 선로를 따라 자랐는데, 무너진 건물들 덕분에 받은 햇빛 속에서 왕성하게 성장하며 땅을 독차지했다. 분홍바늘꽃은 산불로 까맣게 타고 무너진 땅, 생명체가 심하게 파괴되어 남은 것들로만 군락을 이룰 수밖에 없는 지역에서 번창하기 때문에 미국에서는 '불탄 자리에 나는 잡초'라고 불린다.

40년대 중반까지 식물학자 E. J. 솔즈베리가 조사한 바로 폭격 피해 지역의 90퍼센트에서 분홍바늘꽃이 자랐다. 이 꽃은 지금도 볼 수 있다. (자진해서 심기에는 너무 해로운 식물이라 정원에서는 보기 어렵다) 선로를 따라 짙은 분홍색으로 자욱이 피면서 서식하는 땅 위로 몇 미터나 높이 화살촉 같은 머리를 내민다.

뿌리가 식물을 고정시킬 때 땅에도 복원력을 제공했다. 분홍바늘꽃이 미국 땅에 적극적으로 소개되었던 이유는, 불길이 잦아들고 나면 위로 자라기만 하는 것이 아니라 맹렬히 뻗어나가는(길고 효과적으로 갈라진 뿌리들이 멀리, 빠르게 번지는) 뿌리 체계가 손상된 토양을 하나로 묶어주었기 때문이었다. 거기서부터 다른 생명체들이 자라나기 시작했다.

그렇게 폭격을 당했던 땅 위에 자라난 수십 종의 야생화와 야생초는 스퀘어 마일(런던 별칭) 전체와 런던 동부 땅 전체를 목초지로 바꿔놓았다. 1940년까지 런던 도심 지역은 이끼나 조류가 아무렇게나 자라던 지저분한 곳이었다. 그랬던 공간에 생명이 찾아왔다. 신발 밑창에 붙어서, 누군가의 주머니나 담뱃갑에 담겨서, 말들의 사료 자루에서 떨어지거나 몸을 터는 개의 털에서 떨어져나오면서 옮겨진 희망찬 씨앗들이 전쟁으로 붕괴된 런던에 뿌리를 내렸다.

R. S. R. 피터라고 더 잘 알려진 리차드 시드니 리치몬드 피터는, 스트리탐(런던 남부 지역명)에서 태어나 야생화 전문가로 자랐다. 1945년에 출판한 《런던의 자연사》에서 로마제국이 시작되기 전부터 인간과 자연 사이에 엎치락뒤치락하던 싸움들을 기록해두었다. 또 십 대 청소년과 폭격의 상흔이 남은 도시를 함께 다니면서, 그들에게 야생화를 채집하는 임무를 맡기고 자신의 지식을 직접 전달하기도 했다.

제인 린지도 그들 중 하나로, 자신이 찾은 꽃들—보라색 해란초, 벽에 붙은 개물통이, 자주개자리—을 모아 일기장에 눌러두었다가 훗날 런던의 정원 박물관에 전달했던 인물이다. 그녀는 이 꽃들을 훗날 바비칸(런던 지역명)이 들어선 폐허의 땅에서 발견했는데, 린지는 그곳을 '새들과 야생화들… 고대 로마시대 벽의 잔해가 가득했던 야생 공터'로 기억한다.

내가 열심히 관찰하던 부들레야가 또 있다. 바로 히더 그린(런던 남동부 지역명)의 몇몇 기차역에 자리한 꽃들이다. 처음 관심을 가진 때가 언제인지는 모르겠으나 몇 개월, 아니 몇 년 전부터일 것이다.

내가 확실히 기억하는 건, 그때가 8월이었다는 것. 또 다른 피난처의 열쇠를 받기 위해 배터시에서 히더 그린까지 여행 가방을 질질 끌고, 그보다 더 감당하기 버거운 씩씩한 얼굴로 난리 법석을 떠느라 낙담하고 땀을 뻘뻘 흘리던 때라는 것. 부들레야가 빛바랜 벽과 머리 위로 덮인 더러운 창문들 사이와 벽돌로 막아놓은 틈을 점령한 땅딸막하고 교활한 식물이라는 것이었다. 사우스이스턴 트레인스(영국 열차 회사)에서 선택한 연보라색과 놀랍도록 대비되는 색이었다는 것도. 부들레야는 양쪽으로 단정하게 뻗어 내려온 타원형 잎사귀들과 함께 왼쪽에 매달려 있었다. 마치 알렉산더 콜더의 조각 작품처럼 말이다.

부들레야의 끈기에 감탄했다. 스스로 꽃을 피워낸 자리에서 즐기는 모습이 정말 보기 좋았다. 거의 최고의 입지를 잡은 셈이었다. 밝고, 간접광이 비추고, 통풍도 잘되고, 지붕 어딘가에서 물까지 떨어지는 곳이었으니까. 매일, 부들레야가 자라는 모습을 지켜봤다. 몇 주가 지나고는 매일 보던 습관은 사라졌지만, 나는 여전히 한나 언니의 집으로 갔다.

언니의 새 집으로, 빈 집에 가족이라는 구조를 제공하면서 안정감을 주는 공간이 된 두 사람의 뿌리로. 우리는 함께 차를 마시며 대화를 나누기도 했지만, 내가 겪고 있는 고통을 건드리지 않았다. 아무 생각 없이 파스타를 먹거나 편안하게 텔레비전을 보기도 했다.

기차역에 내리면서 나는 그 차이를 알아차렸다. 아기가 자라고 한나 언니의 배가 불러오는 동안, 부들레야도 더 많은 공간을 차지하고 있었다. 줄기는 더 풍성해지고, 유리 바닥까지 내려왔다. 손에 잡힐 듯한 보라색 원뿔들이 통근자들의 바쁜 머리 위에 닿을 듯 가까이 매달려 있었다.

부들레야는, 나의 생각과 다르게 흘러가는 시간을 이해하는 법을 알려주었다. 기분이 나아지기 시작했다. 행복이 돌아오고 있었다. 나의 행복은 부들레야처럼 매일 규칙적으로 자라지는 않았지만, 고개를 들어 그들의 달라진 모양과 키를 확인하는 일에서, 달력과 시계가 보여주는 어떤 숫자보다도 큰 변화를 체감하게 만들었다.

날짜와 시간을 나타내는 숫자들은 내게 일어난 일들이었다. 일이 일어났을 때부터의 시간, 내가 움직여야 할 때까지의 시간, 집에서 혼자 보내지 않으려고 꾸역꾸역 채우던 시간 등 해내야 하는 수첩 속 할 일들로 말이다. 내가 삶을 분할하는 기호였다.

그러나 부들레야가 자라고, 꽃들이 피고, 꽃들이 지고, 씨를 맺는 모습은 눈으로 식별할 수 있는 일이었다. 결국 사우스이스턴 트레인스의 직원 중 하나가 제멋대로 자란 갈색 줄기들을 잘라내고 그곳을 살짝 정돈하겠지만, 다음 여름 부들레야는 개의치 않고 다시 돌아올 것이다.

9월
September

초록 생활자의 뉴욕

분홍바늘꽃(홍접초) Rosebay willowherb(Fireweed)
Chamaenerion angustifolium

"나는 서둘러 식물들을 확인하며, 나의 손길 없이도 잘 자라고 있던 식물들 사이에서 큰 기쁨을 누렸다. 공간을 보살피고 땅에서 자라던 라벤더 덤불에서 가지들을 꺾어다가 꺾꽂이순을 잘라낸 다음, 내년에 스스로 뿌리를 내리고 자라기를 기대하며, 모래가 섞인 흙이 담긴 화분 가장자리에 조심스럽게 심고 사랑과 비옥함으로 채웠다."

뉴욕으로 떠날 때 나는 스물하나였다. 합법적으로 술을 마실 수 있는 나이였지만, 많이 마셔보지는 않아서 앞으로 배워야 할 것이 많았다. 아빠는 나를 히스로 공항(영국 런던 국제공항)으로 데리고 가서, 미국인들은 '키스 앤 플라이(승객을 공항에 내려주도록 허용된 구역)'라고 부르지만 여기선 '내려주는 곳'이라 불리는 장소에 내려주었다.

출국장의 반짝거리는 회전문을 오래도록 붙잡은 채 아빠를 바라보다가, 내가 비행기에 타지 못하면 비행기가 도착했을 시간쯤 아마 죽어버렸을 거라고 아빠에게 말했다. 아빠는 마치 내가 저녁을 먹으러 외출하는 것처럼, 애정이 담긴 형식적인 몸짓의 포옹을 하며 작별 인사를 했다.

나는 신이 나면서도 두려웠다. (지금은 폐간된) 신세대 라이프스타일 잡지사로 일주일에 나흘씩 3개월간 인턴십을 하러 가는 상황이었다. 하지만 내가 공항 게이트를 통과할 때 걸려온 행운의 전화를 받기 전까지, 나는 어디서 지낼지도 정하지 못한 상태였다. 가까스로 런던의 저널리즘 대학원에 합격했지만, 대학원 진학은 짐을 싸고 아르바이트로 번 돈을 싹싹 긁어 다른 나라로 가는 일보다 더 위험부담이 크고 현재에 안주하는 일이라고 생각했다.

영국의 물가는 너무 높았고, 집세는 터무니없었으며, 같은 과정을 듣는 다른 사람들과 몇 안 되는 기회를 놓고 뻔한 경쟁을 한다는 생각 자체도 혐오스러웠다. 신문사들이 항상 졸업생들을 데려갔지만, 경제 위기의 결과로 우리에겐 그런 기회도 없었다. 그 시절 런던에서의 인턴십은 오래 이어지는 직장 경험에 불과했다. 나는 지난 몇 년간 방학마다 여러 잡지사와 지역 신문사에서 무보수로 일했었는데, 이제는 더 이상 참을 수가 없었다.

그 대신 세상을 좀 더 볼 수 있고, 우리를 더 잘 써먹는 법을 알 것 같은 사람들이 모여있는 뉴욕에서 지내는 편이 더 낫겠다는 생각이 들었다. 우리가 열심히만 하면 원하는 일을 할 수 있다는 생각과 런던에 일자리가 충분하지 않다는 증거가 많아진다는 사실이 결합된 강력한 조합이었다. 나는 이 조합에 불을 지펴 너무나 비현실적인 강렬한 욕구를 여러 영화의 줄거리를 묶어 생각들로 이어지게 만들었다. '뉴욕으로 가자, 꿈을 좇아서' 같은.

나는 전문직 종사자들이 사는 집의 남는 방에서 지내는 일이, 서로 친구가 되고 싶은 또래들이 함께 사는 것과는 같지 않음을 금세 깨달았다. 그것도 오븐의 온도가 화씨로 표시되는 미국에서, 오븐을 사용하는 사람이 아무도 없는 뉴욕에서는 더더욱. 그때 인생에서 처음으로 제대로 된 외로움이 찾아와 나의 이십 대를 부드럽게 관통하며, 멀리서 울리는 종소리 같은 공허한 깊이로 퍼져나갔다.

금요일 아침부터 토요일 저녁까지 여러 도시와 공원, 식료품점 그리고 입장료 대신 1달러의 기부금을 내고 들어갈 수 있는 박물관들을 찾아다녔다. 기차에 몸을 싣고 코니 아일랜드(뉴욕 브루클린 주거 지역)에 가서 4달러짜리 중국 만두로 배를 채우기도 했다. 저녁은 패션 파티장들의 공짜 술이나 싸구려 술집에서 때웠는데, 그 자체의 특이함과 화려함 때문에 비현실적으로 느껴졌다. PBR(미국산 라거 맥주 브랜드) 맥주 캔들을 꿀꺽꿀꺽 들이켜고, 휴즈 스트리트역부터 마시 애비뉴역까지 이어지는 바람결에 몸을 맡기며, 남은 당밀의 숙취를 날리기도 했다.

영화에서 보던 화려한 맨해튼은, 하루에 두 번만 볼 수 있었다. M 노선 전철을 타고 브루클린을 오가는 길에 주어지는 몇 초의 찰나에만 겨우 보이던 번쩍거리는 크라이슬러 빌딩이 전부였다.

대신, 나만의 특별한 뉴욕을 만들어갔다. 나는 대부분 외국인이거나 학생 또는 대학원생으로 이루어진 작은 이방인 집단을 찾아다녔는데, 그들도 직업이 무엇이든 상관없이 어른이 되는 것은 돈이 많이 들고 어려운 일이므로 자신이 원하는 대로 사는 편이 낫다고 생각했다.

몬트로즈 애비뉴의 기차 칸 같은 아파트에서 사는 아일랜드 출신의 여자 커플이 만들어준 양념으로 범벅된 저녁을 먹으면서 그들과 함께 보낸 시간은, 나의 향수병을 가라앉혀주었고 편안함도 느끼게 해주었다.

우리는 함께 도시를 어슬렁거리고, 술과 데이트와 월세 비용에 대해 다양한 채팅 서비스들을 사용하면서 열정적으로 정보를 나누고, 사무실 신참내기들의 시간을 공유했다. 그때의 메시지들은 아직도 인터넷에 남아있는데, 다시 들여다보면 각각의 사람들이 사용하는 다양한 은어와 정서가 읽힌다.

그 시절 우리는 서로 금세 사랑에 빠졌고, 서로가 서로를 대담하고 뛰어나다고 생각했다. 몇 년이 지나도 우리의 인생이 또다시 예측하지 못한 방향과 시간 속에서 부딪히더라도, 우리는 다정한 시선으로 함께 어울려 지내던 서로의 어린 시절을 떠올릴 것이다.

나는 다른 구역에서 나의 뉴욕을 만들었다. 입천장을 데어가며 1달러 짜리 피자 조각을 먹고, 길을 잃지 않고는 G 노선 전철을 탈 줄 모르던 사람들과 함께 어울리면서. 어느 날 밤 몰래 올라간 옥상에서 돌았던 원만큼이나 작고, 기복이 있던 시절이었다. 브루클린 다리의 불빛들이 시끌시끌한 하늘 너머로 긴 줄을 만들어냈다.

나는 세상 물정에 밝아져서, 늦은 밤 고래고래 소리를 지르며 손가락을 총 모양으로 접어 얼굴에 들이대는 마약중독자들을 거칠지 않게 피하는 법을 익혔지만, 정말로 곤란한 일들을 겪지 않았음은 전적으로 행운이었다. 이 시간들은 너저분하고 가벼웠으며, 맨해튼의 하늘처럼 맑은 솜사탕 같았다.

그 도시의 주민들처럼, 뉴욕의 공기는 날카롭다. 또 뉴욕의 햇빛은 대서양에서 불어오는 돌풍을 타고 육중한 건물들과 번쩍거리는 첨탑들에 부딪히고, 산산이 부서져 내리쬐는 곳마다 서늘한 그림자들을 남기며 숨을 곳을 남겨두지 않는다. 빛은 섬처럼 나뉜 거리들을 조각내고, 하늘을 네모지게 나누며, 분홍색 구름들로 채운다.

거리 위의 뉴요커들은 자신들의 일을 했고, 나는 하늘을 올려다봤다. 뉴욕의 하늘은 절대 지루해지지 않았다. 늦은 여름, 어둠이 내리면 뉴욕의 하늘은 사람들을 놀라움으로 사로잡을 정도로 아름다웠다.

아침 전철 칸에 밀려드는 통근자들처럼, 맨해튼의 건축은 빛에 기대어 있었다. 그러나 공원에서는 늦여름 한 줄기 바람에 한데 모인 나뭇잎들 위로 쏟아지는 햇살의 춤사위가 펼쳐졌다.

뉴욕에서 처음 몇 주는 가로수가 놓인 브루클린의 클린턴 힐 거리들을 다니며 프로스펙트 파크의 드넓은 잔디밭 위에서 느긋하게 보내느라, 센트럴 파크에 가기까지 시간이 좀 걸렸다. 윌리엄스버그에 있는 맥카렌 파크가 나의 첫 월세방과 가장 가까운 공원이었는데, 서글프고 지저분하게 느껴져서 몇 블록 떨어진 이스트 리버 파크로 가서 마천루들을 바라보았다.

끈적끈적하고 후덥지근한 여름의 장막이 걷히면서, 색조들이 스며들었고 나는 다른 초록 섬들로 발걸음을 옮겼다. 나는 공원들로 맨해튼을 파악했다. 이스트 리버 파크, 톰킨스 스퀘어, 워싱턴 스퀘어 그리고 확실하게 뻥 뚫린 허드슨 리버 파크를 가기 전 크리스토퍼 스트리트역 옆에 있는 작고 오래된 삼각형 모양의 공원으로.

10월 중순이 되면, 불이 붙기 시작했다. 끝부분이 구릿빛과 암갈색으로 바뀐 나뭇잎들이 첼시와 웨스트 빌리지의 자갈들에 내려앉았으며 브라운석으로 마감한 맨해튼의 고급 지역 건물들 주변을 예쁘게 굴러다녔다. 사진을 찍기에 완벽한 날에는 센트럴 파크의 나무들 사진을 수없이 찍다가, 필름이 다 떨어지면 되감아서 새로 시작하기도 했다. 사진 원판들을 받아보면, 불타는 낙엽들이 겹겹이 쌓여있었다.

뉴욕의 초현실적 초록 공간, 하이 라인

하이 라인(고가 화물 노선을 공원으로 조성한 약 1.6킬로미터 길이의 선형 공원)에 처음 갔을 때는 정말 특별했다. 프로젝트의 초반 부분이 일 년 남짓한 기간 동안 개방되었는데, 뜨거운 여름을 지나면서 풀들이 높이 자라있었다. 씨앗 머리들이 달린 가지들이 그 너머 항구의 노랑 불빛들을 받으며 보라색 습지 잔디의 흰 가지들 위에서 흔들렸다. 퇴근 시간 전, 탄탄한 몸매의 사람들이 몸에 달라붙는 운동복을 입고 달리며 지나갔는데, 고가 위의 두 모습이 생경하게 느껴졌다.

이제 막 만들어진 공원, 더 이상 사용하지 않는 철길 위에 자유의 여신상이 보이도록 만든 정원이라니. 이곳은 나의 두 친구가 내게 보여주고 싶어 했던 곳이었다. 내가 다른 모든 차이점(식품점에서 '좋은 하루 보내세요!'라고 인사하면서 주는 친절한 비닐백, 영국 발음으로 발음하면 알아듣지 못한다는 것) 때문에 잊고 있던 이 도시의 매력을 두 친구가 일깨워주었다. 나는 그 뒤로도 몇 개월간 하이 라인으로 가는 길을 찾았는데, 그곳이 어떻게 사용되는지를 이해해서가 아니라 이해하지 못해도 거기에 있고 싶었기 때문이었다.

로지는 내가 윌리엄스버그에 왔던 첫날, 난처할 정도로 땀에 젖은 상태로 거리에서 급작스럽게 만난 세 명의 런던 출신 여자 중 하나이다. 그 동네에 조금 더 오래 있던 애들이 나를 끼워준 거였다. 로지가 일하던 출판사는 첼시의 하이 라인 아래에 있었다.

하이 라인은 예전의 웨스트사이드 라인(알바니를 거쳐 캐나다 토론토까지 이어졌던 뉴욕 철도 노선) 중 지금은 육류 도축 지역으로 알려진 곳으로 소들을 옮겨왔던 2킬로미터가 안 되는 길이의 철로다. 뉴욕의 맹렬했던 건설 붐과 붕괴로 인한 위기를 30년간 견뎌왔던 곳으로, 이제 세계에서 가장 유명한 공원 중 하나로 변모했다.

신화 같고 영화 같던 뉴욕을 열기와 쓰레기가 쌓인 도시의 민낯과 함께 받아들이려 애를 쓰며 지내다가, 처음으로 하이 라인 위로 올라오면, 뉴욕의 두 모습 사이에 낀 애매모호한 공간을 발견하게 된다. 그때는, 트립어드바이저(전 세계의 숙박과 식당과 명소 등을 가격과 만족도로 비교한 온라인서비스)에 뉴욕의 14번째 명소로 추천되기 전으로, 공원이 막 생겨난 시절이었다.

새로 개장했지만, 특징이 될 만한 마감이 없으며, 오래되고 이미 알려진 듯한 곳인 이 공원은 사람들이 쉴 새 없이 오가는 인도 위로, 차분한 도시의 마천루들 아래로 매달려 있는 공간이었다. 계획을 가지고 만들었다가 다른 존재가 올 때까지 사랑받지 못하고 남겨져버린 거대한 구조물의 기반이었다.

하이 라인은 인간의 손으로 만들었지만, 인간에게 잊혔다가 자연과 기계 두 곳에 뿌리를 둔 기이하고 변형된 다른 존재로 복구되었다. 한때는 자연 상태였다가 첼시 조경의 구멍이라는 별명까지 얻었다. 그러는 동안 빛과 바람은 그 사이로 번져갔다가 휘몰아치듯 쓸고 갔다.

하이 라인은, 창고들을 개조한 예술가들의 스튜디오와 천장이 높은 거실들 사이에서 꼭 필요하면서도 기묘하게 자리 잡은 혈관이자 도피처였다. 또 꿈을 현실로 이루어준다고 알려진 도시에서, 맨해튼을 살아있는 초현실적 광경으로, 존재 자체를 초월해 보이는 공간으로 바꿔놓았다.

30년 동안, 뉴욕 센트럴 레일로드의 일부 구간에서 기차들이 운행을 중단하자, 선로들에는 사람들의 발길이 끊기면서 무성한 초목들이 자라났다. 새천년의 밝은 여명이 시작되던 시기에, 근처에 살면서 언젠가는 그 선로들이 공원으로 조성될 수 있다고 꿈꿨던 두 사람, 조슈아 데이비드와 로버트 해먼드는, 사진작가 조엘 스턴펠드를 그곳으로 초대했다.

스턴펠드는 눈으로 목격한 광경에 큰 충격을 받았다. 그는 〈하이 라인 스토리즈〉라는 짧은 다큐멘터리 영화에서 "별안간 다른 세상이 펼쳐졌다"라고 말했다. "야생화들이 피어있었고, 깨진 유리 조각들이 널려있었고, 새들이 날아다녔고, 산비둘기들도 있었다"고.

스턴펠드는 원할 때마다 하이 라인을 찾아가며 이후 열두 달을 보냈지만, 대다수의 뉴요커들은 여전히 그들의 머리 위에서 무엇이 자라고 있는지에 대해 아무 관심도 없었다. 시간이 흐르면서 그는 가공되지 않은 아름다움은, 바로 하이 라인 위에서 도시 경관과 그 너머 대서양을 향해 뻗은 좁은 선로들에서 볼 때 가장 잘 찍힌다는 것을 깨달았다.

〈웨이킹 더 하이 라인〉이라는 시리즈부터 시작해서 그의 사진들은 꽃이 피고 열매를 맺은 고가 위의 모습을 잡아냈다. 화려한 철제 가로등 아래 흔들리는 갈색 들풀 속으로 사라지는 녹슨 철로, 초여름 분홍바늘꽃의 잎사귀 더미들과 아무렇게나 뻗어나가는 나팔꽃들로 분할된 맨해튼 중부의 붉은 벽돌 건물들과 굴뚝들. 봄에 줄지어 피는 순서들을 따라 등장한 노란빛 야생화들과 십 년 안에 고급 부티크 아파트로 바뀔 창고들 사이의 좁은 틈에 자리 잡은 어린 묘목들.

스턴펠드는 겨울에도 하이 라인으로 올라가 지난 시즌에 남겨둔 대담한 골격을 보여주기 위해 눈 속에서 카메라를 들었다. 사 년 후 〈저널 오브 더 토리 보테니컬 소사이어티〉에 실린 연구 결과에 의하면, 사람이 버린 그곳을 비옥한 땅으로 만들기 위해 161종의 식물이 고군분투했었다는 사실이 밝혀졌다. 82종은 토종 식물이었지만, 나머지 79종은 어딘가에서 건너와 힘겹게 뿌리를 내린 존재들이었다. 그 아래를 걷고 있던 수백만 명의 뉴요커와 마찬가지로.

식물이 허용한 자유

이 공간이 처음 만들어졌던 그대로, 지구상에서 인구가 가장 밀집되어있는 도시 중 하나인 뉴욕을, 사람이 전혀 없는 상태로 두기를 원하는 사람들도 있었다. 데이비드와 해먼드는 그들의 생각을 이 공간에 불어넣기 위해 '프렌즈 오브 더 하이 라인'이라는 단체를 설립했다. 약 1만 평에 이르는 이 아름답고 텅 빈 공간을 조성하기 위해, 초기에 프렌즈 오브 더 하이 라인은 어떤 계획을 세워야 할지 고민하며 인근 주민들을 만나고 돌아다녔다.

해먼드는 카드를 한 장 받았는데, '하이 라인은 자연보호구역으로 보존되고 훼손되지 않아야 합니다. 당신들은 틀림없이 그곳을 망쳐놓을 거요. 뻔하지'라고 적혀 있었다. 해먼드는 이 카드를 그의 책상 위에 붙여놓았다. '우리는 자연 그대로의 아름다움을 보존할 수 없다. 결국에는 훼손할 수밖에 없다'는 그의 가장 큰 두려움이 그 카드에 고스란히 요약되어있었기 때문이다.

자연이 그곳에 만들어둔 것을 그대로 보존하거나 근본적으로 재창조하는 대신, 이 단체는 하이 라인의 정신(그곳에서 자라는 존재들의 질요함과 그 공간의 덧없음)의 본질을 활용하여 식물을 심는 데에 집중했다. 그곳에 식물을 심는 것은, 도시의 스트레스에서 벗어나기에 충분할 만큼 매우 현실적인 동시에 다소 원초적인 일이었다.

첼시의 다른 지역들에서 거리에 놓인 화분들이나 창가에서 떨어진 낙엽들이 우아하게 굴러다니며 깔끔하게 쌓이고 있는 동안, 하이 라인은 숨을 쉬는 것 같았다. 인간의 간섭에 저항하는 것처럼 느껴지는 긴장감과 주인 의식으로 활기가 넘쳤다. 식물들은 바람과 계절을 견디면서 그곳에서 살고 있었다. 장식과 요란함은 짜임새와 향기에 밀려났다. 이곳

은 도시의 비밀스러운 예비용 갈빗대 위에 떠있는, 갇혀 있는 목초지였
다. 나는 그런 곳을 본 적이 없었다.

스턴펠드의 사진들을 보면서 너무나 놀란 점은, 2010년의 하이 라인
이 이후로 훨씬 더 발전된 하이 라인과 너무나 유사하다는 것이었다. 그
공원이 지금은 아트갤러리와 수만 명을 위한 여행 명소가 되었는데도 말
이다. 그곳을 조성한 사람들이, 그곳에서 서식하던 식물군들을 기본 그
림판으로 사용한 덕분이었다. 네덜란드 디자이너인 피에트 우돌프를 초
빙하여 어디에 어떤 식물을 심을지 결정했는데, 그 과정에서 그는 '처음
엔 아주 별로인 듯 보였던' 무언가를 만들어냈다.

우돌프의 정원들은 유행과 시대적 감각에 뒤져 있는데, 일시적인 개념
을 염두에 두고 만들지 않았기 때문이다. 감정과 공간 그리고 아름다움
은 물론, 미학도 추구하지 않았다. 그는 〈파이브 시즌즈〉에서 "정원은 가
능성이기도 하다"고 말했다. 그는 식물에 미친 사람으로, 새와 벌까지 적
극적으로 끌어들이는 매력적인 아름다움의 조달자였다.

60년대에 일어났던 반문화운동을 반대했으면서도 '살충제와 인공 비
료 없이 식물을 위한 정원사 부대를 동원하지 않고' 자연스럽게 가꾸는
정원의 장점들을 알린 사람이기도 했다. 그의 방법은 획기적이었다. 아
마도 그가, 식물을 가까이 접하면서 성장한 원예가가 아니기 때문일 것
이다. 그는 나처럼 이십 대 중반쯤 식물에 눈을 뜨고, 가업을 잇는 일에
서 벗어나는 수단으로 식물을 택했다. '뭔가를 더' 하고 싶다고 했던, 그
의 말은 나도 크게 공감하는 바였다.

베스 채토 같은 식물 전문가들과 함께, 우돌프는 우리가 정원을 보는

방식은 물론, 정원에서 기르는 식물의 종류도 바꿔놓았다. 그의 제자들은 그가 영감을 주는 동시에 짜증스러운 사람이라고 한다. 특별한 절차가 있지도 않고, 식재 계획을 대중에게 공개하는 일도 다반사니까. 그는 한 번 쓴 방법은 다시 사용하지 않았고, 새로운 아이디어를 만들어내기를 선호했다.

그는 80년대에 독일과 네덜란드에서 일어났던 운동으로, 가드닝을 매력적인 일로 만들었던 '뉴 퍼레니얼스 무브먼트'의 가장 중요한 멤버로 꼽힌다. 그 운동의 기본은 단순하다. 각 식물을 가장 잘 자랄 수 있는 환경에 맞추는 것, 싹이 트고 꽃을 피우고 열매를 맺고 죽었다가 이듬해에 똑같은 과정을 반복하는 여러해살이들을 심는 것.

하지만 여러해살이들은 인내가 필요하다. 한해살이들은 대개 곧장 드러나는 결과를 보장하고, 화원에서 온상에 담겨올 때부터 눈에 띄는 색깔을 지닌다. 반면 여러해살이들은 눈에 보이지 않는, 땅 밑의 시기까지 포함한 생의 전반을 감상해야 한다. 그러면 답례로 해가 거듭할수록 짜임새를 갖춰가며 놀라움을 선사한다.

우돌프의 정원들에 가면, 철마다 다른 드라마가 펼쳐진다. 늦겨울 눈을 뚫고 올라온 새싹들은 봄의 여리고 다채로운 색깔들로 길을 낸다. 여름의 화려함이 가을의 느긋한 '짧은 죽음'으로 이어진다. 그렇게 겨울이 오면 불가피하게, 정원은 해골들의 거대한 벽장이 된다. 그런 다음, 흐릿한 늦겨울의 어두운 빛 아래에서 모든 것이 줄어들고 잘려나가고 바닥에 떨어져 토양과 그 아래에서 인내하고 있는 생명체들의 양분이 된다. 정원의 아름다움을 위해서는 반드시 변화가 필요하다. 많은 것이 그러하듯이.

처음에는, 많은 사람이 죽거나 생명력을 잃은 식물들을 정리하는 것을 완강하게 거부하는 가드닝 방법이 정원에 치명적이라고 여겼다. 우돌프는 또 다른 네덜란드의 원예가인 헨크 게릿슨과도 긴밀하게 협력했고, 《자연정원을 위한 꿈의 식물》도 함께 집필했다. 그들이 약속한 1천 2백 종의 여러해살이 개요서는, 생의 모든 단계에 있는 식물들로 정원을 쉽고 아름답게 가꿀 수 있도록 만들었다.

몇 년 후, 우돌프가 가드닝 방법에 대한 다큐멘터리 〈파이브 시즌즈〉에서 말했듯 '죽음도 정원의 일부'였다. 그에게 이걸 가르쳐준 것이 바로 게리슨이었다. 우돌프는 "우리는 식물들이 꽃을 피우지 않더라도 바람직하다는 것을 배웠다. 그는 이 점을 수없이 강조했다. 우린 식물이 황금기가 아닐 때도 때때로 들여다보았다"라고 말했다.

2009년에 인체면역결핍바이러스로 죽음을 맞이하고 그보다 15년 전에 그의 파트너 안톤을 잃은 게리슨에게 생명력을 잃은 식물의 아름다움을 올바르게 인식하는 일은 무엇보다 큰 의미가 있었다. "사람들은 정원에서 식물들이 죽는 것을 너무 두려워하곤 했지요"라고 작가 노엘 킹스베리에게 말한 적도 있었다. "누렇게 변한 잎은 모두 결점이라고 여겼고 그래서 뜯어내야 했었지만… 이제 모든 세대가 죽음을 아니까 더 이상 정원에서 누런 잎들을 없애지 않습니다."

식물을 기른다는 것은, 부활을 촉진하기 위해서는 종말이 반드시 수반되어야 한다는 사실을 이해하고 받아들인다는 뜻이다. 생명은 시작과 끝, 모두 필요로 한다.

그런 맥락에서 하이 라인은 매우 적극적으로 삶 속에 만들어진 공원이다. 조경 설계 책임자였던 제임스 코너는 개장하고 오 년 후 2004년에, 수천 명은 아니더라도 수백 명의 사람이 오르락내리락할 수 있고, 딱딱한 표면을 뚫고 나온 식물의 에너지를 맘껏 누릴 수 있는 공간이 되길 기대했다. 결국, 그들은 수백만의 사람을 얻었다. 방문객들 역시 해먼드와 데이비드가 즐거워했던 요소였다. 해먼드는 2016년에 '사람들이 있으면 더 좋다. 사람도 여러해살이들만큼이나 중요하니까'라고 썼다.

하이 라인에 식물을 심는 일 역시 움직이는 축제였다. 우돌프의 정원 이론에는 절대 고정된 것이 없었다. 그는 '각각 다른 경험에서 나오는 각각 다른 콘셉트'로 정원을 만들었는데, 경험과 콘셉트가 달라지면 심는 식물 역시 달라졌다.

우돌프가 식물에 허용했던 자유는, 하이 라인 프로젝트에 적용된 주요 목적들 중 하나였다. 흔들리는 풀과 피할 곳을 주는 나무들 사이에 있다 보면, 하이 라인이 거대한 화분들로 이루어진 정원이라는 사실과 일반인들에게 개방된 초대형 발코니라는 점을 잊기가 아주 쉽다. 떡갈나무같이 큰 나무조차도 깊이가 50센티미터밖에 되지 않는 흙에 뿌리를 내리고 있다는 사실을 말이다.

식물들을 관찰하고 귀를 기울이되 잘 자라지 않는 종류들도 그대로 두고, 억지로 이식하지 않고 천천히 사라지게 놔둔다. 시베리아 개박하(라틴명 네페타 시비리카)는 줄기 끝에 보라색 나팔 모양의 꽃들이 길게 피고 거미줄 같은 뿌리를 땅속에 내린 예쁘고 길쭉한 식물이다. 처음 몇 년 동안 인상적으로 싹을 틔웠으나 하이 라인에서 고군분투하다가 줄어들었고,

그로 인해 생겨난 공간의 여백은 강인한 제라늄처럼 잘 적응하는 식물들이 차지했다.

"제게 절대로 없어서는 안 되는 도구가 바로 제 눈입니다." 하이 라인이 개장한 직후 우돌프가 〈월스트리트저널〉에서 했던 말이다. "어느 땐 삽이 또 어느 땐 가지치기 가위가 필요하지만 정원을 가꾸는 내내 반드시 눈으로 봐야 하거든요."

하이 라인은 조사되고 있는 공간이 분명하지만, 결함이나 단점을 찾기 위해서가 아니라 식물들이 어떻게 자라고 있는지, 바람직한 수준의 긴장도를 유지하고 있는지를 확인하기 위한 목적이 크다. 이 공간은 실험하고 지식을 얻고 확인하기로 합의한 공간이니까. 이익을 만들어내기보다 도전적인 무언가를 이해하는 공간이니까. 우둘우둘하고 지독한 도시의 경계들 속에서 가능성을 찾아내기 위한, 그저 해내기 위한 목적이 아니라 더 낫게 또 다르게 만들기 위한 공간이니까.

변화를 위해 맞이해야 하는 죽음들

그 후로 매년 여름, 8월과 9월 사이쯤에 나는 뉴욕을 꿈꾸었다. 모양도 바뀌고 색도 다양하고 상투적인 꿈들이었지만, 배경만은 늘 같은 뉴욕이었다.

계단식 건물과 깔끔한 초록 현관들로 입구를 가린 어퍼 웨스트 사이드의 아파트 구역이기도 했고, 제멋대로 뻗어나간 브루클린 거리의 보도 위에 내가 툭 떨어진 적도 있었고, 자갈이 깔린 소호의 거리들이 한가득 보이기도 했고, 브로드웨이-라파에트 스트리트 전철역 남쪽 출구의 케밥 가판대에서 풍기는 기름에 쩐 맛있는 냄새를 맡기도 했다. 과열된 프랑켄슈타인 같은 도시가 며칠 밤을 쉬지 않고 나의 꿈 속으로 비집고 들어왔다.

아침에 눈을 뜨면 원해서가 아니라 일을 하러 가기 위해 옮겼던 도시의 기대에 갇힌 기분으로 페컴(런던 남부 지역명), 해크니, 캠버웰의 창문 밖으로 보이는 늦여름의 잿빛 아침에 낙심하며 항상 불만스러웠다. 이곳에 있다는 것은 내게 밀려온(오래 일하고, 사다리들을 오르며, 정착하기 전에 열심히 노는) 인생을, 내가 원하던 인생인지 생각해볼 기회조차 가져보지 못하고 있는 그대로 받아들인다는 뜻이었다.

항상 여름과 가을 사이의 변화를 민감하게 느껴서, 내가 그때마다 꿈을 꾸지 않나 생각한다. 나는 9월 21일, 추분에 태어났다. 예정일보다 늦었지만 적당한 시기에. 그렇게 집안의 셋째가 되었다.

첫째인 오빠는 크리스마스 나흘 전 동지에, 둘째인 언니는 춘분에 태어났다. 그렇게 완결의 의미로 여름이 시작될 때 태어난 넷째가 있어야만 될 것 같았다. 몇십 년 후 6월 22일 어느 날, 완벽한 일란성 쌍둥이 여자아이 두 명이 오빠네 가족에게로 찾아왔다. 이로써 아주 깔끔한 균형이 완성되었다.

나는 내 추분 생일이 항상 만족스러웠다. 나의 새로운 한 해가 계절의 변화와 함께 시작된다는 게 늘 기분 좋았다. 마치 어딘가에 있는 거대한 시계가, 안정적으로 철컹거리며 확신을 가지고 시곗바늘을 새로운 단계로 옮겨놓는 기분이었으니까.

가을은 단순히 새 학년이 시작되고 낙엽이 떨어지는 계절이 아니라,

사과가 여물듯 변화의 가능성과 함께 성숙하는 시기였다. 나는 내리꽂히는 겨울과 머뭇거리며 깨어나는 봄, 종종 돌풍이 부는 여름보다 가을을 더 예민하게 느꼈다. 아침 일찍 일어나면, 공기 중에 서늘함이 살짝 느껴지는 8월 하순의 드문 아침과 9월의 전조를 나는 좋아했다.

이제 화형이 시작되는 시기이다. 여름은, 찌는 듯한 열기 속에서 깜짝 놀랄 정도로 무더운 오후의 마지막 호흡과 소풍, 다음 봄이 올 때까지 마지막으로 즐기는 야외에서의 음주와 함께 자취를 감춘다. 가을은, 자연의 아름다운 죽음을 맞이하여 나뭇잎들이 불길에 휩싸였다가 땅을 덮고 땅속에서 생명력을 다시 모으기 위해 겨울이 유린하도록 내버려둔다.

나는 종말을 간절히 바라는 사람은 아니었지만, 환하게 불태울 필요가 있었고 떨궈야 할 필요가 있는 것들을 해결해야 했다. 그래야 겨울을 앞두고 사색할 수 있는 공간을 만들 수 있고, 봄에 새로운 삶을 시작할 수 있을 테니까.

학창 시절 응석받이로 자라는 동안, 나의 달력의 새 시작은 9월에 철저하게 맞춰져 있었다. 그래서 대학 강의가 10월이 되도록 시작하지 않을 때면 늘 살짝 짜증이 났었다. 그러나 우리가 졸업할 즈음에는 달력이 슬며시 사라졌다. 필요할 때마다, 일정이 생길 때마다 모든 과정을 자신만의 기계에 기록해나갔기 때문이다. 나는 가을로 변해갈 때마다 늘 누려왔던 기분을 없앨 수도 없었고, 또 그러고 싶지도 않았다.

성인 초기에 들어서면서부터 9월은 신경 쓰이는 사소한 일들과 함께 다가왔다. 동료들이 까맣게 탄 채로 살짝 아쉬워하며 휴가에서 돌아오거나, 패션잡지마다 새 코트를 사라는 끈질긴 강요가 사무적인 여름의 마감보다 더 신경 쓰였다. 나는 변화를 보여주는 새로운 무언가를 간절하게 바랐다.

도시에서는 계절의 변화를 알아차리기가 어려워졌다. 변화의 흔적들을 적극적으로 찾아다녀야만 느낄 수 있었다. 오그라들면서 진해지는 부들레야, 덤불 정원들과 주거지역의 공공 구역에서 부풀어 오르는 헝클어진 들장미 열매, 예쁘게 지속되는 분홍색과 흰색 꽃들이 불현듯 벽돌 담장들 위와 철문 사이에서 꽃들을 피우기 시작하여 첫 서리가 내릴 때까지 지속되는 가을모란(대상화), 아무렇게나 자란 가지들 위로 짙어져가는 블랙베리들이 울타리 너머와 길가를 감아 올라가는 모습까지.

나뭇잎들이 앞으로 몇 주간은 바뀌지 않겠지만 점점 더 많은 나뭇잎이 공원 잔디밭에 덧없이 떨어질 것이다. 따뜻한 도시의 벽에 반사되는 눈부신 태양 아래서, 사람들은 여전히 반바지와 조끼만 입을 것이고 튜브(런던 지하철)는 내내 끈적끈적할 것이다.

여름이 길어진 게 아니라, 내가 이십 대를 지나는 동안 런던의 가장자리 주변에서 번져오는 자연의 습성들을 무시하는 게 더 쉬워졌다. 나의 삶은 새로운 시작의 의례들에서 점점 더 단절되어가갔다. 집을 옮기는 일은 편리함과 저렴한 월세를 위한 가장 기초적인 재배치로 전락했고, 인간관계는 가끔 감당할 수 있다고 느꼈던 것보다 더 확실하게 견고한 상태로 발전해갔다. 힘들게 연애하고 힘들게 일하는 내 친구들을 보면서 종종 말없이 부러워하기도 했다.

나는 내 인생을 너무 급하게 살아온 것처럼, 마음먹기도 전에 집을 가졌던 것처럼, 어른으로 살아가는 삶의 어려운 구간들 중에서 잘못된 부분들을 너무 일찍 맞닥뜨린 것처럼 느끼기 일쑤였다. 우리 세대들 사이에서는, 안정된다는 것은 실패를 의미했기 때문이다.

모험적인 사람은, 디지털 노마드가 되기도 했고, 야망을 쫓아 현실로 만들기도 했고, 전부 다 뒤엎어버리고 새로 시작하기 전에 모든 부류의 사람들과 수없이 즐기기도 했으니까. 나는 극도로 운이 좋았지만, 삶이 또 다른 어느 곳에서 어떻게 흘러가는지 알고 싶은 마음까지 멈춘 것은 아니었다. 너의 새로운 시작은 어디 갔냐고, 지난해에 넌 뭘 했냐고, 9월이 내게 야유하겠지.

뉴욕에 갔던 그 소녀는 꿈에도 생각하지 못했을 것이다. 멋진 아파트와 멋쟁이 남자 친구를 갖게 되고, 특히 국영 단체에서 글을 쓰게 될 거라는 사실. 그러나 나는 그 속에서 만족을 찾기 위해 고군분투하는 젊은 여성으로 변해갔다.

작은 일감들, 필자 사진, 1면 기사, 내용 부풀리기와 바이럴마케팅 등을 각각 펼쳐놓고, (때로는 몇 달을 생고생해가면서) 일을 모두 해결했을 때에도 아무런 기쁨이 없었다. 오히려, 공허한 승리를 찾아 또다시 달렸을 뿐이었다. 매번, 마치 우리가 한 해에 몇 번씩 치렀던 시험들처럼 뛰어넘어야 하는 새로운 빗장이 되어갔다.

충분히 연습하면 성취할 수 있다는 건 알았지만, 성취감이 아닌 만족감은 어디에서 느껴야 하는지는 배운 적이 없었다. 모든 것이 중요했고 늘 본공연이었다. 언제나 성취해야 할 무언가가 남아있었고, 더 잘하는 누군가도 항상 존재했다.

처음엔 꿈을 좇았다. 런던에서 누리던 생활을 버리고 뉴욕으로 돌아가라고 내게 말하는 메시지를 글자 그대로 모두 따랐다. 어느 8월 우리가 데이트를 시작한 지 일 년이 지나자, 조시와 내가 꾸리던 생활에 대한 불만이 템스 강둑 위에서 격렬한 언쟁을 나눌 정도로 부글거렸다. 나는 그에게, 스물세 살에 묶인 진지한 관계가 어떤 의미인지 알고 듣고 또 느끼게 하는 제약들에, 내가 가만히 있어야 되는 만큼 세상을 탐험하고 나에게 맞는 길을 만들어가야 한다는 생각에 구속된 기분이었다.

변화가 없는 삶으로 인해 나는 의미를 잃어갔다. 왜 그런지 답답했는데, 아마도 아무것도 자라지 않는다고 느꼈기 때문인 것 같았다. 나는 변화를 만들어낼 여유를 찾지 못했기 때문에 내 삶을 확대할 수가 없었다. 연애나 집, 심지어 나의 일에서의 변화가 아니라 내면에서 만들어내야 했던 변화 말이다. 내가 무엇을 해야 했는지, 무엇으로 행복을 느껴야 했는지에 대한 생각을 털어내고, 실제로 내가 느낄 수 있도록 만들어주는 대상을 찾아 한걸음 용기를 내딛는 변화 말이다.

궁극적으로 생각해보면, 표면적으로 너무나 좋아보일 때 전부 던져버리는 일은 실수처럼 느껴졌다. 해가 갈수록 나는 나의 잠을 물들이던 꿈들을 더 능숙히 무시하게 되었다. 초여름 흐릿한 햇살이 내리쬐는 킹스랜드 로드(런던 동부에서 뻗어나가는 도로명)를 내려다보는 일 같은 행동들이 예고도 없이 불쑥 나를 브루클린으로 끌어당길 때가 있음에도 불구하고, 나는 떠나는 것에 대해 덜 생각할 수 있었다.

밤늦도록 정처 없이 길게 이어진 내 이십 대의 대화들은, 싸구려 와인과 혼란스러운 사회관계들 그리고 고급 가구와 비싼 과일주스와 사랑하며 생긴 일체감에 이어 은밀하게 자리 잡은 공허한 만족감으로 범벅이 되어있었다. 얕은 만족감과 소리 없는 차단에 갇혀 변화에 대한 욕구를 억눌렀다. 몇 년 동안 불길은 잦아들었고, 맹렬했던 색들도 변하지 않는 상록수로 남아버렸다.

그러나 우리가 헤어지고 맞이한 9월은 달랐다. 꿈을 꾸지 않았다. 꿈을 꾸기 시작한 지 6년 만에 밤마다 찾아오던 변화의 욕구가 멈췄다. 출근길 기차에서, 쫄깃한 늦여름의 일출을 바라보다가 깨달았다. 나일 엘름스(런던 남서부의 배터시에 위치한 지역명)를 받치고 있던 정지된 크레인들에 부딪히는 상쾌한 공기를 바라보면서, 나는 브루클린과 맨해튼을 오가던 출퇴근길을 떠올렸다. 그전에는 깨어있든 잠결에서든 생각해보지도 않았던 일인데 말이다. 오랫동안.

잠재의식 속에서 밀려들던 모험에 대한 갈망이 더 이상 필요 없어졌다. 모든 예측 불가능한 일을 당연하게 여겨왔다. 무엇보다도 나는 나 자신의 욕구와 희망을 살펴보고 내가 원했던 삶을 만들어가려는 불안정한 충동들에 의존하도록 떠밀리고 있었다.

나는 갈망했다. 봄이 오면 새로운 성장과 함께 힘을 모으고, 되돌아가기 위해 남아있는 것들을 내려놓을 수 있기를. 의도하지 않았지만 온전히 정신을 차렸을 때, 나의 흐릿한 잠결 속에서 다른 무언가를 갈망하는 대신, 스스로 꺾여갔던 여름의 쓰라린 열기에 작별을 고하고 있었다.

발코니로 다시 돌아온 기쁨

한 달 만에 아파트로 돌아오니 기분이 이상했다. 집이면서도 집이 아닌 느낌이었다. 세탁해놓은 옷가지들을 여행 가방 옆에 단정하게 쌓아놓는 대신 서랍장에 넣으니 안도감이 들었다. 무엇이 어디에 있는지도 다 알았다. 하지만 이곳엔 내게서 잘려나간 완전히 다른 삶도 있었다.

조시와 나는 다정하게 지냈다. 비록 내가 거리를 유지하고, 나를 보호하려는 수단으로 나의 감정을 그에게서 떨어뜨리긴 했지만 말이다. 조시는 그런 내가 차갑고 무관심하다며 비난했다. 나는 필요한 일이라고 우리 사이의 거리를 단절시켜줄 고통스러운 새 껍데기를 만드는 중이라고 설명할 수는 없었다.

지난 이 년 동안 나를 강하게 사로잡았던 소꿉놀이에 대한 욕구, 둥지에 대한 이상한 마력은 우리의 이별과 동시에 소멸되었다. 대신, 나는 밖으로 나갔다. 아파트로 돌아오는 것도 좋았지만, 발코니로 돌아온 것이 훨씬 더 좋았다. 상상해보건대 애완동물과 다시 만나는 기분이 이렇지 않을까. 마치 토닉 한 잔을 마시듯 공간을 즐기면서, 늘 느꼈던 해방감을 다시 찾으면서 나는 발코니에 애정을 느꼈다.

스위트피는 6월 이후로 가장 길어진 줄기 끝에 만발했다. 내가 있었더라면, 정신없이 잘라냈을 가위질에서 벗어나 자유롭게 방랑하며 새하얀 꽃으로 치장한 모습이었다. 한여름 창가를 가지런히 덮고 있던 페튜니아와 나눠놓은 제라늄도 아무렇게나 껑충 자라있었고, 꽃이 시든 채로 씨앗을 맺고 있던 데이지는 마지막 숨결을 내쉬는 중이었다. 그 사이 나는 발코니 벽 위에서 부산을 떨던 담쟁이 잎사귀 같은 펠라르고늄의 생생한 레몬 향을 들이마셨다. 향기는 꽤 오래 지속되었다.

나는 서둘러 식물들을 확인하며, 나의 손길 없이도 잘 자라고 있던 식물들 사이에서 큰 기쁨을 누렸다. 공간을 보살피고 땅에서 자라던 라벤

더 덤불에서 가지들을 꺾어다가 꺾꽂이순을 잘라낸 다음, 내년에 스스로 뿌리를 내리고 자라기를 기대하며, 모래가 섞인 흙이 담긴 화분 가장자리에 조심스럽게 심고 사랑과 비옥함으로 채웠다. (만약 방금 자른 가지들을 화분 가장자리 플라스틱에 기대어 세워 심으면, 뿌리가 바닥에 닿으면서 다른 뿌리들과 뒤엉켜 함께 지지하는 덩어리로 자라날 가능성이 커진다. 화분 한가운데에 심으면 뿌리가 화분 바닥의 물구멍으로 곧장 삐져나오기 때문에, 그 식물에게 있어 지나치게 모험적인 일이 될 수 있다)

기린초도 전성기를 향해 가고 있었다. 한두 해 전 엉뚱한 시기(가을 한복판에서 최고로 만개하여 근처 어디에서도 그렇게 멋진 모습을 보지 못했을 때)에 즉흥적으로 구입했던 식물이었는데, 어떤 보살핌을 필요로 하는지 제대로 알아보지 않고 발코니 구석, 두 벽 사이에 던져놓았다.

'꿩의비름'이라 불리는 이 녀석은(나는 만추로 알고 있으나) 최소한의 조건만 맞으면, 다시 말해 햇빛만 적당히 받으면 되는 믿음직하고 생기 가득한 식물이다. 사오자마자 곧바로 힘들게 했더니 조금 부석부석해지다가 결국엔 죽었다.

봄이 반쯤 지났을 때 부러진 가지들이 남아있던 자리에서 통통하고 작은 잎사귀들이 돋아나는 모습을 발견했다. 곧바로 발코니 왼편 가장자리에 있는 벽 선반과 철제 난간 사이에 아슬아슬하게 밀어 넣어두었던 커다란 함석 통에 옮겨 심었다. 아래로 통이 떨어졌다면 누군가를 죽였을 수도 있었을 텐데, 어디로 가지 않고 그 자리에 그대로 남아있었다.

시들해지는 일몰을 받으며 한여름 내내 튼튼하고 굵게 자란 기린초 가지들이 서쪽 길모퉁이를 뒤덮었다. 9월이 되면 현란하고, 벌들에게 꿀이 빨려서 왜소해지고, 버섯 머리처럼 평평해진 꽃들로 뒤범벅이 된다. 늦여름의 호사로, 함석 통에 배수 구멍이 없어서 토양 속에 남아있던 수분을 즐기고 있었다. 햇살을 만끽하고 전망을 즐기며 도발적으로 불어오는 돌풍에 맞서 꽃을 피우는 모습을 보는 것만으로도 충분히 행복했다.

나는 상실 대신 다른 종류의 사랑을 채우며, 이곳에 새로운 의미를 부여하기로 결심했다. 친구들을 위해 요리하면서도 대화가 끊기지 않는 종류의 간단하고 편안한 음식들을 만들었다. 우리는 이야기를 나누며 발코니에 비집고 들어가, 해가 떨어지는 모습을 보기도 했다. 가끔씩 잠에서 깨어보면 친구들이 내 침대 한쪽을 차지하고 있는 날도 있었다. 어떤 때는 싱크대 위에 접시들을 정갈하게 쌓아두거나 내 신발들을 현관문 옆에 가지런하게 정리해놓은 것처럼 세심한 배려의 흔적만 남겨놓고 사라지기도 했다.

나의 삶 속에 그런 평범한 일들을 천천히 옮겨 넣으며 다시 제대로 살아가기 시작했음을 알았다. 이별을 경험한 이후로 빨래를 하고 제대로 된 식사를 하는 일상이 너무 오랜만이었다. 여기에서 마지막으로 잠을 잔 것이 7월이었다. 다가오는 시간이 너무나 불편해서 술에 취하지 않은 적이 거의 없었을 때니까.

이제 두려움은 덜했지만, 모두 집으로 돌아간 후 설거지까지 마치고 나면, 여전히 모든 것이 너무나 고요하게 느껴졌다. 주변에 아무도 없을 때면, 저녁이 길어지면서 원치 않은 암울함이 번지고 외로움이 찾아왔다. 대부분의 날이 음울한 통증으로 가득했는데, 조용한 아침에 가장 날카롭게 느껴졌고, 혼자만의 시간이 점점 늘어나는 저녁에도 마찬가지였다.

아픔을 살짝 이겨내기도 했지만, 조시를 사랑하는 마음을 멈추는 일이 불가능하다는 사실을 다시금 깨달았다. 그가 무엇을 하고 있는지가 궁금했다. 그의 건강을 위해 기도했고, 너무 많이 상처받지 않았기를 바랐다. 그의 친구들이 그를 잘 돌봐주기를 바랐다. 더 이상 그를 도와줄 수 없었지만, 나는 여전히 그러고 싶었다. 안 그러면 다른 전부를 잃는 것처럼 느껴져서.

친구들은 내게 새로운 사람들을 만나라고 부추기면서, 데이트 앱들을 추천하고 괜찮은 싱글 친구들과 술을 마시는 자리에 나가도록 독려했다. 여러 달 동안, 데이트는 고사하고 낯선 사람과의 접촉은 전혀 생각해보지 않은 일이었다. 파트너의 도움이나 그들이 가져올 수 있는 현실 가능한 미래 없이 혼자서 세상을 마주보는 것이 더없이 만족스러웠으니까.

하지만 육체적인 접촉이 너무나 간절해지기 시작했다. 예측 불가능한 흥분이 주는, 동물적이면서 말로 표현할 수 없는 황홀함과 육체적 접촉과 함께 따라오는 유혹적인 위험들이. 누군가를 원하고 싶었고, 상대도 나를 원한다는 것을 느끼고 싶었다.

나는 그런 마음에 다가가는 방법을 몰랐다. 하릴없이 시간이 가기를 바라는 사람들과 조마조마한 데이트에 묶이는 것은 싫었고, 틴더(데이트 앱) 프로필을 올리는 행동도 꺼려졌다. 어떤 사진을 올려야 할지, 어떻게 나를 익살스러운 캡션으로 요약해야 할지 생각하는 건, 시작도 하지 못했다. 아무도 나를 좋아한다고 반응해주지 않을 거라는 걱정에, 인터넷에서 낯선 사람이 마음에 든다고 표시하는 일에도 전전긍긍해 할 나였다. 더 이상 거부당하는 것을 받아들일 수 없었으니까.

초조함이 불러일으키는 일반적인 감정의 일부로, 9월이 빠르게 나의 뼛속으로 스며들어갔다. 망연자실했던 여름은 시들어가고, 감정이 동요하는 계절로 바뀌는 중이었다. 나 자신을 인생으로, 혼자만의 삶으로 밀어 넣어야 하는 책임이 가끔씩 급하게 작동할 때는, 약해진 심장박동보다도 더 크게 고동쳤다.

런던을 살만하고 안정된 곳으로 만들던 날들을 떠나보내고, 그곳의 작은 틈들 속으로 나를 밀어 넣고 런던이 처음이던 시절처럼 살펴보고 싶었다. 뉴욕에서 그랬듯 런던의 거리들을 서성거리고, 다시 런던과 런던의 하늘과 근엄한 고민거리들과 사랑에 빠지고 싶었다.

어느 금요일 밤 친구들에게 바람 맞고 핸드폰마저 단호하게 짜증 날 정도로 조용했던 날, 레이디 가가의 깜짝 공연을 볼 수도 있다는 희박한 가능성을 듣고서, 한밤중에 잠옷을 벗고 사설 클럽을 향해 도시를 가로질렀다. 안에 있던 모든 사람이 술에 취해 친구들과 신나게 즐기고 있던 것과 달리, 나는 혼자 서서 손에 술도 들지 않고 공연을 보며 주변에 펼쳐지는 모든 것을 느꼈다.

한 시간 동안 처음 런던으로 이사 왔을 때 느꼈던 눈이 번쩍 뜨이는 자유가 내게 주입되었다. 익숙한 거리와 편리한 단골집들에 가는 일이 넌더리 났지만, 나는 가능성을 다시 찾고 있었다. 그 도시를 나만의 것으로 받아들이며, 나는 솟구치는 아드레날린에 취해 택시를 거부하고 여러 대의 밤 버스를 타고 집으로 돌아왔다.

나에게 좋은 사람이라고 말해주는 사람

다음 날 우리가 파티에 도착했을 때, 야외에 있어도 될 만큼 날은 따뜻했지만 어둠은 오래전에 깔려 있었다. 에밀리와 나는 발코니 난간에 기대서 거친 위스키를 목으로 넘기며 스퀘어 마일의 익숙한 꺽다리들을 바라보았다. 게르킨(최초 친환경 마천루 30 세인트 메리 액스의 별명), 치즈 강판(초고층 빌딩 래든홀의 별명), 워키토키(20 팬처치 스트리트 빌딩의 별명), 더 멀리 카나리 와프의 불빛들도.

이곳은 사람들이 다닥다닥 붙은 채 천 쪼가리 밖으로 상기된 피부를 드러내고, 너무 시끄러워서 마치 원시 음악처럼 느껴지는 무겁고 제목도 알 수 없는 음악의 베이스가 깔린 시끄럽고 신나는 장소가 아니었다. 술 마시는 모임에 가까웠다. 두 무리의 몇 안 되는 사람들이 지나치게 밝은 아파트에 옹기종기 모여 앉아 향수를 불러일으키는 음악을 들으며 몸도 별로 흔들지 않는 그런 곳. 우린 길 끝에 있던 헝가리 식당에서 와인 한 병을 마시고 취한 상태로 갑자기 그곳에 갔을 뿐이었다.

그래서 누군가 내 이름을 불렀을 때 쉽게 알아듣지 못했다. 그 사람이 누군지 알아보지도 못했다. 전에 만난 적이 없던 사람이었다. 하지만 이 바닥이 좁아서 그가 자신을 소개했을 때 누구인지 바로 알아차렸다. 내가 그의 글을 교정한 적이 있었기 때문이다. 그는 연극 평론가로, 서포크(영국 동남부 지역명)에서 공연들을 보며 시간을 보내는 중이었다. 우리 둘 다 파티에 올 가능성은 매우 낮은 일이었다.

나는 적당히 거나한 상태로 술기운에 괜한 트집을 잡고 옳은 소리를 해댔다. 처음에는 별 생각 없는 담소를 나누고 쓰잘머리 없는 직장 일들과 어설픈 추파로 이어졌다가 꺼져가는 장작불에 장작을 던지듯 불꽃이 튀고 야유를 보내는 대화로 이어졌다.

나는 실로 오랜만에 추파를 던지는 어색한 춤을, 뭔가 더 멋진 사람인 척을 과하게 하면서 누군가를 알아가려는 어리석고 기박한 게임을 시도했다. 나는 일종의 핑계거리로, 그가 실망한 모습이 느껴졌을 때 용서를 구하고자 내가 남자 친구와 헤어졌다는 이야기를 꺼냈다.

어느 순간 에밀리는 집으로 갔고, 그와 나는 부엌 냉장고 옆에 서 있었다. 우리 두 사람의 몸은 저녁이 시작된 이래로 가장 가깝게 엉켜 있었다. 기다란 형광등이 신경에 거슬리고 모든 것이 너무 노출된 것처럼 느껴져서 스위치를 꺼버렸다. 나는 그 순간 아찔했지만 망설여지기도 했다. 대화 이상으로 이어질 수 있는 분위기였다. 이유도 제대로 모르면서, 오직 한 가지 결론으로 향해 가는 일련의 상황들을 인지하지 못한 채 나는 그저 그와 가까이 있고 싶었다.

우리 둘 중 어느 누구도 당당한 몸짓을 조금이라도 시도할 만큼 용감하지 않았다. 나는 왠지 마비가 된 느낌이었다. 한계에 다다른 인내심의 끝에 아슬아슬하게 서서, 결국 우리는 키스를 했다. 맥주와 수줍은 미소로 끝이 난 기대감의 충돌이었을까. 그 키스로, 저녁 내내 일어났던 일들이 함께하는 아침을 기대하는 새로운 깊이로 바뀌었다.

그는 택시를 불렀다. 우리가 밖에서 택시를 기다리는 동안, 나는 핸드폰을 안에 두고 왔다는 사실을 깨달았다. 핸드폰을 집어 들어보니, 누군가가 쏟은 술로 범벅이 된 채 꺼져 있었다. 나의 디지털 목발이 사라진 것이다.

우리는 이른 오후에 그의 아파트에서 걸어 나왔다. 나는 동이 튼 직후 이 잠자리를, 내 옆에 있던 고통스러울 정도로 새롭고 생경한 육체를 어찌해야 할지 모르는 채로 예전의 일상처럼 잠에서 깨어났다. 나는 그대로 누워서 빛이 변화하는 모습을 보고, 반쯤은 그가 곧 깨어날 거라고 기대하는 마음과 반쯤은 두려운 마음으로 오르락내리락하는 그의 가슴팍을 보고 있었다.

우리는 화창한 오후의 맑은 공기 속으로 나왔다. 그가 식사를 하자고 했지만, 나는 숙취에다 이 모든 감정을 머릿속으로 정리하느라 너무나도 집에 가고 싶었다. 지난밤의 설렘으로 달아오르기도 했지만, 죄책감에도 빠져 있었다.

나는 여전히 나를 다른 누군가와 나누는 것이, 조시가 아닌 누군가에게 사랑받고 행복한 것이 그에 대한 어마어마한 배신처럼 느껴졌다. 내 머리는 샤워로 아직 젖은 상태였다. 마치 내 얼굴에 순수한 새로움이라는 화장이 덮이기라도 한 듯 나는 나의 맨얼굴을 평소와 다르다고 느끼며 브릭스톤(런던 남부 지역명)의 거리들을 서성거렸다.

전날 일어났던 일이 너무나 당황스러워서, 그날 친구에게 전화를 걸기로 했던 계획을 제외하면 앞으로 어떤 일들이 펼쳐질지 생각할 겨를이 없었다. 그래서 매트가 가야 할 길모퉁이에 멈춰서 두 손으로 내 얼굴을 붙잡고 키스를 하고는 머뭇거리며 자신의 전화번호를 내게 건네려 했을 때 나는 깜짝 놀랐다. 솔직히 그를 다시 만날 생각조차 하지 않았기 때문이다.

진부한 몸짓들, 영화와 소설과 일상에서 고정적으로 등장하는 몸짓들이 나를 향한 것들이라고 느껴지지 않았다. 어쨌든, 내 핸드폰은 망가졌고 그는 핸드폰을 집에 두고 왔던 터라 우리는 온라인에서 서로를 찾기로 했다.

나는 종묘상을 거쳐 집으로 걸어왔다. 수년 동안 나는 주변 종묘상들, 특히 아파트 주변 종묘상들과 작은 네트워크를 만들어왔었다. 사치스럽고 한가한 도예가에게 안성맞춤인 괜찮은 종묘상이 덜위치(런던 남부 지역명)의 언덕 비탈에 하나 있었지만, 나는 2~3킬로미터 떨어진 헤르네 힐(덜위치 옆 지역명)의 평범한 종묘상을 점점 더 신뢰하게 되었다. 가끔 두 곳 모두 가기도 했지만, 런던 남부 지역은 버스로 다니기가 불편하기도 하고, 또 자전거 한 대로 싣고 올 수 있는 식물도 몇 개뿐이었다.

크룩스티드 로드(덜위치를 가로지르는 도로명)에 있는 종묘상은 세월이 가도 변함이 없는 것 같았다. 철마다 싹이 난 모종과 채소 순을 수십 년 동안 제공했다. 실내용 화초와 비료를 파는 실내에선 헛간이나 펫샵, 식료품점에서 나는 흙냄새가 풍겨 마음이 편안했다. 벽에 조르르 진열된 밝은 색상의 씨앗 봉투와 쭈글쭈글한 껍질 채로 상자에 담겨 있는 다양한 종류의 구근이 전하는 어린애 같은 만족감도 있었다.

훈훈한 오후에 전날 천으로 싸놓은 텐더스템 브로콜리 모종을 발코니로 사들고 왔다. 이전의 소박한 식물들과 마찬가지로 아주 낙관적인 선택이었다. 브로콜리는 키우기가 특별히 어렵지 않지만 내가 지킬 수 없는 조건, 각각 최소 0.5미터 정도 충분한 간격을 두고 심어야 했다. 나는 작은 샐러드 잎에 더 적합한 플라스틱 물통에 튼튼하게 자라는 중인 엔다이브의 새순들을 심고, 봄이 되면 발코니에서 수확하는 꿈을 꾸었다.

결국, 나는 매트를 다시 만났다. 그는 친구들이 들려준 잠수를 타는 남자들에 대한 끔찍한 이야기들과 데이트 앱에 대한 나의 공포로는 예상하지 못한 쪽으로 개방적이고 솔직한 사람이었다. 반대로 나는 비교적 오래전에 데이트를 하려고 애를 쓰던 시절에 답장도 없이 공중에서 다른 문자들과 섞여버리는 문자들을 마구 뿌려대 본 것이 전부였다.

내가 유연해지는 광택 스프레이를 뿌린 것처럼, 아주 기분 좋은 바람을 맞는 것처럼 느껴지도록 하는 그의 편안한 태도가 좋았다. 그는 내가 잊고 있던 나의 성격들을, 너무나도 평범하게 느껴지는 우스운 것들, 이를테면 내 치아나 내가 평상시 대화할 때 '이크'라는 단어를 쓴다는 사실들을 발견해냈다. 자잘한 것들을 칭찬하지 않는 대신 전체적으로 좋은 말을 해주는 사람이었다. 마치 나의 모든 것을 좋아한다는 듯이.

내가 왜 충분히 좋은 사람이지 못했는지에 대해 나 자신을 아주 오랫동안 살펴보며 시간을 보낸 후에 간단하게 있는 그대로 내가 좋은 사람이라고 말해주는 누군가를 만난 것이다.

낯선 사람에게 감사한 존재로 여겨지고 그렇게 보인다는 것은 내가 마음을 조금씩 열고 있다는 뜻이었다. 바뀔 수 있고, 계절과 함께 기울어질 수 있고, 지난 여름을 끊어놓았던 불신과 혼란을 조금이나마 날려버릴 수 있다는 뜻이기도 했다. 매트와 함께 있으면 반짝거리는 느낌이었다. 몇 주 동안 약이나 술 없이 반짝거리는 기분을 느끼지 못했었는데.

나는 그를 털스 힐(런던 남부 지역명)의 평범한 골목에 자리 잡은 유적지와 다름없는 런던 남부의 식물 협회에 데려갔다. 그곳은 2천 권의 서적과 선한 의지가 없었다면, 빅토리아 시대 스타일의 주택 안에 만들어진 부유한 가족을 위한 매력적이고 고풍스러운 시설이었다.

여유와 사색의 시공간

알란 옥타비안 흄은 45년간 인도에서 일한 공무원이었다. 그는 런던으로 돌아와 식물에 관심을 갖게 되었고, 초기 빅토리아 시대 식물학이 배타적이고 높은 계급의 전유물이라고 생각하여 반대의 입장에 서기도 했다. 식물학을 모두가, 특히 노동자 계급도 이해할 수 있도록 만들겠다고 결심했으니까. 1910년에 협회를 만든 계기도 그 결심의 일부였다.

그는, 직접 키운 개인 소유의 식물표본이 많은 사람에게 참고 자료로 사용될 수 있는 공간을 만들었다. 그곳은 최근에 일주일에 하루 몇 시간만, 일 년에 며칠은 일반인들에게도 개방되었는데, 우리가 우연히 방문한 날이 그날들 중 하루였다. (그가 설립하고 몇 년 후에 사망했지만 거의 변하지 않은) 그곳에서 우리는 도서관으로 구성된 두 개의 방을 조심스럽게 걸어 다니고, 흄의 식물표본도 살펴본 다음 그 너머 정원으로 이어지는 더없이 작고 위태위태한 온실을 비집고 들어갔다.

흄이 가정용 공간을 식물 정원으로 바꿔놓은 공간에는 아직도 5백 종의 다양한 식물이 잘 자라고 있었지만, 늦여름이 되면 비틀거리는 주변 정원들에 압도당하기도 했다.

온실에는 원대한 계획들이 과하게 펼쳐져 있었다. 또렷하게 '약초'와 '직접 만든 꽃밭'이라고 이름을 붙여놓은 황동 명판들은 아무것도 없는 맨땅에 세워져 있었고, 식물들 아래에 눌려 있었다. 물건들이 쌓여있던 곳 위쪽 구석으로는 땅을 차지하려는 나무고사리들이 다소곳이 서 있었고, 작은 연못은 따스한 햇살 속에 부드럽게 일렁거렸다.

이곳은 시간적 여유와 사색을 청하는 공간이었는데, 내가 너무나 나 자신을, 내가 하는 말들을, 내가 주는 인상을 의식하느라 그 여유와 사색을 누리기가 어려웠다. 우리는 벤치에 앉아 서로를 살짝 소중하게 여기며 조금은 복잡하고 눈으로는 보이지 않는 일상 속에서 우리가 세우고 또 허물던 경계들을 밀어냈다. 그의 양치식물에 관한 농담이 대체 왜 웃겼는지는 이해할 수 없었지만, 나는 그가 나중에 맥주 한 잔 살 수 있게 놔뒀다.

집으로 돌아오니 침실 조명이 분홍색으로 변하면서 베개들 속으로 불빛이 쏟아졌다. 고정된 조명처럼. 전보다 잠을 더 잘 자기는 했지만(더 이상 침대 옆자리의 허전함을 느끼거나 비정상적인 슬픔으로 고통스러워하지 않았으니까), 9월의 주말들도 깊이 잠들지 못하고 떠다니는 듯한 몽롱함 속에서 시간을 보냈다. 추분이 되었고, 나는 내가 절뚝거리며 지난달을 헤쳐가도록 도와주었던 12명의 여자들과 테이블에 둘러앉아 가만히 음식을 먹다가 유두 피어싱 같은 이야기들에 까르르 넘어갔다.

서서히, 나는 변화로 인해 느슨해진 고삐를 즐기는 법과 삶의 새로운 한계들에 더 잘 적응하는 법을 배우면서 노는 법을 익히고 있었다. 나는 그동안 알지 못했다. 번창하지 못해 생긴 빈 공간은 다른 것으로 대체하는 게 아니라, 새로운 것이 차지하도록 기회를 주는 것을.

일주일 뒤 나는 거의 십 년 동안 가지 않았던 런던의 먼 북쪽 지역으로 여행을 떠나, 크런치 바(벌집 토피 초콜릿 바)를 흡입하고 벌집이 잇몸에 잔뜩 들러붙은 채로 잉크를 가지고 팔 안쪽에 작은 물방울무늬 모둠 같은 공작고사리 잎사귀 여덟 개를 찍었다.

6주 전에는 예전 직장 동료들과 런던 필즈(런던 해크니에 있는 공원)에서 영화를 보면서 문신을 하겠다고 마음먹었다. 나처럼 이별을 겪고 있던 동료 한 명도 팔에 바늘을 댔다. 상투적인 생각이라는 건 알았지만, 오래전에 꿈꿨던 무언가에 마침표를 찍는 기분이었다. 브루클린에 살 때부터 시작된 계획이었는데, 새 이웃들의 몸에 남겨진 검은 자국들을 보면서부터 문신에 대해 계속 생각했었다.

몇 달 동안 핸드폰에 간직하고 있었고, 다른 일로 사진들을 모으던 중에 우연히 발견한 이미지였다. 오래된 잎들을 잘라내다가 뜻하지 않게 끊어버렸던 공작고사리 새순. 공작고사리는 제거될 때 바스락거리는 갈색 잎사귀들이 민감하게 반응하는, 귀하고 아름다운 식물이다. 그러나 무분별하게 자라기 쉽고, 자라는 과정에서 가끔 새로 난 엽상체의 뻣뻣한 줄기들이 부러지기도 한다.

그 녀석은 마치 앨범에 보존하기 위해 준비된 표본마냥 전혀 손상되지 않은 상태로 깔끔하게 부러진 채 부엌 가까이에 놓여있었다. 나는 통을 감고 올라와 내 피부에 영원히 남겨질 몇 가닥의 작은 잎사귀들이 죽음의 상징을 뜻한다는 심각성을 믿지도 크게 생각하지도 않았다.

나는 내가 처음 런던으로 이사 왔을 때 함께 놀러 다니던 한가한 미대생 중 하나인 마사에게 이메일을 보냈다. 전공은 일러스트레이션이었지만, 그 애는 빅토리아 시대의 에칭 기법을 기본으로 한 예쁘고 정밀한 타투 솜씨로 빠르게 유명세를 얻었다. 마사는 자신의 일에 있어서 재빠르고 효율적이었다. 그렇게 그날 오후가 되었을 때, 나의 일생 동안 유지될 타투가 예쁘고 빠르게 완성되었다.

절정기에 잘려버린 연약한 자연의 한 조각이, 내 삶의 다른 것들과 함께 다시 찾은 육체 위에서 영원함을 얻었다. 나는 내 몸에 새긴 타투가 너무 좋았다. 가을이 빠르게 다가오고 있었다. 몇 개월만 머물겠지만 말이다. 여름의 말 없는 흔적으로 나의 타투를 간직하면서, 희미하게나마 내가 어떤 여성이 될지 생각했다.

10월
October

런던의 초록 공간

한련화Nasturtium
Tropaeolum majus

"내 인생의 중요한 작은 모험들은 대부분 공원 벤치에서 일어났다. 첫 데이트, 이별, 오랜 기다림 끝의 재회, 우정이 깊어지는 들뜬 산책의 시간들. 공원은 분명 공적인 공간이지만, 본질적인 중립성을 가진 집이나 술집이나 카페에서는 말하기 애매하거나 가능하지 않은 이야기들이 나눠지는 신비한 능력을 지닌 장소다."

초록 공간에 대한 갈망

눅눅한 목요일 아침, 해도 뜨기 전에 문자메시지를 받았다. 한나 언니의 아들이 태어났다고. 이름과 각종 번호들, 담요에 싸인 와츠앱 사진 메시지와 함께 받은 형식적인 소개였다. 튜브 에스컬레이터 바닥에 잠시 멈춰 서서, 작은 분홍색 얼굴과 겹자에 눌린 머리를 가린 모자를 봤다. 나는 왜 더 행복하지 않은지 이해할 수 없었다. 설명할 수 없는 상실감에 휩싸였다가 세인트 판크라스 정거장(런던 주요 터미널들 중 하나)에 울리는 음산한 공기를 들이마시며 폭풍 문자를 찍었다.

나의 소셜미디어 피드에 아기들이 점점 더 많이 올라왔다. 게슴츠레하게 동공이 확대된 쾌락의 장면들—'화끈한 밤 파티'들과 술집 밖 길거리에서 음주의 증거로 과하게 노출된 엉겨 붙은 팔다리가 찍힌 어두운 사진들—이 끝없이 올라오던 소셜미디어 피드가 서서히 옅은 파스텔색으로 바뀌어갔다.

아늑한 브런치들, 약혼반지들, 커플들을 데리고 언덕을 올라가는 사람들도 이상하리만치 많아졌다. 우리는 어른이 되어가는 중이었다. 온라인상의 모습이 어떻게 만들어지고 있는지를 보면 알 수 있었다.

나는 굳이 갈 필요는 없었던, 음악 페스티벌에 참석하기 위해 파리로 향하고 있었다. 확실히 친절한 이방인들과 함께 가는 것은 아니었지만, 몇 개월 전에는 괜찮은 생각이라 여겼다. 계획 자체는 마음에 들었다. 비로 미끄러워진 거리를 거닐고, 혼자서 오늘의 특별 요리로 점심을 먹고, 스카프를 둘러매고, 알맞게 고른 플레이리스트를 듣는 것.

나는 청회색 지붕들과 가벼운 캐리커처에 며칠 동안 빠져들고 싶었다. 그러나 현실은 많이 달랐다. 신인 스타의 매니지먼트 회사에서 제공하는 술에 빠진 저녁 식사들과 인기 스타들을 보기 위해 줄을 서느라 버둥거리는 일이 더 많았다. 여기 왜 왔는지 모르겠다고 생각하며 나는 포도주에 취해 침대 위로 곯아떨어졌다.

운이 좋게도 다른 사람들이 술에 취해 잠에 빠져 있는 동안, 나는 녹지에서 나를 채울 수 있었다. 팔레 드 도쿄(파리 제16지구에 위치한 미술관) 뒤편 부지에 있는 작은 커뮤니티 정원을 발견했던 것이다. 누런 낙엽들이 거리위에 굴러다니고 가을 소나기가 내리기는 했지만, 아직 파리는 전체적으로 초록색이었다. 그 공공 부지에는 비프 토마토들이(버려진 건지 누군가 가꾸고 있는 건지는 알 수 없었지만) 에펠탑을 배경으로 무사태평한 하늘 아래 매달려있었다.

프랑스의 큐 식물원 격인 자흐뎅 데 플렁뜨의 공식 확장 구역들을 살펴보려고 했지만, 발견한 것을 모두 전시해둔 길고 곧은 정원들에 마음이 가지 않았다. 화단들은 죽어가고 있었다. 정원사들 몇 명이 줄어드는 식물들을 뽑아내고 흙을 관리하고 있었다. 빠르게 흘러가는 구름들 사이로 비치는 칙칙한 빛들이 어느 정도 남아있던 분홍색 양귀비들과 산만하게 흩어진 종잇장 같은 꽃잎들도 비추고 있었다.

금요일 한낮에 파리의 꽃 시장인 마르셰 오 플레르 에 오 오에조에 도착했을 때 그곳의 손님은 나 하나뿐이었는데, 짧게 머물다 떠날 때까지도 그대로였다. 뭐라 말할 수 없는 침묵이 작고 아기자기한 공간을 채우고 있었다. 바닥에 초록 가판대들이 줄지어 놓여있고 식물들이 꼼꼼하게 채워져 있었으며 가판대 주인들이 심드렁하게 지켜보고 있었다.

매력적인 고독으로 호흡하는 곳 같았지만, 나는 그 고독에 참여하고 싶지 않았다. 오히려 그곳 전체는 내가 콜럼비아 로드를 그리워하게 만들었다. 그곳의 지저분함과 그곳의 빈정거림을, 무엇을 쫓는지 모르거나 런던 동부 시장에서 무엇을 해야 할지 모를 때 우연히 나타난 사람들의 무리에 떠밀려가다가 가판대 주인들의 고함소리를 듣거나 물을 많이 준 라벤더의 향기가 풍기는 그곳을.

파리가 제공해주던 것들—자정 넘은 시간까지 문을 여는 작은 식당마다 제공해주던 샴페인, 세련된 가건물들에서 열리던 우아하고 정신없는 파티—도 있었지만, 그곳을 떠올릴만한 초록 공간을 찾기는 너무나 힘들었다. 모든 것이 너무나 고정되어있어서 싹을 틔울 수가 없었다.

런던의 가을 공원

그 사이 런던은 가을이 시작되면서 바뀌고 있었다. 나는 런던의 가을을 많이 보지는 못했다. 다양한 소파 베드와 남는 방 들을 전전하는 사이에 빠듯하게 두 여행을 끼워 넣어 파리뿐만 아니라 베를린에도 며칠 머물렀기 때문이다.

나의 달력은 날짜와 낯선 주소들로 나뉘었고, 빨간색 여행 가방을 가지고 보도블록들을 걷고 지하철역 계단들을 오르며 달그락거리는 날들로 표시되었다. 몇 년밖에 되지 않은 여행 가방의 뒷바퀴들이 벌써 부서지고 말았다. 말일쯤이면 들쭉날쭉한 사각형으로 닳아서 서늘해진 흙바닥 위에 흐릿한 자국을 내 뒤에 남기겠지.

계속되는 이사와 그 때문에 생기던 끝없는 생각들로 인해 나는 퉁명스럽고 불안정한 사람이 되었다. 나를 받아주는 친절한 사람들과 날마다 밀린 일상들을 나누는 일이 너무나 신물이 났다. 나는 새 통근길과 지친 하루 끝에 잡담을 나누기보다 쉬고 싶었으니까.

내 머리는 어디에서 잠을 잘지, 거기까지 어떻게 가야 할지를 결정하는 일에 몰두하는 중이었다. 수첩에 적어놓은 사회생활은 모두 하기 싫은 일이 되어버렸다. 나는 소화 가능한 일정들도, 주로 당일 날에 미안함과 안도감을 느끼며 취소했다. 그저 내게 에너지가 남아있지 않았다. 일찍 일어나야 할지 아니면, 집으로 또는 다른 새 잠자리로 가야 할지를 두고도 갈팡질팡했다.

내가 월셋집을 찾는 데에 서툴렀다는 점이 모든 상황의 진실이었다. 런던 안에 살 곳을 찾느라 고군분투하고 이곳저곳 옮겨 다니던 수많은 젊은이 중 하나이긴 했지만, 한동안 그 일과 무관해지는 행운을 누렸던 터라.

몇 년 전에는 이보다는 훨씬 더 노련했다. 스물한 살에서 스물세 살 사이에 나는 여섯 개의 주소를 가져봤는데, 내 또래 도시 거주자들에겐 평범한 수준의 일이었다. '디지털 노마디즘'은, 전대를 얻고 짧은 기간 월세를 살고 영구성도 희망도 없이 받게 되는 퇴출 신세를 장식하는 화려한 단어였다.

우리 모두는 검트리(영국 온라인광고 및 커뮤니티 웹사이트)를 뒤지고, 우리 자신을 괜찮은 동거인처럼 묘사하는('깔끔하고 소탈하며 때때로 와인을 즐겨마심') 일에 선수들이었다. 아주 정교한 술래잡기였고, 진실과 허구 사이의 경계에서 벌어지는 인정사정없는 게임이었다. 나는 단기 월셋집을 찾는 공고를 남부 런던 페이스북 그룹에 올렸다가 친구가 그걸 봤다고 했을 때, 엉뚱한 수치심에 휩싸였다. 상황이 당황스러워서가 아니라, 나에 대한 홍보 내용이 타인들의 검열을 받고 또 거절되었다는 사실 때문에.

그러나 그것이 내게 자족의 감정을 가져다줬다는 점에서 분명 묘한 카타르시스도 느꼈다. 나는 그 카타르시스가 유도한 감정이, 분명히 집을 소유한 밀레니얼 세대는 월세를 놓으려고 구걸하는 동시에 대출금을 갚아야 하는 현실에 기반한 '남의 불행이 나의 행복'이라 여기는 희열이라고 생각했지만, 사실 나는 너무나 간소해진 나의 삶에 진짜 기쁨을 느꼈다. 나는 꽤 멀어졌지만 나를 받아주는 오래된 친구들의 너그러움에 기분이 좋았다.

짐을 간소하게 싸고 내게 필요한 것을 절약하는 데에 점점 나아지고 있다는(땀을 뻘뻘 흘리며 여행 가방을 끌고 필사적으로 늦여름 런던 주변을 돌아다니던 여자가 더 활기 넘치고 현실적인 존재로 진화했다는) 사실이 자랑스러웠다. 더 많은 단기 여행과 더 많은 대화와 더 많은 사랑을 내 인생에 들이기 위해 옷이든, 물건이든 더 적게 가지는 법을 배우는 중이었다. 나는 우리 세대가 듣고 자란 격언의 살아있는 본보기였다. '경험이 재물보다 중하다'는 격언.

나는 매트에게도 역시 별다른 경고도 없이 휘말려 들어갔다. 그의 이메일로, 그의 품으로, 그의 침대로. 우린 우리 또래들 사이에서 사회적으로 허용하는 데이트 방법들을 따르지 않았다. 이를 테면, 보통 주 단위 정도로 만나고 연인 관계가 확실해지기 전까지는 계속 다른 사람을 만나는 방식 말이다. 대신 우리는 통근 시간에 매일 튜브의 같은 칸을 공유하는 사람인냥 만났다가 하루 종일 여행객처럼 우리의 도시에서 시간을 보냈다.

우리는 오후나 이른 저녁에 서로에게 문자메시지를 보내며, 몇 시간 후 작고 어두운 장소에서 늦게까지 술을 마셨다. 다른 일을 하느라 외부에 나와 있다가 계획이 변경된 것을 알게 되면, 구글 맵을 다시 설정하고 늦은 저녁 그의 아파트로 발길을 돌렸다. 너무 과한 것 같아서 친구들에게 항상 털어놓지는 않았다. 친구들은 분명 눈썹을 치켜뜨며 '그 남자를 또 만난다고?'라고 말했을 것이다. 나는 차라리 살짝 엉큼해지는 편이 낫다고 생각했다.

처음엔 이 즉흥적인 일상이 일종의 잘 짜인 공연이라고 생각했는데, 그냥 그가 활동하는 방식이었다. 삶에 부딪치는 혼란의 덩어리를 늘어났다 쪼그라들었다 하는 일상 속에 맞춰 넣는 것. 내가 계획을 세우고 조바심치며 우리가 주고받는 문자메시지들 사이의 여백까지 따지고 분석하면서 그도 나처럼 의도적으로 답장을 미루는지 확인하는 것과 달리, 그는 원래 그런 사람인 듯했다.

하지만, 나는 그에게 말하지 않았다. 나 스스로 거리를 유지했다. 적어도 감정적으로는. 괜찮은 여자인 척하는 덫에 걸려 속으로는 흥분하고 혼란스럽고 헛된 생각에서 벗어나지 못하는 순간에도, 겉으로는 당황하지 않은 척 경쾌하고 밝은 모습을 보여주었다. 그에게 자주 바뀌는 내 주소들을 정확하게 알려주지 않았다. 내가 우리 사이의 깔끔한 마력을 골치 아픈 지루함으로 바뀌는 것을 부추기고 싶지 않았기에.

그가 선을 긋는 경우도 있었다. 일이 많은 날이면 그는 내게 답장을 하지 않았는데, 그런 일은 우리가 함께 있을 때도 생겼다. 내게 '어디서 오는 길이야?'라고 물었지만 그가 손가락으로 내 머리칼을 쓸어내리고 있었기에 굳이 대답할 필요가 없었다. 그래서 나 역시 대답하지 않았다. 나는 전날과 똑같은 옷을 급히 걸치고 늦게 사무실로 향했다. 매번 그의 곁에 단 몇 분이라도 더 머물고 싶은 마음에.

매트와 함께 있으면, 매주 집이 바뀌면서 소란해진 마음을 날려버리는 풍선 속으로 들어가는 기분이었다. 여전히 나는 내가 아닌 다른 여자를 연기하고 있었지만, 내가 느끼기에 그 여자는 몇 해 전 마지막으로 어울려 다녔던 친구들 집의 남는 방들을 정중하게 침범할 만큼 공허함을 느끼지 않는 사람으로 개선되어있었다.

조시와의 이별로 예전 친구들과의 거리가 사라진 것이 항상 감개무량했다. 홀리도 나를 일으켜준 친구였는데, 우리는 스물세 살에 헤어진 이후로 거의 연락하지 않고 지냈다. 홀리가 뉴욕에 왔을 때 나는 첫 몇 주 동안 알아낸 별것 아닌 것들을 그녀에게 보여주었다. 우리는 서로를 밖으로 불러내어 두 영국 처녀끼리 눈에 보이지 않는 자유의 경계들을 확인했지만, 런던으로 돌아온 후에 우리는 서로에게서 멀어졌다.

오 년이 지난 지금, 홀리는 그녀의 공간을 아무것도 묻지 않고 내게 빌려주며, 처녀 시절의 가장자리에서 나눈 과묵한 약속을 지켜주었다. 언제든 서로를 찾아가자던. 밀린 이야기를 나누다보니 차이를 확인하는 무언의 게임이 되어버렸다. 우리 둘 다 원래 있던 곳의 사람들에게로 돌아간 후, 우리가 어떻게 변했는지 알아내는 과정에서의 차이를 말이다.

남자들과의 브루클린 술집들을 가는 대신, 홀리와 나는 새로운 성숙함에 집착했다. 그녀는 부엌을 새로 꾸미고 일어를 배우면서, 나는 내가 발휘할 수 있는 최대치의 품위를 지키며 공기 빠진 에어 매트리스 위에서 생활하면서.

조시와 헤어진 지도 4개월이 지났다. 사람들의 생활과 흥미도 나를 위로해주는 일에서 벗어났다. 그게 당연했다. 이제는 극복해야 한다는 무언의 암시가 있었고, 나도 느끼는 바였다. 그러나 나는 아직도 우리의 일부가, 그의 일부가 내게서 떠나가고 있다는 사실을 무시하지 못했다. 우리 둘만의 우스운 말들이, 우리끼리만 통하던 농담들이 떠나간다는 사실을.

바스락거리던 낙엽들이 배수로에서 질퍽한 곤죽으로 변해가듯 나는 우리가 함께 만들었던 것들이 가만히 썩어가고 있음을 느꼈다. 내가 여전히 조시를 사랑하는지, 사랑하지 않는지는 알 수 없었고 파악하기도 너무 아련한 마음이었지만, 나는 예전과 똑같이 그를 걱정했다. 내 마음을 그에게 보이는 일이 공평하지도, 옳지도 않다는 것을 알았다. 그래서 그 마음을 삼키고, 나의 하루를 방해하는 그리움을 잠재워나갔다.

초록 생활자의 작은 정원

휴가를 떠나는 길에 진공청소기로 청소하는 사람들처럼, 나도 떠나기 전 할애할 수 있는 최대한 긴 시간을 발코니에서 보냈다. 그곳에서 호흡하는 일이 내 마음을 아주 조금이나마 가볍게 해주었기 때문에. 거기서 자라는 식물들과 그 너머로 보이는 나무들이 하는 일들 속에 숨겨진 언어를 읽어내고, 그 사이에 보이는 하늘과 구름의 움직임을 확인하며 밖에서 머무는 몇 분 남짓한 시간에 점점 의지하게 되었다. 그 시간은 필수적인 삶의 평행추로 작용했다.

떠나기 전 마지막 아침은 아주 부지런히 시간을 보냈다. 쥐꼬리만큼 눈을 붙인 후 발코니 근처로 가고 싶은 마음에 눈곱과 눈가에 아직 남아 있는 화장기를 너무너무 씻어내고 싶은 욕구까지 더해져 동이 트고 몇 분 지나지 않아 곧바로 잠자리에서 일어났다. 떠오르는 태양의 분홍색 빛줄기가 도시를 왜소해 보이도록 만들었고, 도시에 자리 잡은 수만 개의 유리 패널에 반사되어 그날의 여명은 흡사 아이스크림 같았다.

나도 곧 사이렌 소리가 들리고 월세 광고가 붙은 저 바닥에서 버스를 기다리고, 상자 갑 속에 잡힌 사람들과 이리저리 밀려다니는 일과 휴식의 균형이 공평하지 않은 저 아래 도로들 속에 있겠지. 모두 가지려면 종종 물리적 현실에서 벗어나야 했다. 스크린 속에서 보여지는 그 같은 삶을 살려면.

하지만 여기, 하늘 아래 작고 네모난 콘크리트 속에는 도전적 삶이 있었다. 비록 억지로 떨어져 있고 얼마나 오래 보살필 수 있을지 모른다 해도 발코니를 떠나는 것(시들게 놔두는 짓)은 절대 즐거운 일이 아니었다. 발코니를 가꾸는 것은, 그 공간과 신체적으로 관계를 맺는 일이었다. 패딩 점퍼를 잠옷 위에 걸치고 무거운 화분을 질질 끄는 동안, 내 근육들이 움직이고 내 두 손이 구석에 남은 차가운 흙으로 더러워지고 심장 박동이 빨라지는 순간들을 느끼면서, 따뜻한 공기에 희미하게 섞이는 내 입김을 보는 일.

모두 내가 계획하고 분석해야 하는 일이 아니라, 그 자체에 몰두하는 목적에 따른 움직임이었다. 공간을 정원으로 가꾸는 일은 춤을 추듯 본

능에 충실한 일이었다. 하나의 동작 후에 느낌과 필요에 의해 다음 동작이 이어지는 춤 같은 행위. 나도 정원을 가꾸면서, 물을 얼마나 주어야 할지 무엇을 뽑아내야 할지 같은 자잘한 부분을 계획한 적이 거의 없다. 필요할 때마다 움직일 뿐이었다.

어디에서부터 시작할 것인가를 가장 잘 알려주는 신호는 다가올 계절이었다. 9월 말이 되도록 정원에 별다른 일을 하지 않고 여름을 흘려보내기가 쉬운데, 다가올 겨울을 대비해두지 않은 채 11월을 맞이하는 태도는 바람직한 일이 아니었다. 비록 다가올 미래가 너무 우중충해서, 봄이 어떤 모습일지 어디에서 어떤 봄을 맞이할지 좀처럼 상상할 수 없다 해도 말이다.

거품 같은 꽃잎들로 창가를 가득 채웠던 펠라르고늄은, 가드닝 할 때 쓰는 멜라민 재질의 간이 테이블에 깔아놓았던 신문지 위에 뿌리째 뽑혀 있었다. 런던은 따뜻해서 겨울 내내 펠라르고늄을 뽑지 않아도 된다. 대부분 창가에서 겨울을 나고 이듬해 여름에 멋진 꽃을 선보이지만, 나는 지난 여러 해 동안 추위를 피하게 해주려고 가장 추운 선반 위에서 따뜻한 벽 쪽으로 옮겨놓았다.

펠라르고늄, 흔히 제라늄이라는 이름으로 팔리는데, 값이 너무나 저렴해서 쉽게 교체된다고 욕을 먹지만, 나는 신경 쓰지 않았다. 하지만 퇴비통을 준비하지 않았을 때는 약간의 죄책감이 들기도 했다. 생존하려는 결단을 왜 짓밟나 하는 마음에.

그럼에도 나는 변화를 원했다. 콜럼비아 로드 플라워 마켓에서 몇 달 동안 할인가에 내놓은 화초들이었는데, 여전히 나는 여러 화초를 적절히 섞어 다른 종류의 예술을 시도하는 중이었다. 새 흙으로 옮겨심기 전에 드러내고 다듬어서 우울한 계절이 지나고, 맹렬히 피어날 에너지를 저장해두었다. 펠라르고늄은 빛을 따라가며 줄기를 길게 뻗는데, 따뜻한 여름을 지나는 동안 가지들이 꽃 아래에 제멋대로 퍼져 있었다.

나는 무성하게 자란 창가 화분 속에 손가락을 억지로 집어넣은 다음, 뻗어나간 뿌리 뭉치들을 힘주어 뽑아내고, 변변찮은 뿌리들을 내 뒤에 있던 신문지 위로 옮겨놓았다. 시원한 흙 내음이 잎에서 나는 상쾌한 후추 향과 섞였다.

전지가위로 가지들을 잘라내고 새순이 자라날 주먹 크기의 그루터기들만 남겨두었다. 그루터기들은 연약하면서도 견고해 보였다. 두꺼운 스웨터를 걸치고 코트는 입지 않은 느낌이랄까. 그것들을 새로 닦은 화분에 조심스럽게 옮기고 벽돌로 된 따뜻한 아파트 벽면에 붙여놓은 테이블 위에 가지런히 올려두었다.

통통한 흰색 시클라멘이 부산스럽게 자기 자리를 찾았다. 이 꽃의 우아함으로는 강인함을 설명하기 어려운데, 시클라멘의 뒤집어진 꽃잎들은 마치 찻잔처럼 보이지만 태풍도 견뎌내며 토양에 물이 충분히 빠지지 않을 때만 썩어서 쓰러진다. 뉴욕에서는 이 꽃이 진 다음 둥근 하트 모양에 연한 초록색의 거미줄 무늬가 덮인 잎사귀들이 관심을 받는다.

이 녀석을, 뿌리가 젖어도 상관없고 내가 없을 때도 알아서 잘 자라는 다른 화초들과 함께 심었다. 흙이 젖으면 공간을 정신없이 초록으로 덮는 담쟁이덩굴과 제비꽃과 함께. 세 화초는 저렴하고 전혀 고급스럽지 않지만, 우중충한 겨울 아침에도 햇빛을 끌어들일 줄 아는 녀석들이다.

키가 큰 대나무도 사다놨는데, 아주 재미있는 식물이었다. 양치식물들이 발코니의 어두운 구석들을 점령한 후, 초짜인 나는 대나무 덕분에 더 과감하고 더 야심찬 원예가가 되었다. 다른 몇 가지 관목들과 함께 대나무는 콘크리트로 둘러싸인 발코니를 초록 공간으로 바꿔놓는 중심축이 되었다. 하지만 사람들은 자신보다 키가 큰 식물들로 가드닝을 시작하지 않는다.

이를테면, 넘어질 위험이 있는 물에 젖은 덩치 큰 개를 귀중한 물건들이 어지럽게 진열된 골동품 가게 안에 풀어놓는 것과 같은 일이랄까. 다시 말해, 잘못될 경우 무슨 일을 해야 할지 확실히 알 수 없다는 뜻이다. 그날 아침, 나는 덩치 큰 개에게 줄을 묶기 위한 첫 걸음을 뗐다. 바스락거리는 잎사귀들이 달린 거대한 녀석과 돌 화분을 폭이 2미터인 나의 발코니에 끌고 오면서.

초콜릿색으로 변해버린(여전히 벌들에게 달콤한 존재임을 증명한) 부들레야도 새 이웃을 받아들여야 했다. 대비되는 두 식물의 잎들이 함께 어우러진 모습과 자신들이 나란히 자리할 수 있음을 천천히 받아들이고 창가 화분으로서의 임무를 넘어서 서로 상충하도록 허락하는 잠재적 규칙 파괴를 즐기는 모습을, 감탄하며 바라보았다.

10월 새벽의 쌀쌀함에 맞서며 손가락에 닿는 찬 기운도, 퇴비도, 근육통도 개의치 않은 채 서둘러 몸을 움직였다. 생산적인 일을 하는 동안 계획을 세우고 바로 진행되는 속도감이, 수면 부족과 숙취에 찌든 내장을 관통했고, 머릿속에 쌓여있던 단조로운 '할일 목록들'도 잠잠하게 만들었다.

보는 눈을 기르는 것은 가드닝에서, 특히 나처럼 참을성 없고 성질 급한 사람들에겐 필수이다. 하지만 나의 발코니는 거의 쉬지 않고 시각적 만족감을 제공했기 때문에, 나는 새로 자란 것들을 찾아냈고 잎사귀에 내려앉는 햇빛의 변화를 지켜봤으며 콘크리트 바닥에 떨어지는 그림자들을 눈여겨보았다. 아빠가 부엌 창가에 서서 하셨던 것처럼, 나 역시 바꿔줄 필요가 있는 부분이나 성장을 기대하는 것들을 관찰하고 머릿속으로 끝없이 목록을 작성했다.

발코니에서는 딱 한 가지 일만 빨리 끝내는 것이 거의 불가능했다. 시든 꽃을 조금 잘라내다가 물을 주고 정리정돈을 하고 우물쭈물하다 보면, 처음에 짧게 잡았던 5분이 몇 시간으로 늘어나 있다. 어떤 하의를 입었든지 상관없이 대충 문질러대던 두 손은, 추위로 인해 뻣뻣해졌지만 그러는 동안 내 마음은 누그러졌다.

캐서린 S. 화이트(결혼 전 성은 앤젤)는 〈뉴요커〉 첫 소설 편집장으로, 블라디미르 나보코프와 존 업다이크를 발굴하고 후원한 여성이다. 그녀는 자신의 날카로운 시각을 씨앗 카탈로그에도 적용하여, 육십육 세의 나이에 첫 번째 가드닝 칼럼 《온워드 앤드 업워드 인 더 가든》을 출간했다.

팸플릿에 넣을 식물들을 수집했던 원예가와 묘목업자 들을 차세대 문학계의 센세이션으로 여겼다. 비록 화이트(그녀는 자신의 제자 중 하나인 화이트와 결혼했다)가 그녀의 주업을 현대소설로 바꿔놓았지만, 그녀가 '가장 좋아하던 읽을거리'는 씨앗 카탈로그였다.

여기까지도 충분히 매력적이지만, 내가 캐서린 S. 화이트에 관해 가장 좋아하는 부분은, 1977년에 그녀가 사망한 후 그녀의 남편이 그녀의 칼럼들을 모아 책으로 펴내면서 썼던 다음의 내용이다.

"그녀는 가드닝용 복장도 없었고, 가드닝을 위해 옷을 챙겨 입지도 않았다. 여러해살이 가두리나 꺾꽂이 판이나 장미 정원에 갈 때도, 그녀는 알맞은 옷으로 갈아입지 않았다. 그저 집에서, 젊었을 때는 편집 원고를 읽다가 즉흥적으로 나갔으니까…. 나는 그녀가 가드닝을 '준비'하는 모습을 좀처럼 본 적이 없었다. 그녀는 날이 추워도, 비가 내려도, 해가 비치고 날이 따뜻해도, 그날 아침에 입은 옷차림 그대로 나갔다."

화이트는 페라가모 구두를 신고, '멋진 트위드 치마와 재킷' 또는 티끌 하나 없는 면 원피스를 입은 채로 가드닝을 하기도 했다. 일단 그녀가 소동을 일으키기 시작하면, 이식을 하거나 잡초를 뽑거나 가지치기를 하거나 시든 꽃들을 잘라내기 시작하면, 다른 건 모조리 잊어버렸다. 당연히 가드닝의 잔재들이 딸려와 그녀가 입은 옷에 들러붙었다.

아침 식사를 할 때까지 나는 잠옷을 입은 채로 지냈다. 발코니에서 나온 쓰레기(거미줄, 흙 찌꺼기, 떨어진 나뭇잎들)를 크게 걱정할 필요는 없었지만 발코니 문에서 보는 새로운 풍광, 발코니 왼쪽에 틀을 잡은 길고 뾰족한 대나무 잎들과 바로 앞에 있는 별 모양 루핀 잎사귀 실루엣을 멋지게 만들어주진 않았다. 시간이 휘리릭 흘러가버렸다. 나는 집 안에서 키우는 화초에 대한 애매하고 낙관적인 지시 사항들을 무시한 채 모두에게 충분히 물을 준 다음, 다음 달을 보내기 위해 빨간 여행 가방을 챙겼다.

나를 자라게 하는 식물의 언어

발코니에서 받은 위안이 있던 자리에는 데이트 약속들이, 비행기 스케

줄들이, 짐을 싸고 풀며 내가 언제 어디에 있어야 할지 해결하는 날짜들이 채워진 달력으로 대체되었다. 나는 식물에 대한 욕구로 내내 괴로웠다. 아무 때나 화초들을 살펴보는 즐거움, 사랑스러운 공간을 바라보느라 발코니 문에 콧김을 불어내던 그 짧은 순간들을 더 이상 누릴 수 없었으니까. 새 화초를 찾아야 했다.

내가 잠자는 장소들이 점점 더 일시적인 공간으로 바뀌면서, 나는 생활 반경을 바깥으로 옮기기 시작했다. 나의 관심도 계속 야외로 옮겨갔다. 십 년 동안 나를 이끌었던 직업과 일도 마음에서 멀어지기 시작했다. 머큐리 상(매해 영국과 아일랜드에서 최고의 음반에게 수여하는 상) 수상자나 가장 최근에 깜짝 발매되는 앨범에도 관심이 가지 않았다. 새로운 음악을 머릿속에 저장하며 욕구를 키워보려고 발버둥을 쳤지만, 음악은 지금 내가 느끼는 진정한 의미를 표현해주지 못했다.

나는 좀 더 회복력이 있는 무언가를, 지속되고 자라날 수 있는 무언가를 찾고 있었는데, 새로 나온 멋진 밴드라고 소리치며 일간지에서 발매하는 수십 개의 앨범 중 하나를 클릭할 때마다 공허함이 더 또렷하게 느껴졌다. 팝스타의 앨범 활동은 몇 주 안에 끝날 테고, 고로 거기서 무언가가 자라거나 발전할 여지는 없으니까.

나는 점점 습관적인 일 처리에 만족하고 집으로 가기 위해 퇴근 시간만 기다리며 최대한 효율적으로 업무들을 끝냈다. 야근이 일상인 문화에서 근무 시간이 끝나면, 공식적으로 허락된 시간에 퇴근 카드를 찍고 죄책감과 반항심과 해방감을 동시에 느끼며 후다닥 자리를 떴다. 나는 너무나도 간절하게 밖으로 나가고 싶었고, 책상에서 벗어나 아직 개발되지 않은 도시의 녹지들을 찾고 싶었고 찾아야만 했다.

무엇이 어떻게 자라고 있는지 살펴보고, 잿빛 도시에 맞선 초록 식물과 황토색으로 변해가는 나뭇잎들을 찾아다니고, 식물들의 비밀스럽고 소리 없는 삶에서 다음에 어떤 일들이 생길지에 대한 단서들을 찾아다니는 호기심으로 시작한 일이 강박적으로 변해갔다.

식물들을 갈망했고, 식물이 없는 곳에서는 감금된 것처럼 느꼈다. 담배 한 대를 얻어내는 흡연자처럼, 나는 어느 곳에 도시 속 자연이 남아있는지 조용히 파악했다. 머릿속으로 내가 지나칠 앞뜰들을 기억하고, 집까지 걸어가는 길에 공원을 지나칠 수 있는 길이 있는지도 확인했다. 이 일상은 서머타임 기간이 끝났는데도 불구하고, 태연하게 피어있는 여름 꽃들과 짧아지는 낮 길이에 우아하게 시들어가는 수국들을 보너스로 볼 수 있는 보물찾기가 되었다. 생명의 모든 과정이 펼쳐지는 현장.

가을이 차근차근 다가와 또 다른 겨울을, 그들이 거쳐 왔던 많은 겨울과 같은 시간을 견디기 위해 나뭇잎들을 불태우고 떨어뜨렸다. 나무들은 더 추워지는 달들에 대비하기 위해 튼실한 뼈대들만 남겨두었다. 이렇게 사라지는 장면들 속에는 일관성이, 내 인생보다 훨씬 더 많은 일관성이 담겨 있었다. 그리고 나는 그 지조와 견고함과 인간들이 그 주변에 쌓았던 삶과는 분리된 독립성을 좋아했다.

나는 집에서 쫓겨났고, 내가 머물고 있다고 생각했던 당연한 선로에서 벗어났다. 그러나 나는 식물에게서 내가 예상한 인생보다 훨씬 더 확고한 삶의 방식을 찾을 수 있었다.

식물을 보듯 나를 돌본다

반가운 쉼표, 우리가 공원을 찾는 이유

시골에 있는 공원은 특이한 공간이다. 차를 타고 가야 하고, 놀이 기구들 말고는 별게 없다. 그곳은 진짜 공원이 아니라 '유원지'다. 우리 동네에도 지나치게 크고 들어가서 놀면 안 된다는 경고 문구가 사방으로 붙어있던 공원이 있었다. 그래서 나의 어린 시절 속 공원은 항상 신기한 장소였다.

리딩에 있던 조부모님 댁으로 여행을 간다는 건 점심을 먹고 나서 유원지로 산책을 간다는 뜻이었다. 가장 재미있는 일로, 가끔은 할머니가 만드신 버터가 잔뜩 들어간 파스타 더미로 난타를 당한다는 뜻이기도 했다. 나는 할아버지와 할머니의 속뜻을 나중에서야 이해했다. 북부 사투리와 구운 고기에 두 가지 다른 감자 요리가 딸려 나오는 저녁 식사처럼, 공원들—그곳에 가는 즐거움과 목적—도 내가 뉴캐슬로 이사 간 후에 찾아왔던 철없는 사춘기에 반가운 쉼표를 제공해주었다는 사실을 말이다.

도시보다 훨씬 작은 소도시에서 살아본 적이 없어서 야외 공간이 순전히 즐거움을 목적으로 제공된다는 개념을 이해할 수 없었다. 그렇게 생각해본 적이 전혀 없었다. 그 생각이 신입생 주간에 갑자기 떠올랐다. 열아홉 살의 어느 날, 나는 타운 무어(영국 뉴캐슬 어폰 타인의 대규모 공유지) 반대편, 더 아래로는 리제스 파크(영국 뉴캐슬 어폰 타인에 있는 공원명)의 리차드슨 로드에 지금은 철거된 기숙사들이 있던 나의 새 집으로 이사를 갔다.

무어의 존재에, 100만 평에 달하는 햄스테드 히스(런던 햄스테드에 있는 공원)와 하이드 파크(런던의 공원)를 합친 면적도 왜소해 보이게 만드는 광대한 초원에 다들 어리벙벙했지만, 나는 그곳이 편안했다. 학생들은 밤을 새고 집으로 돌아오는 길에 풀을 뜯고 있는 소들을 넘어뜨려보려고(밀어보려고) 시도했지만, 나는 집이 떠올랐다. 노출증 환자와 나쁜 사람에 대한 이야기는 빠르게 퍼지기 마련이라 내 하우스메이트들은 늦은 밤이면 위험을 피하기 위해 여러 명이 함께 그곳을 빙 둘러 뛰었지만, 내게 그곳은 활기를 주는 장소였다.

너무나 넓어서 한가운데 서 있으면 도시를 벗어난 느낌이었다. 잡초 머리들이 서로 스치고 바닥에 있는 벌레를 잡기 위해 새가 내려오던 곳. 제임스 테일러가 노래했듯 바람이 불면 머리가 돌아갈 정도로 넓던 곳.

그래도 리제스 파크는 신선했다. 나는 그곳의 까만 쇠 울타리와 돌로 쌓아올린 거대한 입구 기둥에 매료되었다. 잔디 구장에 마음을 빼앗겼고, 보트를 탈 수 있는 호수에도 반했다. 물론 한밤중에 컴컴한 물속으로 뛰어들어 너도나도 경쟁하듯 헤엄치던 내 하우스메이트들 정도는 아니었지만.

나는 여름방학 동안에는 복닥거리는 도시에 남지 않고, 조용한 시간에 공원에 머물렀다. 리제스 파크는 항상 개방되어있는 공원이라 무어와 함께 무질서한 행위로 악명이 높았다. 나는 해가 뜨기 직전, 가장 어둡고 무거운 하늘 아래 지저귀는 새들의 노랫소리가 너무나 달콤해서 클럽의 음악소리처럼 울리는 시간에 공원을 가로질러 걷기를 가장 좋아했다.

어느 일요일 밤, 우리는 밖으로 나가 거기서 폭죽에 불을 붙이고, 달콤한 연기 구름 사이에서 빙빙 돌았다. 놀랍도록 따사롭던 초봄의 오후에는 모두 일하러 간 사이에 나 혼자 싹이 트는 나무들 아래에 앉아있기도 했다.

공식적으로 오가는 경우, 리젠스는 집과 술집 사이의 통행로였고, 상점이나 드문드문 듣던 강의실들에서 둘러 오는 길의 일부이기도 했다. 그런 경우마저도 나는 즐거웠다. 나의 자립도나 그 주에 배운 내용과는 상관없이 거위들을 보고, 계절의 변화를 목격하고, 그것들을 하릴없이 기록할 수 있는 기회였으니까.

리젠스 파크는 선한 의도로 시작되었으나 힘들게 완성된 공간이었다. 1857년 '건강과 휴식을 위해 일부 녹지에 언제든지 갈 수 있기'를 원하는 3천 명의 노동자들이 뉴캐슬 의회에 넣은 청원서가 그 시작이었다. 이 청원을 위한 위원회와 캠페인은 거의 20년 후에야 성과를 얻었다. 그렇게 공원 하나가 타운 무어의 일부에 문을 열었다. 12월 23일 뉴캐슬의 모든 사람에게 이른 크리스마스 선물이 도착했다. 도시가 그 땅을 점유할 수도 있겠지만, 사람들이 녹지를 되찾아가는 건 시간문제일 것이다.

리젠스 파크는 이십 대 동안, 내가 반한 수십 개의 공원 중 첫 번째다. 무어와 제스몬드 덴에서와 마찬가지로, 뉴캐슬에서의 우리는 생각한 것보다 더 제멋대로였다. 뉴욕 맨해튼은, 시민들에게 제공한 운치 있는 장소들로 하이 라인과 센트럴 파크를 과시한다. 마치 브루클린이 제공하는 부분이 덜하다는 듯이 말이다. 그러나 런던은 두 곳 모두를 능가한다.

우리가 알다시피 런던은 녹지가 도시의 기본 뼈대로 조성된 도시이다. 그때 조성된 공원들이 지금도 일부 남아있고, 일반적으로 도시 녹지율이 평균 24퍼센트 정도인데, 런던은 도시의 반 가까이가 녹지이다. 런던은 최초의 국제 공원 도시가 되기도 했는데, 녹지 개념을 이해하지 못한 사람들에게는 시대에 크게 뒤처진 개념이지만, 이해하는 사람들에겐 급진적인 성과로 여겨진 일이었다.

전 세계적으로 공원은 도시의 '허파'라고 불리는데, 이 표현은 18세기에 영국의 공원들과 함께 런던에서 생겨난 것이었다. 런던의 많은 지역은 글자 그대로 오물통이었다. 일자리 때문에 런던으로 이주했던 많은 사람은 산업혁명으로 생겨난 불결함을 참아가며 비좁고 음산한 환경에서 생활했다. 문서들로 잘 정리된 도시 공공기관 시설의 부적합 상태와 추잡함은, 빈약한 위생과 인구 과밀로 인한 질병으로 이어졌다.

런던의 의료진들은 이 같은 문제들을 개선할 방법을 제대로 이해하기 위해 도시를 사람의 몸처럼 생각했다. 템스강의 물줄기와 강물이 지나가는 오폐수처리시설은 신체의 순환 체계를 이루는 동맥과 혈관, 모세혈관으로 비유했다.

질병, 특히 사람들이 공기로 전염된다고 오판했던 콜레라가 창궐했을 때도 런던에는 허파가, 공원이 필요하다는 똑같은 논리가 제시되었다. 녹지공간들과 깨끗한 공기를 들이마시면, 도시의 몸속에 산소를 전달해주고 공기 중에 남아있는 오물을 제거해줄 거라는 논리. 이로 인해 생긴 녹지공간은 결국 갇혀 있던 노동자 계급들에게 자연에 발을 딛고 제대로 산책할 수 있는 혜택과 기회를 제공했지만, 사실 중산층과 상류층은 이미 수십 년 동안 누려온 것이었다.

런던은 이미 녹색도시로서의 가능성을 가지고 있었다. 군주들은 런던 전체를 귀족들의 취미생활과 사슴 사냥을 위해 통제해왔었다. 그 땅들은 로열 파크스(영국 왕실이 소유했다가 국민들에게 되돌려준 여덟 개 공원)로 알려졌는데, 오랫동안 기다렸던 왕실의 관대함에 대한 법령이 1851년에 만들어서 국민들에게 반환되었고 지금까지도 유지되고 있다. 그 공원들은 지금과 마찬가지로 당시에도 사람들에게 사랑받았는데, (비록 요즘 우리는 자전거를 더 선호하지만) 산책과 승마를 위한 공공의 공간으로 사용되었다.

그보다 50년 전 19세기가 시작되던 때, 이 공원들은 위기를 겪었다. 주택 건설로 이익금이 생기자 로열 파크스에 속해있는 그린 파크, 세인트 제임스 파크, 하이드 파크가 자리 잡은 방대한 규모의 녹지를 두고 개발업자들이 애간장을 태웠기 때문이다.

1808년, 윌리엄 윈드햄이 윌리엄 피트의 말을 인용해 공원을 '런던의 허파'라고 칭했던 연설로, 영국의 하원은 하이드 파크 내에 '가장 비싼 저택' 8채를 짓자는 발의를 부결했다. 런던이 주택 개발업자들의 맹렬한 싸움판이 되어가는 모습을 지켜봤던 사람들에게 윈드햄의 주장은 섬뜩할 정도로 예지력 있는 발언으로 느껴졌다.

코벳의 팔러멘트리 디베이트(의회 토론집) 제11권의 기록에 따르면, 윈드햄은 '8채로 끝나지 않을 계획'이라고 주장했다. 주택들이 일단 지어지면, 계속 지어질 거라고 그는 믿었다. 8채의 주택은 결코 마지막이 되지 않을 것이며 초목의 힘은 완전히 파괴될 거라고. 훼손된 공원은 더 이상 예전과 같은 건강과 취미의 장이 되지 못할 거라고.

윈드햄은 '일요일 저녁 신선한 공기를 마시기 위해' 화이트채플(런던 동부 지역명)을 걸으며 '집들 말고는 아무것도' 보지 못하는 남자의 예를 들었다. '그는 산책길에 이런 집들을 지겹도록 봤다'고 분명히 생각할 거라면서 말이다. 윈드햄은 주택을 짓는다면 '허파를 파괴하는' 결과를 낳을 거라고 주장했다.

21년 후, 녹지가 인류에게 어떻게 혜택을 주는지에 관련된 수많은 아이디어를 생각해냈던 존 클라우디어스 루돈이 대중을 위한 '호흡 공간'으로서 공원의 유익을 다룬 에세이를 출간하면서 허파의 개념이 다시 등장했다. 〈가드너스 매거진〉의 출판인이자 편집자인 그는, 이 잡지에서 영국의 도시들 안에 더 많은 공원이 있어야 한다는 캠페인을 집요하게 다루었다.

허파라는 인식은, 런던에 이미 존재하는 공원들은 잘 보존하되 도시가 팽창할수록 더 많은 녹지를 보장해줘야 하고, 도시를 푸르게 유지해야 한다고 일관되게 주장했던 공무원들도 반복해서 사용했다.

1840년 중반 〈스펙테이터〉(1828년에 창간 후 지금까지 발간 중인 영국의 보수 잡지)에 개재된 기사에서 지적했듯이 동물이 성장하기 위해서 가장 먼저 만들어져야 하는 신체 기관 중 하나가 바로 허파이다. 런던도 마찬가지였다. 도시의 허파, 공원들이 먼저 길을 터주자 이어서 더 많은 주택과 상점과 시청과 정원이 만들어졌다.

윈드햄이 연설을 했던 시기는, 런던 전역과 더 넓게는 영국에 걸쳐 여러 개의 공원이 개장을 기다리는 한 세기의 초입이었다. 첫 번째 공원의 개장은 1840년으로, 섬유업계의 큰손이었던 조셉 스트루트라는 사람이 중부지방에 있는 산업도시의 스모그를 줄이고 그곳의 노동자들에게 자연을 경험할 공간을 마련해주기 위해 루돈에게 더비 알보리텀(영국 더비 시에 있는 공원이자 수목원)을 의뢰했다.

이 년 후 런던 동쪽의 해크니 너머까지 뻗은 빅토리아 파크가 개장하면서, 화이트채플에 사는 남자는 신선한 공기를 마시기 위해 더 이상 무거운 다리를 끌고 도시를 가로지를 필요가 없게 되었다.

1852년까지 런던에 12개의 공원이 만들어졌는데, 복스홀(런던 남부 지역명)부터 로더히스(런던 남동부 지역명)까지의 8킬로미터 구간에 '공원이나 공공 산책로로 예정된 지역이 단 한 곳도 없다'는 의회 의원회의 무시무시한 폭로의 영향도 일부 작용했다.

사우스와크 파크(런던 북서쪽 사우스와크에 있는 공원)와 핀스버리 파크(런던 이슬링턴구 남동쪽 핀스버리에 있는 공원)도 마찬가지였다. 첼시 건너편 강기슭에서, 19세기 중반까지 투견장이 열리고 패싸움이 벌어지던 '가장 어둡고 음산한' 지역은 배터시 파크로 바뀌었다. 레지스 공원처럼 이 공원들도 비슷한 부속 공간들을 갖췄다. 야외 음악당, 호수, 나무 등 사람이 호흡하고 쉴 수 있는, 술집에 앉아있는 대신 가족들과 산책을 나올 수 있는 공간들이 말이다.

당연히 지방에 있는 사유지에서 더 풍요롭게 누렸음에도 불구하고, 런던의 상류층들에게도 녹지와 깨끗한 공기에 대한 똑같은 갈망이 있었다. 정원 광장들이 생겨나기 시작한 때는 17세기였지만, 수가 급증한 때는 18세기와 19세기였다. 도시의 꿈같은 이 작은 공간들은, 정원 광장들 주변의 높은 조지언 스타일 연립주택가에 자리를 잡았다.

1803년에 루돈이 발간했던 첫 번째 에세이는 이 광장들에 어떻게 식물을 심어야 하는지에 관한 내용이었는데, 그는 양치식물이나 침엽수 대신 플라타너스를 추천했다. 그 덕분에 2세기에 걸쳐 수많은 사람이 꽃가루 알레르기에 시달리는 동시에 플라타너스 나뭇잎 사이로 춤추는 햇살을 즐길 수 있었다. 사람들이 대화하고 소통하고, 서로 만나서 의견을 교환할 수 있는 공간이 실제로 존재한다는 사실을 휘그당(18세기에서 19세기 사이에 활동한 영국의 정당으로, 자유당의 전신) 귀족들이 믿었던 것도, 이 우아한 새 공간에서였다.

위엄 있고 특권을 가진 사람들이 이런 생활에 대한 경험도 없고 어떤 논쟁을 하고 무엇을 개선해야 하는지도 모르는 채 만든 계획들일지라도, 내게는 힘이 되었다. 강력한 정부의 복구, 모두의 이용과 건강과 이익을 위해 토지를 보호하자는 계획들 말이다. 항상 잘 실행되지는 않았다.

질병을 유발시켰던 박테리아는 공기로 감염되는 것이 아니었다. 허파들은 막혔고, 공해가 너무 심해서 작은 공원 몇 개로는 감당하기 어려운 도시들은 병들었다. 맨체스터(영국 중부 리버풀 동쪽에 위치한 도시명)에 내린 산성비로 식물들이 죽었고, 리젠트 파크(로열 파크스 중 하나)에서 풀을 뜯는 양들의 털은 검게 변했다. 정원 광장들은 더더욱 상류계급에게만 제한되어 근처에 사는 집주인들에게만 개방되었고, 그 외의 사람들은 울타리 틈으로 들여다보거나 영화로만 볼 수 있게 되었다.

그러나 결국 허파들은 남았다. 공공 캠페인이 급증했고 1866년에 햄스테드 히스와 같은 공유지가 일반인들에게 개방되도록 보호하는 의회 제정법이 통과되었다. 나는 그 점을 정말 감사하게 생각한다. 도시에서 생활하던 나의 이십 대, 십 년간의 불협화음을 두드려주던 곳이 공원이었으니까. 나의 삶이 안정된 박동으로 뛰게 해주던 곳이었다. 공원은 내가 감당할 수 있는 것보다 훨씬 더 고단한 육체적 노동으로부터의 도피처가 되어주기도 했다. 그때 누렸던 해방감이 여전히 공원에 남아있다.

인생의 중요한 일이 시작되는 곳

우리는 널찍함을 찾아, 햇살이 내리쬐는 낮에 몸을 쭉 펼치고 누울 수 있는 충분히 넓은 풀밭의 호사 이상의 공간과 여가를 찾아 공원에 간다. 공원은 머리가 맑아지고 마음이 정돈되는 공간을 제공하니까. 우리가 있는 곳이 광산이든 공장이든 컴퓨터 스크린 앞이든 사방이 가로막힌 세상에서, 우리를 순수하게 벗어날 수 있도록 하는 작은 녹지. 철제 울타리에는 보살핌의 박동이 있고, 어떤 날씨와 계절에도 갖가지 상황에 놓인 모든 사람과 생명에게 열리는 출입구에는 자유가 있다.

내가 살았던 런던의 첫 아파트에서는 페컴 라이 커먼(천사들로 가득한 숲이 존재하던 곳이라고 윌리엄 블레이크가 표현했던 곳으로, 1894년 런던 시의회가 대중에게 개방하기 위해 구입한 농지)이 보였다. 그곳에 처음 갔을 때, 눈으로 덮여서 어둑어둑한 12월의 유령처럼 보였고, 왁자지껄한 기차역 옆 상점 너머로는 아무것도 없어서 으스스했다. 나는 겨울에서 봄으로 옮겨가던 시기에 그곳에 들어갔다. 오솔길을 따라 형편없이 천천히 조깅하며 도시라는 축구 경기장 위에 평범하게 펼쳐지는 일상의 생경한 모습을 바라보았다.

레지스 공원과 마찬가지로 이곳도 전형적인 빅토리아 스타일의 공원이었다. 나는 외로움과 금전적인 어려움으로 생긴 답답함을 그곳에 쏟아냈다. 가끔은 창문 밖으로 내다보면서 해소하기도 했다. 세월이 흘러, 내가 디뎠던 오솔길들을 알아보고, 그곳에서 사람들이 나누는 대화들을 들으며 그곳에 남은 나의 젊은 흔적을 떠올린다.

엘레펀트 앤드 캐슬 방향에 있는 덜 예쁜 평원에서 헤어지고 나서 몇 주가 지난 뒤, 조시와 나는 버지스 공원에서 만났다. 나무 아래 앉아 우리는 서로를 바라보는 편안함과 너무나 달라진 관계의 자리에 놓인 어색함을 즐겼다. 함께 즉흥적으로 소풍을 즐기고, 폭염을 피해 나오고, 바스락거리는 낙엽을 밟으며 걷고, 이른 아침에 나와 산책하던 십 년의 세월에서 가장 좋았던 시간의 기억들이 밀려들었다.

이외에도 너무나 많은 기억이 떠올랐다. 어느 늦겨울 저녁, 덜위치 파크에 갇히는 바람에 2미터 가까운 울타리를 기어올라야 했던 일. 해크니에 살면서 드넓은 빅토리아 파크에서 흥청망청 마셔대고는 일요일 오후의 해장 파티로 시체가 되었던 일. 일 년 내내 여러해살이들이 새로운 모습을 보여주는 바비칸에 있는 나이젤 더넷의 바닷가 정원 사이로 이동하는 태양을 감상하던 일. 연애 초기, 메이페어(런던의 고급 주택지)에 있던 사무실에서 나와 그린 파크(로열 파크스 중 하나)에서 함께 점심을 먹던 일.

스퀘어 마일에서 거의 알려지지 않은 안식처이자 영웅적 활동을 하다가 사망한 사람들을 빅토리아 시대의 타일에 기념해놓은 포스트맨스 파크(런던 중심의 세인트 폴 대성당 북쪽에 위치한 공원)에서는, 뒤죽박죽된 직무상의 불쾌한 골칫거리들로부터 잠시 벗어날 수 있는 휴식을 얻었다. 버클리 스퀘어(런던 메이페어에 있는 공공 정원)는, 나중에 좋은 친구이자 유명한 저널리스트가 된 인턴 동료와 직업에 대한 야망을 놓고 길고 의욕에 찬 대화를 나누는 장소였다.

하이드 파크는, 스물네 살의 열받는 오후에 찾던 주중 도피처이자 학교를 땡땡이치는 기분을 느끼던 곳으로, 기억 속에 소중히 간직되어있다. 소호 스퀘어(런던 소호의 정원 광장)는, 언제나 지저분하고 죄책감이 들면서도 그만큼 더 재미있는 곳이었다. 술병이 없어도, 혼자 있어도 잘못된 느낌이 드는 그런 곳. 나는 종종 벨그라비아(런던 중심의 부유한 지역)의 정원 광장에 있는 술집에 도전해보려 했다가 좀 더 이성적인 동료들의 손에 점퍼가 잡힌 채로 끌려나온 적도 있었다.

공원이 열려 있지 않을 때는, 떨어지는 땅거미나 여명 전 어둠이 깔려 있을 때 조용히 들어와 달라 청한다. 블룸스버리(영국의 출판사)에서 일했을 때 점심시간 장소로 피츠로이 스퀘어(런던 중심부의 유일한 조지 왕조시대 광장)와 태비스탁 가든스(런던 캠든 블룸스버리에 있는 공원)가 경합을 벌이곤 했는데, 마음이 너그럽고 기존 체제를 부정하는 집주인이 외출 시 출입문 걸쇠를 '방심하여' 열어두었는지 아닌지에 따라 그날의 장소가 결정되었다.

종종 그런 일이 생기면 나는 다른 사람의 일상에, 내가 자란 곳과는 너무나 다른 남의 개인 정원에, 아주 잠깐이지만 들어가 보는 작은 기쁨을 즐기곤 했다.

러스킨 파크(런던 램버스에 있는 공원)는 그 옆 동네로 이사를 가면서 발견한 공원으로, 조시와 함께했던 생활을 비춰주는 거울 같은 곳이었다. 우리의 행복을 지켜주고 우리에게 닥친 폭풍을 견뎌주던 곳. 우리 관계가 불안정하고 위태로운 상태가 되고, 부인과 확인에 지나지 않는 과정으로만 관계가 유지되는 동안 나는 종종 혼자서 러스킨 파크로 갔다.

헤엄치는 새끼 오리들을 보고, 풀잎으로 이루어진 경계들이 봄의 열정과 함께 이어지던 빅토리아 스타일의 울타리 정원 속 정적을 경험하며, 고요한 주말의 아침을 보내면서, 나는 뜨겁고 성난 눈물을 흘릴 공간과 그 눈물의 이유를 찾으려고 애썼다.

우리의 관계가 끝나고 몇 주, 몇 달 동안 러스킨 파크는 나의 단골 경로가 되었다. 어느 때보다도 자주 공원을 가로질러 걸었고 자전거를 탔다. 그리고 철제 울타리를 하나씩 지나칠 때마다 한 꺼풀의 여자다움을 벗어내고 또 다른 모습을 마주했다.

내 인생의 중요한 작은 모험들은 대부분 공원 벤치에서 일어났다. 첫 데이트, 이별, 오랜 기다림 끝의 재회, 우정이 깊어지는 들뜬 산책의 시간들. 공원은 분명 공적인 공간이지만, 본질적인 중립성을 가진 집이나 술집이나 카페에서는 말하기 애매하거나 가능하지 않은 이야기들이 나눠지는 신비한 능력을 지닌 장소다.

개발자와 보존주의자에게는, 공원이라는 허파가 글자 그대로 우리에게 산소를 가져다주는 역할을 하는 공간일 뿐이겠지만, 공원은 다양한 모습으로 우리에게 다가온다. 공기를 맑게 하는 능력과 새로운 가능성에 생명을 불어넣는 능력을 우리에게 주기도 하고, 우리의 상황을 보다 잘 이해하고 그 속에서 성장할 수 있는 공간을 제공하기도 한다.

공원을 둘러보면, 온갖 종류의 구획된 삶을 보게 된다. 이를테면, 이슬링턴(런던 구역명)의 어퍼 스트리트에 위치한 콤튼 테라스(런던 지역명) 같은 종종 못 보고 지나치는 좁고 작은 공원을, 빠르게 지나가다가 목견된 광경들 말이다. 서로 아주 친하면서 살짝 열도 받은 사람들이 진흙투성이가 된 옷차림으로 맥주 캔을 옆구리에 끼고 알아들을 수 없는 방식으로 대화를 나누는 모습, 두 여성이 자신들이 직접 겪고 있거나 다른 사람이 반복해서 푸는 이야기에 이의를 제기하며 눈썹을 치켜뜨는 모습.

싫증이 나서 뻣뻣하게 앉아있는 남자와 어떻게든 느끼게 해보려고 그에게 몸을 기울인 여자. 근처에서, 로맨스가 싹트는 몽롱함에 취해 부끄러움도 없이 키스를 나누는 커플을, 두 사람이 봤을지 문득 궁금했다. 리처드 커티스(《노팅 힐》, 《러브 액츄얼리》 등을 만든 영국 영화감독)의 영화 속 장면들이 반대로 돌아가는 것 같은 상황이었다.

공원 안에서는, 차들도 잠잠하고 시간도 짧아진다. 도시에서 반드시 필요한 두 가지가 공원에서는 제거된다. 나는 나의 모든 성장이 공원 속에서 이뤄진 것처럼 느껴진다. 긴장되는 만남과 끔찍한 이별이 일어나고, 정신이 혼미해져서 빈둥대는 비둘기들을 바라보며 오후를 흘려버리던 곳이 모두 공원이었다.

나의 도시 주소들은 바뀌어갔다. 음침한 화장실 하나짜리에서 벗어나 곰팡이가 덜 피고 좀 더 비싼 샴푸가 있는 곳으로 옮겨갔다. 그렇게 이십대를 해결해나가면서 나의 관심사들도 바뀌었다. 좋아하는 청바지, 다른 배낭가방에 들어있는 너덜너덜한 페이퍼백, 새로 물려받은 낡은 자전거에 끼운 새 타이어 같은 것들로. 끝없이 이어진 철제 울타리가 나의 준비 과정과 입사 인터뷰의 후유증, 이별의 상실감, 뒤틀린 우정의 쓴 배신감을 고스란히 지켜봤다.

인생이 움직이거나 변하거나 고정되어있을 때, 나는 공원을 찾아왔다. 열심히 노력해도 결과는 먼지와 고통뿐이던 과도기 중에도, 내가 공원에 오지 않을 때에도 공원은 그 자리에 있었다. 나는 발코니에 서서 가까이에 있는 나무를 바라보기도 하고 앉아서 책을 읽다가, 가장자리에서 발꿈치를 들고 재즈밴드가 연주하는 음악 소리를 듣기도 했다.

자세히 살펴본 적도 가까운 계획에 포함된 곳도 아니었지만, 담요를 들고 나갔다가 금방 집 안으로 들어오는 여름날도 있었다. 이제 나는 다시 공원으로 돌아갔다. 삶은 달라지고 변하였으나 공원들은 한결같은 필연적 리듬과 예측할 수 있는 들숨과 날숨을 유지하고 있었다. 나는 고향으로 돌아온 기분이었다.

틈새 공간들도 있다. 법적으로 규정된 곳도 누군가의 소유도 아닌 공간, 개인적으로 가꾸는 정원과 모두가 이용하는 공원의 중간, 그 애매한 경계 사이로 존재하는 공간. 식물들이 자랄 수 있는 장소로 기회로 보이는 공간들이 가득했고, 나는 그런 곳들을 찾아다녔다.

중순 즈음에 나는 일주일간 베를린을 방문했다. 십 년 동안 독일의 수도는 현실 도피자들이 찾는 인생에서 가장 좋은 순례지로 증명되어왔다. 나보다 나이가 많고 더 용감한 친구들은 대학을 다니는 동안 또는 졸업하자마자 곧장 베를린으로 거처를 옮겼었다. 우리는 베를린을, 다른 곳에서는 통제되는 속박들을 뛰어넘고, 난장판으로 시간을 보내고, 클럽에서 미친 듯이 놀고, 경직되지 않은 채 지낼 수 있는 쾌락과 자유의 도시로 여기는 마지막 세대였다.

나는 베를린으로 이사를 간 적은 없었지만, 그럴까 생각한 적은 있다. 하지만 많은 친구가 바닥에서 자는 사람 하나쯤은 충분히 수용할 정도의 공간이 있는 아파트를 구해서 베를린으로 이사를 갔고, 나는 대학 시절 가장 친한 친구인 헤더와 함께 그곳에 다녀왔었다. 내가 이십 대를 여행들로 기록하는 것도 그때의 습관 덕분이라는 사실을 뒤늦게 깨달았다.

이제 우리는 바닥에 매트리스 하나를 깔고 셋이서 나눠 자던 시절을 끝내고, 손님방에 있는 더블 침대의 호사를 새벽 6시부터 한낮까지 누릴 수 있게 되었다. 교환학생 신분으로 지내던 친구들이 자리를 잡고 삶을 꾸려나가는 어른으로 성장한 것이다.

베를린으로 여행을 갈 때마다 우리는 크로이츠베르그의 거리에 있는 구식 즉석 사진 부스에 몰려 들어가곤 했다. 그때 찍은 흑백사진들을 아직도 간직하고 있다. 플래시가 너무 밝아서 우리가 얼마나 나이를 먹었는지는 확인할 수는 없지만, 헤어스타일과 화장 그리고 털 코트와 선글라스에서 보이는 계절들로 시간을 가늠할 수는 있는 사진들을 말이다.

클럽에 가고 그곳에서 시간을 보내던 예전과 달리, 우리는 스크레블(글자 만들기 게임)을 하고 하루에 우리가 먹을 수 있는 최대한의 음식을 먹으러 다녔다. 마무리는 언제나 산책이었다. 산책하는 동안, 우리는 나란히 걸으며 아무 경계 없는 대화를 나눌 수 있었다.

베를린이라는 도시가, 크고 반쯤 비어있는 콘크리트 빌딩과 분단의 상처로 얼룩진 강이 있는 볼품없는 곳이라는 평판을 가지고 있을지도 모른다. 그러나 나는 늘 넓은 거리를 유연하게 만들던 베를린의 줄지어 서 있는 나무들이 떠오른다. 대부분 보리수(영국에서는 라임 나무로 알려진 나무)들이지만 단풍나무, 떡갈나무, 플라타너스 들도 함께 심겨 있어 베를린의 거리는, 나뭇잎 터널이 되곤 했다.

10월 중순에는 나뭇잎들의 색이 바뀌기 시작했다. 코트를 입고 털모자를 써야 할 추위였지만, 나뭇잎들은 초록과 빨강 사이에 머물며 아직 아름다운 죽음의 색으로 변하지 않았다.

케이티가 살던 곳은 푸슈키나리 근처로, 트렙타워 파크까지 이어진 거리에 1870년대 후반에 약 삼 년에 걸쳐 1천 2백 그루의 플라타너스가 네 겹으로 빽빽하게 심어진 곳이었다. 화창한 날이면 나뭇잎들에 비친 햇살이 그라피티가 그려진 벽면과 깔끔한 길 위에 번지곤 했다. 베를린은, 밑창이 두껍고 낡은 부츠처럼 회색빛 하늘과 눅눅한 새벽에 어울리는 도시이지만, 요즘은 콘크리트 틈에 자리 잡은 더 현실적이고 인공적인 자연의 모습을 쉽게 접할 수 있다.

베를린은 쾌락을 쫓는 일이 만연하더라도 규칙을 어기는 행동은 못마땅하게 여기는 도시이다. 예를 들면, 빨간 신호에는 아무도 길을 건너지 않고, 관광객들을 제외하면 자전거도로를 침범하는 사람도 없다. 그렇기에 베를린 주변에 즉흥적으로 생겨난 듯한 커뮤니티 정원들이 더욱 흥미롭다. 작은 땅, 나무 아래 조약돌들로 경계를 둘러놓은 땅에서 한련화와 코스모스가 자랐고, 다른 곳에는 먹을 수 있는 호박 같은 채소들이 자라났다. 케이티가 말해주기를, 계약서도 필요 없다고 했다. 그저 빈 땅이 보이면 채소 같은 것들을 심는다고 한다.

영국 사촌들보다 더 술을 마셔대는 분위기임에도 불구하고, 베를린에는 공식적인 커뮤니티 정원이 더 많았다. 모리츠플라츠역 옆에 위치한 생태학적 정원 프린제신넨가르텐은 2009년에 평범한 원예가들이 설립한 거대한 공공 농장이다. 케이티는 근처 상점에서 문구를 사고 싶어서 우리를 이곳에 데려올 계획을 뒤늦게 추가했지만, 우리는 거기서 최고의 한 시간을 보냈다.

그날 아침엔 비가 내렸기 때문에 모든 곳에 회복의 에너지가 있었다. 발아래 부드럽게 느껴지는 물웅덩이들, 빗방울이 이슬처럼 맺힌 나뭇잎들, 우리의 허벅지를 스치면서 올라오는 젖은 흙냄새. 나는 모든 정교함에 감탄했다. 신선하고 먹을 수 있는 채소들이 온 사방에 자라고 있었다.

(내가 잘못 옮겼을 수도 있지만 짧은 채소 목록들에는 근대, 쇠비름, 바질, 케일, 무, 청경채, 겨자가 있었다) 우유갑, 쌀 포대, 재활용 유리병들을 옮길 때 자주 보이던 원색 상자들까지. 농작물들을 옮길 수 있다는 뜻이었다.

이론적으로 원예학적 비상시 녹지가 부족한 공간에서도 작은 양배추 덩어리를 얻을 수는 있었다. 하지만 이곳은 함께 나누고 먹으려는 기본적인 목적으로 채소를 키웠다. 콘크리트가 없는 버려진 땅이었기에, 잿빛보다는 초록색 생명이 더 어울렸기에 식물들을 키우고 있었다. 비록 뿌리를 내릴 만한 토양이 하나도 없을지라도.

남쪽으로 40분 걸어가서, 솔개들이 날아다니는 거대한 활주로 템펠호프에 도착했다. 화창한 날이면, 오직 풀과 콘크리트만으로 채운 낯선 공허함이, 모나코보다 50퍼센트 더 큰 350만 제곱미터의 부지를 더 비현실적으로 만들었다. 어쩌면 유령이 출몰하는 템펠호프의 과거 때문일 수도 있다. 독일 수도에 위치한 나치 정예부대의 유일한 공식 강제수용소였으니까.

40년대 말, 그곳은 아이들이 베를린 공수작전을 수행하던 웨스턴 조종사들로부터 비행기 밖으로 던져주는 사탕을 받을 수 있는 지역이었다. 그로부터 60년 후, 활주로로서의 역할을 끝내고 시에 반환되었고, 개를 산책시키거나 평평한 대지를 휩쓰는 빠른 대류의 공기를 들이마실 수 있는 곳으로 바뀌었다.

2010년, 커뮤니티 정원이 등장하기 시작했다. 바람이 세차게 부는 활주로 한가운데에 핀 달리아는 정말로 생경해 보였다. 꽃집에서 보던 기다란 꽃송이가 이곳에서는 주먹 크기의 과일 사탕 같은 색으로 피어나,

걷잡을 수 없이 왕성하게 자라나는 나뭇잎들 사이에 방점을 찍으며 도전적인 현란함을 드러냈으니까. 제철을 맞은 달리아는, 막 피기 시작하려는 튼실한 꽃봉오리들로 주변을 가득 채우고 있었다.

다른 정원들은 늦여름 추수의 무게를 짊어지는 중이었다. 몇 개 남지 않은 마지막 초록 토마토들이 운명을 기다렸고, 까맣게 익은 해바라기 꽃은 높이 자란 갈색 줄기 위에 무겁게 매달려 있었다. 프린제신넨가르텐만큼 의기양양하거나 열심히는 아니었다. 그곳은 폐기물로 만든 괴상한 건축물들이 더해져서, 분노가 커질수록 대지를 움켜잡는 〈매드맥스〉 영화 같은 생존감이 있었으니까.

템플호프를 두고 논쟁도 많았다. 그곳의 역사 때문이 아니라, 베를린 땅을 두고 벌어지는 현시대적 다툼 때문이었다. 도시 계획가들이 템플호프의 사분의 일 면적 위에 건물을 지으면서, 이 년 전 템플호프에서는 땅의 사용을 두고 과열된 투표가 치러졌다.

투표자 삼분의 이가 땅을 원래대로 유지하기를 원했다. 개방하되, 새로운 건물들을 짓되 훼손하지 않기를 말이다. 대신, 지역 주민들은 땅에 일어나는 일에 대한 책임을 맡게 될 것이다. 나는 아직 템플호프에 가지 않았고, 광활한 대지에 벌어질 계획을 듣지도, 생각할 마음도 없었다.

다른 곳에 가 있으면, 내가 런던의 무엇을 사랑했는지가 확실해진다. 바로 넓게 뻗어나간 도시 한가운데를 차지하고 있는 초록 공간들이 가져다주는 특별한 자유였다.

베를린은, 바람이 휘몰아치는 광활한 녹지를 두고 싸웠고 골목들을 정치적인 놀이터로 만들었으며 우뚝 솟은 나무들로 거리를 억눌렀다. 파리는, 세련되게 만들겠다며 공원들을 리본으로 묶었다. 그러나 런던은, 녹지들을 있는 그대로 개방했고 그곳에서 산책하고 사색하고 놀기 쉽게 만들었다. 만약 당신이 끈기 있고 단호한 사람이라면, 런던의 작은 숲에서 버스를 타는 경우는 드물 것이다.

외지인들은 런던을, 혼잡하고 물가가 비싸고 독특하고 튜브가 다니는 곳으로 알고 있다. 지저분한 거리와 불평등의 깊은 골에도 불구하고, 런던을 사랑하는 사람들은 어디엔가 좋아하는 공원이 있고, 녹지에 기억의 일부를 담아놓는다.

이제 유럽을 살펴보는 여행은 그만하면 충분했다. 그만 우리 동네로 돌아가고 싶었고, 나의 공원들을 샅샅이 훑고 싶었고, 떨어지는 낙엽에 가려지는 거리를 보며 갈채를 보내고 싶었다.

나는 돌아오자마자 매트의 집으로 가기 위해 튜브를 탔다. 일요일 점심시간이었고, 나는 여러 날을 걸어 다니고 밤에는 파티를 다니느라 거의 쉬지 못해 상당히 지쳐 있었다. 하지만 그는 산책을 하자며 자신이 제일 좋아하는 동네에 있는 녹지, 브록웰 파크(런던 브릭스톤에 있는 작은 공원)로 나를 끌고 갔다. 우리 집에서도 가까웠지만 자주 가지 않는 공원이었다.

런던에 살면, 공원이 워낙 많아서 근처에 좋은 공원들이 있어도 쉽게 지나쳐버린다. 우린 공원 한가운데에 자리 잡은 언덕을 오르다가 커뮤니티 정원을 발견했다. 프린제신넨가르텐처럼 맥주 상자들에 심은 것도 아니었고, 팔레 드 도쿄처럼 인도 바로 옆 자투리땅을 얻어 기른 것도 아니었다. 제대로 벽을 세운 빅토리아 스타일의 온실과 표지판, 식물들, 생명이 갖춰진 밭이었다. 오랫동안 숨겨놓은 비밀을 찾은 기분이었다.

주위를 걷다가 자라고 있는 것들—보라색 케일, 배추속 식물—을 발견했다. 그리고 나는 허브 밭에서 손가락으로 잎사귀들을 문질러 매트에게 향기를 맡아보라고 로즈메리와 마조람을 따주었다. 그렇게 나는 내가 돌아오고 싶다는 걸, 새로운 공간과 숨을 쉴 수 있는 새로운 허파를 발견했다는 걸 알았다.

자신을 애써 꾸밀 필요가 없는 존재

시간이 흘러 어두워져버린 어느 저녁에 그 애를 만나러 갔다. 아기가 태어난 지 겨우 일주일 남짓 지났을 때였다. 한나 언니의 집은 따뜻했고 부드럽고 노란빛으로 환했다. 냄새도 달라져 있었다. 건조기에서 꺼낸 빨래에서, 인공적인 향과 함께 더 동물적이고 새롭고 피비린내 같은 냄새가 섞여있었다.

언니는 내가 집에 들어와 코트를 벗자마자 아기를 건네주었다. 꿈틀거린다고 표현하기에는 생각보다 아기는 단단했고, 더부룩한 머리를 내 팔 위에 기댄 채 작은 입으로 빨 무언가를 찾고 있었다. 나는 손가락 마디 끝을 아기의 작은 입 속에 밀고서 힘차게 빠는 것을 느꼈다.

아찔하게 온몸으로 밀려드는 사랑과 열기. 그들과 그들이 만든 존재에 대한 순수한 행복감. 우리 모두는 그 분위기에, 아기에게 감탄했다. 그때의 30분으로 나의 한 달짜리 방황이 끝났다. 아기를 보면서 그동안 내가 부단히 애쓰던 모습이 모두 사라졌다. 솔직하고 확실한 존재를 발견했기에. 꾸밀 필요가 없는 존재를 말이다.

11월
November

가족이 거두는 사랑의 결실

중국 돈나무 Chinese money plant
Pilea peperomioides

"사랑이 없어서가 아니었다. 말로 표현되지 않았을 뿐, 사랑은 너무나 많았다. 등교 전 우리가 일어나서 마시던 밍밍한 과일주스 잔 속에, 집으로 돌아오면 우리를 기다리고 있던 작은 케이크에 얹어진 초콜릿칩 위에 녹아있었다. 그리고 그 사랑은 신뢰로, 나의 십 대 시절의 독립으로, 가슴으로 느껴지는 무언의 격려로 이어졌다."

가드닝이란 낯설고도 친근한 언어

가끔 가드닝이 언어가 만들어지는 과정 같다는 생각이 들었다. 대목, 꺾꽂이, 접목, 여러해살이, 경화, 장대 등의 전문용어들을 만들어내니까. 사용하고 또 쓸 일이 있는 사람들은 이해하는 용어들이지만, 특별한 지식이 없는 사람들은 알아듣지 못하는 단어들이기 때문에.

게다가 라틴어도 있고, 한 식물의 전체 가계도를 짧은 문장으로 파악할 수 있도록 돕는 기호도 있다. 예를 들어, 카우스립은 몇백 년 동안 카우스립이라고 불려왔다. 작고 예쁜 꽃들이 자신들의 서식지인 늪지와 소 거름을 뚫고 연한 노란색 꽃잎을 피웠을 때부터 말이다.

그러나 이 꽃의 식물 학명은 프리뮬러 베리스('베리스'는 '봄'이라는 의미)로, 프림로즈(프리뮬러 불가리스의 '불가리스'는 '널리 퍼진다'는 의미로, 종종 이른 봄의 싸구려 이불보에 보이는 꽃)와 오랫동안 원예가들의 호기심을 자극하며 신비로운 호전성과 아름다움을 가진 섬세하고 강인한 산초인 영국 앵초와 같은 그룹의 식물이다.

가드닝의 매력은 새록새록 드러나는 맛에 있다. 언어는 규칙에 적당히 묶인 상태로 제시되고, 우리가 언어를 다양한 방법으로 사용할 때 비로소 이해되는데, 식물 역시 같은 방식이다. 교외 가정집 마당에 무성하게 자라 바닥까지 흘러내리는 팜파스그래스라면, 우리 부모님 세대에서는 분명히 흔들리는 모습만 연상할 것이다.

몇십 년의 시간이 흐른 뒤, 우아하고 극적인 꽃꽂이에 무게감과 움직임을 부여하는 깃털 같은 이삭들이 인테리어 블로거들 사이에서 필수 액세서리가 되면서 팜파스그래스는 유행하게 되었다. (폴리아모리에서 확실히 벗어나 더 이상 비밀스러운 잠복도 필요 없게 되었다) 시간이 흐르면서 유행과 사회 분위기에 따라 식물의 의미도 변화하고, 우리가 입는 옷이나 가구가 그렇듯 식물도 한 분야에만 국한되는 유행이 아닌 트렌드가 되었다.

우리 엄마는 달리아를 아주 싫어하시는데, 할아버지의 노력이 한몫했다. 할아버지의 노력은 언제나 '쨍한 노랑 또는 연보라색'을 피워냈는데, 11월 하순의 적당한 때에 거두고 구근들을 저장해야 하는 '엄청난 일'에 비하면, 실망스러운 보상일 수 있었을 것이다. 피할 수 없는 일 때문에 몇 개월 만에 창고에서 썩어가는 구근들을 발견하는 것도 '굉장히 슬픈' 일이었을 테고.

그러나 우리 세대의 여성은 엄마처럼 달리아를 싫어하지 않는다. 지난 십 년간 연한 회갈색의 다양한 달리아 꽃잎들이 밀레니얼 세대 신부들의 부케를 독차지한 걸 보면 말이다. 엄청난 재기를 가능하게 만든 체계는 핀터레스트로 우리를 강타한 60년대의 향수였다.

단어에 복잡한 어원의 역사가 있듯 식물도 다양한 배경 이야기가 있다. 탐험 선박과 정복, 돈과 신념, 밀수와 양심의 부재, 자부심과 외모 가꾸기 등을 살펴보면 그 안에 식물에 대한 우리의 심리적 메커니즘이 보인다.

황홀함과 일시적인 유행이 선도하던 몇 세기 동안에는 열대지방에서 호접란(팔레노프시스)을 가져다가 열대 해변을 호화로움의 상징으로 만들었지만, 지금은 슈퍼마켓 선반의 줄 조명 아래를 장식할 정도로 대중적인 식물이 되었다. 그 배경은 우리가 해독해야 하는 원예학적 언어들로 인간의 개입이 필요하다. 식물학자들은 우리가 발견하기 전에 식물이 겪은 일들과 아직 밝혀내지 못한 역사들을 알아내기 위해 지금도 노력 중이다.

가족의 역사도 그만큼 애매하고 복잡할 수 있다. 상세한 내용들이 시간과 잘못된 기록 관리와 사회적 결벽으로 증발된다. 기록에 의하면 1839년 장-밥티스테 빈센트라는 이름의 프랑스 남자가 관광 안내인으로 런던에 돌아왔다고 한다. 그가 실제로 이사벨라와 결혼을 했는지는 알지 못하지만, 기록에 의하면 그 여인은 요리사로 당시 서른여섯 살의 나이로 과부가 되었다.

그녀는 우리 할아버지의 증조할아버지의 어머니이다. 그녀의 아들의 아버지가 빈센트인지도 확인할 수 없지만, 아주 작은 종이에 남아있는 내용에 의하면 그가 아버지였다. 그렇게 그가 내 이름의 성의 근원이 되었다.

너무 먼 옛날이야기라서 제대로 파악할 수가 없다. 아주 오래전 일이기도 하지만 내가 이 연인들—나의 조상들—을 도표에 적힌 꼬불꼬불한 글씨가 아닌 실제 인물들로, 그 존재를 전혀 모르기 때문이기도 하다.

나는 가끔씩 그녀의 아들들이(그들 중 한 명이 빈센트의 아들이고, 나의 조상이다) 세례를 받았다는 곳인 피카딜리(런던에 있는 거리)의 성 제임스 교회를 지나가거나, 그녀가 일했다는 저택들이 있는 메이페어를 지날 때면 이사벨라를 생각했다. 하지만 우연의 일치를 넘어선 연관성이 있다거나 120년 하고도 오 년 전에 그녀가 거닐던 곳이라고 생각하기에는 그녀의 인생이 나와 너무 동떨어져 있다.

대신, 명확함이 조금 떨어지는 곳에서 조상들을 떠올린다. 주소나 인

구조사 기록에서는 찾을 수 없는 것들에서. 솟은 광대뼈라든지 사색에 잠길 때면 고개를 흔드는 버릇, 말하는 습관이나 그들이 보는 앞에서 그들의 할머니가 했던 대로 마치 아무도 없다는 듯 항상 콘센트 스위치를 끄는 행동 같은 것들에서.

핏줄은 유전자로만 이어지지 않는다. 반은 핏줄 속에, 반은 후손에게 남겨진 기억과 습관 속에 있다. 또 우리의 기질과 세포 속에 담긴 만큼 서툴게 찍은 가정용 비디오카메라 영상에 남아있다.

수 세기 동안 사람들은 식물들의 이종 교배를 시도해왔다. 신이라도 된 듯 자연에서 일어나는 일을 임의로 촉진시키는 행위를 말이다. 특정 종류의 프리뮬러들은 적당한 환경의 땅에서 충분히 오랜 기간 그대로 두면 뒤섞인다. 다양한 종이 만들어지면서 꽃잎이나 잎사귀 모양이나 추위를 나는 방법 등에 특성을 남기고, 학명을 통해서 추적이 가능하다.

스물다섯 살이 되기 며칠 전, 집으로 돌아오던 도중 사망했던 조지프 뱅크스가 식물 조사를 그림으로 남기기 위해 고용했던 스코틀랜드 예술가 시드니 파킨슨이 제임스 쿡의 앤디버호를 타고 항해하던 중 그린 수백 점의 미완성 스케치와 그림처럼, 식물을 발견하는 과정 중에 생긴 웅장하고 로맨틱한 이야기가 많다. 나는 소박한 이야기를 선호하는 편이다. 식물학적 분류와 상관없이, 훨씬 더 다정한 관용과 열정을 얻기 위해 물려받은 식물을 주고받는 이야기 같은.

중국 돈나무의 역사
중국 돈나무가 생각난다. 70년대에 큐 식물원과 에든버러 왕립 식물원, 영국 왕립 원예협회, RHS 위슬리 가든(위슬리 왕립 식물원)의 안내 접수처에 똑같은 모양의 신비한 식물이 우편으로 보내지는 일이 점점 늘어났다고 한다. 가는 막대 줄기에 달린 평평하고 둥근 초록 잎사귀들은 식물학자들을 당황시켰고, '페페로미아일 수 있습니다', '다음에는 꽃들을 보내주십시오', '무익한 식물은 감별하지 않습니다'와 같은 내용의 간결한 답을 우편으로 전달했다.

중국 돈나무는 전국적으로 집 안에서 키우고 있었으나 원예학 기관들의 자료집에는 없는 종류였기 때문이다. 1978년에 꽃 표본이 큐 식물원에 전달되어 식물학자 베셀 마레가 추적한 결과, 1912년에 독일의 식물학자인 프리드리히 디엘스가 필레아 페페로미오이데스라고 명명했던 중국 식물임을 확인했다.

이 식물은 조지 포레스트라는 식물 수집가가 육 년 전, 중국의 산악 마을에서 수집해온 것이었다. 포레스트가 수집한 식물들은 에딘버러에 있는 창고에 보관되어있었는데, 춥고 가끔씩 봄 같은 날씨가 나타나는 중국 창산 지방의 식물이 어떻게 영국 중부지방의 창가와 교회 바자회의 테이블 위에 나타났는지는 여전히 오리무중이었다.

이 식물에 대한 정보를 달라는 대중들의 요청은 80년대까지 있었다. 1983년에 신문 〈선데이 텔레그라프〉에는 그림과 함께, 가정에 있는 이 식물이 어디서 왔는지 설명할 수 있는 사람을 찾는 기사가 실렸다. 콘월 지역 출신의 사이드보틈스라는 가족이 답하기를, 20년 전에 자신들의 딸이 노르웨이로 휴가를 갔다가 노르웨이 가정부에게서 선물받은 식물이라고 전했다. 스칸디나비아도 조사했지만 필레아 페페로미오이데스는 그 나라의 식물학자들도 모르는 식물이었다.

기록에서 본 적도 없었고, 스톡홀름에 있는 식물원들도 기억하지 못하는 식물이었다. 좌절한 상태로 스웨덴의 식물학자인 라스 커스 박사는 방송에 출현하여 이 식물에 대한 정보를 구했고, 방송사는 1만 통의 편지를 답으로 받았다. 편지들을 면밀히 조사해보니 선물이었다거나, 친척에게 받았다거나, 전달받았다는 답이 대부분이었다. 식물채집이나 식물학에서도 제외된 식물이었다.

사실, 필레아 페페로미오이데스는 1946년에 선교사 애그너 에스페그렌이 두 해 전 중국의 후난성에서 집으로 돌아오는 길에 짐과 함께 노르웨이에 들고 온 것이었다. 에스페그렌과 그의 가족은, 노르웨이로 돌아오는 동안 인도 여행을 위해 유난에서 일주일을 머물렀는데, 일반 상점 같은 평범한 곳에서 필레아 페페로미오이데스를 구입한 뒤 앞으로 이어질 긴 여정을 대비해 상자에 포장했을 테다.

이 식물은 그들이 유난에서 출발해 캘커타를 여행할 때도 그들의 여정과 함께했고, 이 년 후 에스페그렌 가족이 노르웨이로 돌아왔을 때에도 여전히 그들과 함께 있었다.

확실히, 이 식물은 잘 자랐다. 적어도 70년대 중반까지 북유럽의 모든 필레아 페페로미오이데스는 평범한 입국으로부터 번져나간 것이었다. 신나게 번식하는 식물이라서 오프셋(식물의 축소형)도 땅에서 잘 자랐을 것이다. 처음 심겨진 화분에서 충분히 자란 듯 보이면 뿌리째 뽑아도 되는데, 에스페그렌 가족들도 분명히 친구들과 이웃들에게 이렇게 했을 것이다. 그리고 똑같이 주변에 나눠줬을 것이다. 필레아 페페로미오이데스의 별명은 '전달해주는 화초'니까.

사이드보틈 씨의 딸이 노르웨이에서 콘월로 돌아오면서 60년대 영국에서도 전달되기 시작했다. 그렇게 수십 년 동안 유럽 전역의 가정에서는 각자 이름을 붙여주고 과학적 이론 없이 자신들의 호기심을 키워가며, 식물학자들도 알지 못했던 이 식물을 돌보고 사랑하는 법을 익혔다.

필레아 페페로미오이데스는 최근 왕성하게 부활했다. 아마도 스칸디나비아에서도 사라지지는 않았을 테지만, 영국에서는 밀레니얼 세대 사이에서 식물에 대한 관심이 높아지고 있음을 증명하는 첫 번째 색다른 식물이 되었다. 스칸디나비아 스타일의 미니멀리스트 인테리어에 사로잡혀 핀터레스트와 인스타그램에 올라오는 출세 지향적 사진들이 폭발하면서, 필레아 페페로미오이데스의 동전 모양 잎사귀들은 디지털 세상에 데뷔를 하게 되었다.

중국 돈나무 또는 '필리아'라고 불리면서(트라데스칸티아와 몬스테라와 함께 밀레니얼 세대의 원예가들에게 유행하는 다양한 식물은 정식 학명의 약식 이름으로 불렸다) 필레아 페페로미오이데스는 모두가 원하는 식물이 되기도 했다. 전통적인 원예점이나 종묘상에서는 좌절할 정도로 구하기 어려웠기 때문이다.

실내용 화초의 유행의 열기에 부응하여 생겨난 유명 식물 가게들은 2010년 중반부터 이 식물을 구비해두기 시작했고, 2017년 즈음에는 전통적인 원예점이나 꽃 시장, 이케아의 가드닝 섹션에서도 필레아 페페로미오이데스를 발견하는 일이 흔해졌다.

그러나 구매자들이 오기도 전에 사람들은 인스타그램은 물론이고 엣시(미국 기반의 전자상거래 웹사이트)나 이베이(미국에 본사를 둔 다국적 전자상거래 웹사이트)

같은 웹사이트를 통해 광고도 하고 판매도 하면서, 직접 가지치기하고 분지한 화분들을 교환하고 판매했다.

나도 그렇게 필레아 페페로미오이데스를 구했다. 빨리 자란다는 명성에 오래도록 저항하고 있는 작고 재미있는 녀석을. 런던 남부의 원예가였던 잭이라는 남자는 좋은 친구가 되기도 전에, 내게 아주 작은 필레아 페페로미오이데스 오프셋을 택배로 보내주었다. 나는 구매하기를 거부했었다. 옳다는 느낌이 들지 않았기에. 가게에서 살 수 있을 거라고 생각하지도 않았다.

이 식물의 역사는 어른들에게 전해들은 것이다. 서늘하고 빛이 잘 드는 창가에서 식물이 번식할 수 있을 만큼 충분한 만족을 느끼면, 오프셋을 주변에 전해서 다른 누군가도 같은 혜택을 누리게 하라는 사실 속에 평범한 아름다움이 있다. 내가 아직도 자그마한 필레아 페페로미오이데스를 이 년째 돌보는 이유는, 이 녀석이 번식할 만큼 크고 튼튼하게 자라면, 나도 그 새끼 식물을 누군가에게 전하고 싶기 때문이다.

느리고 더딘 시골에서의 일상

부모님 댁에 갈 때는 무언의 규칙이 있었다. 11월 초만 되면 호들갑스럽게 난방을 가동하던 유스턴에서 비수기 첫 기차에 몸을 밀어 넣는, 단순하지만 좀처럼 변하지 않는 공식. 운이 좋거나 시간을 제대로 지키면 좌석이 있었지만, 나는 화장실에서 최대한 먼 곳으로 파고들어가서 코트와 가방과 금요일 밤의 피로함으로 나만의 작은 둥지를 만들곤 했다. 아빠는 나를 혹은 한나 언니와 같이 갈 때면 우리를 데리러 나왔는데, 긴 택시 행렬(좀처럼 화를 내지 않는 아빠를 정말로 화나게 만드는 몇 가지 중 하나)을 피하기 위해 아빠가 정해놓은 '비밀' 주차장에 도착해서 우리에게 문자를 보내면, 우리는 역에서 나와 습한 공기 속으로 서둘러 나가곤 했다.

밀턴 케인스(런던 북서부 버킹엄셔에 위치한 도시)의 거리들은 내가 유아기 시절부터 알고 있었던 시골의 도로들 속에 녹아있었다. 나는 몇 주만 떠나 있어도 산울타리에 스며 있는 계절의 변화를 곧바로 알아차릴 수 있었다.

산울타리들이 점점 몸을 떨었고, 떨어진 잎들은 바닥에 축축하게 쌓여 연석 위에 완충제가 되어있었다. 사시사철 표지판을 내리지 않던 크리스마스트리 농장에는 전구가 켜져 있었다. 문을 열고 들어가면, 엄마의 낭랑한 목소리가 부엌에서 들려왔다. 엄마는 우리가 가방을 내려놓기도 전에 앞치마를 두른 채 두 팔을 벌려 맞이해주셨다. 그렇게 시골에서 보내는 주말이 시작되곤 했다.

이 일상을 누렸던 때가 두 계절 이상 지났다. 내가 지난 여름에 여기 왔던 건 방문이라기보다 도피였으니까. 지난 몇 개월은 모든 것을 실컷 누리는 은총을 받은 시간이었다. 페스티벌과 파티, 늦은 밤과 외로움, 짧은 해외 나들이와 새로운 둥지를 틀고자 무거운 다리로 런던을 누비던 일요일들 그리고 집으로 전화할 수 없게 만들었던 모든 일을 말이다.

꽤 오랫동안 보지 못했던 오빠도 파트너와 아장아장 걷는 아들을 데리고 와 있었다. 오븐에서 나는 생선 파이의 짭짤한 냄새와 함께 어딘가 다른 분위기가 느껴졌다. 내게 뭔가를 듣고 싶은 기대감이었다. 마치 푸딩 속에 딸려 들어간 달걀 껍데기가 부엌 바닥에 떨어진 것 같은.

이별의 후유증을 경험한 후 처음으로 가족들이 나를 만난 날이었다.

어떻게 대답해야 할지 몰랐던 실제적인 일들에 대한 이야기가 조심스럽게 오갔고, 모두 조시의 안부를 묻던 오래된 습관들을 조절하거나, 나의 대답이 현실적이고 다소 간결하더라도 받아들였다. 점퍼 지퍼를 너무 급하게 올리다가 딱지를 건드릴까봐 조심하는 분위기랄까.

집으로 돌아온 여정 속에서, 나는 내가 어떻게 변화했고 무엇이 달라졌는지를 직시할 용기가 생겼다. 새 안경, 길어진 머리, 수면 부족이 그대로 드러나는 피부, 희망 사항이지만 더 행복해진 모습. 사실 나는 조금 더 행복해진 것처럼 느끼기 시작했으니까.

조금씩 정리되어가고 있었다. 밤이 아침까지 이어지고 주중 내내 쉬지 못한 채로 일찍 사무실로 출근하며 긴장한 상태로 지내던 시간들 속에 여전히 머물고 있는 기분일 때도 있었지만, 절박함이 아닌 흥미를 가지고 생활하는 중이었다.

한때 너무나 두려워했던 일시적인 일에서 에너지를 찾았다. 마치 내가 걸치는 모든 새로운 인격에 맞게 나의 신체리듬도 리셋 되는 것처럼. 친구들과 동료들과 매트와 가족들에 맞는 각각의 사람으로 변하는 법을 배웠다.

가족들과 있을 때, 나는 언제나 아기였다. 어린 시절에 형제자매들을 따라잡고 그들의 게임에 보조를 맞추느라 끊임없이 고군분투하는 위치에 서 있었다는 뜻이다. 하지만 자라면서 우리의 패턴도 바뀌었다. 나는 다른 길을 개척했다. 이제 모두에게 각자의 가정과 자녀들 그리고 가족이 된 사람들이 생겼다. 그에 반해 나는 미래가 불투명한 독립체인 동시에 이상한 부양가족이었다. 부모님이 여전히 걱정하고 잠은 더 자고 일은 줄여야 한다고 경고하는, 신경이 쓰이는 자녀였다.

런던은 많은 부분을 드러내기에 너무나 복잡하고 인공적인 도시다. 이곳에서는 겉모습을 바꾸는 일이 종용되고 또 자주 일어난다. 몇 개월이 지나도록 서로 만나지 않는 일이 보통이고, 그 사이에 인생의 극단적인 변화를 겪어도 별 문제가 되지 않는다.

반대로 시골에서는 일상이 더디다. 삶의 속도는 다른 일들—벌목, 순환도로에 새로 지어지는 주택들, 지방 교구회의에서 내리는 결정—로 측정되고, 도시에서 달고 온 장식들은 거추장스러워진다. 도시의 장식들은 몇 시간 내로 모두 걷어내는 게 낫다. 문 앞에서 세련된 도시의 방식들을 걷어내야, 산뜻한 공기가 그 사람을 더 잘 드러내게 만들 테니까.

대도시에 있었던 일들은 예전의 기억들로 인해 줄어든다. 우리는 동네 근처에서 진행 중인 재공사의 현장들을 보러 갔다가, 십 대 시절에 무단으로 들어가 사이다를 마시고 남자애들과 키스를 하던 공원 안으로 들어갔다. 런던에서는 가장 중요했던 것들—우편번호, 직업, 친구, 옷—이 이곳에서는 아무 의미가 없었다.

집으로 돌아오면서, 나는 숨길 수 없는 도시 신분을 벗겨내는 법을 오랫동안 익혔다. 시골에서 자란 여자애면서 비싼 운동화를 신고, 들판을 걸으며 예전의 기억을 부인했던 일이 어쩌나 우습게 느껴지던지. 나는 늘 뒷문에 세워두었던 물려받은 장화를 신고, 위로를 주는 바깥 냄새와 찬장 냄새가 나는 낡고 진기한 양털 스웨터를 들고서, 누구 것이었는지 어디에서 샀는지 같은 하릴없는 이야기를 하며, 그 옷과 어울리는 장갑을 찾으려고 서랍을 뒤졌다.

도시 거주자들은 작은 마을의 고요함이 생소하다고 말하지만, 나는 이른 저녁부터 시작되는 순수한 회색 여명이 나를 깨우도록 허락하는 침묵 속에 늘 빠져들었다. 해가 뜨면, 약속이나 버스 시간표 대신에 식사 시간, 새참 시간, 방금 먹은 음식들이 대충 소화되는 시간으로 하루가 나뉘었다.

11월 초가 되면, 어두침침해지기 시작했다. 첫 서리들을, 공기 속에 일찍 내려앉아 어둠 속에 매달려 있던 무거운 습기가 밝고 바삭바삭했던 가을을 잿빛의 축축한 날로 바꾸고 있다는 사실을, 나중에 생명이 펼쳐지기 위해서는 반드시 필요한 과정임을 받아들이는 모습을 모두, 눈으로 직접 확인할 수 있는 좋은 장소가 바로 그곳이었다.

우리 가족은 사랑을 말로 표현하는 사람들이 아니었다. 우리는 서로에게 사랑한다고 말하는 법을 거의 익히지 못했는데, 한 번도 배워본 적이 없었다. 우리의 대화에서 늘 부재중인 문구였고, 아마 언제나 그럴 것이다.

냉정하게 인정하는 것처럼 들리는데, 우리의 대화는 사실 부드럽고 사려 깊은 서먹함에 더 가까웠다. 내가 자라온 집안에서는 즐거워서 목소리가 높아진 경우는 많았어도, 화가 나서 언성이 높아진 적은 거의 없었다. 아빠는 우리에게 미움, 특히 어린애 같은 심통이 커지지 않도록 주의를 주었고, 극단적인 감정들, 이를테면 삐치거나 히스테리 같은 감정들은 일체 허용하지 않았다.

내 생각에 사랑은, 너무나 극단적인 감정이고, 과학으로 설명할 수 없는 가족의 일부분이라서 침묵당했는지도 모르겠다. 사랑이 없어서가 아니었다. 말로 표현되지 않았을 뿐, 사랑은 너무나 많았다. 등교 전 우리가 일어나서 마시던 밍밍한 과일주스 잔 속에, 집으로 돌아오면 우리를 기다리고 있던 작은 케이크에 얹어진 초콜릿 칩 위에 녹아있었다. 그리고 그 사랑은 신뢰로, 나의 십 대 시절의 독립으로, 가슴으로 느껴지는 무언의 격려로 이어졌다.

자부심과 사랑이라는 다섯 글자는 좀처럼 부모님의 입에서 나오지 않는 단어였지만, 우리가 발견하도록 쌓아두셨던 공간들 속에 조용히 남아있었다. 나는 부모님의 좋은 성품들을 닮는 법을 배웠다. 우리 집에 오는 사람에게 누구든 냉장고 속 재료들로 뚝딱뚝딱 맛있는 음식을 만들어 대접하는 엄마의 능력을, 낭비를 혐오하고 중요한 일이 있는 날짜들은 정확하게 기억하려는 아빠의 결심을 말이다. 아빠의 인내심과 엄마의 지치지 않는 호기심은 여전히 익히려고 노력 중이다.

이 사랑은, 내가 런던으로 돌아갈 때마다 가져가지 않는 일이 거의 불가능한 작고 중요한 봉지들 속에도 늘 들어있었다. 몇 해 전, 부모님께서 이사하실 때, 나는 마지막으로 내 짐을 모두 버렸다. 어른이 되었다는 만족스러운 표시였다. 그렇게 비웠는데도 남아있던 것들이 나와 함께 런던으로 따라왔다.

내가 항상 가족들을 끌고 갔던 큰 지역 중고품 시장에서 구한 물건이, 시대와 유행이 변하기 전에 우리 부모님과 조부모님이 아끼셨던 이불보와 그릇과 불필요한 다른 가재도구가, 가끔은 엄마가 내게 주려고 중고 상점에서 구한 모서리들이 잔뜩 접힌 살림살이 책이, 계속 읽고 싶어서 선반에서 불쑥 꺼낸 책이, 다락방에서 수명을 다한 양탄자가 따라올 때도 있었다.

그리고 음식들. 주말에 다 먹지 못한 케이크와 과자들이 가득 담겨 있던 마가린 통들과 얼린 스튜가 담긴 통들도. 특히 내가 이 집 저 집 떠돌아다닐 때, 이 음식 통들은 너무나 반가운 존재였고, 낯선 부엌에서 음식을 챙겨먹는 따분하고 외로운 아픔을 잠재워주는 선물이었다.

언젠가 언니가 내게 말하기를, 언니는 엄마의 '음식 통들'을 받아본 적이 없다고 했다. 지금은 남편이 된 십 대 시절의 첫사랑과 오랫동안 함께 살았고 언제나 정리되고 넉넉해 보였기 때문에, 언니 말에 의하면, 엄마는 언니를 더 돌볼 필요가 없다고 생각한 것 같다고 했다.

나는 여전히 엄마의 음식을 받는다. 내가 거절해도 엄마의 음식은 내 가방에 들어와 있다가, 런던에서 알루미늄호일 채로 발견된다. 아마도 내가 막내여서, 부모님 눈에는 나의 생활이 불안정하고 혼란스러워 보여서 그렇지 않았을까.

가이 포크스 주말에 집에 갔던 날도 다르지 않았다. 작은 배낭 하나 들고 시골에 갔다가 큰 가방들을 들고 낑낑대며 런던으로 돌아왔다. 음식들은 당연했고, 다른 선물들도 들어있었다. 몇 년 동안 신중하게 고른 물건들로 조금씩 집을 채우던 나는, 내 것이라고 부를 공간이 없는 곳들로 쫓겨나오면서부터 그런 익살스러운 보따리들을 적극적으로 피하기 시작했다.

대신, 나는 다시 식물로 돌아갔다. 부모님 정원에 심겨 있던 헬레보레 묘목을 젖은 신문지에 싸서 종이 가방에 넣어왔다. 이 꽃들은 데본으로 이사를 간 친구 가족에게서 받았던 선물로 연한 분홍색과 흰색, 보라색

색조로 꾸며진 우리 부모님 정원의 꽃밭에 예쁘게 흐드러져 있는 다른 꽃들의 자손이었다.

아빠가 말씀하시길, 헬레보레는 난잡한 식물이라고 했다. 교배 혹은 이종 교배를 알아서 쉽게 하기 때문에 철두철미하게 식물의 종류를 선택하는 원예가들에게는 불만스러운 존재였다. 하지만 땅에서 올라오는 존재들에게 계속해서 놀라는 일이 즐거운 사람들에게는 기쁨이 되었다.

꽃을 피우는 시점이 되면 예측할 수 없던 색깔과 특징들이 드러나며 무지개처럼 다양한 결과를 보여주는 식물. 기억해야 할 점은 이런 결과를 얻으려면, 시간이 걸린다는 것이다. 묘목에서 꽃을 피우기까지, 튼튼하고 크고 잎이 풍성하게 자랄 때까지 몇 년이 걸릴 수도 있다. 그러나 일단 꽃을 피우기 시작하면 헬레보레는 정원의 다른 식물들이 죽어갈 때도 단순하고 대담한 꽃을 피워내고 계속해서 정원을 환하게 만들어줄 것이다.

흔들리는 내 마음과 씨름하다

나는 또 다른 화초를 들고 런던으로 돌아왔다. 사각 플라스틱 화분에 담겨 있던 부드럽고 흐늘흐늘한 잎사귀들이 달린 작은 녀석을. 내가 막 집을 나서려는데 아빠가 선물로 주셨다. 아빠는 "할아버지 온실에서 찾았단다. 뭔지는 모르겠는데, 네가 피게 만들 수 있으면 어떨까 해서"라고 말했다.

아빠의 아버지이자 나의 할아버지는 60년간 사셨던 집과 정원과 그만큼의 사랑이 담겨 있는 온실을 남겨두고 지난봄에 돌아가셨다. 아빠는 양쪽 집을 돌보며 여름을 꼬박 보냈고, 엄마는 스위트피 순을 가져다가 꽃을 피웠고 다른 꽃들도 가져다가 정원에 심었다. 내가 할아버지의 낡고 쨍그랑거리는 쇠 물뿌리개를 가져다 놓자 우유갑들로 꾸며졌던 발코니는 완전히 업그레이드되었다.

하지만 아빠가 건네준 그 식물은 오갈 데가 없었다. 할아버지가 돌아가신 지 17개월이 지났고, 할아버지의 집은 깨끗하게 비워졌으며, 빅토리아 스타일의 온실은 철거되었는데(새로 이사를 들어온 멋쟁이 가족은 허물어져가는 구식 건물이 전혀 필요하지 않았으니까), 이 작은 식물은 여전히 살아있었다. 그래서 종이 쇼핑백에 담겨 나와 함께 런던에 오게 되었다.

그날은 뭔가를 보살필 수 있는 여정이 아니었다. 추위가 깊어지는 첫 가을 저녁이었고, 어둠이 깔리자마자 기찻길로 세찬 바람이 휘몰아쳤다. 진흙의 물기가 흙을 싼 신문지를 모두 적시고, 종이 쇼핑백으로도 번졌다. 결국 젖은 멀치와 다른 모든 것(헬레보레 묘목들, 이름 모를 식물, 남은 케이크)이 종이 쇼핑백을 뚫고 기차역 바닥으로 쏟아졌다. 나는 그것들을 주섬주섬 모아 너덜너덜해진 종이와 흙더미를 양팔로 끌어안았다.

푹푹 찌는 기차, 만원 버스, 일요일 저녁의 조바심과 함께 집으로 돌아왔다. 뭔가가 잘못되었음을 알았다. 평소처럼 창문을 통해 불빛이 밖으로 걸러 나오지 않았다. 나는 문을 열고 짙은 담배 연기와 낯선 목소리들 사이를, 거실의 낯선 풍경을 뚫고 걸어 들어갔다.

우리는 오랫동안 작은 방을 세놓았고, 그 돈으로 공과금을 내는 데 보탰었다. 그런데 우리가 헤어지고 난 몇 주 후에 예전 세입자가 방을 비웠고, 새로운 세입자를 찾으려는 노력은 성의도 없고 어설펐다. 우린 결국

많지 않은 방세를 내기로 한 조시의 어릴 적 친구로 상황을 마무리 지었다. 그도 상심을 달래는 중이었다. 하지만 조시와 내가 서로를 위해 자유롭고 중립적인 공간으로 유지하려고 애쓴 공간에서, 그는 남들에게 보이기 위한 파티를 열고 난잡한 관계를 맺고 있었다.

문을 열었을 때, 거실은 가구들이 옮겨진 채 낯선 어둠 속에 쌓여있었다. 커피 테이블과 책과 잡지 들이 놓여있던 자리를 대여섯 명의 사람이 차지하고 있었고, 맥주 캔과 피자 박스 들은 바닥에 나뒹굴고 있었다. 나는 코트를 벗지도 못한 상태에서 두 팔로 화초를 들고 안경에는 김이 서려 있었는데, 누군가 딜리버루(영국의 음식 배달 서비스업체)를 시켜줄까 물었다. 내게 그곳은 짐을 바꾸러 오는 장소일 뿐이었지만, 그래도 여전히 나의 집이었고 달콤쌉쌀한 안식이 있는 피난처였다. 몇 주 동안 남의 침대에서 지내다 온 후에는 더더욱.

나는 혼자서 보내는 일요일 밤들의 쓸쓸함을 최소화하는 법을 천천히 배우고 있었다. 옛 친구들에게 전화를 걸고 영양가 있는 음식을 만들어 먹은 다음, 목욕을 하며 신문 부록들을 읽는 새로운 습관들을 만들어가는 중이었다. 그런데 나를 부드럽게 회복시켜준 시골에서 한순간에 소란스러운 생활로, 정처 없이 방황하던 순간에도 절대 집에서는 열지 않던 파티가 벌어지는 곳으로 돌아왔다.

런던에서 멀리 떨어져 알맞은 곳에 어울리게 가까워지는 중이었는데, 문을 열고 들어간 순간 나의 내면 리듬이 어긋나고 말았다. 나는 사람들에게 방해해서 미안하다고 사과하며, 양탄자 위에 누워 있던 사람들을 조심스럽게 넘어가 내가 식물들을 발코니 문 옆에 두었다. 그런 다음 화장실로 달려가 매트에게 문자를 보냈다.

매트는 곧장 답장을 보내 남은 음식에 와인을 마시며 텔레비전으로 애튼버러의 다큐멘터리를 보자고 했다. 내가 그에게 도움을 청한 건 이때가 처음이었다. 그렇게 많은 시간을 함께 보냈어도 나는 그를 나의 감정에서 배제시키려고 무던히 애썼기 때문이다. 매트에 대해 내가 짊어진 감정의 무게는 점점 무거워졌다. 통제할 수 없는 상태였다. 두려웠다. 어떤 것에도 빠져서는 안 된다고 강하게 마음먹고 있었는데, 타이밍이 잘못되도 한참 잘못되었다고 느꼈다.

새로운 관계를 시작하기에는 연애를 하지 않은 기간이 불쾌할 정도로 지나치게 짧았으니까. 또 내가 지내고 있는 생활 방식이 쉽게 이해되지 않았기 때문이기도 했다. 끊임없이 방을 옮기는 날짜들로 빼곡한 달력, 여전히 연락하고 지내는 전 애인, 둘 중 누구도 어떻게 처리해야 할지 모르는 아파트 무엇보다 아무 때나 예상할 수도 없는 빈도로 찾아오는 비통함에 허우적대는 지금의 생활이 말이다.

내가 머물던 곳과 그 시절의 기억들 속의 내 모습은, 아파트에서 기억들이 불쑥 떠오르거나 익숙한 곳을 지나칠 때 확실하게 대조되었다. 아랫집에서 파티를 열던 날이었다. 그때 조시와 함께 발코니에 서서 런던의 하늘을 밝히던 불꽃놀이를 구경했지만, 나는 아래층에서 벌어지는 재미에 더 많이 눈이 갔다. 당장 아랫집에 가서 문을 두드리고, 위층에 사는 사람들인데 우리도 들어가도 되냐고 너무너무 묻고 싶었다.

하지만 그 시절의 나는 그런 말을 꺼낼 수 없었다. 조시가 좋아하는 행동이 아니었기 때문에. 나는 지금 안도감을 느끼고 있음을 알았다. 더 이상 참지 않아도 된다는 안도감 말이다. 내 마음대로 행동할 수 있고, 삶의 더 격렬한 가장자리까지, 이유도 깨닫지 못한 채 갈망하며 멈춰야 했던 곳까지 나아갈 수 있다는 안도감을.

안도감은 죄책감으로 바뀌었다. 내 삶에 공간을 되찾는 일과 다른 누군가에게 의미 있는 사람이 되는 일은 별개였으니까. 여러 면에서 매트는 대담하고 새로운 존재였고 자유롭고 즉흥적이었으며 즐거움이 자리잡은 삶을 구체적으로 표현하는 사람이었다. 가끔 나는 나의 가장 멋진 모습을 그에게 보여줘야 할 것 같았다. 그는 혼자 살고 와인을 냉장고에 보관하며 이불보를 다림질하고 그의 친구들과 내 친구들에게 만족했다.

내게는 없는 모습일 뿐만 아니라 어린 시절부터 나는 통제할 수 없는 불행이 닥쳐오면 공황에 빠지는 사람이었기 때문이다. 그래서 나는 그런 모습을 그에게 보이지 않았다. 온몸에 가식을 뒤덮고서 나의 일상에 생긴 작은 비극들을 아무 의미도 없는 실없는 말로 웃어넘기며, 늦은 밤과 고급스럽게 들리는 파티에서 받은 허울뿐인 즐거움을 부풀렸다. 대부분은 계획대로 되었다. 그렇게 그를 믿게 만들어놓고 혼자 남았을 때는 대답을 구하지 못한 질문들을 가지고 내 마음과 씨름했다.

할아버지의 온실과 식물들

일주일쯤 지난 뒤 나는 호기심을 이기지 못하고 신비에 쌓인 할아버지의 식물을 찾아봤다. 뭔지도 모르고 돌보는 것은 바보 같은 짓이니까. 내가 비싸게 터득한 교훈이다.

식물의 이름을 찾아주는 앱들이 있다. 처음 가드닝을 하던 몇 개월 동안 집에 가져온 잘 모르는 예쁜이들은, 앱을 통해 알아보면서 '회색, 깃털 모양의 잎사귀' 같은 단어들로 구글에 찾아보던 헛수고를 해결했다. 앱들은 식물의 학명과 그 식물이 좋아하고 싫어하는 대략의 정보들을 알려주었고, 더 자세한 정보는 도서관이나 인터넷을 찾아보면 충분히 알 수 있었다. 나는 정보를 더 익히고 내가 모르고 입혔던 훼손에 대해 걱정하면서 잘 달래보려고 노력했다.

몇 시간 만에 나는 할아버지의 온실에서 살아남은 그 녀석의 학명이 프리뮬러 x 퓨베센스 '아우리큐라'이고, 이 식물을 아는 사람들은 영국 앵초라고 부른다는 걸 알았다. 나는 이 이름을 들어본 적이 없었지만, 구글의 이미지들을 보니 잘될 것 같았다. 귀엽고 생기 있는 모습에 여러 색으로 이루어져 있었고, 꽃잎들과 꽃술이 가는 가지 끝에 달린 꽃이었다.

70년대 어린이 TV 채널을 가득 채우고, 그 시절 엄마의 피아노 악보집들을 장식하던 오렌지와 갈색 무늬를 떠올리게 하는 싸구려 만화 같은 꽃들. '마법의 용 퍼프'와 '세베대(70년대 어린이 만화 〈더 매직 라운드어바웃〉의 기이한 주인공)'가 동시에 마법을 부린 꽃.

아빠에게 문자를 보냈더니, 이 꽃은 엄마가 제일 좋아하는 꽃들 중 하나라고 알려줬다. 물을 자주 주지 않아도 되고, 노랗게 마르는 잎들은 떼어줘야 하며, 운이 좋으면 할아버지가 온실에 남겨둔 지 몇 해 만에 꽃을 피울 수도 있을 거라는 것도 알았다.

나중에 알았는데, 드러나지 않은 히피 시대의 영국 중산층 초등학교들에서 영국 앵초를 키우는 것은 거의 신성모독과 같았다고 한다. 이 꽃은 원예가들과 식물학자들을 오랫동안 사로잡았을 정도로 매우 고귀하고 장엄한 역사를 가졌기 때문이다.

사람들의 흔적을 찾는 것과 마찬가지로 우리는 기록이 전하는 대로밖에 이해할 수 없지만, 사람들이 1400년부터 영국 앵초를 키워왔다는 증거가 있다. 하지만 아우리큐라 우르시는 후엽 앵초로, 중부 유럽 산악지대의 서늘한 날씨와 모래가 섞인 토양에서 피는 더 소박하고 때때로 노란빛을 띠는 꽃이다. 처음에는 오스트리아와 바이베른, 스위스 지역에서 가져다가 뉘른베르크(독일 남부 도시)에서 키웠다고 기록되어있다.

나의 소장품이 된, 더 근사하고 더 만화 같은 꽃인 프리뮬러 퓨베센스는 프리뮬러 아우리큐라와 프리뮬러 히르수타 사이에서 자연적으로 이종교배가 된 품종으로, 16세기 후반부터 17세기 초반에 오스트리아에서 '악취 나는 앵초'로 알려진 분홍색 꽃과 사촌지간이다. 이 계보는 1867년이 되어서야 과학과 기록에 근거한 조사를 통해 식물학자들이 풀어낸 것이다.

냉정하게 들릴 수 있겠지만, 이 조상 식물들은 퇴물들이고 전해 내려오는 이야기는 더 많았다. 이종교배 식물들이 오스트리아 알프스에서 전해지고 합스부르크(신성 로마 제국의 황제들을 연달아 배출했던 유럽 왕실 가문들 중 하나) 황제였던 막시밀리언 2세의 정원까지 오게 되었다.

그곳에서 찰스 레크루제 또는 카롤루스 클루시어스라고 알려진 궁중 식물학자가 뽑다가 재배했다고 말하는 사람도 있고, 클루시어스가 받았던 식물들은 그의 친구이자 세입자였던 교수이자 열정적인 원예가인 요하네스 아이콜츠에게서 물려받았다는 설도 있다.

클루시어스는 튤립 연구로 더 잘 알려진 플랜더스 출신의 식물학자였는데도 불구하고, 이 식물들을 어렵게 키워냈다. 거기서부터 어떤 설을 선호하느냐에 따라 다르겠지만, 그가 그 식물들을 고향인 레이든 대학으로 가져왔거나 유럽 전역의 학문적 친구들에게 전했거나 했을 것이다. 몇 세기 후에 필레아 페페로미오이데스가 전파된 것처럼.

클루시어스는 원예학적 교환을 매우 좋아했던 인물로, 식물을 과시적으로 소비하는 것을 적극적으로 반대했다. 1594년에는 '식물을 파는 모든 자에게 저주를!'이라고 적기도 했다.

우리는 아직 아우리큐라가 중부 유럽에서 영국으로 건너온 자세한 경로를 모른다. 후엽 앵초라는 이름으로 처음 등장한 곳은 영국의 기록으로 1597년에 발간된 방대한 학술서로, 존 제럴드가 집필한 다섯 종류의 〈허벌〉이었다.

16세기 종교적인 박해에서 탈출하던 플랜더스의 직공들이 아우리큐라를 작은 섬나라로 가지고 오는 역할을 오랫동안 맡았다. 아우리큐라의 설에서 중요한 신화로, 사실이 아니라고 밝혀지기도 했고(식물 역사학자인 루스 더시가 미천한 사람들이 소유하기에는 식물이 너무나 비싸다고 말하면서 묵살했다) 사실로 받아들이기도 했다.

사랑은 거부할 수 없는 거라서 프로테스탄트 위그노 교도 난민들은 저지대 국가들과 프랑스 북부에서 런던의 스피탈필즈(런던 동쪽 끝부분에 위치한 지역명)와 노리치(영국 동부 노퍽주 주도), 캔터베리(영국 남동부에 위치한 대성당이 있는 도시)로 탈출해오는 길에 아우리큐라 씨앗들을 챙겨왔다. 낯설고 새로운 삶에 정착하게 도와줄 희망과 고향을 느끼게 해줄 작디작은 꾸러미들을 말이다.

증명할 서류가 없어도 이 이야기는 확실하게 남아있다. 1630년대 노리치에서는 꽃을 키우는 사람들과 감상하는 사람들이 만나 한잔하면서, 꽃을 비교하고 감상하는 장소에서 꽃 축제가 열렸다는 기록도 있다.

하지만 나는, 역사에 얼마나 누락되는 부분이 많은지 얼마나 많은 부분이 시간을 얼버무리는지 알고 있다. 우리 할머니의 조상은 위그노 교도들이었다. 넓고 황폐한 습지를 벗어나려고 이스트 앵글리아의 소택지에 정착했던 사람들 말이다.

우리는 1591년부터 1655년까지 그 지역에 남아있던 분들의 서명들과 이름들—베아그—로 그들의 자취를 찾을 수 있지만, 나중에 알려진 것처럼 펜스(영국 동부의 바닷가 저지대로, 소택지였다가 간척 공사를 통해 경작지로 바뀐 곳)의 '그레이트 레벨'에서 일하기 위해 그들이 고용되었었다는 확실한 자료는 없다. 가방 속에 들어있던 씨앗 봉투, 고용 계약서, 아래 세대들에게 전해지는 가족의 역사로 남는 정착과 이종교배 같은 주제는 습지에서 물이 빠지듯 흘러가버린 것들이니까.

남은 건 서류와 살아있는 결과뿐이지만, 두 가지 모두 아우리큐라 팬들의 마음을 사로잡았다. 이종교배를 하는 성향 때문에 아우리큐라 품종의 숫자는 이 식물의 역사만큼이나 분명하게 정의하기 어렵다. 17세기 초반에는 아우리큐라가 미친 듯 교배되어 수십 가지의 품종이 생겨났다. 줄무늬, 겹꽃잎, 색상, 형태가 분별없이 이뤄지는 원예학적 창조와 조절 안에서 확산되었다.

이런 사실은 19세기 중에 도시의 작은 정원들로 옮겨왔던 또 다른 대이동으로 인해 다양성이 감소한 후 미래의 아우리큐라 재배자들이 소유하고 싶은 물건이 된 스케치와 그림들로 기록되어있다. 현대 재배자들은 수십 세기가 지난 그림들 속에 남아있는 환상에 가까운 아우리큐라들을 부활시키기 위해 끊임없는 실험과 실패, 과학, 뜻밖의 결과들을 만들어내며 오랫동안 노력해오고 있다.

산업혁명을 거치며 몇몇 희귀한 품종들이 사라졌다고 해서 아우리큐라가 완전히 호감을 잃었다는 뜻은 아니다. 잃은 부분이 있다 해도 아우리큐라는 사람들이 생활하는 다른 공간들을 차지하며 더 큰 시도를 모두 동원해서 회복력을 증명해 보였다.

노련한 상인들이 공장으로 몰려들어 물건을 두고 성급한 실랑이를 벌이듯 사람들은 아우리큐라에 대한 사랑을 화훼 단체들에서 풀었다. 1822년 북부 지방에 위치한 생산 지역들의 모든 도시와 마을마다 화훼 클럽이 있었고, 사 년이 지난 후에는 전국에서 50개의 아우리큐라 전시회가 열렸다.

노동자들은 대부분 일주일에 하루 쉬었지만, 그들에게 제공되었던 주택들에는 정원이 딸려 있었다. 작고 대부분 빛이 들지 않으나 정원사의 상상력을 발휘하기에, 특히 가드닝이 19세기의 혜택을 누리기에 충분했던 공간이었다.

스모그가 자욱한 돌밭에서도 아우리큐라는 잘 자라났고, 변변찮은 환경의 서늘함이 드리운 거주지를 즐기기도 했다. D. H. 로렌스의 소설들에는 광부들의 오두막이나 노동자들의 정원에서도 불쑥불쑥 피어나는 아우리큐라가 등장한다. 원예 기관들은 '가난한 자들의 꽃'이라며 콧방귀를 뀌었지만, 아우리큐라는 노동자들의 고단한 삶에 섬세한 기쁨을 가져다주는 존재였다. 시간과 공간이 부족했을지라도 사람들은 아우리큐라를 잘 가꿨다.

빅토리아 시대 후반에는 검정색 아우리큐라 꽃이 늘어났는데, 1861년에 사망한 남편을 애도하는 빅토리아 여왕의 슬픔에 영향을 받았던 그 시대의 패션을 반영하기 위해 사람들이 만들어낸 것으로 추정된다.

우리는 항상 더 까다로운 요건들에 마음을 빼앗긴다. 아우리큐라는 눅눅한 상태의 토양이나 지나치게 쨍쨍한 햇빛에 노출되는 것을 좋아하지 않고, 그늘이나 무언가에 가려진 상태를 더 좋아한다. 변종들을 보면 꽃잎들이 꽃가루로 알려진 고운 흰 가루로 덮여있어서 빗물 한 방울로도 예쁜 꽃이 망가지는 종들이 있다.

18세기에는 모든 방법을 동원해 재배한 꽃들로 아우리큐라 전시장이 생겼는데, 화분에 담긴 아우리큐라들이 줄지어 놓여서 여러 환경으로부터 보호된 상태로 누구나 볼 수 있게 전시되었다.

몇몇 원예가들은 지금도 여전히 아우리큐라를 세심하게 관리하는데, 나는 절대 따라할 수 없는 수준이다. 산등성이를 덮고 환상적으로 보이는 꽃들을 만들기 위해 행복하게 서로 이종교배를 하는 꽃. 나는 아우리큐라 전시장을 보며 옛날 까탈스러운 방식의 가드닝을 떠올렸다. 하지만 괜찮았다. 이미 나의 발코니가 그러하니까. 지붕 덕분에 빗물에 젖지 않고, 벽에 둘러싸여있으니 빛을 직접 받지 않으며, 콘크리트 위에 있으니 건조하고 서늘한 상태를 유지하는 장소 말이다.

나의 아우리큐라가 봄에 꽃을 피우지 않았지만, 나는 인내했다. 한여름이 되자 가느다란 줄기에 단단한 꽃봉오리가 잎사귀들 사이에서 올라오기 시작했다. 그리고 8월에 살구색과 산딸기색과 복숭아색이 모두 섞인 심장이 멎을 듯한 꽃이 피었다. 옮겨왔으나 여전히 살아남은 사랑의 결실이.

12월
December

새순과 함께 움트는 마음

몬스테라 Swiss cheese plants
Monstera deliciosa

"내 몸이 퇴비로 범벅이 되었지만 신이 났다. 긴 손잡이가 달린 신기한 도구들을 처음 사용해보느라 두 팔과 허리가 뻐근했지만, 손가락은 추위와 모래로 따끔거렸지만, 나는 더 강하게 단련되고 싶었다."

매트의 고백

"당신이 좋아." 그가 말했다. 나는 그 말의 무게가 다가오는 것을 느꼈다. 마치 화물열차가 그 무게 때문에 선로로 들어와 멈춘 후에도 우르릉거리는 소리가 나듯이.

나도 그가 좋았다. 그의 긴 속눈썹이, 가벼운 몸놀림이, 능숙한 유머와넘치는 친절함이 좋았다. 깊은 생각에 잠기면 툭 불거져 나온 광대뼈 끝눈썹이 일그러지는 표정이 좋았고, 영화관에서 조명에 잡히는 그의 실루엣이 좋았다. 함께 이야기하다 보면 시간 가는 줄 모르는 게 좋았고, 우리의 대화가 넓어지고 길어지는 게 좋았으며, 우리가 뭔가를 함께하는것보다 상대방의 호기심을 채워주는 게 좋았다. 눈을 떴을 때 그가 곁에있는 것이 좋았고, 아직 어두운 시간임에도 그가 나를 위해 끓여주는 차의 다정한 증기가 좋았다.

그러나 그의 말은 내 마음을 뒤흔들었다. 우리 둘 감정의 기운은 크고도 무거웠으므로. 가을이 춥고 습해지면서 나는 나와 친구들, 심지어 매트에게도 이건 그냥 바람일 뿐이라고 말했다. 어두운 계절이 다가오면우리들은 서로 껴안고 지낼 상대를 찾다가 봄이 되면 헤어지고 다시 새로운 싱글 상태로 자유로워지는 '수갑 채우기'라고 반농담조로 가볍게넘겼다.

나는 생활을 정확하게 구분하는 것과 일과 집과 친구들과 가족을 각각구별된 주머니에 담아두는 것을 좋아했다. 매트는 완전히 다른 주머니하나에 넣어둔 채 되도록 작고 간소하게 유지하려고 노력했다. 매트용주머니에 실체와 영향력이 생기게 놔두는 일은 연애 서적과 텔레비전 프로그램에서 얻어온 모든 조언을 어기는 일이었다.

〈먹고, 기도하고, 사랑하라〉와 〈섹스 앤 더 시티〉는 나의 삶에 의미 있는 고독의 시간들을 끼워 넣어야 한다고 명령했다. 내가 나에게 빠지고, 나의 감정들을 견디고, 남아있는 사랑을 다시 나에게 쏟아부을 시간이 필요하다고 말이다. 나는 보란 듯이 실패했으나 대신 새로운 무언가에 빠져들었다.

아직은 내 마음이 어그러진 이전 연애에 너무 많이 사로잡혀 있었기 때문에, 새로운 관계에 빠진 건 아니었다. 그에 대한 나의 감정이 얼마나 큰지 말해버리면 모든 것이 확실해지고 진짜가 되고 내가 희미하게나마 엮어보려 노력했던 나의 계략이 모두 수포로 돌아갈 것 같았다.

재림절 첫 번째 주말이 끝나가고 있었다. 한낮의 해가 진 지 몇 시간이나 지났다. 결국, 나는 뒤로 돌아서 그와 눈을 맞췄다. "내게 시간을 좀 줘야 해." 나는 천천히 한숨을 쉬듯 대답했다. "알지." 그가 말했다. 너무나도 부드럽게 아무런 부담 없이.

타인과 집을 공유한다는 것

이십 대를 넘기고도 남들과 집을 함께 쓰는 경우는 근대에 들어 우리 세대가 처음이었다. 런던의 좋은 지역에 살려면, 이 방법이 최선일 때가 많았다. 우리가 성장하면서 환경은 개선되었다. 화장실의 청결을 위해 사람들은 청소부를 고용했고, 다른 공과금들과 마찬가지로 비용을 나눠서 지불했다.

하지만 우리는 여전히 집을 공유하고, 동거인들로 가족을 만들고, 가

꿈은 더 넓은 공간과 사생활을 꿈꾼다. 파트너들과 집을 소유하기 위한 불확실한 단계들이 생겨나고, 대기 중인 팝 가수들처럼 함께 지내는 그룹이 계속 바뀐다.

우리 세대는 찬장에 자신의 구역을 만들고, 냉장고 속에 자신의 칸을 나눠놓고, 수건걸이에 각자의 수건을 걸어둔 채 기분 좋게 붙어 지내면서, 서로 짜증 돋울 일이 거의 없는 상태로 같이 살고 있다. 집에 오는 건 친구와 수다 상대를 찾는 일이라고 생각한다.

이십 대 중반에 조시와 함께 아파트로 이사 오면서, 남들과 집을 공유하는 생활을 끝냈다. 하지만 이제 나는 그곳에서 나와 공동 부엌과 전대로 돌아왔다. 이 생활은 꽤 오래 지속되었고, 내게 부족하다고 여긴 공동체 의식을 간절히 기대하며 다시 갖게 되기를 바랐다. 적당한 거리를 유지하는 성숙한 존재가 되는 동시에 격렬한 외로움을 해결하는 길은, 결혼식할 때는 신부 들러리가 되어주고 휴일에는 제일 가까운 친구가 되어줄 수 있는 하우스메이트 그룹을 찾는 것이라고, 나는 생각했다.

내 기억 속에서 하우스메이트들과의 가장 좋은 기억들만 떠올리면서, 낡은 부엌 식탁에 둘러앉아 와인을 마시고, 음악을 듣고, 새로운 사람들의 오래된 친구들을 만나는 상상을 했다. 나는 좀 더 정신없는 상황을 바랐다. 하우스메이트로 시작했다가 서로 좋아하고 함께 시간을 보내게 되는 독특한 친밀감을 기대했다. 점점 분열되어가는 듯한 세상에 만들어져 있는 소속감 같은 정서를 말이다.

나는 호머톤(런던 지역명)에 학창 시절 친구인 안나가 살던 집에서 엎어지면 코 닿을 거리에 있는 주택의 방 하나를 구했다. 현관에는 장기판처럼 타일이 붙어있었다. 붉은색 현관문을 열고 들어가자 안경에 서린 김이 서서히 사라지면서, 검정색 옷을 입고 한가하게 요리를 하고 음식을 먹고 책을 읽고 이야기를 나누며 부엌을 어슬렁거리던 몇 명의 여자들이 보였다.

부엌문과 냉장고 사이의 공간에 걸려 있던 여러 대의 자전거도 보였다. 조명은 형편없었고, 창문마다 물방울들로 일렁거렸고, 오래된 것 같은 관리인 취향의 인테리어 디자인 잔재들—투박한 벽돌 장식, 오렌지색과 갈색이 섞인 90년대 초의 싱크대 문짝—도 벽에 붙어있었다. 부엌 싱크대 위에 놓인 커다란 필레아 페페로미오이데스의 맨 윗부분에서 작은 새순이 올라오고 있었다.

낯설지만 본능적으로 편안한, 내가 지냈던 다른 집들이나 친구들 집의 부엌을 떠올리게 하는 집이었다. 나는 몸이 살짝 숨을 내쉬는 것을 느꼈다. 적어도 몇 주 간은 이곳에 정착할 수 있었으니까.

방은 단순하고 깔끔했다. 갈대선인장 한 그루가 책상 위에 매달려 있었다. 몸 하나 겨우 잠을 청할 수 있는 크기의 침대가 창문 옆 공간에 밀려들어가 있었고, 깔끔하게 정리된 이불 위에는 축 늘어진 뜨거운 물주머니가 놓여있었다. 침대머리 위에는 십 년간 살았던 방에 걸어두었던 것과 똑같은 포스터가 걸려 있었다.

내가 십 대 시절에 프랑스 아트 잡지에서 뜯어낸 사진들과 스케치들로 만든 회반죽 콜라주가 어떻게 이곳에서 나를 당황시킬 수 있는지 단번에 알았다. 정확히 안심의 수준을 넘어서는 상황이었다.

정원도 있었다. 낡고 붉은 벽돌로 쌓아올린 담이 집 뒤편 골목길과 집을 분리하고 있었고, 가운데에는 나무로 된 출입문이 있었다. 벽돌이 깔린 파티오 주변으로는 화단이 있었다. 내가 제일 마음에 들었던 곳은 집 한쪽에 자리 잡은 축축하고 그늘진 땅으로 방치된 채 양치식물들과 낡은 나무 사다리를 타고 뻗어나가던 아이비의 비옥한 거주지로 자리 잡은 곳이었다.

아직 해가 떠있기는 할 만큼 늦은 시간에 느긋하게 일어나 식탁에 앉아 그곳을 내다보며, 예전 어느 시대의 모습을 상상했다. 비밀의 정원 속 한구석에 방치된 채 아무렇게나 자란 잔디밭이었을지도 모른다는 상상. 식탁보에는 유리병에 담긴 흰색 달리아 꽃송이가 그려져 있었다. 식탁의 한쪽 자리에서는 정원이 보였다. 나는 그 자리가 좋았다.

새 하우스메이트들 중 한 명은 정원에서 식물을 키웠다. 그녀도 식물에 대해 알고 있었다. 어느 날 밤 집에 돌아와 보니, 신문지에 싸인 엄청 큰 구근 뭉치—달리아 뿌리들, 크림색 뿌리를 감싼 짙은 흙덩어리, 구근의 모든 각도에서 뻗어 나온 이상한 덩굴들—가 뒷문 옆에 놓여있었다. 신문지에는 초록 잉크로 깔끔하게 적혀 있었다. '말리는 중이야. 곧 옮길게. 미안.' 며칠 후 녀석들은 건조되고 서늘한 상태로 겨울을 나기 위해, 다음 해 땅속에서 또 다른 계절을 맞이하기 전 서리를 맞지 않기 위해 어디론가 사라졌다.

그녀는 정원을 열정적으로 가꾸는 어머니에게서 좀 배웠다고 말했다. 그녀가 식물을 키우는 즐거움은 내게도 익숙한 감정이었다. 철저한 도시 생활로부터 도피할 수 있는 조용한 일, 심지어 11월 한복판에도 거의 매일 할 수 있는 일이라는 즐거움.

우리 중 많은 사람이 삽을 쥐고 싶어 하고, 땅을 더 잘 가꾸고 좀 더 제대로 그리고 차분하게 느끼고 싶어 하고, 부모님과 조부모님의 지식을 배우고 싶어 할지도 모른다는 생각이 들었다.

하지만 어느 누구도 다음 봄에 구근들이 돌아올지에 대해 알지 못했다. 세대원들이 바뀌는 시기였으니까. 방과 애매한 미래에 대해 점잖지만 끈질긴 협의들이 오가는 시기, 계약이 끝나가고 입주하려는 새로운 사람들이 나타나는 시기.

쌀쌀한 토요일 아침에도 가드닝을 하는 것 같았지만, 나는 주말 근무를 하러 나가야 했다. 그 하우스메이트도 나만큼 바쁜 사람이었다. 대부분 두세 가지 일을 곡예하듯 동시에 해내면서 업무와 강의와 글쓰기와 자신만의 창의적인 노력들로 시간을 쪼개가며 살았다. 우린 복도에서 마주치면 인사를 나누고 예의를 갖췄지만, 일이나 사회생활이나 계속 커지는 피로함에 대해 진지한 대화를 나눈 적은 거의 없었다.

시간이 지나면서, 사람들이 같은 시간에 부엌에서 복닥거린다고 꼭 함께 음식을 먹는 것은 아니라는 걸 알았다. 같은 장소를 공유할 뿐이었다. 주택 공유 앱을 공유하는 사람들은 애정보다 일상을 해결하기 위한 목적으로 모였을 뿐이라는 것도 알았다.

우리에겐 정말 많은 선택권이 있었다. 서로 다른 거래들이 섞인 곳에서 돈을 벌 수 있었고, 도시의 한 곳에서 몇 주 살다가 새로운 동네로 옮길 수도 있었다. 어떤 면에서는, 부모님 세대가 젊은 시절을 저당 잡았던 주택담보대출과 평생직장과 같은 영속성에 대해 비난받지 않아도 되는 자유가 있다고 생각할 수도 있다.

그러나 우리의 현실은 훨씬 더 기운 빠지는 상황이었다. 눈에 보이는 확실한 보상 없이 항상 일했고, 언제 새 집을 찾아야 하는지 절대 몰랐다는 점에서 말이다. 이런 상황에서는 어떤 공동체 의식도 키워낼 수 없었다. 우리는 너무나 많은 방향으로 뿔뿔이 흩어져서 불변하는 것을 붙잡을 수도 없었다.

나는 정원으로 나가고 싶었다. 주전자 물이 끓는 동안 뒷문의 유리창을 통해 밖을 내다보며 주변에 열쇠가 있는지 두리번거렸다. 하지만 열쇠가 어디에 있는지도 몰랐고, 그 룸메이트에게 언제 정원으로 나가는지 물어볼 용기도 없었다. 어느 누군가의 땅일 것 같았다. 마음대로 들어가서 무엇이 자라고 피고 있는지 살펴봐도 되는 내 땅이 아니었다.

이곳은 들어가도 되는지 물어봐야 하는 공간이었다. 나는 자진해서 멈췄다. 몇 주 동안 다른 사람들의 일상 속에 무작정 들어가서 그들이 나를 받아주기를 기대할 수는 없었기 때문이다.

이미 너무 많은 것으로 일상이 채워져 있었다. 우린 스크린 속에서 일상의 균형을 더 쉽게 맞췄다. 공동체와의 접촉도 온라인에서 이루어졌다. 우리의 디지털 자아와 연결된, 고향 친구와는 구별 짓던 디지털 친구들을 통해서 말이다. 그러나 차를 마실 때는 모퉁이를 돌아서 안나가 살던 동네까지 걸어가 그녀와 마셨다.

내 소유가 아닌 공간을 돌보는 일

매트와 우연히 발견한 브록웰 파크 커뮤니티 그린하우스(브록웰 공원의 주민센터 온실)를 운영하는 담당자에게 이메일을 보냈다. 오래지나지 않아 나는 첫 봉사 시간에 맞춰 공원 개장 시간에 도착했다. 도시는 11월의 일시적 한파가 한창이었다.

나는 야생화가 피어날 드넓은 대지의 개밀밭에서 잡초 뽑는 일에 배정되었다. 브록웰 파크 커뮤니티 그린하우스는 유기 재배로 유지되는 곳이라서 뿌리째 뽑는 방식으로 요지부동의 잡초들을 제거했다. 나는 가드닝 전용 장갑을 끼고(오로지 추워서 끼었을 뿐 나는 흙 만지는 걸 아주 좋아한다) 새하얀 뿌리들을, 그 뿌리들에서 자라난 무해해 보이는 잎들을 뽑아냈다. 모든 작업이 새로웠다. 그날 아침 전까지, 나는 개밀이라는 이름도 들어본 적이 없었으니까.

수석 정원사에게 뿌리와 질소 비료 폐기에 대한 교육적인 내용을 배웠다. 수생식물들을 화분에 옮겨 심거나 덩굴식물을 대형용기에 옮기는 일처럼 발코니에서는 한 번도 해보지 않은 일들도 있었다. 내 몸이 퇴비로 범벅이 되었지만 신이 났다. 긴 손잡이가 달린 신기한 도구들을 처음 사용해보느라 두 팔과 허리가 뻐근했지만, 손가락은 추위와 모래로 따끔거렸지만, 나는 더 강하게 단련되고 싶었다.

가드닝을 위한 일이었지만, 더 큰 목적으로 하다 보면 내 소유가 아닌 공간을 돌보는 일이었다. 그곳에 있는 동안 나는 집에 대한 생각에서 벽돌로 된 나만의 작은 공간을 가꾸는 일에서 나를 분리시킬 수 있었다. 나의 발코니에서 식물을 키우는 것이 잘못이라는 뜻은 아니었다. 그곳에서 가능성을 발견하지 못했다면 시작도 하지 않았을 테니까.

하지만 가드닝이 뒷마당에서만, 개인 소유의 공간에서만 일어나는 일이 아니라는 것을 커뮤니티 정원들이 내게 알려주었다. 런던의 공원들

식물을 보듯 나를 돌본다

에서 얻었던 해방감과 돌 더미와 선로에서 저절로 생겨나 자라는 강인한 식물에게서 배웠던 용기는 여분의 공간에서도 얻을 수 있고 키울 수 있다는 사실도 함께.

온실은 잠시 멈추고 물러설 공간을 제공한다. 커뮤니티 정원 부지에는 두 종류의 온실이 있는데, 하나는 2층으로 된 선반이 길게 놓여있고, 다른 하나는 그냥 마구잡이로 되어있다. 두 곳 모두 온갖 종류의 성실함으로 기분 좋은 기운이 담겨 있다. 묘목들은 화분 채로 정렬되어있고, 손으로 쓴 꼬리표들에는 지나치게 물을 주지 말라는 경고가 적혀 있다.

거대한 열대식물들은 유리천장을 밀어 올린다. 모두 저마다 다른 기후를 보여주지만, 대부분의 행사는 위쪽 온실에서 열린다. (온실 아래로 갈수록 더 따뜻하게 유지된다) 거기서 강좌도 열리고, 어린이들과 호기심 많은 지역 주민들이 머뭇거리는 표정으로 들어오거나 식물들을 사가기도 한다.

시기에 따라 다양한 종류의 묘목들이 포도넝쿨이 덮인 천장 아래의 기다란 금속 선반 위에서 자랐다. 뒤편에 있는 두 개의 문을 열면, 펠라르고늄과 다육식물들이 번성하는 더 작고 더 조용한 공간으로 연결되어있었다. 신성한 공간의 기운과 더 특별하고 까다로운 식물을 기르는 사람들의 기운이 느껴졌고, 손으로 쓴 표지판에는 '일요일에만 물을 줄 것!'이라는 주의 사항이 적혀 있었다.

온실들은 80년대 초에 주문 제작되었지만, 생산의 역사 위에 지어졌다. 온실들이 세워진 땅에서 200년 동안 사람들이 살았다. 벽돌 건물 안에 포함된 땅의 일부는, 원래 정원 너머 완만한 오르막 경사의 언덕 꼭대기에 위치한 우아한 저택 브록웰 홀의 부엌 텃밭이었다.

그 저택은 1812년에 존 블레이즈라는 사람이 지은 건물로, 그는 유리를 팔아 재산을 일군 사람이었다. 블레이즈는 1783년 루드게이트 힐(런던으로 들어가는 문인 루드게이트 근처에 있는 언덕)에 샹들리에 가게를 열었는데, 머지않아 그의 디자인으로 높은 사람들과 좋은 사람들을 알게 되어 샹들리에와 유리 제품을 인도에 있는 영국 귀족에게 보냈다가 조지왕 3세에게까지 바쳐졌다.

브록웰 파크가 된 이 땅을 구입했을 때, 블레이즈는 나이가 많았다. 그는 건축가 데이비드 리델 로퍼에게 완만하게 굽이치는 정원 부지 끝에 고대 그리스풍의 건물을 세우라고 지시했고, 현재 런던의 브릭스톤 일부인 써리의 브릭스톤을 구상했다. 이 건물은 오랫동안 카페로 이용되어 오고 있으며, 한때 블레이즈와 함께 일했던 존 뷰오나로티 팝워스가 디자인한 산장, 도로, 울타리 들도 딸려 있다.

블레이즈의 땅은 브록웰 홀 부지에 도로변에 조성된 새 주택단지인 포엣츠 코너 주민들에게 매력적인 풍광을 제공했다. 건물들이 지어지고 몇십 년이 지난 뒤에 고조할아버지 알프레드 베하그 씨께서 셰익스피어 로드 12호에 입주하셨다. 베하그 가족은 1892년 런던 시청에서 주관했던 브록웰 파크 개장식을 놓쳤고, 처음 정착했던 소택지인 헌팅던셔(영국 캠브리지의 도시)의 시골로 같은 해에 돌아갔다.

나는 그 공원을 걸을 때마다 그들을 떠올리는 것이 좋다. 알프레드, 그의 아내 루이자, 부부의 아이들과 헤르네 힐에 위치한 집을 채운 조카들. 어쩌면 루이자의 여동생 이사벨도 애인과 그 공원을 산책했을지 모른다. 결혼한 적은 없지만, 그녀가 발렌타인데이 때 받은 카드가 우리 집에 있었다. 아마 가정부도 일요일마다 초록 허파에서 깊게 숨을 들이쉬며 자유 시간을 보냈겠지.

그 공원은 런던 시청의 공원 부서 상관이었던 J. J. 색스비의 조경 계획에 따라 공공 공원으로 탈바꿈되었고 빅토리아 후기의 공공 공원 시설들로 채워졌다. 장식용 연못들이 만들어졌고, 야외 음악당도 조성되었고, 허식이 많은 꽃밭으로 건물 주변이 꾸며졌으며, 동화에 나오는 낯선 시계탑도 길 한가운데에 세워졌다.

울타리 정원은 텃밭 바닥을 파헤치거나 덮었으며, 장미덤불을 심은 산책로도 깔았지만, 부분적으로 개방이 제한되었다. 색스비는 변형하고 다듬어가며 오래된 영국 울타리 정원을 만들어나갔다. 앙증맞은 나무 구조물 안에 우물을 설치하고, 비스듬하게 기울어진 뽕나무를 한 그루만 남겨두면서 사람들의 시선을 이끌고, 나무의 나이와 중요성을 두고 당황하게 만들었다.

1904년에 찍힌 울타리 정원 사진들을 보면, 겨울을 나기 위해 나뭇잎을 모두 떨군 나무 아래에서 모자를 쓰고 바닥에 끌리는 치마를 가볍게 잡고 서 있는 여인들이 있는데, 지금과 거의 똑같은 모습을 하고 있다. 생명의 숨결이 땅속에서 바쁘게 속도를 내고 있는 한겨울의 일요일 아침은 너무나도 고요하다.

모두가 전시용은 아니었다. 램버스(런던 남부 지역) 의회는 그곳에 화단용 화초로 덮었지만, 부엌 텃밭의 일부에서는 생산도 계속 이뤄지고 있다. 현재는 커뮤니티 정원의 일부만이 이윤 창출을 위해 쓰여지는데, 그곳에서 자라는 작물들로 작은 거래들이 이뤄진다. 그날의 수확물들—신선한 채소, 어느 때는 약간의 과일—로 동전 몇 닢 생기는 정도. 자원봉사자들에게는 더 후하다. 나 역시 추운 아침에 땅을 뒤엎는 봉사를 하고나서 밤새 내린 서리를 맞아 맛이 훨씬 좋아진 새싹 채소를 한 봉지 가득 받아온 적이 있다.

피난처가 되어주고, 브록웰 파크의 공동체 기업에 이름을 가져다준 온실들은, 예전에 똑같은 목적으로 사용되었던 부엌 텃밭들이 있던 자리에 세워졌다. 하지만 색스비가 손대기 전에 텃밭들이 어떤 모습이었는지에 대해서는 알려진 바가 거의 없다.

텃밭 위에 온실을 세운 책임이 팝워스에게, 유리로 창의력과 아름다움을 꽃피운 그 남자에게 있을까? 우리는 알 수 없다. 그에 대한 진실은, 한때 그 자리에 있던 없던 유리판들과 함께 산산이 부서진 가루가 되어 수십 년이 지나고 18세기 말, 런던 시청이 블레이즈의 사유지를 도시의 또 다른 초록 허파로 확대하지 않았다면, 그곳에 절대 발을 들여놓을 일이 없었을 나 같은 사람들이 파헤치도록 땅속으로 스며들어버렸다.

나는 이런 생각이 좋다. 내가 늦가을에 이 땅을 파헤치는 것처럼, 조상들도 새로운 땅이었던 브록웰 파크를 손으로 개척했을 거라는 생각 말이다. 블레이즈는 집에서 먹을 좋은 채소를 키우기 위해 이 땅을 사용했고, 써리의 구릉지대에 존재해서는 안 되는 주거지에 공허하고 부서지기 쉬운 구조물들을 세웠다. 그는 유리로 부를 이룬 남자였다.

사랑도 받고 싶고, 거리도 두고 싶은 두 마음

해크니에 머물지 않을 때는 매트 집에서 지냈다. 그곳에서의 일상들도 자리를 잡아가기 시작했다. 주말의 시작과 끝을 함께 보냈다. 수줍음 같은 감정은 이미 사라졌다. 상대에게 가졌던 신선함도 만날 때마다, 서로를 만질 때마다 희미해졌다. 우리는 서로의 일상에 익숙해져갔고 서로의 규칙들을 배워나갔다. 난 그다지 많이 익히지는 못했지만.

매트가 내게 익숙해지고 나의 규칙들을 배우는 동안, 나는 가정적이고 편안한 모습을 만들어내느라 고군분투했다. 어떤 면에서는 내가 조시와 공유했던, 우리의 관계를 깨트렸다고 믿던 행동들과 너무나도 닮은 부분이기도 했다. 나는 그런 노력들이 매트가 나를 보는 시선을 망칠까봐 걱정했다.

"당신에 대해 내가 모르는 것들을 말해줘." 그의 베개에 누워 천장에 동글동글하게 칠해져 있는 두툴두툴한 페인트를 바라보는 동안, 그가 내게 졸랐다. 그의 말에 안절부절못하면서, 나는 나의 삶과 역사를 가만히 들여다보았다. 명료하고 통찰력 있으면서도 어느 정도 매력적이어야 했다. 몇 주간 공들여 만들어둔 이미지를 깨트리면 안 되니까.

내가 인생에서 중요한 것들을 통제하지 못했다는 사실은 인정했지만, 이제 막 걸음마를 뗀 이 새로운 관계를 지키고 싶었다. 나는 두려웠지만, 더 빛나는 무언가로 커져가는 과정을 방해하지는 말자고 마음먹었다.

나는 이 관계가 무모하고 불확실하기를 바랐다. 유리로 감싸고, 묵히고, 시시하고, 꾸물거리는 상태이기를 원했다. 밤새 파티를 즐긴 후, 긴장된 상태로 잠을 자고 나서 그의 친구들을 함께 만나는 주말 대신, 여러 번의 데이트를 즐기고 싶었다. 그렇게 해야 생활의 단면들을 충분히 마주할 수 있고, 깨질 위험에 더 노출될 수 있으니까. 드러내지 않는 것보다 훨씬 안전하니까.

그러나 우리의 관계는 너무나 빨리 커졌다. 그와 함께 있는 시간이 몇 년의 시간보다 더 강렬하게 느껴졌다. 기쁨도, 욕망도, 질투도, 아픔도 최고조로 끌어 올랐다. 뼛속까지, 호흡까지 뒤흔들면서. 마치 나와 함께 성장해온 나의 몸과 마음이 더 이상 내 것이 아닌 듯 느껴졌고, 나는 어찌할 바를 몰랐다.

나 자신을 여름에 던져버리면서 무감각함에 가려졌던 분노와 혼란이 갑자기 떠올라 아주 작은 부당함에도 터져버릴 것 같았다. 나는 그에게 보여주지 않으려고, 그가 일상적으로 하는 생각 없는 행동들—내 문자에 답장을 하지 않는다거나 약속했던 계획들을 잊어버리는 일—을 트집잡으면서, 분노의 핑계들을 만들어냈다. 참았다면, 속을 끓이고 불안해하면서 작은 폭풍우들이 가라앉기를 마냥 기다렸을 테지만.

나는 그에게 사랑도 받고 싶었고, 거리도 두고 싶었다. 버림받았다고 느꼈을 때, 낯선 사람이 나를 원하도록 세련된 모습으로 내가 존재할 수 있도록 만드는 급하게 몰려온 새 바람에 눈이 멀어있었다.

안정적인 관계로 접어들자 어떤 일이 벌어지고 있는지 이해하지 못했다. 무엇보다 나는 우리의 관계가 시작하기도 전에 끝날 거라고, 또다시 속았다는 기분으로 버려질 거라고, 마음을 편하고 유연하게 놓는 순간 바닥에서부터 낚아올려질 거라고 믿었다.

그가 가끔 나를 자신의 여자 친구라고 부를 때, 뜨거운 칼날이 나의 피부를 스치며 솜털들을 깎아내는 것 같았다. 위험하고 오싹한 위기일발의 느낌이었다. 하지만 그와 함께 있고 싶었다. 나는 그에게, 그의 집에,

그의 삶에 끌리고 있었다. 순조롭고 만족스럽게 즐기고 싶은 욕구였는데도, 아니라고 부인하며 나의 감정들을 눌러버렸다.

겨울이 다가오던 어느 느긋한 주말, 나는 그의 오븐으로 만든 음식을 배불리 먹고 그의 개수대에서 설거지를 하고 그의 욕실에서 몸을 씻었다. 말소리가 나오지 않았다. 매트의 행동에 대한 어떤 반항심 때문이 아니었다. 익숙함에 놀라 생긴 두려운 마음이었다.

가장 다정한 도전들—매트의 집에서 느긋하게 시간을 보내고, 그가 일을 하는 동안 몇 가지 식재료들을 사오는 일—이 공격적으로 느껴졌다. 내가 일조하는 부분도 있었다. 마치 잘 맞지 않는 도형들로 이루어진 것처럼 나의 성격이 혼란스럽게 느껴졌다.

하지만 데이트하기에 재미있는, 그를 위해 설거지 해주는 사람이 되고자 나를 유연하고 편안한 사람으로 만들지는 않기로 했다. 나는 분노의 근육으로 새로워졌고, 독립심이 성장하도록 맹렬하게 싸웠다.

나 자신의 혼란이 훨씬 더 해롭다는 사실을 깨닫지 못한 채 타협하려는 그를 도리어 비난했다. 마치 밟은 줄도 몰랐던 선 위에 내가 그를 올려놓기라도 한 듯, 그때마다 그는 굉장히 당황해했다. 나를 달래며 이유를 찾아보려 애썼고 무엇이 잘못되었는지도 물었지만, 나는 그에게 답할 만큼 스스로를 충분히 이해하지 못했다.

로맨스가 펼쳐지기에 충분한 배경

우리는 암스테르담으로 가는 저렴한 비행기 표를 예약했다. 겉으로는 태연한 척했지만 속으로 신났다. 매트와 내가 만난 지 거의 3개월이 되어가고, 크리스마스가 이 주 앞으로 다가온 시점에 여행이라니. 매트의 계획이었다.

나는 차분함과 두려움 사이에 사로잡혀 있어서 그런 제안을 할 수 없는 상태였다. 매트는 암스테르담에서 공연하는 연극 리뷰가 잡혀 있었고, 나는 어렸을 때 가봤던 그곳을 늘 다시 가고 싶은 터였다. 그렇게 여행이, 어른들이 표현하는 자유가, 가볍게 만나는 척하고 있는 남자와 에어비앤비에서 며칠 묵을 정도의 경비를 들고서 시작되었다.

암스테르담은 그 도시의 원예학적 유산을 가볍게 걸치고 있었지만, 그 존재를 실감하는 건 어렵지 않았다. 우리는 우연히 꽃 운하인 비웁흐라트에 머물렀는데, 그곳은 요르단 스트리트 주변의 수로들을 감싸고, 인도들은 정원들로 이어져 있었다. 팔손이나무 꽃들의 작은 별모양 광채가 어두운 벽돌을 배경으로 도드라져 있고, 셀비아 꽃들은 마지막 꽃봉오리들을 움켜잡고 있었다.

몇 주 전만 해도 건물 전체를 불타는 단풍잎으로 칠해놓았을 덩굴과 나뭇가지가, 앙상한 모습으로 출입문과 창문에 남아있었다. 누런 낙엽들은 치워지지 않은 채로 구불거리는 거리 위를 뒤덮고 있었다. 다리 난간을 따라 걸어둔 화분 상자들 속에는 축 처진 접시꽃과 화려한 펠라르고늄이 담겨 오래도록 사랑받은 낡은 자전거 핸들들과 나란히 공간을 두고 경쟁하는 중이었다.

몇몇 상점 앞에는, 초록들 사이에서 서로 공간을 차지하려 애쓰는 휴케라, 아이비, 포인세티아처럼 계절에 맞는 식물들이 심겨 있기도 했다. 자전거로 실어온 사람 키 높이의 크리스마스트리들은, 주택 사이사이에서 하얀 전구들을 뒤집어쓰고 있었다. 그 절묘함 속에 근사하고 멋진 크리스마스 분위기가 전해졌다. 수십, 수백 년 전의 크리스마스를 떠올리게 하는 크리스마스. 그리고 빨간색 리본에 묶여 까만 문에 걸려 있는 겨우살이 다발까지.

그 어수선함은 해질녘이 되면서 더 심해졌다. 우리는 일몰 내내 잠을 자느라 칠흑 같은 아름다움이 어떻게 왔는지도 몰랐다. 세상에, 그 아름다움은 주먹으로 얻어맞은 느낌이었다. 공기 중의 습기가 얼어서 바닥의 돌들 위에 내려앉았고, 멋진 가로등에서 흘러나오는 불빛이 희미하게 깜빡거리며 운하의 수면과 인도 위에 어렴풋이 반사되었다.

낮의 명료함이 밤이 되자 안개처럼 변하여 가로등 불빛과 수면을 유화처럼 흐릿하게 만들고, 세련된 장식들을 거둬내어 시간을 초월한 어딘가로 우리를 데려다놓았다. 운하가 주변 소리도 집어삼켰지만, 처음부터 그리 시끄러웠던 것도 아니었다. 자동차들은 모두 주차되어있었고, 자전거들만 지나다녔으니까. 온 사방이 고요해지자, 우리도 목소리를 낮추고 서로에게 더 가까이 다가갔다.

로맨스가 펼쳐질 만한 매력적인 배경이었다. 그곳에 너무나 긴장한 나머지 서로에게 감정을 제대로 전달하지 못하는 두 사람이 있었다. 나의 혼란은 당연한 것이었다. 내가 그의 눈앞에 있으면 아무런 문제가 없었다. 그러나 정답이 나오는 것도 아니었다. 머릿속을 쉼 없이 두드려야 나오는 거니까. 그와 함께 있는 시간이 점점 더 편안하고 안전하게 느껴졌다. 나는 공공장소에서 그와 손깍지를 끼거나 우리끼리 있을 때 그의 가슴팍에 안기는 것을 더 이상 경계하지 않았다.

두 마음이 충돌하면서 무언의 안전 공간이, 소중한 것이 자라기 위해 반드시 필요한 배양실이 생겨났다. 매트와 함께하는 시간들이 나의 문제들로부터 잠깐 벗어나는 일시적인 순간임을 알면서도, 본능적인 무언가가 나의 억눌린 마음을 품어주는 공간처럼 느껴졌다.

우리에겐 부인할 수 없는 현실이 있었다. 그가 키세스 초콜릿 한 줌과 운하 건너편 근사한 카페에서 산 아침을 들고 4층 계단을 올라왔을 때, 나는 현실을 받아들이기 시작했다. 우리의 습관들이 서로 얼마나 다른지도 배워나갔다. 나는 빠르고 현실적으로, 종종 너무 성급하게 해결책을 찾으려고만 하는 스타일이었다. 그는 두서없고 주저하며 하루에 너무나 많은 일을 끼워 넣으면서도 실패를 걱정하지 않는 사람이었다.

그날 아침, 그는 평론을 써야 했다. 나도 몇 년 동안 저널리스트로 일했었지만, 누군가를 앞에 끌어다놓고 앉아 자세히 본 건 처음이었다. 거의 참을 수 없는 친밀감이 느껴지는 일이었고, 내가 참을성이 없는 관찰자라는 사실을 알게 해준 일이었다. 그에게는 어떤 방해도 받지 않는 일이었지만, 나는 누군가로 인해 내 시간이 차단되어 갇힌 느낌이 들었다.

숨을 더 잘 쉬어보려고 맑은 하늘이 있는 밖으로 나왔다. 벗어나고픈 익숙한 욕망이, 나를 계속 발코니로 나가게 하고 외로움에 젖어 런던의 공원들을 찾아다니게 만들고 어디에도 연결될 수 없다고 느낄 때 커뮤니티 정원들로 이끌던 욕망이 밀어내는 대로 요르단 스트리트로 나왔다.

요르단 구역은, 십자형의 헷갈리는 도로들로 이루어진 곳이었다. 방향 감각이 형편없던 나는, 차이를 알아볼 수도 없고 박공지붕의 건물들이 너무나 똑같이 보이는 격자형 도로 속에 갇히고 말았다. 모르는 도시에서 길을 잃자 조바심이 일기 시작했다. 핸드폰도 지갑도 숙소에 두고 왔는데, 내가 집에서 나온 시간도 몰랐다. 왔던 길을 기억하려고 애쓰다가 우리가 묵었던 숙소 건너편의 카페를 알아보고 찾아왔지만, 초인종이 작동하지 않았다.

밖에 앉아있으면 매트가 나를 찾을까, 작업과 마감 시간에 쫓기고 있던 그가 나의 외출을 눈치 채려면 얼마나 걸릴까 생각했다. 나는 카페에 들어가서 아이패드를 빌려 트위터로 그에게 연락했다. 그에게 내가 어디 있는지 알린 다음에야, 자리에 앉아 커다란 창문가로 보이는 모습들을 구경했다.

암스테르담에 올 때 일부러 가방을 가볍게 챙겨왔는데, 계획의 일부가 엇나가고 있었다. 나는 소탈한 여자가 아니었다. 걱정쟁이였고, 계획쟁이였으며, 아주 오랫동안 연기를 하느라 시간을 쓴 사람이었다. 그랬던 나의 일부가 로우랜즈(네덜란드에서 열리는 음악 페스티벌)의 쌀쌀맞은 공기와 상쾌하고 적나라한 가시에 노출되고 있었다.

빅토리아 시대 문화와 밀레니얼 세대

예전에 나는 방문한 도시의 식물원을 찾아다니는 습관이 있었다. 깜짝 놀랄 정도로 드넓은 예태보리 보타니스카 트래고드(예태보리 식물원)를 거닐면서 시작된 습관이었다. 헨트 대학교 식물원은 일주일에 단 두 시간만 개방하는 곳이었지만, 너무나 사랑스럽고도 평범해서 가볼 만했다. 궁전 같은 식물원 보타니샤 가르텐 오브 베를린은, 내가 베를린에 갈 때마다 방문하던 곳이었지만, 날이 너무 덥거나 도시의 한 지역의 숙소에만 머무를 때는 너무 멀게만 느껴졌다.

암스테르담 여행에서는 조금 더 신화적인 식물원들을 방문할 구실이 있었다. 소설과 영화의 주제가 되는 곳들이었다. 엘리자베스 길버트는 그녀의 소설 《모든 것의 이름으로》에서 식물원의 책임자를 여성으로 설정하며 역사를 다시 썼다. (16세기 중반 약초 재배원을 열었던 이탈리아인들의 정원과 50여 년 전 레이든에서 우리의 아우리큐라 친구인 카를로스 클루시어스가 열었던 네덜란드의 정원들이니까) 가장 오래된 정원도 가장 아름다운 정원도 아니었지만, 이 도시 역사의 시금석처럼 느껴졌다.

호르투스 보타니쿠스는, 1638년에 암스테르담 시의회가 당대의 다른 시의회들과 비슷한 이유로, 즉 의사와 약제상 들이 약초를 재배하고 연구할 목적으로 세운 식물원이었다. 이곳은 암스테르담 시민들의 질병을 고칠 희망이 자라는 장소였다. 그러다가 십 년 사이에 관상용 식물들도 함께 구비하기 시작했다.

식물원의 소장 식물 수를 두 배로 늘리고 학명은 빠져 있지만 꼼꼼하게 목록을 만든 대표, 요하네스 스니펜달 덕분이었다. 몇 세기가 지난 지금까지 스니펜달의 목록은 남아있고, 그의 수기는 디지털화되어 식물원 건물 밖 화단에 전시되어있다. 그의 일대기는 드문드문 비어있는데, 1656년에 그가 식물원에서 쫓겨난 사실은 알려져 있지만, 이유에 대해서는 알려진 바가 없다.

호르투스 식물원에 소장된 식물들은, 대부분 씨앗에서부터 키웠거나 무역과 함께 튤립과 돈과 노예를 싣고 왔던, 동인도 회사의 선박들을 타고 바다를 건너 근처 암스테르담의 항구까지 옮겨왔다. 1680년 후반, 커피 원두(동인도 회사 직원이 예멘에서 훔쳐온 나무의 씨앗들)는 자바에서 호르투스로 전해져 온실에서 귀한 대접을 받았고, 북부 유럽 도시의 축축하고 후끈한 가짜 열대 환경에서 자라 결국 열매를 맺었다. 거기서부터 시작되어 1714년, 커피나무는 루이 14세에게까지 전달되었고, 그의 정원에도 심겨졌다.

커피나무가 프랑스인들의 손에 들어가면서 카리브해에 있는 프랑스 식민지들과 브라질까지 전해졌고, 18세기 초반 유럽 전역에서 커피를 마시는 문화가 폭발적으로 증가했다. 하지만 이미 몇 해 전, 호루투스 직원들은 커피 원두를 볶은 다음 커피를 만들어 마셨다.

지금도 여전히 세련되고 장식 없는 사무실에서부터 골목 모퉁이마다, 수십 년의 담배 연기가 스며 있는 나무판들로 꾸며진 브런 코헨이라 불리는 전통 찻집들 안에서, 그 도시 주민들의 연료가 되어주고 있다. 어느 날 저녁 매트와 나도 전통 찻집으로 들어가, 구석 자리에 앉아있던 사람들 사이에 합류하여, 시간이 멈춘 듯한 방 안에서 커피를 마셨다.

호르투스 식물원은 무분별한 발견의 시대 이후에도 계속 발전했다. 야자수 재배용 온실(높은 천장에 노란색 벽돌과 대들보로 만든 증기 기계처럼 생긴 공간)은, 호르투스에 재직 중인 휴고 드 브리스 교수가 뉴욕에서 일자리를 제안받은 다음에도 암스테르담에 머물게 하려는 협상 카드로 사용하기 위해서 1912년에 지어졌다.

80년대 말, 호르투스는 파산 직전에 이르렀고, 지역 주민들이 자금을 융통하기 위해 직접 나섰다. 개장한 지 수백 년이 지난 후, 시의회가 다시 한 번 자금을 충당했다. 1993년에는 아열대, 사막, 열대 지역으로 분리한 새로운 온실이 냉랭한 운하 가장자리의 울퉁불퉁하고 투명한 지붕 아래 지어졌다.

12월 중순의 푸른 하늘을 보며 매트와 나는 결정을 내렸다. 우린 남아프리카 또는 호주라고 이름 붙여진, 꽃 소나무의 부드러운 가지와 맹렬하게 올라오는 나무 고사리의 우아한 가지에 둘러싸인 벤치에 앉았다.

나무 꼭대기에서 아래를 내려다보며 나선형 계단을 따라 올라가면 그 장소가 통제하는 독특한 경계들과 자연과 생명과 허구의 경계들을 활용하는 모습을 볼 수 있는 발판으로 연결되었다. 통풍구 위에 자리 잡은 뻣뻣한 공작고사리 덤불이 꽤 행복해 보였다. 파이프에서는 폭포수가 흘러나왔고, 틸란지아의 수염이 철제 난간에 걸려 있던 정원사의 파카를 간지럽혔다.

아는 식물들을 라틴어 학명으로 읽는 동안, 매트는 네덜란드 발음을 어설프게 시도하며 네덜란드어 발음을 고집했다. 피었다가 질 때까지 색이 계속 바뀌기 때문에 '예스터데이-투데이-앤드-투머로우'라고 이름을 지었다가 그 별칭으로 계속 불리는 브룬펠시아를 두고서.

그곳에는 인적이 없었다. 식물원이 겨울엔 종종 그렇다. 낙엽으로 덮인 야외 화단과 다가올 봄을 넌지시 알려주는 신호들—갈란투스, 스뉴클로케(스노우드롭), 크로커스, 히아신스, 통통해진 철쭉의 싹—은 운하에 사는 오리들 차지였다.

우리도 마음대로 돌아다니며, 몇 개월 동안 따뜻한 시간을 보낸 식물들로 가득 찬 야자수 온실을 향해 느긋하게 걸었다. 100년 넘은 임시 밀림으로. 17세기 발견 당시 먼지가 쌓인 유물들을 간직한 건물의 다른 쪽 공간에는, 식물들을 보관한 곳의 반대편에는 캐비닛이 여러 개 있었다.

그 속에 살고 있는 식물들로 인해 습하고 무거운 열대 지역 온실보다, 이곳의 공기는 건조했다. 시간에 갇혀 있는 느낌이었다. 맵시 있게 뻗은 소철이 근처 나무 용기 속에 세워져 있었다. '멸종'이라는 이름표를 달고 있던 식물은 1855년 암스테르담에 들여온 수그루로, 호루투스에서 기생근으로 번식시켜보려고 애를 썼던 나무다. 암그루는 지금까지 발견되지 않았다. 혼자 살고 있는 초록 공룡인 셈이었다.

1680년경 최초의 온실 형태를 만들었던 사람도 네덜란드인이었다. 그 때부터 온실 개념이 영국의 귀족들과 원예학자들 사이에 생겨났는데(메리 여왕 2세 때 햄프톤 궁전에 온실이 있었다), 50년 사이 첼시 피직 가든(약용식물을 전문적으로 기르고자 세워진 약제 정원)에 온실 두 개가 세워졌다.

식민지에서 들여온 (파인애플 같은) 외래 과일과 열대식물 들을 기르기 위해 세운 온실로, 그 앞에 다소 우중충한 오렌지나무들도 함께 심었다. 온실들은 풍요의 혜택도 받았다. 18세기에서 19세기로 넘어가면서, 온실에는 더 많은 유리가 사용되었고, 유리는 온실의 상징으로 자리 잡았다. (고온실이라고 알려진 초기 온실들은 창문이 있는 헛간에 가까운 모습이었다)

1837년판 〈가드너스 매거진〉에 따르면, 전국적으로 '바람이 잘 통할 것 같으면서도 눈에 보이지 않는 형태'로 사유지를 꾸미기 시작하면서, 온실 전문가들은 철재 골조와 나무 골조로 파가 나뉘었고, 첨예하게 경쟁했다.

빅토리아 왕정 시대에 이르러, 한 제조사에서 거의 2백 개의 온실을 만들어냈다. 그 시대의 한 목격자의 기록에 따르면, "온실 마니아층이 생

겨났으며 상류층 사이에서 전염병처럼 번져나갔다. 사치스러운 주택에
는 모두 온실이 딸려 있었다." 어떤 경우에는 식물을 키우던 장소들이 파
티를 위한 곳으로 바뀌기도 했다.

노딩톤(영국 햄프셔 지방의 지역명)의 그레인지 맨션에 딸린 온실은, 1824년
에 둥근 지붕과 기둥을 감고 올라가는 식물들로 꾸며진 온실의 정수를
보여주는 예인데, 나중에는 무도회장으로 사용되었다. 1840년대까지 지
역을 연결하는 철로들이 새로 깔리고, 유리를 목적과 다르게 사용하는
데 징벌적 과세가 부과되면서, 중산층들도 자신의 정원에 작고 비옥한
온실을 만들기 시작했다. 그렇게 온실은 전국적으로 퍼져나갔다.

지방 사유지의 대형 온실들은, 제2차세계대전의 패전과 함께 막을 내
렸다. 정원사들이 전투 중 사망했고, 호화로운 투명 세상을 유지할 비용
도 더 이상 없었다. 온실들은 그대로 방치되어 식물들이 점령했고, 유리
판들은 끈질기고 강한 덩굴들에 의해 산산조각 났다. 애스코그(스코틀랜드
지역명)에 있는 양치식물 재배지 같은 곳들은 90년대에 와서 재건 사업의
일환으로 다시 관리되었지만, 으스스하고 명을 다한 힐튼 홀(스태포드셔에
위치한 18세기 맨션)의 온실을 비롯한 다른 온실들의 경우, 절반은 자연에 귀
속되고 절반은 인간의 야망이 세긴 흔적으로 뼈대만 남은 채 서 있다.

밀레니얼 세대는 빅토리아 시대를 사로잡았던 온실을 되살려냈다. 실
제로 온실을 만든 게 아니었다. 온실과 초록 식물을 경험할 수 있는 스마
트폰 스크린의 작은 창을 통해서 말이다. 큐 식물원 야자수 관의 기막힌
곡선들, 에든버러 왕립 식물원의 나선형 계단을 감싸고 있는 덩굴들, 바
비칸 콘서바토리의 육중한 콘크리트 더미 때문에 왜소해 보이는 몬스테

라 데리시오사, 싱가포르 하늘 정원의 나뭇잎들 사이로 뭉게뭉게 피어나며 첼시 피직 가든의 열대 지역관을 억누르는 하늘의 구름들까지.

희귀한 식물들은 일반 온실이 아닌 곳에 심겨 있었다. 19세기의 희귀 양치식물들처럼 식물들이 가진 난해함은 사람들을 더 열광하게 만들었다. 사우스 런던 보태니컬 인스티튜트의 작은 온실이 개장하는 날이 며칠 되지 않아 오히려 더 사랑받는 것처럼 말이다.

요크셔의 로빈 후즈 베이에 사는 리처드라는 이름의 노인이 소유한 온실을 가득 채운 선인장은, 황량함이 거의 없는 것으로 나름의 유명세를 얻었다. '선인장 판매'라고 손으로 꾸민 표지판을 길거리에 세워놓고, 온실 내부에는 '선인장들을 판매하여 생긴 모든 수익금은 제3 세계 어린이들을 돕는 데에 쓰입니다'라고 적어놓은 덕분에.

이런 공간들이 일상생활에서는 쉽게 간과되지만, 가장 길게 보장받은 안정이 24개월짜리 핸드폰 계약인 밀레니얼 세대는, 디지털 스크린으로나마 그 모습들을 보며 방랑벽을 채우고 위안을 얻는다. 나는 수천 명의 내 또래처럼 나만의 공간을 갈망했다. 가끔씩 꿈꾸는 환상적인 울타리 정원이 있는 곳이든, 단 몇 주 동안 머무는 곳이든 상관없었다. 이제 계속 거주할 수 있는 집이라는 개념은 믿을 수 없는 허상이 되어버렸다.

정원은 더더욱 생각할 수도 없는 특권이었으며, (오랫동안 은퇴자들의 올가미, 따분함, 아무도 없는 고요함을 상징하던) 온실이 있는 정원은 새로운 사치의 상징이 되었다. 인정하건대 인스타그램으로는 멋지게 보인다.

하콘(전문 사진과 함께 전 세계의 여행지를 소개하는 영국 회사)은 사진작가들이 전 세계를 모험하며 발견한 온실의 아름다운 사진들을 인스타그램에 올려서 수십만 명의 팔로워를 얻었다. '#온실에서찍은', '#온실사냥꾼' 같은 해시태그로 정리된 사진들로 말이다. 스튜디오 Ro-Co의 창업가들인 캐로 랭톤과 로즈 레이는 햄스테드에 있는 원룸아파트 크기의 온실이 딸린 다 쓰러져가는 마차 보관소에 '하우스 오브 플랜트'라는 이름을 붙이고, 그곳에서 찍은 사진들을 기반으로 온라인상에서 성공을 거뒀다.

뜬금없는 온실의 인기는 어린 시절부터 느꼈던 무언가를 건드렸다. 가드닝을 하고 식물을 키우면서 신체적 자유를 느낀 적이 여러 번 있었는데, 그중에는 할아버지의 온실도 포함되어있었다. 실내이면서 동시에 외부에 있는 아찔한 헷갈림, 자연이 만들어내는 마법과 작은 승리들과 주문 만들기 같은 실패들. 잃어버린 시간, 조심스러운 순간, 빈약한 씨앗, 모판, 화분 들 그리고 원대한(수섹스와 리딩에서 포도를 재배하고 열대식물을 키우겠다는!) 수준의 야망이 모두 상충하며 온실을 특별한 공간으로 만들었다. 순수한 기쁨과 식물들을 키우려는 도전을 위한 고요와 휴식의 장소로.

할아버지의 집은 군데군데가 유리로 되어있었다. 온실은 할아버지가 부엌방이라고 부르시던 곳에 붙어있었지만, 현관문은 복잡한 패널들을 붙인 포치로 둘러싸여있었다. 놀러갈 때 한 번도 제대로 본 적이 없었는데, 이중문이 언제나 열려 있던 데다가 우리가 늘 정신없이 뛰어 들어가 현관문을 두드린 다음 몇 분 후 발을 끌며 복도를 걸어오시는 할아버지의 발소리를 기다렸기 때문이다.

몇 년 후, 온라인으로 매물을 찾다가 부동산중개인의 매물 사진들 중에서 할아버지의 집을 발견하고 너무나 놀랐다. 판유리에 비친 앞뜰의 목련 나무와 웃자란 산울타리를 보고서. 우아한 빅토리아 시대의 산물이 누구인지 모를 새 주인의 마음을 끌기 위해 사용되다니, 마치 그 집을 처음 본 듯한 기분이 들었다.

집을 떠난 지 고작 몇 개월 만에 고향으로 돌아가고 싶은 충동을 채우려고 대학 숙제를 빌미로 할아버지의 온실을 뒤지던 스무 살은 아니었지만, 겹겹이 쌓인 플라스틱 화분과 퇴비 봉지 들 사이를 지나치는 것만으로도 몸 전체가 큰 숨을 내쉬며 성장이 집중된 공간에서 나오는 안도감을 느꼈다. 할아버지가 돌아가시고 일주일 후 나는 온실로 돌아가 쏟아지는 흙냄새를 맡았지만, 슬픔에 압도된 나머지 그곳에 있던 모든 식물이 여전히 자라고 있다는 사실을 눈치 채지 못했다.

모든 것은 계속 자라난다. 우리와 마찬가지로 식물들 역시 살기 위해 존재한다. 날이 궂어도, 갇혀 있어도, 극도의 통제들로 고통을 당하고 또 통제들로 스스로를 억누르는 중에도 말이다.

런던을 떠나 자전거 바퀴가 젖은 자갈길 위를 달리듯 시간이 매끄럽게 지나치고 흘러가는 느낌의 매력적인 유럽의 어느 도시에서 매트와 나 사이에 생긴 감정은 내가 억누르던 통제의 힘을 누그러뜨렸다. 연기도 더뎌졌다. 사흘 내내 더 완벽한 모습의 나로 연기할 수는 없었으니까. 그녀는 저녁 식사를 먹기 위해 밤 11시까지 기다리다가 짜증을 내는 사람으로, 솔직한 마음을 더 잘 드러내는 사람으로 변해있었다.

우리는 익숙한 지역을 돌아다니거나, 다른 사람들과 함께 머물기 위한 장소가 아닌 우리만의 공간을 찾거나 만들어냈다. 수많은 낯선 이 사이에서 복잡한 집의 덫을 벗어나 있는 시간을 보내며 우리는 마침내 우리 사이를 가로막던 것에 공간과 시간의 여유를 허락할 수 있었다. 너무나 자유로운, 마치 진공 상태로 우그러지다가 극소량의 공기가 들어오는 느낌. 산소가 너무나 필요했던 내게, 두려움의 탁한 공기를 치워내고 경계 너머까지 호흡할 수 있도록 허용하는 기분이었다.

새로운 사랑이 마음속에 피어오르다

비행기에서 내려다본 런던은 흔치않은 겨울의 햇살로 상쾌했다. 제일 먼저 템스 배리어(템스강이 범람하지 않도록 방지하는 이동식 시스템)가 한낮의 밝은 햇살로 하얗게 반짝거리고 있었고, 도시의 다른 부분들도 곧 모습을 드러냈다. 창백한 갈색과 붉은색 덩어리가 초록을 간간히 비치는 잿빛 에섹스 지역과 그곳을 뱀처럼 가로지르는 납빛 템스강. 공항이 가까워지고 비행기가 하강했다.

카나리 와프의 구식 뾰족이, 밀레니엄 돔(런던 남동부 그리니치 반도에 위치한 세계 최대의 돔)의 뒤집힌 숟가락, 그리니치를 인형의 집처럼 보이게 만드는 구 왕립 해군대학(그리니치 반도에 위치한 유네스코세계문화유산 등재 건물), 뎃퍼드(런던 남동부 지역) 너머 동네 슈퍼, 차들이 기어가는 도그 케널 힐 도로, 러스킨 파크에 이어 서류상으로는 아직도 내가 살고 있는 아파트가 있는 동네도 보였다.

어떻게 다가가야 할지 몰랐던 그곳을 비행기에서 새롭게 보는 동안, 이상한 슬픔이 가슴 속에 차올랐다. 내 것인데 내 것이라고 말할 수도 없고 감정적으로도 점점 느끼지 못하게 되는, 나를 보호하기 위해 사랑하지 않는 법을 적극적으로 터득한 곳.

혼란이 재빨리 현실로 돌아왔다. 새 애인과 여행에서 돌아오는 길에 전 애인이 자고 있는 곳을 보며 놀라는 현실로. 나는 그 현실을 감내하며 계속 바라보았다. 우리는 더 샤드의 꼭대기에 반사된 햇빛을 보며 감탄했다. 비행기 날개에 닿을 듯 보이는 변덕과 환상과 신분을 제공하는 또 다른 온실을.

크리스마스 당일은, 건너편 동네에서 크리스마스이브 저녁을 먹고 다시 아파트로 돌아오던 우버의 스피커에서 치직거리며 들려오던 웸!의 〈라스트 크리스마스〉로 시작되었다. 런던은 텅 비어있었다. 연례행사로 교외와 시골로 떠나는 행렬이 몇 시간, 며칠 전에 끝났다. 나는 그 행렬에 없었다. 올해는 한나 언니가 루이샴(런던 지역명)에서 크리스마스용 거위 요리와 6주 된 아기를 데리고 새 집에서 크리스마스 파티를 열 계획이었기 때문이다.

나는 아파트의 낡은 잿빛 베갯잇을 보며 혼자 일어났다. 크리스마스는 환호성과 와인, 애니메이션 영화, 마룻바닥에 던져놓은 크리스마스 크래커 모자들과 함께 펼쳐졌다. 소파에서 잠을 자던 나는 박싱데이에 일찍 일어나 조지 마이클(웸!의 멤버였고 솔로 가수로 활약했던, 영국 싱어송라이터)이 사망했다는 기사를 읽었다. 무방비 상태에서 두드려 맞은 뉴스였다.

나의 본업은 팝 가수들에 대한 글을 쓰는 일로, 이 계통에서 급작스러운 사망 소식을 듣는 일에 익숙해져 있었다. 사망 소식에 놀라고, 비극을 유출하고, 사망의 의미를 가장 최소화해서 전달하는 법을 고민하고 삶을 요약하는 법을 찾아내다 보니 말이다.

하지만 조지 마이클의 소식은 나를 슬프게 했다. 그의 인생이 어떻게 그리 빨리 소멸되어버렸는지, 나는 그가 죽기 몇 시간 전까지 그의 목소리를 듣고 있었는데. 박싱데이에 버스를 타기가 어려워서 나는 자전거를 타고 주택가 한가운데에 있는 원 트리 힐(런던 자연보호구역)을 가로질러 집으로 왔다. 유명한 지점보다 훨씬 더 좋은 전망을 갖고 있어 집에서도 런던을 한눈에 볼 수 있었다.

프림로즈 힐(높이 약 80미터의 언덕이 있는 런던 지역명)에서보다 훨씬 더 멀리 보이고 훨씬 덜 붐볐다. 또 주택가가 넓어지고 고층 건물 지역에서 건물 하나가 지어지다가 엽서 풍경처럼 작은 회색 점으로 높아지는 모습도 볼 수 있었다. 사람들이 페컴에 있는 세련된 루프탑 바 또는 정원이 있는 술집에 관하여 이야기하며 거기서 볼 수 있는 광경에 감탄할 때면, 나는 그 광경을 볼 수 있는 개인 창문이 있는데 왜 다른 곳을 가겠느냐고 속으로 생각하곤 했다. 왜 거기까지 가서 시시한 걸 보면서 노느냐고 말이다.

하지만 이번에는 익숙한 전경을 새로운 장소에서 보기로 했다. 공원 벤치에 털썩 앉아서. 내가 차지한 이 공간을 잠깐 빌려서. 야외에 나와 있는 자체를, 살갗에 닿는 신선한 바람과 개를 산책시키며 지나가는 가족들을 바라보는 순간을 즐기면서.

햇빛이 잿빛으로 변해가면서 한기가 뼛속까지 전해졌다. 들락날락하는 나의 입김을 보며 이어폰을 끼고 조지 마이클 첫 솔로곡 〈케어리스 위스퍼〉를 들었다. 어느 누구와도 함께하고 싶지 않은 바람과 박싱데이에 홀로 언덕 꼭대기에서 죽은 남자의 목소리를 들으며 느끼는 극심한 외로움에 사로잡혀 나는 슬픔으로 온몸이 아팠다. 크리스마스가 낯설게 느껴졌다.

나는 크리스마스 전통에도 어울리지 않고, 축제의 분위기에도 맞지 않는 존재 같았다. 어두워질 때를 기다렸다가 집으로 돌아왔다. 다음 날 사무실로 돌아가 침묵과 고독 속에서 깨달았다. 모두가 가족들을 보러 떠나 있는 동안, 사무실에 있는 이 괴상한 행동 속에 자유가 있음을. 나는 조지 마이클의 〈페이트〉를 그다음 주 내내 강박적으로 들었다.

크리스마스가 시야에서 사라져갔다. 나는 일하면서 밀어내고 일부러도 밀어내면서, 도시가 조용해진 동안 나의 삶을 평범한 상태로 되돌리겠다고 마음먹었다. 12월의 마지막 날이 예상하지 못한 지출로 엉망이 되는 날이 아니라, 사춘기 시절처럼 강력하고 의미 있는 시간으로 여기며 다가오는 새해를 감사한 마음으로 손꼽아 기다렸다.

매트와 나는 최근 유명세를 탄 사람과 그녀의 돈 많은 남편이 사는 런던 북서부의 연립주택에서 열린 파티에 참석했다. 텔레비전에서 본 얼굴들이 가득한 새해 전전날 파티로, 지우고 싶은 지난 한 해를 마지막으로 화끈하게 없애 보리라는 기대를 가지고 긴 연휴와 함께 시작되었다. 우리가 연인으로 참석한 첫 모임이기도 했다.

그곳에서의 시간은 대부분 아주 불편했다. 매트가 나를 어떻게 소개할지도 몰랐고, 분명 어색할 게 뻔했으니까. 그의 친구와 동료 들을 만났는데, 그들의 이름이 머릿속에서 섬광처럼 스쳐지나갔다. 또 드레스 코드를 잘못 맞춘 바람에, 깃털과 모피 코트 사이에서 나만 유행에 뒤처진 사람처럼 보였다. 밤이 깊어질수록 사람들은 점점 더 친절하고 다정해졌지만, 나는 갈 길을 잃었다. 어떤 가면을 써야 할지 어떤 사람으로 있어야 할지 몰랐다.

자정이 지나면서 그 해의 마지막 날이 되었지만, 우리는 여전히 사람들로 복닥거리고 땀내 나는 거실 안에 있었다. 스파클링 와인과 오랜만에 빨아들인 몇 모금의 담배 연기로 알딸딸한 상태였다. 그는 괴상하고 바보 같이 몸을 움직였다. 나는 우리가 만든 유쾌한 거품 속에서 너무나 편안하고 안락했다. 이리저리 몸을 움직이고 웃음을 터트리며 음악에 빠져들었다. 지루함도 욕망도 잊은 채 마치 그 음악에 취한 것처럼.

워렌 스트리트역(런던 지하철역)에 도착했을 때, 플랫폼에는 우리 둘뿐이었다. 새벽 4시가 다 된 시간이었으니까. 내가 타일로 마감된 벽에 기대자 매트가 나를 바라보고 서더니, 이미 답을 알고 있다는 듯이 자신감과 장난기로 가득 차서 내가 그를 사랑하는지 물었다. "가끔." 내가 대답했다. "가끔 그런 거 같아." 그 말은 진심이었다.

최근 몇 주 동안, 우리가 서로 몸을 감싸 안거나 내가 그의 머리칼을 뒤로 넘겨주면서, 불쑥 느꼈으니까. 좋아하지도 않으면서 내가 좋아하는 어린애 같은 시리얼을 살 때도, 사랑스럽지만 말로는 표현하지 않는 행동을 내게 보여줄 때도, 새로운 사랑이 내 마음속에서 자라고 있음을 느꼈다. 너무나 소중하고, 너무나 미숙하고, 너무나 새로워서 이 사랑이 당혹스러웠다. 어떻게 자라 왔고 어디에서 나타난 것인지 몰랐다. 그러나 그 사랑은 내 마음속에 있었고, 그 역시 나를 사랑하고 있었다.

1월
January

행복의 싹을 틔우다

영국 앵초 Auricula

Primula x pubescens

"구근에게 필요한 건 시간이다. 그들은 스스로 정리하고, 땅속에 심겨진 다른 뿌리들 주변에서 순을 틔우며, 구근이 거꾸로 심겨진 경우라 할지라도 자신의 주변을 한 바퀴 돌아서 깨끗하고 차가운 땅 위의 공기 속으로 싹을 틔우는 임무를 수행한다. 느긋하게 이해해주며 인내심을 갖고 몇 주, 큰 뿌리는 몇 개월을 내어주면, 그들의 보상을 받을 수 있다."

하지보다 동지가 더 반가운 날들

나는 낮이 짧은 날을 세심하게 관찰한다. 낮이 더 긴 날들은 밝은 여명으로 아침을 깨우거나 저녁을 아직 낮이라고 착각하도록 만들면서 우리를 놀라게 한다. 그러나 해가 짧은 동안에는 눈을 뜨고 얌전히 지내다가 다시 잠을 자고, 서둘러서 집과 술집으로 돌아가고, 산책과 야외 활동도 막을 내리기 때문에 멍하니 앉아 생각할 겨를이 없다. 그동안에는 햇빛도 거의 보지 못한다.

나는 고요하고 이른 아침에 사무실에 앉아 일을 시작하는 동안 해가 뜨는 시간을 좋아한다. 가끔은 점심시간 직후, 점심식사를 하는 중에 해가 질 때도 있다. 하루를 보내고 또 다른 긴 밤이 시작되는, 젖은 낙엽들 위에 오렌지색 가로등이 내려앉는 시간도 있다.

날이 음산하고 어두워지고 낮의 길이가 가장 짧은 동지는, 손꼽아 기다리는 중요한 날이 되었다. 해가 뒤바뀌는 날이니까. 12월 21일 혹은 그 무렵, 가끔 그다음 날 아침으로 옮겨지기도 하는 그날이 지나면, 낮의 길이는 하루에 몇 분씩 더 길어진다.

1월에도 오후는 우울할 것이고 2월이 돼도 칙칙하겠지만, 낮의 길이는 길어진다. 10월에 이상하게 더워지거나 봄에 갑자기 영하로 떨어지는 등 날씨가 이상 기후로 비정상이 되더라도, 해가 다시 짧아지기 시작하는 6월 21일까지는 낮 시간이 더 길다는 약속을 믿어도 된다.

다가올 날들에 집착하는 희망이다. 남들이 동지를 우울함이 더 길어진 고통으로만 볼 때, 그 속에서 기쁨을 발견하는 이유이고 반대로 하지가 내게 언제나 약간의 우울함으로 다가오는 이유이다. 내게 하지는 술을 퍼마시는 밤이 아니라 암흑과 자연이 꼭 필요한 휴식에 들어가기 시작하는 날이니까. 그 뒤로 이어지는 3개월은, 온기는 남아있어도 더없이 움츠러드는 날들이 이어질 테다. 그래서 하지를 여름의 시작이라고 알리는 게 이상하게 느껴진다.

가드닝과 함께하는 시간 여행에는 위안이 있다. 몇 개월 앞을 생각해야 하기 때문에 마법처럼 느껴지고, 지식과 경험이 있으면 더 좋아진다. 잘 모르던 식물들에 대해 충분히 알게 되면, 한겨울에 정원을 바라보면서도 무성한 잎, 풍성한 꽃, 꽃봉오리 들이 피고 단풍이 드는 잎들을 눈으로 그려볼 수 있다. 기대감, 과학, 확신, 생명에 대한 기본적인 질문들이 높이 쌓여갈 때 생기는 믿음이 보여주는 건강한 환시다.

나는 무엇이 어떻게 될지, 마지막에 일들이 실현될지에 대한 불안감과 의문에 사로잡혀 가까운 미래만을 꿈꾸었다. 어릴 때 뭔가를 만들거나 그리려고 시도했다가 결과물이 머릿속으로 생각한 것과 전혀 다르게 보일 때는 좌절감을 느꼈는데, 그 이후의 삶도 대부분 그런 식으로 펼쳐졌다. 기대한 만큼의 만족감도 느껴보지 못했고.

그런데 가드닝은 그렇지 않았다, 적어도 내게는. 예상했던 모습들, 이를테면 눈물방울 같은 펠라르고늄의 꽃봉오리들이 통통해지고, 구근 끝 초록색 새순이 차갑게 얼어붙은 땅을 뚫고 올라오는 모습은 나의 상상보다 훨씬 더 경이로웠다.

집으로 돌아와서 거의 잊고 지낸 식물이 1센티미터쯤 자라난 모습을 발견하는 것도 너무나 놀라운 일이었다. 기운이 나는 것도 좋았지만, 그 순간에 묶여있지 않겠다는 식물의 감정이 놀라웠다. 그 가벼움과 단순한 즐거움은 점점 희박해져가는 본질적인 일이라, 오직 오프라인에서만 주로 혼자 있을 때 일어난다. 일을 하면서도, 집에서도, 심지어 사랑을 나누면서도 찾기 어려운 차분하고 개인적인 작은 행복이랄까.

식물이 일하지 않을 때—구근에 열매가 달리지 않고, 관목에서 꽃이 피지 않고, 색채들이 서로 엉뚱하게 상충되거나, 햇빛을 충분히 받지 못해 흐느적거리기만 하거나, 싹들이 마구잡이로 자랄 때—는 그로 인해 생기는 실망감이, 도전이자 풀어야 할 수수께끼가 된다. 물과 비료의 양이 충분한지, 너무 촘촘하거나 너무 느슨하게 심지는 않았는지 확인하고 검토하려고 노력한다. 머릿속에 기억해두고서 내년에 또 앞으로 계속 더 좋은 결과를 얻기 위해 다시 시도하려고 말이다.

나에게 가드닝은 없다시피 한 성품인 인내의 상징이다. 나의 인내심은 가드닝을 하면서 배운 것이다. 발코니에 화분을 재빠르게 가져다두는 것도 내 마음이 차분해지기 때문이기도 하다. 다른 사람들은 운동이 정신적인 여유를 갖게 도와준다고, 달리기나 수영이나 등산이 이루지 못한 목표를 다독이도록 도와준다고 말한다. 마음 챙김이나 명상으로 휴식을 얻는 사람들도 있다.

일상이 점점 더 복잡해지면서, 일상을 복잡하게 만드는 기술과 속도로부터 피하는 방법도 함께 만들어졌다. 하지만 나는 가드닝에서 얻는 평온함을 다른 어느 곳에서도 경험한 적이 없다. 가드닝은 나의 분노와 불안과 걱정을 분산시킨다.

시간도 늘려준다. 끝내야 하는 가드닝 작업들을 따라가다가, 어떤 결과는 몇 주 동안 나오지 않는다는 사실에서 위안을 얻는다. 식물들도 대부분 나름의 방법을 찾는다는 사실이 말이다.

하지만 식물들을 더 빠르게 자라게 만드는 속임수가 있다. 사람들은 땅속에 심을 구근들을 가을에는 춥고 어두운 곳에 보관해두면서, 구근들이 겨울이 왔다고 착각하게 만들었다가, 봄이 오기 3개월 전에 봄이 온 것처럼 유인하려고 따뜻하고 볕이 잘 드는 창가에 꺼내놓는 방법을 사용한다.

구근들을 '강제로' 조작한 것이다. 히아신스, 수선화 그리고 크리스마스에 피는 아마릴리스가 바로 속임수의 결과다. 거리에 서릿발이 치는데도 실내에서 다채로운 색으로 꽃을 피운다.

그러나 이 방법도 몇 주간의 기다림이 필요하다. 내가 강제로 힘을 준 구근들은 12월 25일에 피어나지 않았다. 반짝이, 자질구레한 장식, 꼬마전구 들의 따스한 불빛으로 너무나 정신없는 시즌에 말이다. 그러다가 추운 1월에 크리스마스 트리는 사라지고 새해 결심으로 신경 쓰이는 시기에, 히아신스와 수선화가 어지러운 향기가 진하게 내뿜었다.

인내는 다정하고 조심스럽다. 보살핌을 필요로 하고 시기가 되어야 나타난다. 1월은, 나의 아파트 철골 창문들 표면에 생긴 물방울들을 배경으로 놓여있던 수선화 구근들처럼, 펼쳐졌다. 투명한 초록 망을 밀고 꼬깃꼬깃한 꽃잎들이 길고 긴 밤 사이에 별 모양의 소중하고 완벽한 형태로 모습을 드러낸 수선화처럼.

입김이 공중에 머물고 목도리와 안경 사이로도 뿜어져 나왔다. 그러나 첫 두 주는 너무나 무겁고 어둡고 뼛속까지 눅눅하고 축축했다. 가장 밝은 때인 정오에도 안개 때문에 거의 보이지 않는 배처럼 지나갔다.

그때까지 조시와 나를 묶어놓았던, 그가 아파트에 있을 때는 내가 어딘가로 가야 했던 계약을 끊어내기 위한 계획들이 아물아물 생겨났다. 아이디어는 있었지만, 자세한 부분들을 해결하는 데에는 시간이 걸렸다. 심리적인 고통보다 실질적인 일들이 더 신경 쓰였다.

나는 억지로 그와 거리를 두기 위해 우리만의 언어로, 그와 나누던 익숙한 말투로 이어지지 않으려고 애를 썼다. 나는 다른 누군가와 사랑에 빠졌다는 죄책감을 느끼고 있었고, 그 감정의 무게는 생각보다 무거웠다. 내게 허락되지 않은 행복 같았고.

그런 행복. 뻔한 로맨틱코미디처럼 빌리 홀리데이의 노래가 흘러나오고, 고소한 냄새가 가득한 일요일 밤들. 함께 춤을 추면서 그가 내 콧등과 이마 사이에 딱 들어맞는 코를 대고 머리를 쓰다듬고, 거실 위에서 작은 원을 그리며 추는 춤을 멈추고 싶지 않아 계속 미소 짓던 시간들.

매트는 그의 일상으로 나를 끌어들이고, 그의 친구들과 가족들에게 나를 소개시키고, 그가 어떤 사람인지 알게 되는 장소들에 나를 데려가는 데에 거리낌이 없었다. 반면, 나는 있는 그대로의 나를 그에게 보이는 게 여전히 불편했다.

우리의 일상은 정말 달랐다. 나는 부모님을 뵈러 가는 것조차 쉽지 않은 일이었다. 하지만 그의 부모님은 런던에 살고 계셨고, 정기적으로 가족 식사 자리를 만드셨다. 시골에 가려면 기차 시간표와 일상을 확인해야 했지만, 그의 부모님을 뵙는 일은 동의만 구하면 즉흥적이고 느긋하게 성사되었다.

나는 런던의 남쪽과 동쪽 길모퉁이에 있던 그 동네가 익숙하지 않았다. 상쾌하고 건조한 날이면, 굉장히 거칠고 또 너무나 훼손되지 않은 것처럼 느껴졌다. 햇빛이 부족한데도 온 사방으로 황토색 안개가 깔려 있었다. 엄청 큰 고사리 줄기들이 누렇게 바랬고, 깃털 모양의 잎사귀들도 뻣뻣해져 있었다. 겨울에 지친 들풀도 가벼운 바람에 소리를 죽이고 있었다.

우리가 축축하고 단단한 땅을 덮고 있는 웅덩이와 고무 같은 흙더미들을 피해가며 진흙투성이 길을 걷는 동안, 매트가 커먼 공원에 얽힌 자신의 어린 시절 추억들을 들려주었다. 매트에게 그곳은 내게 내가 자란 동네에서 들판으로 이어지던 오솔길만큼 익숙한 곳이었다.

자전거를 타고 크리스마스 산책을 즐기던 공간이었고, 그가 이별을 겪은 후 걷고 또 달리면서 뻥 뚫린 공간에서 상쾌한 공기를 마시며 머리를 맑게 하고 자연이 그에게 생각할 여유를 주도록 허락한 곳이었다. 상처가 치유되는 동안 습관이 되어버린 달리기는, 새로운 도전이자 심장을 뛰게 하고 엔돌핀을 생성하는 원천이 되었다.

반쯤 걸었을 때, 그는 내게 이런 표정을 지어보였다. '우리 뒷문으로 돌아서 갈까?' 오솔길에 난 사잇길을 따라가면 부모님 집의 뒷마당으로 몰래 들어갈 수 있다고 했다. 터무니없는, 어린 시절에나 하던 생각이었다. 게다가 우린 점심 식사용 옷차림을 하고 있었다.

매트의 이런 면이 나로 하여금 경계를 허물게 만들고, 그와 함께 있는 것에 중독되게 했다. 내가 아무리 상황을 통제하고 감정들을 배분하고 제대로 된 모습을 보여주려 해도, 그는 즉흥적인 기분에 맞춰 살았다. 내가 쌓으려고 애를 썼던 경계들을 무시하고, 그 경계들 너머에 있는 자유를 보여주면서.

가드닝이 허락하는 시간 여행에서 얻는 위안

한시도 가만히 있지 못하는 사람에게 1월은 정말 긴 좌절감을 안겨주는 달이었다. 이제 나는 도시 사이에 은밀하게 들어온 작은 자연의 조각들이 거치고 있는 성장의 묘약과 어둠의 심연, 한 해의 시작을 밀실 공포증처럼 느껴지게 하는 휴면 상태에 의존하고 있었다.

친구들이 자기개발을 위한 새로운 도전들—'금주의 1월'과 운동 계획과 야심찬 다짐들—을 시작하는 동안, 나는 기분이 나아지는 것 말고는 다른 것들을 생각할 수 없었다. 짧고 추운 날들로 인해 우리는 스크린만 들여다보는 동면 속으로 끌려 들어갔다. 나는 에너지가 모두 빠지는 것 같았다.

내 아파트에서 지낸다는 건 발코니와 다시 하나가 된다는 의미였다. 나는 발코니를 너무나도 가꾸고 싶었고, 내가 없는 사이에 살아남은 것들을 보고 싶었다. 12월 한 달 동안 많은 식물이 잎을 떨구지만, 내가 가을 내내 쏟았던 노력들—심어놓은 구근들, 창가 화단에 심은 시클라멘과 팬지—은 그 시간을 분명히 견디고 있을 것이다. 또 가장 아름다운 순간을 향해 바쁘게 준비하고 있을 테다.

해가 떠있는 시간에 발코니로 나가는 건 여전히 쉽지 않았다. 발코니에 나가도 할 수 있는 일이 거의 없었다. 규모가 좀 큰 정원들은, 1월을 관리의 시간으로 사용한다. 화분들을 닦아내고, 온실을 청소하고, 도구들을 정비하고, 과실수들을 가지치기하는 시간으로. 하지만 나의 콘크리트 발코니에는 그런 작업들이 존재하지 않았다.

파 엎을 땅도 없었고 가지치기할 사과나무는 둘째 치고, 뿌리를 덮을 크리스마스 소나무도 없었다. 문질러 닦을 여분의 화분도 없었고, 화분마다 무엇을 심었는지 잊어버린 구근들이 심겨 있었으니까.

나는 의미 있고 몸 쓰는 일을 기다리고 있었다. 가드닝이 가져다주는 사색적인 고요함을 갈망했다. 하지만 1월의 발코니에서는 움찔거리는 나의 손가락들을 만족시켜줄만한 일이 별로 없었다.

발코니 너머, 자연의 대부분은 동면 상태였다. 여러해살이들의 잎은 모두 진 상태였고, 깔끔한 원예가들은 죽거나 마른 가지들을 바닥으로 쳐냈다. 다시 돌아올 식물들은, 숨을 죽이고 땅이 단단해질 기간 동안 에너지를 끌어 모았다. 그리고 이론상 이 시기는 자연과 함께하는 사람들도 휴식을 취하는 시간이다. 그러나 나는 아직도 잘 쉬는 법을 몰랐다. 일정표가 비면 어쩔 줄 몰라 했다.

이불 속에서 움츠리고 있는 상태가 지긋지긋했고, 잠을 깨고 난 후에도 오랫동안 누워 있느라 허리가 뭉근하게 아파왔다. 나는 걸을 준비가 되어있었다. 두 다리를 쭉 뻗고 싶은 마음이 간절했다. 과거와 미래 사이에 짓밟힌 현재가 나를 미치게 했고, 더 빠른 속도로 움직이고 싶게 만들었고, 결실을 이루고 싶게 했다. 해가 뜨기 전부터 잠에서 깨어 걷잡을 수도 붙잡을 수도 없는 생각들로 간절히 뭔가를 시작하고 싶었다.

나는 언제나 너무 빠르게 돌아가는 듯한 동기와 의욕이 나의 유전자 또는 우리 세대의 산물임을 전혀 몰랐다. 나는 가만히 있지 못하는 존재였다. 부모님은 언제나 뭔가를 만들어내시며 책임감을 키워주는 일들로 우리를 양육하셨다. 흔적을 지우고 생각하고 만들고 수리하던 아빠와 집안일과 교사라는 직업을 곡에 부리듯 해내며 바느질을 하고 빵을 굽고 뭔가를 만들며 마법을 부리던 엄마.

나는 벽돌 가루와 계획들에 둘러싸여 성장했다. 토요일 아침에 부엌으로 내려와 있다 보면, 엄마는 푸딩을 만들면서 주말 계획을 세웠고, 아빠는 부산스럽게 돌아다니면서 주차장 문을 여닫았다.

연필로 설명까지 적어놓은 할 일 목록들이 고리에 걸어둔 종이 묶음 위에 꽂혀 있었다. '클립'이라고 부르던 종이들은 우리 가족을 이끄는 안내서처럼, 여러 가지 추상적인 일들 사이에서 부산스럽게 움직이는 우리를 지켜주는 계시록처럼 느껴졌다.

하지만 이 같은 배경이 없더라도, 분주함은 우리 세대의 정수같이 느껴진다. 대학 진학을 준비하면서, 은행이 아닌 곳에서 수표를 받고, 신용 정보가 가장 중요한 뉴스거리가 되고, 애매한 압박이 학창 시절 속으로 스며들고, 입학원서를 작성하기 위해 적어내야 했던 과외와 독서와 취미 생활들이 늘면서 분주함은 계속 더해졌다.

우리는 언제나 극심한 경쟁에 시달렸다. 러셀 그룹의 대학(영국 대학의 협력 단체 러셀 그룹이 자체적으로 선정한 영국 내 최상위권 24개 대학 리스트)에서 영어로 수업할 수 있는 몇 안 되는 자리를 차지하기 위해, 박식하고 자신감 넘치는 경쟁자들을 충분히 꺾기 위해 스스로 준비하고 공부해야만 했다.

어렸을 때부터 일하는 건 좋은 것으로, 일하지 않는 건 나쁜 것으로 여겼다. 또 일은 돈을 버는 수단이 아니라 소명과 끝없이 일해야 하는 운명을 찾는 거라고, 직업은 우리 인격의 연장이 되어야 하고 그렇지 않으면 실패하는 거라고 배웠다.

대학은 갈수록 점점 더 비싼 돈거래 같은 존재가 되었고, 우리가 듣는 과목들은 지식을 넓혀주는 학문이 아니라, 경제적 재난과 빚들로 줄어든 무시무시한 구직시장에서 꿈꾸던 직업을 시작하기 위한 필수품이 되었다. 1학년을 마친 후 받은 3개월간의 여름방학도 느긋하게 시간을 보내는 기간이 아니라, 끔찍한 아르바이트와 잡지사, 신문사 사무실에서 심부름을 하면서 보내는 기간이었다.

이 시간들이 나의 성인기를 지배하는 분주함의 메트로놈을 만들어놓았다. 지금 하는 일로는 충분하지 않으며, 열정을 채워줄 다른 무언가가 있다고 생각하는 분주함을 말이다. 그러니, 다른 것 따위는 신경 쓸 이유도, 여유도 없는 것이다.

해수면이 상승하고 불평등의 차이가 점점 커지는 세상에서 우리 자신에게조차 가치 있는 일을 하지 않는다면, 애초에 그 일을 하는 의미가 어디에 있을까. 우리 모두는 직업을 갖는 것 이상의 많은 일을 뒤적거리며, 흥밋거리와 취미 들을 찾아나가기 시작했지만, 휴식이나 재미있는 일을 하는 계획마저도 실천한 다음, 소셜미디어에 올리고 디지털의 관심을 얻어내야 하는 프로젝트로 만들어버렸다.

십 대 때는 음악 저널리스트가 되고 싶었다. 〈NME〉(영국의 음악 주간지)를 정독하면서 마치 그 글들이 내가 꿈꾸는 어른의 자유와 런던에 살면서 공연들을 찾아가고 가수들을 인터뷰하는 삶을 실현시켜주기라도 할 것처럼 모든 페이지의 글자를 넋 놓고 읽었더랬다. 그리고 나는 그렇게 되었다. 이루었다.

그러나 십 년 후, 나는 그 꿈이 다른 뭔가로 변해버렸다는 걸 깨달았다. 음악을 듣고, 새로운 그룹을 찾아내고, 나의 첫 야망을 만들어냈던 일들이 남는 시간에 하는 또 다른 일들이 되어버렸음을. 예전에는 영감을 얻던 책, 영화, 미술 전시 들이 이제는 목록에서 지워야 하고 아는 척해야 하고 정통한 의견은 숨겨야 하는 일들로 전락했음을.

어느새, 내가 논평을 쓰는 공연장에서 관중 속에 섞여 그들이 즐기는 모습이 부럽기도 하고 한심하기도 한 시선으로 바라보고 있었다. 공연을 보고 즐기는 느낌과 기분을 나는 잊어버렸다.

압축시키거나 제물거리로 전락시킬 필요 없이 열렬한 관심을 가진 팬이 되는 기분이 어떤 것인지도. 분명, 모든 것이 접시 위에 있는데도 먹을 것이 하나도 없다는 사실에 분노하며 괴팍하고 상실감에 쌓인 사람이 되었다.

느긋해지고 싶은 욕구는 대부분의 사람이 한 번쯤 느끼는 것이지만, 밀레니얼 세대가 태어나기 시작한 몇 년 후, 1986년에 이탈리아의 운동가 카를로 페트리니가 맥도날드 매장의 로마 오픈에 격분하여, 슬로푸드 운동을 시작하면서 '슬로'는 하나의 브랜드가 되었다.

그때부터 돈, 육아, 패션, 여행, 가드닝, 텔레비전 등 모든 곳에서 '슬로'라는 단어가 등장했다. 대부분 비슷한 원칙을 주장한다. 사람들의 행동에 대한 자각, 과정에 대한 감사함, 대량 생산과 지속 불가능한 존재에 대한 저항이었다. '슬로한 것'은, 여유시간 빈곤이라는 강적을, 하루 안에 모든 것을 해낼 수 있는 충분한 시간이란 절대 존재하지 않는다는 생각을 정복한다는 의미이다.

우리 세대에서는 슬로 운동들이 인스타그램의 해시태그와 핀터레스트의 검색어로 등장했다. '#천천히살기' 위해서는, 고급 잡지 옆에 하트 모양의 우유 거품이 있는 커피를 위에서 찍은 사진이 필요했다. 슬로 쿠킹은, 조리대 위에 몇 시간 동안 올려놓은 스튜를 디지털로 감사하기 위해 사진을 찍어 올리는 일을 말했다. 천천히 하는 여행이란, 관광 명소가 아닌 곳에서 사진을 찍고 그것이 자신의 여행을 더 멋지게 만들어준 이유에 관해 설명하는 일을 뜻했다.

그 어느 때보다도 우리의 관심을 갈망하는 스크린과 함께 성장하면서, 우리의 성인기는 스크롤이 넘쳐나는 무언가가 되어버렸다. 우리의 직업도, 우리의 집도, 우리가 시간을 어떻게 보내는지도 모두 온라인 콘텐츠의 먹잇감이 되었다. 인스타그램에 올릴 거리가 아니면 여행을 가는 의미가 있을까 싶기도 했다.

우리는 테크놀로지에 의존하지 않는 삶을 경험하는 방법들을 추구하기 시작했다. 우린 2000년대의 빛나고 화려한 풍요로움 속에서 청년기를 보냈다. 값비싼 보석으로 치장한 뮤직비디오들, 어마어마하게 비싼 핸드백으로 유행을 선도하던 축구선수들의 아내들, 평균 주급과 맞먹는 가격의 벨루어 운동복을 입은 연예인들을 보면서, 가치란 돈에 있고 그 돈을 소유할 수 있는 사람들에게 새겨지는 용어가 되었다.

후기 경기 불황 속에서 대학을 졸업하면서, 나에게 그런 모습들은 빈허상이 되었다. 우리에겐 직장에 대한 희박한 전망과 기록적으로 낮은 이자율 그리고 주택대란이 기다리고 있었으니까. 우리는 뭔가를 갖고 싶은 마음보다 일하고 싶은 마음이 더 간절했다.

일상 속에 스며든 가드닝

내가 가드닝에 빠져 있다는 사실을 인정하기까지 오랜 시간이 걸렸다. 가드닝이라는 단어가 고리타분하게 느껴졌고, 알맞은 용어도 아닌 것 같았다. 내가 흙과 모종삽을 만지면서 느끼는 단순한 희열과 한없는 고요함을 제대로 전달해주지 않았으니까.

나는 오랫동안 가드닝에 대한 이야기를 친구들이나 동료들에게 하지 않았다. 그들이 흥미롭게 느끼는 주제가 아니라는 걸 알았고, 예술 저널리스트로 일하며 런던에 사는 스물다섯 살에게 기대할 이야깃거리는 아니었으므로.

내가 아는 대부분의 사람에게는 정원이 없었고, 설령 있다 하더라도 거추장스러운 짐이나 파티 장소쯤으로 생각했다. 게다가 내게는 가드닝이 어떤 의미가 되기 시작했는지를 표현할 능력도 없는 듯했다. 식물에 대해 이야기하고, 나의 걱정거리들을 말로 표현하고, 내가 이룬 성취들을 기쁘게 알릴 어휘력과 자신감도 부족했다.

가드닝을 제대로 익힌 상태도 아니었다. 한해살이와 여러해살이의 차이를 놓고 씨름하는 수준이었다. 계절의 차이나 여러해살이가 시들고 잎이 지기 위해 필요한 조건들에 대한 이해도 거의 없었다. 교육과 열정을 뽐내는 수업을 하나 듣고 와서 제대로 된 지식도 없는 분야에 대해 어쭙잖게 말하는 건 어색한 일이었다.

무엇보다 가드닝에 대한 이야기가 나오면, 사람들은 공통분모가 없기 때문에 뭐라고 반응해야 할지 모르는 표정이었다. 가드닝을 즐기는 스물 몇 살짜리를 찾는 건 드문 일이었다.

그런데 분위기가 바뀌었다. 최근 오 년 동안 친구들, 친구들의 친구들, 동료들, 인터넷에서 연결된 낯선 이들까지 대부분 내 또래인 이들이 내게 와서 식물에 대해 이야기했다. 다들 나와 똑같은 걱정거리들과 똑같은 희망사항들을 가지고 있었다.

초록 식물을 삶으로 끌어들이고 싶어 했고, 돌보는 법을 배우고 싶어 했고, 식물이 죽어가는 게 아님을 확인하고 싶어 했다. 나는 종종 인내심을 처방해주고, 초심을 잃은 태도가 절대 잘못이 아니라고 강조하며, 물을 너무 많이 주었다고 알려줬다.

짧은 시간 동안의 경험만으로도 나는 적당한 햇빛과 물과 기회만 주어지면 식물은 다시 살아난다는 가드닝 철학을 갖게 되었다. 끝이 살짝 갈색으로 마른다고 바로 죽는 게 아니라, 집 안의 난방이 지나치게 높았다는 것을, 가장 최선의 방법은 기다려주고 바라봐주고 각각의 식물들이 가진 유쾌한 속도에 맞춰 일어나는 모든 일을 지켜보는 과정의 기쁨을 누리는 것이라는 사실을 깨달았다.

우리 세대가 자신을 위해 가드닝을 시작한 변화와 실내용 열대 화초들을 키우거나 창가에 화분을 두고 먹거리를 키우는 열정은, 패션과 인테리어 업계에서 식물을 접목하면서, 생겨난 더 광범위한 유행이다. 스칸디나비아의 여성복 업체인 앤아더스토리즈가 오랜 기다림 끝에 리전트 스트리트(런던 웨스트 엔드에 위치한 번화가)에 매장을 열면서, 각 진열대들 사이에 크라슐라와 피쿠스 리라타를 배치했다. 덕분에 부러움과 동경의 분위기가 연출되었다.

런던 동부의 디자인 업체인 하우스 오브 해크니는 이런 분위기를 몇 년 더 일찍 만들어냈다. 2011년에 영업을 시작하면서 선보였던 잎사귀를 기본으로 한 현란한 야자수 날염은 곧바로 회사의 비공식적인 트레이드마크가 되어 사람들을 매료시켰다. 하우스 오브 해크니는 1820년대에 전 세계에서 가장 큰 온실로 떵떵거리던 빅토리아식 외래 종묘상 로지스에 기반을 두고 있다.

로지스는 난초와 야자수 들을 포함한 외래 식물들을 유럽에 소개하기 위해 반드시 필요한 장소였다. 이제 그곳의 흔적이라고는, 200년 전 종묘상이 있던 자리에 세워진 해크니 구청 밖에 남아있는 야자수 두 그루뿐이지만, 여러 디자이너 꽃집이 주변에 생겨나면서, 식물에 목마른 밀레니얼 세대에게 다시 한 번 열대식물들을 전달하고 있다.

안정감을 향한 인간의 열망이 새로운 것은 아니다. 우린 열망을 잘 살려낸 최신 세대일 뿐이다. 나는 리버티 백화점 입구를 장식한 양치식물들을 구경하느라, 그곳을 그냥 지나치지 못한다.

몇 해 전에 불쑥 추가된 식물들로, 비현실적인 초록 식물들과 함께 횡단보도에 끝없이 줄지어선 검은 택시들 옆을, 샌드위치를 들고 지나가는 회사원들과 허둥대는 여행객들이 밟고 다니는 인도를 정글처럼 만들어 놓았기 때문이다.

양치식물들의 출현으로 나는 식물이 주류가 되어 돌아온 순간을 목격했다. 촌스러운 존재에서 세련된 존재로, 상상도 할 수 없던 존재에서 멋진 존재로, 리버티 백화점 안에 쌓여있는 90파운드짜리 양초와 마찬가지로 동경하는 삶의 상징으로 변신했다.

아트 앤드 크라프트적 이상

우리에게 또 다른 아트 앤드 크라프트 운동(19세기말 영국에서 기계에 지나치게 의존하는 세태를 걱정하며 수공예의 중요성을 강조하던 운동)이 일어나고 있다는 생각이 들었다. 우리들을 전례 없이 과로하는 세대, 소리 높여 불안함을 토로하는 세대로 전락시킨 테크놀로지에 등을 돌리고, 느긋해지고 싶은 비슷한 열망으로 말이다.

힐스(2010년대 중반 테라리움과 다른 식물 관련 제품을 팔기 시작했던, 런던의 상점)와 더불어 빅토리아 스타일의 리버티 백화점은, 아트 앤드 크라프트 운동 장인들과 건축, 디자인, 가드닝, 예술, 수공예 등 다방면에서 더욱 단순한 삶을 추구하고 자연에서 영감을 얻겠다는 포부로 묶인 사람들을 지원했다. 산업혁명의 장식들과 연기가 걷히고 아트 앤드 크라프트 운동은 수제품과 뚜렷한 목적이 있는 물건들에 집중하고 자연의 완만한 속도—산업화 이전의—로 돌아감으로써 더욱 충만한 삶의 방법을 찾고자 했다.

급진적 사상들이 더 있었다. 사려 깊게 디자인한 제품들을 만들어내고 소비하는 데에 있어서 남녀가 동등하게 중요하다는 것, 실천하는 방법들은 얼마든지 서로 융화될 수 있다는 것, 화가가 정원사도 될 수 있고 주택 건설에도 참여할 수 있다는 것(당신 이야기예요, 거트루드 지킬), 육체노동 또는 손과 몸을 사용하여 뭔가를 만들어내는 일도 만족스러울 수 있다는 것 등이었다.

아트 앤드 크라프트적 반란은 리버티 백화점의 목조 건물 내부에서도 볼 수 있었다. (리버티 백화점의 골조들 자체도 선박들의 뼈대에서 떼어온 것이었다) 1884년, 에드워드 윌리엄 고드윈은 백화점 내에 의상 부서를 열었는데, 지금의 디자이너 숍 같은 매장과 비슷한 개념으로 아서 라센비 리버티가 자신의 이름을 따서 세운 사업체의 이상이 확대된 형태였다.

경계를 허물어 변화를 이끈다는 이상, 다시 말해 단순히 옷을 파는 공간이 아니라 '일반인과 예술가와 모델'들을 위한 '가장 아름다운 종류의 현대식 드레스'를 제공하고 새로운 생활 방식들을 고객들에게 교육시키는 장소였다. 고드윈은 고객들이 빅토리아식의 구속적인 코르셋과 답답한 정장을 벗고, 느슨하고 밝은 색상의 디자인과 자연에서 영감을 얻은 풍성한 패턴을 받아들이길 원했다.

아트 앤드 크라프트를 대표하는 인물이자 가장 영향력 있는 멤버들 중 하나인 윌리엄 모리스도, 그의 디자인을 판매했던 고드윈과 함께 리버티 백화점에서 작업했다. 모리스는 꽃잎과 잎사귀를 과감하고 아름다운 색상으로 표현한 작품을 옷감과 종이 위에 공들여가며 손수 옮겼다. 150여 년이 지난 지금도 집 안에는 그의 디자인이 걸려 있다. 그는 자연의 고유한 매력을 옹호하며 양탄자 무늬처럼 만들어놓은 꽃밭—인공적인 모양과 패턴의 천박하고 조밀한 대규모 땅덩어리에 꽃을 심는 습관—을 '인간의 마음에서 벗어난 모습'으로 여겼다.

자연스러운 풍경처럼 정원을 만드는 일은 오랫동안 비웃음의 대상이었는데, 대거 등장한 새 디자이너들이 풍토를 바꾸고자 했다. 피에트 우돌프와 헨크 게릿슨이 살아있는 동안은 물론이고 죽어서도 황홀하게 보이는 식물들로 정원을 채우기 전에도, 아트 앤드 크라프트 운동을 이끈 멤버들은 제멋대로 퍼져나가 자연을 끌어안는 정원을 만들기 위해 그들의 낡은 집 주변에 여러해살이들을 배치했다. 화려한 꽃들보다는 초목들 중심으로.

1867년에 배터시 파크를 나무고사리로 채우며 작은 혁명을 시작했던 윌리엄 로빈슨이라는 스물아홉 살의 당돌한 원예가도 있었다. 그는 지나치게 장식적인 식물군으로 넘쳐나던 가정집 정원들에도 팜파스그래스의 부드러움, 유카의 조형미, 대나무의 섬세한 가지들을 제안했다.

이상주의적이라서 실패했던 빅토리아인의 많은 아이디어가 익숙하게 느껴진다. 우리에게 식물을 심을 정원이 없을지는 모르겠으나 더 단순하고 낙천적이었던 시절을 회상하듯, 세기 중반의 디자인이 다시 유행하고 이케아의 편리함 앞에서 G-Plan(50년대에 세워진 영국 가구 브랜드)의 찬장을 갈망하며 덜거덕거리는 가짜 대리석 수납장과 낮고 실용적인 소파를 집에 들인다.

모두 50년대, 60년대에 우주여행을 꿈꾸던 장밋빛 시절의 잔재들이다. 결정적으로 인터넷이 존재하지 않던 시절, 수공예가 급속하게 번졌던 시절의 흔적들이다. 우리가 어른으로 살아가며 돈을 쫓는 시대에서 수공예라는 단어는 추상적인 의미가 되어버렸고, 보살핌과 배려의 동의어가 되었다.

'크라프트 에일'이 선풍적인 인기를 얻고 인테리어와 패션이 오랫동안 자리 잡고 있을 때, 도자기와 목공예의 유행이 다시 돌아왔다. 밀레니얼 세대가 판에 박힌 지루한 일상에서 벗어나 즐거움을 찾기 위해 본업과는 별개로 창의적인 노력을 추구한다. 도자기와 꽃꽂이 강습소의 시간제 클래스에 다른 분야의 전문가들이 찾아오는 이유다.

몇 시간 동안 미팅을 하고 이메일에 치이는 직장에서 벗어나 손으로 직접 뭔가를 만들면서 얻는 안도감은 그들에게 많은 결과물을 안겨주지 않을지라도 예상보다 많은 안도감을 건네준다.

이 안도감은, 우리가 '여러 개의 직업'과 '부업'을 갖는 현상을 만들고, 사람은 한 가지 직업을 가지고 평생 몰두해야 한다는 전통적인 관념에 이의를 제기하며, 아침부터 저녁까지 일하는 일반직 외에 열정적으로 기획한 일들을 밀고 나가는 사람들을 점차적으로 수용하도록 만든다.

'꿈의 직장'을 성취하기 위해 우리를 옭아매는 것으로부터 벗어나 우리 세대는 다른 일들을 시도하고 가끔 잘되기도 한다. 한시적으로 운영하는 식당을 열기도 하고, 시간과 창의적 사고밖에 없는 무의 상태에서 물리적인 유의 상태를 만들어내기도 하고, 나가서 땅을 파기도 한다.

열정이 직업과 연결되면, 주 40시간짜리 고용계약 이상의 삶을 살 수 있다. DJ, 모델, 인플루언서는 밀레니얼 세대를 비꼬는 고정 직업들이지만, 직장 동료에게는 알리지 않고 둘 또는 그 이상의 일을 하는 사람들도 있다. 예를 들면 홍보 담당, 자선 단체 직원, 행사 주관자, 도예가처럼. 여기에는 아트 앤드 크래프트 운동이 사람들의 창의적사고를 기존의 경계들을 뛰어넘어 적용할 때 사용하는 '경계 허물기'의 현대적 재해석이 깔려 있다.

약간의 문제라면, 전혀 다르고 더욱 창조적이며 더 공예가다운 취미를 추구하는 동안에도, 본업을 유지해야 한다는 것이다. '느긋해지기'라는 개념이, 달성하기 어렵고 또 어느 정도는 원하지 않는 개념이라는 것도 지속적으로 입증되고 있다.

우리는 여전히 클릭 한 번에 택시가 오기를 바라고, 일주일 안에 온라인에서 쇼핑한 물건이 도착하기를 원하지 않는가. 그럼에도 부업을 하는 사람들은 자신들의 노력을 인스타그램에 해시태그와 함께 올릴 것이다. 그렇다고 모두 모리스 앤 코(윌리엄 모리스가 동료들과 설립한 가구 및 장식품 제조회사)처럼 되는 것은 아니지만 말이다. 그 회사의 수공예품들은 너무나 고가여서 실물을 보기조차 어렵다.

조바심치는 나의 성격을 위해서, 나는 무능함과 우울한 1월의 밀실 공포증을 겪는 중에도 느긋하게 지내는 방법들을 찾게 되었다. 1월 중순의 주말은 몇 주 만에 처음으로 솜털 구름이 뜬 푸른 하늘로 시작되었다. 나는 인기 있고 믿을 수 있는 보온 의류와 플리스를 여러 겹 겹쳐 입고, 밑창이 묵직한 꾀죄죄한 부츠를 종아리 위로 조심스럽게 당겨 신고서 브록웰 파크의 언덕을 넘어 커뮤니티 정원까지 가기 위해 자전거에 올랐다.

온실에 도착할 무렵부터 비가 내리기 시작했다. 주변에 봉사자가 몇 명 없어서 튤립 구근 두 상자는 모두 내 차지가 되었다. 수석 정원사는 "안 심는 것보다는 늦게라도 심는 것이 낫습니다"라며 가져다 심으라고 말했다. 너무나 안심이 되는 말이었다.

식물을 더 잘 가꾸겠다는 다짐

튤립 구근은 첫 서리가 내려 땅이 얼기 전에 심어야 한다. 나는 언제나 본 파이어 나이트 전까지는 튤립 구근을 심으려고 했었다. 그런데 여기서 논리와 가드닝 법칙 사이에 기분 좋은 전투가 일어났다. 모두 다 날릴 것인가 아니면 약간의 희망을 가지고 심을 것인가를 두고 말이다.

어떤 구근들은, 땅에 심기도 전인데, 꽃을 피우고 싶은 마음에 싹이 올라오고 있었다. 나는 쇠스랑으로 흙 속에 남아있는 콘크리트 덩어리가 없는지 확인하고, 나무 아래와 화단 가장자리를 따라 얕은 홈을 파내며, 작업을 시작했다. 수백 개쯤 되는 구근을 땅에 뿌리는 자유가 말도 안 되게 호사스럽게 느껴졌다. 오리 연못에 축제용 색종이를 뿌리는 기분이랄까.

바닥이 아래로 향하도록 작은 뿌리들을 흙 위에 놓고, 뾰족한 부분을 위로 향하게 세운 다음, 구근들 위에 차가운 흙을 다시 덮고, 손으로 톡톡 두드린 후 호스로 물을 뿌렸다. 장갑을 두 쌍 낀 덕분에 가능한 작업이었다. 한 쌍은 보온을 위한 울 장갑, 다른 한 쌍은 빌린 가드닝용 장갑이었다. 콧등 위로 땀방울이 맺혔다. 실내에서만 지낸 사람 티를 내다니. 수석 정원사는 맨손으로 작업하고 얼음물로 손을 씻어도 아무렇지 않았는데.

크로커스, 무스카리, 스노우드롭, 난쟁이 붓꽃 같은 꽃의 구근들은 둥글게 하나로 합쳐진 여덟 조각 전체가 아니라, 마늘 한 조각 크기에 가까울 정도로 작다. 파, 마늘 같은 파속 식물들, 튤립이나 아마릴리스처럼 꽤 높이 자라는 종류도 있다. 헷갈릴 수 있다. 수선화 같은 나르시스 계열의 품종들은, 크고 단단한 구근을 가지고 있으면서도 가장 작고 연약한 꽃과 뾰족한 초록 잎들을 피워내는가 하면, 너무나 가벼워서 잘 자랄 수 있을지부터 걱정이 되는 구근들도 있으니까.

여기에도 계산이 필요하다. 나는 가드닝 할 때 맛과 촉감과 냄새와 소리를 활용해 정확하게 재지 않고 감으로 믿고 움직인다. 나는 엄마에게 요리를 배웠다. 엄마는 언제나 냉장고에 버터와 베이컨을 쟁여두었고,

음식 재료가 모두 준비되어있는 식품 저장고도 가지고 있었다. 날씨에 따라 온도가 변하는 식품 저장고이긴 했지만. 요리법은 대부분 너무 어려웠다. 나는 요리법들을 무시하고 모두 섞어서 새로운 음식을 만들었는데, 가드닝도 그렇게 했다.

정확한 방법과 규칙을 준수하면 아름답고 멋진 정원을 가꿀 수는 있겠지만, 나는 절대 그런 정원은 가질 수 없을 것 같다. 나는 태생적으로 서투른 사람인데다 좀 엉망일 때 더 행복한 사람이다. 그래서 나는 가드닝의 규칙을 기본적인 기하학 정도만 따른다.

뿌리를 심을 때는 식물 키의 세 배 깊이로 심어야 하고, 화분들로 채워진 발코니 정원에서는 식물들이 서로 닿지 않을 만큼의 간격을 유지해야 한다는, 하나가 죽었을 때 토양을 막는 벽이 없으면 나머지 식물들도 악영향을 받기 때문이다. 딱 이 정도만 지킨다.

물을 너무 많이 주면 구근이 썩는다. 퇴비도 너무 많이 필요가 없다. 사실, 배수를 돕기 위해서는 모래 섞인 토양이 더 좋다. 꽃을 피우기 위해 샀던 흰 수선화는 뿌리가 자갈로만 포장되어있었다. 구근 자체가 충분한 에너지를 담고 있는 깔끔한 포장지나 마찬가지니까. 어둡고 추운 환경에서도 햇빛만 받으면, 생명이 구근에서 모습을 드러낸다.

꽃잎이 제대로 지게 놔두면, 초록 잎들이 노랗게 변할 때까지 줄기를 잘라내지 않은 채 다음 해에 다시 튼튼한 모습으로 돌아올 것이다. 강렬하거나 우아하지 않을지라도 말이다. 그곳에 뿌리들이 있다는 사실을 잊었을지라도 다시 피어날 것이다. 또 지난해에 심었다고 생각한 색과 다른 엉뚱한 색으로 찾아와서 우리를 놀라게 하고 살짝 거슬리게 하는 것도 여러 계절이 걸리지 않는다.

구근에게 필요한 건 시간이다. 그들은 스스로 정리하고, 땅속에 심겨진 다른 뿌리들 주변에서 순을 틔우며, 구근이 거꾸로 심겨진 경우라 할지라도 자신의 주변을 한 바퀴 돌아서 깨끗하고 차가운 땅 위의 공기 속으로 싹을 틔우는 임무를 수행한다. 느긋하게 이해해주며 인내심을 갖고 몇 주, 큰 뿌리는 몇 개월을 내어주면, 그들의 보상을 받을 수 있다.

시간이 지나면서, 나도 1월에 보이는 봄기운을 찾는 능력이 향상되었다. 작고 윤이 나는 적갈색 싹의 옹이들이 수국 덤불의 줄기에서 생기기 시작하면 말라서 점점 줄어가던 꽃잎들이 까닥거린다.

여린 분홍색 비버르넘 꽃들이 앙상한 가지뿐인 거리를 사랑스럽게 부푼 붉은 빛으로 채우고, 단단하고 뾰족한 방울들이 런던의 거리에 줄지어선 플라타너스에 달랑거리며, 강렬한 노란색 방울에 뾰족하고 어두운 초록색 잎사귀를 가진 마호니아가 불쑥 등장하고, 초췌한 도로변으로 스노우드롭들이 터진다. 처음에는 하나둘 터지다가 작은 무리로 급기야 도로변 전체가 작고 하얀 점박이들로 뒤덮인다.

꽃을 피우는 종류는 얼마 되지 않았지만, 봄이 오는 소식들은 풍성했다. 성에로 덮인 발코니 화분들 속에서도 점점 초록 싹들과 구근들이 흙 표면 위로 다가오는 조짐이 많아졌다. 낮의 길이도 길어졌다. 햇살은 황금색 새순들을 따뜻하게 비추었다. 비록 저녁 식사 한참 전에 볼 수 있는 일이긴 했지만.

해가 지면 정원사들은 실내에 머문다. 1월은 유지보수와 정리 정돈을 끝내고 나면, 복습과 계획을 할 수 있는 여유가 생긴다. 미리미리 계획을 하는 가정에서는, 이 즈음에 씨앗 카탈로그들이 도착해서 아주 꼼꼼하게 살펴본다. 와인을 한 잔씩 들고, 부엌 식탁에 펼쳐놓은 색채 배열도 위에 다양한 식물 사진들을 이리저리 배치해본다. 서랍에 보관했던 씨앗들을 정리하고 무엇을 심어야 할지도 결정한다.

따뜻한 실내에서, 사람들은 정원 계획들을 구상하고 예전의 실수들을 돌이켜보며 바로잡고 새로운 계획들을 세우고 계산한다. 사람들이 새해 계획을 실천하느라 운동 강사들과 땀을 흘리고 술집을 멀리하는 동안, 정원을 가꾸는 사람들은 올해에는 식물들을 더 잘 가꾸겠다고 다짐한다. 지난해의 실수를 만회할 수 있는 기회는 오직 일 년에 한 번 밖에 오지 않으므로.

그 시절 나는 씨앗 카탈로그를 많이 모으지 못했다. 카탈로그를 받으려면 우편물 수신자 명단에 있어야 하고, 그러려면 특별한 종묘상들—화분들을 슈퍼마켓에서 집어오거나 동네 종묘상에서 충동적으로 구매하는 단계를 졸업하고 시작하는 전문적인 곳—에서 주문하거나 미리 주문할 만큼 계획적이어야 한다. 나는 두 가지를 다 못했다.

대신, 집 안에 식물을 가득 채우는 성인용 그림책들을 읽고, 초록의 식물들이 연고처럼 나의 영혼을 달래주는 상상을 하면서, 머릿속으로 준비했다. 목록들을 작성했고 계획하고 설계했으며, 봄과 여름에 걸친 발코니용 시간표도 그렸다.

그러는 동안 최악의(이 집에서 내 물건들을 빼고, 추억들과 이별하는) 상황을 받아들이면서, 아파트와 발코니를 떠나는 현실 앞에서 평정심을 갖도록 나를 다독였다. 모든 괴로움에도 불구하고, 이제는 중단할 때가 왔음을 깨달왔다.

그동안 나는 오랫동안 죄책감과 상실감과 불확실함에 사로잡힌 채 떠돌아다녔다. 이별의 충격마저도 왠지 모를 안도감이 느껴졌다. 땅속에 묻어둔 구근들과 휴면 중인 여러해살이들처럼, 정체기가 마지막을 향해 꿈틀거리고 있었다. 결론이 어떻게 펼쳐질지, 이후로는 어떤 일이 생길지에 대해서는 여전히 정해지지 않았지만 말이다.

결국에는 조시가 그 아파트를 갖겠지만, 내가 안정된 어딘가를 찾을 때까지는 몇 개월이 걸릴 거라는 걸 알았다. 이 사실은 내가 발코니에서 마지막 계절을 몇 번 더 보낼 수 있다는 약속이었다. 나는 머물 수 있는 시간이 끝나가고 있다는 사실과 다음에도 내게 식물을 키울 수 있는 공간이 주어질 확신이 없음을 알았다. 야외에 있는 발코니에서 마지막 애정을 쏟기로 결심했다.

나는 식물들을 키우고 씨앗들을 심기 시작했다. 기간이 얼마나 짧을지 상관하지 않고, 어떤 것들이 자라는지 보기 위해 공간에 생명을 불어넣고 싶었다. 자연에 귀를 기울이고, 휴면기의 필요성을 이해하고, 초록 허파 속에서 숨 쉬는 법을 찾고, 식물들의 작은 비밀들을 알아내며, 울타리와 온실의 보호를 청하면서, 몇 개월간 관광객으로 자연을 대했다. 이제는 식물을 기르는 일에 오롯이 참여하고 그 존재를 만들어내고 번성시키고 싶었다.

아직 모르는 것이 많았다. 순간적인 만족감과는 거리가 먼 일이었고, 힘든 날들을 견디기 위해 좋지 않은 화초가 겪어야 하는 일이었다. 하지만 나는 이 공간을 가꾸고 보살피고 물과 양분을 주는 과정에 참여하고 싶었다. 비록 꽃과 열매를 맺는 모습을 볼 수 있을지 없을지 모른다 해도 말이다.

미래를 예상할 수 없는 현실과는 별개로, 나는 가져다 심은 모종들의 몇 개월 후 모습을 상상할 수 있었다. 모든 것이 남에게 보이기 위해 존재하는 세상에서 오직 나를 위해 존재하는 평화로운 순간을 생각하면서.

2월
February

성장의 꽃을 피우다

사랑초 Purple/False shamrock
Oxalis triangularis

"식물이 자라는 모습을 보면서 내가 아주 어렵게 얻은 교훈 중 하나는, 식물들은 각자의 고유한 시간표대로 성장한다는 사실이다. 한 알의 씨앗이 순식간에 싹을 틔우고, 몇 주 만에 두 배로 자라나 꽃을 피운다. 빛, 온도, 수분, 토양이 모두 맞물린 소리 없는 작전으로, 식물에게 행동을 개시할 순간을 지시한다."

나만의 요새를 찾아서

자전거 보관소 문을 열면서 눅눅한 나무가 아스팔트를 긁는 익숙한 소리를 듣기만 해도 신이 났다. 자전거 타이어에 바람을 넣고 덜컹거리며 언덕을 내려가도 될 만큼 단단하고 튼튼하게 준비하는 동안, 안경에 김이 서렸다.

몇 년 동안 자전거는, 생각과 시간을 만들어주고 걸러주는 원천이었는데, 단기간으로 거처를 옮겨 다니는 동안에는 자전거를 보관하는 일이 고민이었다. 원하는 것을 얻기 위해 필요한 것들을 줄이는 데에 능숙해지는 동안, 교외 자전거 보관소에 자전거—꾀죄죄하고 녹슨, 자살 레버가 달린 옛날 자전거—를 맡겨놓았더니, 타이어에 바람이 빠져 부들부들한 고무가 되어있었다.

한겨울에 새로운 출근법을 찾는 일은, 우울한 기간에 이겨내기 어려운 또 다른 문제였다. 하지만 자전거를 타면, 짧지만 익숙한 도피가 가능했다. 이동하는 거리는 짧았다. 캠버웰의 주요 도로들과 복스홀 브리지(런던 템스강 다리들 중 하나)를 건너 커뮤니티 정원들을 향해 언덕을 내려가다가 브릭스톤까지 가서는 매트의 아파트 밖 난간에 자전거를 사슬로 잠갔다. 몇 킬로밖에 되지 않는 거리였다.

런던으로 이사 왔던 처음 몇 년은 자전거를 타는 시간들로 일상이 구분되었다. 일하러 가면서, 돌아오면서, 해크니에 있는 친구들을 만나러 런던 동부의 언덕을 올라가면서, 사무실로 가느라 헐떡거리면서 말이다. 모두 자전거와 함께한 시간들이었다.

그렇게까지 오래 탈 필요가 없어졌을 때도(이제는 기차를 탈 정도의 여유도 생겼고, 땀과 거리의 때로 옷을 얼룩지게 하고 싶지 않았으니까) 두 발을 써서 바퀴를 기계적으로 돌려 아스팔트 위를 달리면, 가드닝을 할 때만 누렸던 확신과 생각의 공간이 생겨났다. 두 작업의 비슷한 점이라면, 단순한 일과 신체적인 기능이 합쳐진 매력적인 순간에만 내가 집중한다는 것이었다. 배기가스의 매연과 빨간 신호들 사이에 있어도 머릿속이 맑아지고 단어와 사색과 새로운 아이디어와 몽상이 떠올랐다.

20분 남짓이면, 두근거리는 심장으로 피부 아래서 뛰는 혈관의 생생한 리듬을 느끼며 목적지에 도착했다. 겁을 먹었던 만큼 대담했다. 욕구와 허세에 이끌려 살던 스물두 살 때부터, 나는 그렇게 살았다.

큐피드의 화살이, 런던과 나 사이를 가로막고 있던 무시무시한 장벽들을 무너뜨렸다. 런던의 비밀과 협력과 소유의 감을 알게 해주었으며 계절의 변화—바람이 비를 움직이고, 해돋이가 변해가는 모습—로 도시를 읽게 해주었다. 런던은 부유한 사람들의 편이었지만, 가난한 사람들에게도 많은 걸 제공했다. 자전거 두 바퀴로 여기저기를 쑤시고 다닌다면 말이다. 내가 완전하게 조절할 수 있는 자유가 바로 거기에 있었다.

정해진 시간에 가야 할 곳이 있는 경우가 아니면, 호기심이 이끄는 대로 낯선 길로 가보고 느긋하게 걷고 모르는 집과 가게 들을 들여다보기도 했다. 이십 대 초가 지난 후엔 무작정 돌아다니는 습관을 멈췄다. 내 일정표는 술자리, 미팅, 취소했다가 변경했다가 온갖 변명들로 다시 취소되는 안부확인용 모임 들로 너덜너덜해졌다. 과부하가 걸리고 시간에 쫓겨 달력에 표시된 일정들이 취소되길 원하고, 취소하자는 말을 먼저 꺼내는 사람이 되지 않길 조용히 바라는 날들을 보냈다.

균형을 맞추기 쉽지 않아서, 너무나 지치고 근심 걱정이 많아서, 한껏 부푼 상태인 친구들을 따라다니며 놀 수가 없었다. 점점 더 집에 가고 싶은 욕구를 느꼈다. 집을 정리하고 요리를 하고 우리를 기다리는 저녁을 기대하며 텔레비전이나 다른 스크린을 들여다보고 싶었다.

그런 스트레스들이 이제 다른 장소들에서 생겨났다. 집에 가도 아무도 없었으므로, 나의 계획들은 형태를 바꾸는 쪽으로 변했다. 더 많은 호기심의 욕구가 생겼고 궁금증을 한가히 펼칠 공간이 필요했다. 나는 순수한 목적으로만 런던을 탐색하고 싶었다. 2월의 화창한 어느 오후, 나는 평소와 같은 퇴근길에서 방향을 바꿔 본닝턴 스퀘어로, 박스홀 스테이션 뒤편에 몰래 들어선 빅토리아 시대의 연립주택이 뒤얽혀 있는 지역으로 향했다.

자전거를 타니 돌아다니기도 편했다. 거리에 자동차들은 거의 없었고, 눈에 담아야 할 소박한 보배들이 담겨 있었다. 본닝턴 스퀘어 주변의 주택들은 도시 정원의 천국으로, 애써 시간과 공을 들이고 이웃 주민들의 의견을 과감히 무시하며 인도와 현관을 녹지화할 때에만 볼 수 있는 광경을 보여준다. 나는 매료당하고 말았다.

인도나 주차된 차가 있어야 할 자리에 널찍한 밀림 같은 화단이 있었다. 거대한 나무고사리들이 연석 위에 걸쳐 있고, 나무 아랫부분에는 수선화가 피어날 초록 새싹들이 우글댔다. 빅토리아풍의(멋진 나무 창틀과 벽돌로 세워진 아치가 있는) 주택 현관들은 열대과수들과 철쭉들과 솜털이 난 사이프러스들이 나란히 심겨진 작은 수목원에 가려져 있었다.

개오동나무 한 그루가 주택 모퉁이에서 주인 행세를 하고, 탈피한 씨앗 꼬투리들은 바삭한 가지 껍질마냥 떨어져 인도를 양탄자처럼 덮고 있었다. 관음죽 잎사귀는 톱니 모양으로 푸른 하늘을 가르면서 조막만한 꽃들을 품고 있는 팔손이나무를 보호하고 있었다. 인도에 깔린 포석들 틈에서 터져 나온 거대한 잡초 뭉텅이들은, 날씨 때문에 색이 바래거나 연해졌지만 여전히 존재감을 아름답게 드러냈다.

이 넉넉한 화단 너머에는 냄비와 항아리, 상자와 깡통, 프라이팬과 물통에 심은 식물들이 있었다. 짙은 녹색에 칼 모양의 검은 소엽맥문동은 겨울인데도 주눅 들지 않았는데, 벽돌과 나무껍질로 이뤄진 접지기후 지역 위에 개발된 곳이었기 때문일 것이다.

담녹색 상자에 담긴 작은 무화과나무 잎에는 오래도록 방치된 'NHS LOGISTICS의 자산'이라는 경고 문구가 달려 있었다. 철제 쓰레기통 속에는 엽란 잎들이 자라고 있었고, 창가 플라스틱 상자 속에서는 분홍색과 초록색이 섞인 트라데스칸티아의 대담한 잎사귀들이 쏟아져 나오고 있었으며, 남반구의 거친 공작고사리 줄기 뮬렌베키아 더미들은 자신들을 담고 있는 용기들을 다 가리고 있는 상태였다.

인도 위 갈라진 틈은, 구근 새순들이 비집고 나오는 풍성한 초록색 난쟁이 사랑초가 장악했다. 이따금씩 열대식물의 단단함을 생뚱맞은 목가적 식물들이 흔들었다. 땡땡한 동백 꽃봉오리에서 터무니없이 삐져나온 하늘하늘한 분홍 꽃잎이라든지 양동이를 빽빽하게 채운 노랑 프림로즈 무리 같은. 이름 모를 구근이 싹을 틔운 콘크리트 화분에는 '샹텔와 제임스의 결혼 복숭아, 1993'이라고 적힌 작은 라벨이 붙어있었다.

정원들의 아름다움은 존재 자체에 있었다. 비록 잔디도, 화단도, 식재 계획이나 돋움이 없어도 내게는 정원이었다. 특별한 지식이나 안목이 없더라도, 작은 숲을 이룬 정원들을 보고 있으면, 겹겹이 쌓인 생명의 과정들이 확신을 뛰어넘은 목적으로 심겨 있음을 깨닫게 된다. 주변의 주택들보다 훨씬 더 긴 삶을 산 나무들은 시도이자 희망이다.

몇백 명의 외지인이 들어오지 않았더라면, 본닝턴 스퀘어는 아직 그 자리에 서 있지 못할 것이다. 주변의 공사판들처럼 이곳도 아마 외국인 매수자들을 기다리는 으리으리한 고층아파트들과 도시 외곽에서부터 출퇴근할 사람들로 북적거리는 사무실들로 채워졌을 테니까. 하지만 선의와 생존의 소용돌이에서 주택들은 살아남았고, 가드닝은 거리에 대한 거주민들의 힘없는 주장이 유지되기 위한 필수 요건이었다.

도시에 갇힌 아름다운 신록의 공간

70년대 후반, 본닝턴 스퀘어 주변의 주택 100채는 황폐하고 으스스했다. 유리창들은 벽돌로 막혀 있었고, 현관문들도 판자로 덧대어있었다. 실내 역시, 녹슨 배관들 위로 썩은 마룻바닥에, 벽지들은 찢겨나가 회벽들과 바닥을 뒹굴었다. 그곳을 버리고 떠난 사람들이 살았던 흔적들이 그대로 드러나 있었다.

살 곳과 보존할 것을 찾아 헤매는 젊은이들은, 갈수록 갈라지고 노후한 런던 주변을 자전거로 돌아다니며 빈집들을 찾아다녔다. 내가 그랬듯 그들도 결국 본닝턴 스퀘어를 찾아냈다. 한 이주자는 이곳이 마치 요새 같다고 표현했다. 사람들이 들어왔다. 뒷문의 유리창을 부수거나 현관을 가로막고 있던 판자들을 부수고, 다들 급하게 들어왔다. 더 빨리 부수고 들어와 자물쇠를 바꿀수록 그곳에 대한 불법 거주자의 권리를 더 먼저 얻을 수 있었으니까.

그러나 시간이 오래 걸리더라도, 자신의 집 현관문을 여는 일을 하나의 상징으로 여기는 사람들도 있다. 어떤 여성은 자신의 집 현관문에 박아두었던 판자를 떼어낸 일에 관하여 "못을 하나하나 뗄 때마다 내 집을 갖는 순간에 한 걸음씩 더 가까워졌어요"라고 회상했다. 의미와 중요성이 담긴 실질적 행위이자 보금자리에 들고 싶은 욕구인 동시에 많은 것이 불안정하고 변화하는 시대 속에서 안정을 향한 간절한 바람이었다.

이 지역은 런던에 집을 소유하려는 수단으로 전 세계 사람들을 끌어들이며 빠르게 성장했다. 배수관들이 재정비되고 전기선들이 깔리고, 창틀과 가구 심지어 샹들리에도 폐기물 집하장에서 가져다가 집을 꾸미는 데에 사용되었다. 그리고 식물들도.

그 시절의 사진과 화면을 보면, 자주달개비와 필로덴드론, 켄티아 야자수, 펠라르고늄 들이 창틀과 임시 주방 구석들에 놓여있다. 창문을 막아놓았던 벽돌을 부쉈다는 건, 그 너머의 공원으로도 공간이 개방되었다는 뜻이었다. 옥상에도 식물을 가져다놨는데, 여물통에 심은 튤립이 하늘을 향해 춤을 추었다. 인도 틈새마다 초록으로 채워졌다. 사람들은 배관이나 전기를 제대로 설치하기도 전에 초록 식물들을 위한 공간을 만들었다.

정원 디자이너 댄 피어슨이 90년대 초에 이 지역에 왔을 때, 그의 옥상 정원에서 본 광경은 블리츠(1940년 독일이 영국에 가했던 기습 공격) 때 폭파된 주택 7채의 잔해가 있던 폐허였다. 1983년에 첫 불법 거주자들이 심었던 호두

나무 한 그루 주변으로 덩굴식물들과 부들레야가 자라고 있었고, 70년대에 시의회에서 설치했던 놀이터 부지의 놀이기구들 일부가 남아있었다. 철사로 엮은 울타리로 그 너머 연립주택들과 차단된 채로.

90년대까지 잊힌 채로 남아있다가, 한 건설업자가 건설 자재를 보관하기 위해 시에 허가를 구하면서 다시 드러났다. 개발을 위해 어떤 계획이라도 도전하겠다는 열정으로, 에반 잉글리시는 본닝턴 스퀘어 정원 협회를 창설하고 공원 조성을 위해 마련된 마지막 기금 중 하나를 받았다. 피어슨은 2008년에 쓴 기록에서 "철사로 엮은 울타리는 철책과 아스팔트, 모래자갈을 섞은 콘크리트로 대체되었고, 낡은 주택들의 지하층은 표토로 덮어 화단으로 만들었다"라고 회상했다.

지역 주민들도 식물을 심는 것을 돕고 파티를 열며 축하했다. 더 많은 식물과 벤치를 구입하기 위해 거리 축제를 열어 기금 마련에도, 일조했다. 피어슨은 "그 정원은 주민들에게 자긍심을 회복시켜주었고… 본닝턴 스퀘어의 삶은 변했다. 피크닉을 즐길 수 있는 잔디밭은 주말마다 붐볐다. 우리는 집 밖으로 나와본 적 없던 사람들이 공원을 집의 일부로 사용하는 모습을 목격했다"라고 남겼다.

그 정원의 이름을 '플레져 가든'으로 정한 것은, 지척에 위치했던 17세기의 복스홀 플레져 가든스를 기리는 의미도 있었지만, 목적에 부합했기 때문이다. 이듬해에 시작된 파라다이스 프로젝트도, 기금을 할당받아 박태기나무와 미모사를 심으면서, 거리들을 정글처럼 바꿔나갔다.

피어슨은 "집을 초록으로 만들고자 하는 사람들이 심은 덩굴식물들이 집 벽면을 타고 올라갔다. 사람들은 서둘러 집 앞 인도에 식물들을 심기 시작했다. 창가 화분에는 허브와 꽃들이 보였고, 낡은 전봇대들은 나팔꽃과 덩굴 들의 차지가 되었으며, 옥상 정원도 붐이 일었다. 나는 더 이상 옥상 정원에서 혼자가 아니었다"라고 썼다.

플레져 가든과 파라다이스 프로젝트는 본닝턴 스퀘어에 살던 사람들의 일상을 더없이 밝게 만들어주었다. 비록 그 가치가 언급되지는 않았지만 말이다. 게다가 불법 거주자들에게 정당성도 부여했다. 90년대에 그들은 협동조합과 주택조합을 결성한 다음, 조합이 결성된 의도와 같은 목적으로 지역을 보호하기 위한 로비 활동을 이어나갔다.

연립주택들도 커뮤니티 정원을 돋보이게 만들었다. 할리포드 로드 커뮤니티 가든은 피어슨이 이주해오기 전에 조성된 공원이다. 집 앞에 정원이 있는 조지 왕조풍의 집들의 철거공사로 버려진 땅에서, 성장한 지역 주민들이 1984년에 디자인하고 식물들을 가져다 심었는데, 처음엔 플라타너스 몇 그루밖에 없었다.

플레져 가든과 할리포드 로드 커뮤니티 가든 사이에 비밀 통로가 있다는 이야기를 듣긴 했지만, 두 집 사이에 끼어있던 열린 문으로 통과하는 것만으로도 충분히 마법 같았다. 자갈이 깔린 둥근 파티오가 나왔고, 가장자리에는 잎사귀가 다 떨어져서 무슨 나무인지 알 수 없는 작은 나무 네 그루가 심겨 있었다. 그 뒤로는 겨울 정원의 우중충한 녹갈색의 침묵을 뚫고 스노우드롭이 점점이 핀 꽃밭도 있었다.

이곳에는 도시에 갇힌 신록의 공간에 존재하는, 중간자적 느낌이 있었다. 사이렌 소리가 요란하게(캠버웰과 오벌(런던 남부 지역명) 그리고 복스홀 사이에 엇물린, 내가 거의 매일 자전거로 다니는 도로가에 자리 잡고 있으므로) 들려왔지만, 벽돌을 쌓아

올린 벽들과 발아래 자갈들 덕분에 훨씬 더 맑은 공기와 고요한 분위기 속에서 초록 이끼들이 자랑스럽게 깔려 있었다.

따뜻한 날씨를 기다리는 텅 빈 벤치가 놓인 자리에는 보라색 크로커스가 양탄자처럼 덮여있었고, 자갈이 깔린 오솔길들이 이어지다가 또 다른 외딴 곳으로 모험을 떠나자고 유혹하듯 산울타리와 울타리 앞에서 끊겨 있었다. 나 말고는 아무도 없었다. 평일 오후는 일을 하는 시간이니까. 나는 그곳에 잠시 서서, 환영받는 것 같기도 침입자가 된 것 같기도 한 기분으로, 작은 초록 공간에 대한 고마움과 함께 이곳에 와본 적이 단 한 번도 없었다는 생각에 멍한 기분이 들었다.

이곳의 역사를 알기 전부터 나는, 이 공간이 평화롭고 아름다운 존재를 그 자체로 보존하고 싶은, 쾌활하고 기본적인 동기에 의해 만들어졌다는 사실을 너무나도 잘 알고 있었다. 화려한 고층아파트들을 뒷받침하기 위해 부가적으로 만든 공공 정원이 아니라, 새로 피어나는 공동체에 초록 허파를 마련해주기 위해 폐허 위에 보상해준 곳으로, 도시 한가운데 자리 잡은 고요와 자연과 배움의 공간이자 런던의 고층 건물들에 항거하는 또 다른 종류의 통제된 자유라는 것을 말이다.

아주 짧은 찰나에 봄기운이 공기 중에 느껴지는 한겨울의 날들이었다. 오후가 반쯤 지나갈 즈음 해가 지곤 했는데, 추위가 주먹을 쥐게 만드는 동안 상쾌한 하늘이 깊어지며 서서히 어둠이 내렸다. 구름 한 점 없는 하늘에서 빗방울이 흩날리고, 거리의 가로등은 조금 이른 감이 드는 시간부터 불을 밝혔다.

만개한 수선화가 여전히 낯설었지만 스노우드롭도 나오기 시작하면서, 더 춥고 어두웠던 시절은 흔적으로 남았다. 성급한 구근에서 싹튼 초록 새싹들이 토양에 구멍을 냈고, 벌거벗은 나뭇가지들은 혹독한 바람을 견뎌냈다. 무기력한 1월의 몇 주간이 지나고, 떨리고 예측 불가능한 에너지를 가진 새 달이 온 것이다. 지금 이 순간 내게 온 날씨를 즐기는 게 현명했다. 계절은 한 순간에 바뀔 테니까.

시간이 얼마 남아있지 않더라도, 발코니에 식물을 키우기로 다시 마음 먹은 덕분에 나는 2월을 결실 있게 보낼 수 있었다. 10월에 심었던 하얀 시클라멘은, 아이비로 아무렇게나 덮인 상자들 사이에서도 여전히 밝게 자리를 지키고 있었지만, 콜럼비아 로드 마켓에서 사온 보물들을 더 심었다. 라넌큘러스와 이제 막 피어나려고 잎사귀 뒤에 꽃봉오리들이 다닥다닥 붙어있는 좀 더 어둡고 장엄한 느낌의 히아신스들을.

하얀 히아신스 구근들을 은색 아테미시아 사이에서 피게 하려고 다른 쪽 골에 심었는데, 흙 표면 위에 올라온 부드러운 초록 새싹들 사이를 신나게 밀어내고만 있었다. 히아신스들이 꽃을 피우려면, 몇 주는 더 있어야 했다. 나의 인내심은 바닥이 나고 있었다.

히아신스는 단정치 못한 느낌이 있다. 90년대 시트콤 〈키핑 업 어피어런스〉에서 계층을 비꼬던 밉살스러운 여주인공의 이름인 히아신스 버킷의 유명세 때문일 수 있지만, 향도 한몫했다. 사람을 취하게 만드는 버킷처럼 방을 가득 메우는 향은, 경험해봐야 좋아진다. 어떤 이들은 달콤하다고 말하는데, 단순한 달달함보다는 더 깊고 예리한 동물적인 향에 가까운 아찔한 냄새를 뿜어낸다.

이 식물에는, 꿈결보다 강렬하고 욕망에 가까운 힘과 존재감도 있다.

겨울에 꽃을 피우는 서향나무처럼 어둑어둑한 겨울날의 음산하고 빗방울 흩날리는 차가운 돌풍에서도 히아신스의 냄새를 맡을 수 있다.

정확히 삼 년 전, 조시와 나는 아파트로 이사를 오면서, 집들이 선물로 하얀 히아신스를 받았다. 크리스마스에 준비하는 구근이지만, 크리스마스에 심어야 하는 다른 구근들과 마찬가지로 파티가 수그러지고 겨울의 침통함이 길어질수록 히아신스 구근이 더 많이 등장했다.

나는 늘 히아신스가 황량한 겨울 풍경에 어울리기에는 지나치게 화려하다고 생각했다. 멋지게 차려입은 도시 사람이 시골에서 열린 파티에 참석했다가 집으로 가는 길을 잃고서 영영 집으로 돌아가지 못한 상황의 원예학 버전 같다고나 할까.

이 녀석들을 새 집 부엌 창가에 어두컴컴한 저녁녘마다 창가에 맺히는 물방울들과 마주보는 자리에 놔두었다. 아파트 실내가 더워지면 난방비가 관리비에 포함된 데다가 노후 건물 관리 차원에서 히터를 계속 틀어둔 까닭에 작은 별모양이 꽃들을 피워냈다.

히아신스는 처음엔 활짝 피고 생기 있다가도 금세 마르더니 갈색으로 변해버렸다. 그렇게 지는 게 정상적인 과정이라는 것을, 다른 꽃들과 똑같이 한 번만 핀 다는 것을 몰랐다. 나는 조바심치며 공들여 물을 주고 살아나길 기대했다. 엄마는 나에게 그게 정상이라고, 꽃을 다 피웠으니 밖에 내놔야 한다고, 다음 해에 다시 필 거라고 알려줬다. 엄마는 알고 있었다.

엄마는 히아신스의 향기를 참지 못해서 선물로 받은 히아신스들을 부엌 창문 너머 정해진 꽃밭으로 쫓아냈다. 그러면 꽃밭은 연보라색과 분홍색과 흰색이 멋들어지게 섞여 야단법석이 나는데, 성탄절의 들뜬 분위기를 즐길 목적으로 전해졌던 구근들에게 멋진 야외에서 마음껏 자라도록 다람쥐와 서리를 피할 기회를 준 셈이었다.

나는 시든 구근들을 창가 화단에 두지 않았다. 발코니에 식물을 가꾸는 모험을 시작하기 몇 개월 전이었다. 대신, 구근들이 담겨 있던 작은 장식용 바구니를 통째로 발코니 구석에 놔두었다. 방치한 결과, 덮이고 말라버린 갈색 잎사귀들이 과일 상자, 화분, 흙, 도구들 위에 서서히 쌓여갔다.

일 년이 지나고, 낮이 짧고 서늘하던 날에 히아신스에서 새싹이 났다. 거기에 무엇을 심어두었는지도 잊고 있었는데 말이다. 처음에는 이름도 제대로 알지 못했다. 그저 볕이 드는 쪽으로 끌어내놓았을 뿐인데, 다시 꽃을 피워냈다. 하얀 꽃들은, 가녀린 줄기에 생기는 덜했지만, 답답한 실내를 환기시키려고 창문을 열 때마다 고약한 향기로 주변을 물들이기에 충분했다.

함께 정원을 돌볼 때 나눌 수 있는 것들

안나와 헤더는 거의 매주 찾아왔다. 룸메이트가 여자 친구와 나가거나 술집에 가느라 집을 비우는 날이 점점 많아졌고, 가끔은 방 안에서 텔레비전만 보는 날도 있었기 때문에. 우리 셋은 차를 나눠 마시고, 작은 이케아 소파에 옹기종기 모여 앉아, 정전기 나는 인조 담요 밑에 발을 넣고서 멋진 친교를 나누곤 했다. 서로에 대한 온전한 편안함에 빠진 관계. 이런 관계가 얼마나 드문지 또 소중한지, 나는 알고 있었다.

우린 서로 친구가 아닌 사람과 관계를 맺는 방식들과는 다르게 함께 성장해온 친구들이었다. 칵테일이나 멋진 술집을 필요로 하지 않는, 셀피 따위는 전혀 생각하지도 않는 관계였다. 일에 관한 이야기는 일절 하지 않는다는 불문율도 있었다. 사춘기 소녀 같은 친구들 사이에 일과 직업은 낄 자리가 없었으니까.

어느 금요일 밤, 친구들이 모두 집으로 돌아간 후, 나는 혼자 남아 대학 때 듣던 옛 노래를 틀어놓고 친구들이 있던 공간을 우두커니 바라보았다. 나는 곧 일어날 상실을, 모든 것이 어떻게 변해갈지를 아주 잘 알았다. 안나는 약혼했고, 몇 개월 안에 결혼할 예정이었다. 헤더는 삼십대에 찾아올 안정의 끈을 느끼며, 미래를 예견하고 있었다. 나는 머지않아 우리가 성장할 것을 알았기에, 두려웠다.

그 두려움은 그냥 생긴 것이 아니라, 한꺼번에 많은 결핍을 느껴야 한다는 치열하고도 좌절된 분노에서 파생된 것이었다. 매트와 나는 형식과 통제의 실랑이에 얽매어있었다. 편안함 또는 집과 같은 곳을 찾아 헤매는 발걸음이 경고 사인처럼 번쩍거렸기 때문이다. 그러다가 소파에서 보내는 시간이 많아지고, 마감 시간에 스시를 주문하는 시간이 점점 줄어들면서, 나는 나와 조시를 질식시켰던 형태와 똑같은 방식의 편안함이 우리를 억누른다는 사실을 깨달았다.

매트는 내 인생에 있어서 더없이 반가운 바람이었다. 그가 전하는 에너지에 의존해가고 있었다. 하지만 더 확실하고 보다 정상적인 관계로 접어드는 순간이 참담하게 어긋난다면, 더없이 고통스러울 그런 바람 말이다. 그는 내가 그의 아파트에 가는 것을 언제나 환영했지만, 관심 없다는 표현으로 내게 집중하지 않는 매 순간을 참아 넘기며 내가 불안감을 키워가는 사이에, 아무렇지도 않게 설거지를 하고 빨래를 너는 그의 모습에, 나는 짜증이 났다.

버려진 느낌이었고, 내게 싫증이 났다는 생각에 겁이 났으며, 지난번처럼 이번에도 차이겠다고 지레짐작했다. 이성을 잃은 나는, 이유를 제대로 설명하지도 못한 채 그냥 문을 세게 닫을 뿐이었다. 그는 얼떨떨해했지만, 나는 나 자신을 이해시키지 못했다. 그가 잘못해서 내가 걱정을 했다고, 내가 그가 원하는 종류의 인간이 아닌 것 같다고 솔직하게 말하지도 못했다.

도망갈 곳을 찾는 게 더 쉬웠다. 나는 안절부절못한 채로 매트의 침대에 누워서 그가 자판을 두드리는 리듬이 벽을 타고 부드럽게 넘어오는 소리를 들으며 화를 키워나갔다. 내가 원하는 것을 표현하지도 못하면서, 왜 그렇게 거부당한 느낌을 받고 있는지 이해하려고 노력했다.

어느 날 아침 나는 나의 못된 성질을 브릭스톤의 서늘하고 지저분한 공기 속에 토해내고는, 늦은 아침 출근 인파로 출렁거리는 사이에서 고무 밑창이 깔린 워킹 부츠를 신은 나를 어색하게 느끼면서, 브록웰 파크에 도착할 때까지 쿵쿵대며 거리를 걸었다.

나는 공공 온실로 향했다. 붉은 벽돌로 지은 건물에서 피난처로 지금 손에 들고 있는 일과 전혀 상관없이, 성실함과 차분함이 있는 은신처로 말이다. 이곳에도 순서가 있었다. 진흙과 자연의 무질서로부터 아름답고 질서 정연한 것이 만들어진다는 희망 속에서, 논리와 교육, 과학, 시간의 운이 하나로 합쳐진 계절에 따른 물리적 과정이 말이다.

거기서 나는 아주 작은 일부였다. 정기적으로 오는 자원봉사자도 아니요, 많은 지식을 가진 사람도 아니었다. 이 사실이 마음에 들었다. 내가 꼭 필요한 사람이 아니라는 사실이, 아는 것도 이해하는 것도 거의 없기 때문에 아주 작은 도움밖에 줄 수 없다는 사실이, 나의 시간과 에너지를 더 나은 땅으로 거듭나도록 하는 일에 보탬이 된다는 사실이 좋았다.

일 년 중 이 시기의 가드닝은, 식물을 돌본다기보다 노동에 가깝다. 특히 늘 새로운 프로젝트를 시도하는 대형 정원의 경우는 더더욱 그렇다.

그날 아침, 정원을 방문하는 아이들이 야외 주방 놀이터를 지을 수 있도록, 삽과 손수레로 버려진 땅을 고르는 작업이 우리 두 사람에게 주어졌다. 매력적인 작업은 아니었지만, 만족스러운 일이었다.

런던의 대부분이 그렇듯, 커뮤니티 정원의 토양 역시 두꺼운 진흙이었다. 기온이 영상으로 올라갔다면, 흙 속의 수분이 녹으면서 진흙을 부드럽게 뭉쳐서 삽으로 퍼 올릴 때마다 삽날에 들러붙어 떼어내기 어려웠을 텐데, 밤새 내린 서리 덕분에 흙이 차갑고 단단해서 삽질하기 전에 쇠스랑으로 수월하게 흙덩어리를 버그러트릴 수 있었다.

내 몸은 여전히 도구들을 다루는 데 서툴렀다. 몸을 굽혔다가 폈다가 힘을 주며 밀기는 가능했는데, 그 과정에서 손수레에 정강이를 찧어댔고, 손가락 부분을 덧댄 장갑을 끼고 있어서 얼어있던 거친 나무 손잡이를 연신 놓쳐댔다.

우리는 땅을 파면서 이야기를 나누었다. 정원의 책임자인 케이트, 나 그리고 내 또래이면서 금요일마다 근무시간을 줄여 봉사활동을 하러 오는 또 다른 봉사자. 어느 아침에 인생의 방향이 다른 세 명의 여성이 모여 커다란 금속 도구들을 땅에 밀어 넣고, 성별에 대한 기대치에 저항하듯 몸을 쓰는 동안, 나는 일종의 자매애를 느낄 수 있었다. 무엇이 되어야 하는지 어떻게 느껴야 하는지에 지나치게 얽매여있는 느낌이 들 때, 우리만의 교육과 동기로 수고롭게 흙을 만지는 일은 기분이 좋아질 뿐만 아니라 옳은 일처럼 느껴졌다.

반복해서 땅을 파내고 리드미컬하게 척추를 움직이면서, 글을 쓰는 일과 여성과 단어들에 대한 대화가 이어졌다. 우리는 금속 도구들로 부드럽게 흙을 때려가면서, 도리스 레싱과 얀 모리스의 글귀들을 비교하고 성별과 표현에 대한 의견을 나눴다. 두껍고 정신없이 얽혀 있는 나무뿌리를 다루고 흙 사이에서 돌무더기들을 골라내면서, 케이트는 정원의 역사에 대해서도 들려주었다. 우리 발밑의 흙 속에, 우리가 도구들을 들고 내리치고 있던 쓰레기(잘게 부서진 붉은 벽돌 조각들, 세월에 깎여 부드러워졌지만 한때는 유용했을 도자기 조각들) 속에도 전해져야 할 이야기들이 있었다.

램버스 의회는 대처 정부 하에서 기금이 끊겼던 80년대 중반, 정원에서 식물을 키우는 일을 중단하고 문을 닫았다. 그렇게 남겨진 채로 곪아가며 공원 한복판은 비공식 쓰레기 처리장이 되어갔다. 쓰레기와 자연 사이의 말 없는 전쟁이 시작된 것이었다. 인간의 노력으로 한쪽에 쌓여가던 쓰레기와 그 땅을 되찾으려는 자연 간의 전쟁. 그렇게 그 땅은 정리되지 않은 채 그대로 남아있었다.

그런데 사람들이 폐기물 더미 밑에서 가능성을 보기 시작했다. 구전 역사에 따르면, 그곳을 제일 처음 개간한 이들은 불법 거주자들이었다. 본닝턴 스퀘어 주민들과 마찬가지로, 그들 역시 쓰레기를 걷어내고 보살피면서 땅을 일궈내기 시작했다. 90년대에 들어서서는, '그린 어드벤처'라는 게릴라 원예가 그룹이 생산적인 땅으로 되돌리겠다는 열정을 가지고 땅을 맡아 관리했다. 과실수들을 심어 과수원으로 만들었고, 토지 전체가 주변 사람들의 윤택한 삶을 위한 공간으로 탈바꿈될 수 있도록 여러 가지 계획을 세우기도 했다.

선한 목적으로 시작된 저항 단체는, 시간이 지나면서 합법화되기 시작했다. 본닝턴 스퀘어 주민들도 깨달았듯이 권위 있는 단체가 함께해야만, 영속성과 후원을 기대할 수 있었기 때문이다. 브록웰 파크 커뮤니티 그린하우스가 생겨나면서부터 자선단체 활동도 시작되었다.

1997년 9월, 브록웰 파크 커뮤니티 환경 센터를 위한 사업 계획들이 세워졌는데, 비용과 정당성, 추진 일정, 그린 어드벤처의 성명서가 담겨 있었다. "도심 거주자들, 특히 우리 중에 사회적, 경제적 혜택을 누리지 못하는 사람들로 하여금 실질적인 지역 프로젝트들을 창출하고 참여하도록 만들어 지속가능한 발전을 촉진시키고, 우리는 물론 지역사회 나아가 후손들의 삶의 질을 향상시키기 위하여."

손으로 직접 그린 여러 계획에도 퇴비 더미와 냉상들, 연못, 색색의 꽃밭이 담긴 정원들의 모습이 담겨 있었다. 큰 온실은 '에스더', 작은 온실은 '선샤인'이라는 각각의 별명이 있다는 것도 알게 되었다. 또 계획서의 페이지마다 허물어져가는 빅토리아 시대의 건물들 복원하기, '쓰레기장'을 자원봉사자들이 모여 차와 간식을 즐기는 아늑한 공간으로 바꾸기, 자생식물들을 모아 빛이 일렁거리는 숲을 조성하기와 같은 포부들이 가득하다는 것도 알게 되었다.

모든 계획이 수월하게 진행되지는 않았다. 초기 그린 어드벤처 멤버들은, 아름다운 빅토리아 시대 건물에 둘러싸인 지역의 활기차고 사랑받는 커뮤니티 정원을 꿈꾸던 때보다는, 훨씬 덜 이상적이었고 지극히 평범한 상황들에 대해 들려주었다.

프로젝트 초기 반드시 필요했던 폐기물 청소에 여러 명의 자원봉사가 참여했지만, 어린아이들이 사는 환경에 해를 끼치게 되었다. 작은 음모들이 생겨났고, 소문과 경쟁 심지어 말도 안 되는 악의적인 유언비어가 떠돌면서, 기억과 설로만 남은 쓰레기장으로 전락하기도 했다.

'짧은 혼돈기'이자 핵심을 잃어버린 채, 돈에 대한 지루한 회의가 이어지는 시기였다고 말하는 사람들도 있었다. 계획은 실행으로 이어졌다. 그 결실로 오늘 우리는 나무에서 자란 과일들을 수확하고, 그린 어드벤처가 처음 계획한 의도대로 다음 세대가 자연을 누릴 수 있는 새 길을 만들면서, 꼼꼼하게 걸러지고 구제되고 싸워 쟁취한 흙 속에서 몸으로 일하고 있다.

몇 시간 후, 나는 부엌에 서서 허벅지에 생긴 귤 크기의 멍과 공간, 쇠스랑, 수레를 서투르게 다룬 흔적을 드러내며 옷을 벗었다. 땅 고르기를 끝내고 자전거를 타고 언덕을 올라오느라 지친 몸을 이끌고 아파트로 들어와서는, 복도에 서서 진흙과 모래와 흙과 땀이 범벅이 되어버린 여러 겹의 옷을 벗어 한 덩어리로 모아 곧바로 세탁기에 넣은 다음, 따끔거리는 피부와 열이 오른 근육에, 온기가 돌기를 기다렸다.

내 옆에는 내가 꺼내기 이전의 시간과 흙이 남아있던 화려한 초록 타일이 있었는데, 땅을 파다가 발견해 폐기물 운반용 수레에 넣었다가 집에 가져온 보물이었다. 수도꼭지 아래에서 씻어내고 나니 원래의 광택이 살아났는데, 잎이 예쁘게 돋아난 암적색 식물 문양이 양쪽 모서리에 그려진 게 마치 빅토리아 시대의 벽난로에서 떨어져 나온 조각 같았다.

손가락으로 타일을 더듬으며, 이 조각이 어떻게 내 부엌까지 그리고 내 손 안으로 오게 되었는지, 누가 버렸을지 또 언제, 어디에 자랑스럽게 붙인 것인지 생각했다. 예전의 조급함은 추위와 계속된 움직임, 내가 깨달은 사실들로 사라져버렸다. 몸은 쑤셨지만, 마음은 불안과 혼란이 아닌 부드러운 명쾌함으로 두근거렸다.

흙을 파내면서 역사와 함께 머물다 보면, 무너진 땅에서 어떤 것들이 나올 수 있는지도 드러났다. 아무렇게나 자라게 내버려두고 방치되었던 뭔가를 개선시키는 일이 결코 쉽지 않다는 사실을 인정하는 게 중요했다. 정해진 규칙은 없었다. 본닝턴 스퀘어를 아름답게 만들기 위해서는, 용기를 가지고 그에 필요한 법률을 따라서 복구해야 했다.

브록웰 파크의 폐허 더미는, 허물어져가던 건물들에 불법으로 몰래 들어와 깨끗이 청소한 사람들 덕분에 커뮤니티 정원으로 변형될 수 있었다. 형태와 과정에 대해 옥신각신하기는 했지만, 직감과 신념 그리고 투지로 정돈을 이뤄냈다. 오직 시간과 협력 그리고 순수한 노고만이 선하고 적절한 무언가를 만들어낸다. 사소한 일과 실수, 회의, 잃어버린 열쇠들은 훗날 결과로 자라난 식물들 안에 무형의 역사로 담겨 있다.

나를 있는 그대로 존중하는 태도

매트는 한 달간 인도로 떠날 예정이었다. 쉬지도 못하고 열심히 일만

하며 보냈던 몇 년의 시간을 끝내고, 모험심을 얻기 위해서였다. 떠나기 전날 밤, 그는 기대감으로 들떠있었다. 그렇게 긴 여행은 처음이었기 때문이었다. 꿈을 꾸듯 둥둥 떠있다가 짐을 싸고 준비를 하며, 새로움 자체에 허둥댔다. 나도 달려들어 도와주다가, 그에 대한 인내심을 잃고 폭발하고 말았다. 나는 그가 의미 있는 일을 하러 가기 전, 우리 두 사람은 함께 시간을 보내야 한다고 생각했다.

나는 그에게 분통을 터트리고 화를 내며 욕조로 달려갔다. 잠시 뒤, 그가 문을 열고 물속으로 들어왔다. 나는 여전히 언짢았고 그가 나와의 시간을 마지막 순간까지 미루는 것에 화가 났다. 내게 기대는 그의 몸짓이 응원이나 사랑이 아닌 이기적인 욕구처럼 느껴졌다. 나는 매트를 밀어냈다. 하지만 욕조 안에서 취하기는 어려운 몸짓이었고, 천천히 어느 때보다 사려 깊게 대화가 이어졌다.

이 반짝임이 사라지고 나면, 결국 그도 내게 싫증이 날 거라는 확신이 들자, 점점 커져가던 그에 대한 편안함이 불안해졌다. 나는 그에게 우리가 서로 다른 것들을 바라는 것 같다고, 너무나 익숙해져 투명한 존재가 되어가는 것에 지쳤다고, 내게도 해야 할 중요한 일들이 있다고 말했다.

그는 내 말을 듣고서 그는 그렇게 생각하지 않는다고 했다. 내가 그의 인생의 일부가 되어가는 과정이라고 말이다. 그는 그게 좋다고 했다. 관계를 개선하기 위해 우리가 더 인내하고 이해하기로 약속하면서, 우리 사이의 거리가 조금씩 좁혀지고 우리의 팔다리도 얽혀갔다.

매트와 함께 거주하며 새롭고 부드러운 공간에서 잘 지내려면, 나의 과거를 꺼내 있는 그대로 정중하게 존중해야 했다. 마치 내가 정원에서 오래된 삶의 덩어리들을 꺼낸 것처럼. 과거가 버티고 있는 동안 우리는 함께 미래를 설계할 수 없었다. 오직 과거의 기억이 사라지기만을 기다리다가, 나의 모든 것을 내어주며 휘청거렸으니까.

하지만 지금의 나는 변화되었고, 다른 사람과 함께 있었으며, 우리가 가진 것들이 눈앞에서 자라고 있었다. 분노와 좌절, 소동에도 불구하고 우리는 함께 있었다. 내가 나의 과거를 꺼내지 않았다면, 과거를 종종 행복하고 대담하고 열심히 일한 땅으로 인정하고 받아들일 공간을 나에게 허용하지 않았다면, 그곳에 어떤 기초도 쌓아올릴 수 없었을 것이다.

내가 자연에서 위안을 찾고, 벽돌 틈과 인도에서도 자라는 식물들을 계속 찾던 이유는, 이곳의 계획이 쉬워 보이지 않았기 때문인지도 모른다. 아주 오래되고 케케묵은 빛과 토양과 무기질 속에 덮인 채로 우리가 복잡한 계획들로 분주히 시간을 보내는 동안, 일어났을 일이라서.

식물이 자라는 모습을 보면서 내가 아주 어렵게 얻은 교훈 중 하나는, 식물들은 각자의 고유한 시간표대로 성장한다는 사실이다. 한 알의 씨앗이 순식간에 싹을 틔우고, 몇 주 만에 두 배로 자라나 꽃을 피운다. 빛, 온도, 수분, 토양이 모두 맞물린 소리 없는 작전으로, 식물에게 행동을 개시할 순간을 지시한다. 어떤 녀석들은 서리를 이겨내고도 진딧물에게 함락당하고, 어떤 녀석들은 서머타임이 시작될 때까지 기다렸다가 꽃을 피우기도 한다.

필요 이상으로 물을 주고, 어두운 곳에 방치해두었던 히아신스도, 한 해 더 기다려주면 흰 꽃을 피워내겠지. 식물을 키우는 사람들은 이런 작은 신비함 때문에 가드닝을 한다. 구근에서 싹이 트고 싹이 자라 꽃을 피울 것을 알아도, 명심해야 할 작은 변수가 너무나 많다. 하나의 구근 속에 각자 이겨내야 할 도전이 있기도 하고, 다음 해까지 감내해야 맛볼 수 있는 기쁨이 있기도 하며, 가끔은 가장 작은 녀석들 속에서 가장 큰 야망이 발견되기도 한다.

내가 추운 겨울날 커뮤니티 정원의 진흙 속에서 개밀을 뽑은 것도, 그곳에 야생화 씨앗들이 자리를 잡도록 도와주는 과정의 일부이었다. 런던 대공습 후, 하이 라인을 방치한 덕분에 시골에서만 자라던 식물들이 도시에도 심겨졌다. 살 곳을 찾으려는 의지 하나로 몇십 년 후, 본닝턴 스퀘어가 도시 정글로 변신한 것처럼, 낡은 것이라고 해서 폐기해야 하는 것은 아니다. 가치를 인정하고 키워야 할 필요가 있다. 예전부터 자리를 지켜온 것들이 기회를 얻기만 하면, 충분히 오래 머물며 성장할 수 있으므로.

게릴라 가드닝도 그렇게 시작되었다. 몇 세기 동안이나 유지되어온 일이지만, 가장 오래된 공식 기록은 1649년이다. 야심만만한 직물 상인 제라드 윈스탠리가 공공 부지에서 식물을 재배할 수 없다는 불합리함에 격분하여, 디거스(영국 급진파 개신교도들)라는 이름으로 알려진 남녀 그룹을 한곳에 모았다. 그는 '옥수수가 풍성하게 경작되었을 땅이 그저 황야로 남아있다'는 비난의 글을 팸플릿에 적었다. 일주일 만에 윈스탠리와 디거스는 써리에 있는 세인트 조지스 힐의 토지 전체를 정리하고 파스닙과 당근, 콩, 보리를 재배할 공간을 만들었다.

같은 시기 뉴욕에서는, 모든 주택이 정원과 가축용 목초지를 가지고 있었다. 새로 생긴 도시였기에, 사람들이 먹거리를 직접 기를 수 있었다.

하지만 1973년에 이르러 맨해튼과 브루클린은, 약물에 찌든 범죄의 중심지로 변해갔고 건물들도 무너져갔다.

팔레트 나이프 같은 광대뼈를 가진 컬럼비아 대학 출신 유화가 리즈 크리스티는, 그녀가 살고 있던 로어 이스트 사이드 오브 맨해튼에 쌓여 있는 쓰레기 더미에서 떨어진 토마토 씨앗들이 식물로 성장하는 모습을 보고, 다른 것들도 자랄 수 있음을 깨달았다. '게릴라 가드닝'이란 단어를 만들어낸 사람도 그녀였다.

그녀는 몇 명의 친구들과 함께 집 주변 빈 땅에 씨앗들을 한 움큼씩 뿌리고, 나무 아래에도 심었다. 그들은 퇴비를 뭉친 자연 수류탄과 씨앗 그리고 물로 무장한 뒤, 돌무더기 사이에 꽃을 피우고자 울타리 너머와 폐경지 안에, '씨앗 폭탄들'을 던졌다.

크리스티가 살던 집 근처 고물상은 뉴욕의 첫 커뮤니티 정원인 바워리-휴스턴 커뮤니티 팜 앤드 가든으로 바뀌었다. 어떤 것도 제대로 자랄 수 없던 땅에 일 년 동안, 크리스티와 그녀의 그린 게릴라 친구들은 쓰레기를 치워내고, 동네 경찰서의 말들에게서 얻은 거름과 종묘상에서 기부받은 식물들 그리고 흙으로, 그곳을 푸르게 만들기 시작했다.

크리스티는 너무나도 젊은 나이에 암으로 사망했다. 1985년, 그녀는 고작 서른아홉 살이었다. 그때까지 그녀가 뿌렸던 씨앗 폭탄들은 도시에 가드닝 혁명을 불러일으켰다. 그녀는 자신의 라디오 프로그램 〈그로우 유어 오운〉을 통해 커뮤니티 정원에 대한 생각을 전했고, 뉴욕 의회의 프로그램 〈오픈 스페이스 그리닝〉 초대 감독직도 맡았다.

크리스티의 교육과 통찰력으로 뉴욕시에만 7백 개의 커뮤니티 정원이 생겨났다. 그녀가 사망하고 20여 년이 지난 후, (현재 리즈 크리스티 가든으로 불리고 있는) 그녀의 정원은 센트럴 파크와 똑같이 시의 공인을 받았다. 그녀의 정원은 회색 철길들이 놓인 바워리가를 따라 평온의 식탁보를 펼쳐놓는다. 대나무 사이에 놓인 푸른색 플라스틱 의자 몇 개만이, 이곳이 원래 쓰레기 더미였음을 짐작하게 할 뿐이다.

매트가 인도에서 문자를 보내는 시간은 내가 잠을 자고 있는 한밤중이었다. 나는 온갖 화려한 색들의 향연과 인도의 이국적인 꽃, 요란한 마리골드, 환한 색으로 후두둑 떨어지는 파두 들 사진에 잠을 깼다. 그가 웅장한 모험을 하는 동안 식물들을 보면서, 나를 떠올렸다고 생각하니 정말 기분이 좋았다. 나는 과학적 실험의 기회로 생각했다. 그가 보여주는 새로운 익숙함이 없으면, 내게 어떤 금단현상이 나타나는지를 확인해보는 물리적인 거리감과 호르몬 반응이 섞인 실험 말이다.

인생의 가장 큰 두려움인 외로움을 피하기 위해 여름부터 다양한 목발에 의지해왔다. 여자 친구들, 잠깐 스쳐가던 멋진 애인들, 급하게 새로 사귄 친구들, 한동안 연락이 뜸했던 친구들, 동병상련의 사람들, 가족들, 새로 만난 단기 하우스메이트들, 물론 매트까지. 이 모든 사람 덕분에 나는 사랑받는 존재이자 가치 있는 존재임을 깨달았다. 다시 제대로 생활하는 법을 찾을 수 있었다. 조시의 부재로 남은 깊은 수렁을 정면으로 맞닥뜨리지 않으려고 이들과 함께 바쁘게 지냈다. 지난 몇 개월에 걸쳐 혼자 지내는 시간이 편안해졌지만, 막상 혼자 있는 경우는 많지 않았다.

그러나 이제는 혼자였다. 일요일 밤들과 주중 오전 시간들, 누군가의 일상 습관들 속에서 지내는 불안정한 자유 시간들이 이어졌다. 그 해 하반기쯤 아파트를 떠나야겠다는 마음을 먹고 난 다음부터, 나는 나만의 공간에서 혼자 사는 것에 대해 진지하게 고민하기 시작했다. 도시에서 아주 멀리 벗어나 아주 좁고 많이 허름한 어딘가에 정착할 테지만, 나만의 공간이라는 말을 기분 좋은 성장으로 여기기로 했다.

매트가 멀리 있으니까 고독을 마음껏 드러내놓을 있어서 행운이라는 생각도 들었다. 집에 대한 새롭고도 묘한 개념을 깨닫고, 나 자신보다 더 거칠고 큰 뭔가를 제한하고 조절하려는 시도는, 보조 바퀴를 떼고 자전거를 타는 일의 어른 버전 같았다. 나를 넘어뜨릴 가능성이 있는 요소로부터 방어하고, 내가 어떤 존재인지 보여주는 것 같은 일을 말이다.

나는 캄캄하고 고요한 밤들이 나를 집어삼키게 놔두지 않고, 겉으로라도 끌어안으려고 노력했다. 고독의 바닥을 정복하려고 애쓰는 동시에 한계를 확인하기 위해 맹목적으로 손을 뻗었다.

매트가 떠나고 일주일 후, 2월의 날씨는 몹시 소란스러웠다. 닷새 내내 태풍 도리스가 온 나라를 할퀴고 지나갔다. 도시 안에서 살면, 종종 너무 꽁꽁 싸여 콘크리트 성 안에 격리되어있다 보니, 혹독함의 실체를 고스란히 느끼지 못할 때가 많다. 자연의 격노와 상관없이, 우리는 집 안으로 다시 들어가거나 지하로 내려가 일상을 이어간다. 몇 미터 높이의 파도와 쓰러진 나무들은 사진으로만 확인될 뿐이다.

태풍 도리스 때도 마찬가지였다. 하늘이 미쳐 날뛰면서, 백랍과 분홍색 중간의 괴기스러운 색으로 변했다. 돌풍이 휘몰아치며 헤아릴 수 없이 창백하고 거품 같은 구름들이 허공에서 일렁거렸다. 집에 돌아와 보니 발코니 문과 침실 창문이 강풍에 열려서, 아파트를 길게 관통하는 중앙 복도로 공격적인 상쾌함이 들이닥치고 있었다.

바람이 들어와 문들이 쾅쾅 닫히고, 바깥에서 안으로 들어오는 보호벽도 밀려 있었다. 자물쇠를 풀어놓고 갔었는지 바람의 힘으로만 저렇게 된 것인지 알 수 없었지만, 바람은 자신의 존재감을 확실히 남기고 있었다. 인간이 통제할 수 없는 것이었다. 우리는 가만히 앉아 구경꾼이 되는 게 전부였다. 우리가 쥐고 있다고 믿은 미미한 통제력을 내놓아야 했다.

그곳에서 보냈던 첫날 밤이 떠올랐다. 그날도 바람이 불었고, 휘파람 소리 같은 강풍이 불었고, 비도 끝없이 내렸다. 나는 아무런 가구 없이 바닥에 두었던 매트리스 위에 누워, 크리털 창호 유리창이 달그락거리며 금속 테두리에 부딪치면서 새어 들어오는 바람에 몇 주 붙어있지 못할 것 같은 커튼이 흔들리는 모습을, 조마조마한 마음으로 지켜보았다. 나는 부드러운 통곡 소리와 금속들이 부딪치는 소리가 잠잠해졌다가 사라지는 생소한 소리들이 좋았다.

바람은 문틈으로도 들어와 우리가 머리를 누인 곳 가까이까지 들이닥쳤다. 나는 바람 속에서 책임감에 휩쓸리는 기분이 들었다. 바람 소리는 정말 위압적이었다. 나는 새롭고 어른스러운 곳, 우리가 우리 이름으로 서명했던 이 값비싼 아파트가, 자연의 무시무시한 돌풍으로 산산조각 나지는 않을까 걱정했다. 바람이 멈추길 바랐다. 바람을 방정식에서 없애고 싶었다. 우리가 전혀 계획하지 않은 부분이었으니까.

그런 일들은 일어나지 않았다. 나는 그곳에 혼자 누워 귀를 기울였다. 창문이 덜컹거리는 소리가 더 이상 신경 쓰이지 않았다. 몇 개월 전, 시끄러운 소리가 나는 부분을 고무줄로 동여맸을 뿐만 아니라, 어떤 일이 일어날지도 미리 알았으니까. 시속 75킬로미터로 돌풍이 불어올 거라는 것을 말이다. 다른 지역을 강타한 속도에 비하면, 절반도 되지 않는 속도라는 것, 이 바람을 유리가 버틸 거라는 것, 버티지 못하더라도 수리하면 된다는 것도.

나는 바람이 들어오지 않도록 발코니 문을 밀어 닫았다. 마른 대나무 소리를 들었다. 더 이상 태풍이 두렵지 않았다. 이제 그 아파트가 그 시절만큼 소중하지 않았기에, 우리를 세워주었던 미래가 부서졌기에.

사회기반시설에 대해서도 마찬가지였다. 그래도 괜찮다는 것을, 원대한 계획들이 부서지고 휘어지고 변할 것을 깨달았다. 모든 것이 계획대로 성공하지 않는다는 것을 말이다. 몇 주 동안 요동치고 짜증 나는 감정을 겪고 난 후, 차가운 바람이 내 얼굴을 스치는 순간, 나는 처음으로 분명하고 차분하게 받아들이는 법을 터득했다.

앞으로 나에게 닥칠 상황을 미리 알아서가 아니었다. 어디에서 살지도, 어떻게 살지도, 언제 그런 일이 생길지도 전혀 몰랐다. 그러나 바꾸거나 통제할 수 없는 바람이나 수백만 가지의 일 때문에 걱정하는 짓은 어리석다고 생각했다. 나는 바람이 윙윙대고 창문을 뒤흔드는 소리를 들으며 잠들었다. 나는 나를 내려놓았다. 바람이 불도록 내버려두었다.

식물들이 당연히 망가졌을 줄 알았다. 작은 불빛들이 반짝거리는 도시의 짙은 감청색 덩어리가 깨끗하게 씻긴 채로 말끔히 드러나는 가운데 새벽이 밝았다. 너무 말라서 젖은 땅에 심을 수도 없이 월동 중이던 제라늄이 강풍 속에서 제일 먼저 화분에 잎을 떨궜다.

제라늄의 분형근은 흙과 함께 덩어리로 뭉쳐진 채 발코니 한쪽 구석에 놓여있었고, 플라스틱 화분들은 다른 쪽 구석의 화분들 뒤에 찌그러져 있었다. 극적이었다. 뿌리들을 다시 화분에 넣고 물을 준 뒤, 손으로 토닥거리면 다음에 또 볼 수 있을까.

휴케라도 엉망이었다. 겨울의 더딘 일몰을 불붙이기에 안성맞춤이던 적갈색과 복숭아색 잎사귀들이, 태풍으로 모두 오그라들고 벗겨져버렸다. 나는 시든 꽃들을 정신없이 잘라내며, 화분들을 발코니 바닥으로 내려놓지 않은 나를 조용히 꾸짖었다. 하지만 이 정도는 작은 피해였다. 내겐 무너지거나 깨질 온실이 없었다. 정성스레 준비한 밭에 어린 누에콩들을 펼쳐두었다가 밭 전체를 속까지 뒤집어야 하는 것도 아니었다.

태풍에 화초들을 잃은 사람들은 그런 참상 속에서도 희망을 찾았다. 새로 드러난 땅을 두고, 그들은 이성적으로 판단하고 몇 시간에 걸쳐 잡초를 뽑아내며 땅을 다시 일궜다. 비닐 온실은 어차피 교체했어야 했던 거고. 계절에 순응하는 그들은 자연의 이야기에 귀 기울였고, 누가 주도권을 잡고 있는지 알았으며, 그에 맞게 해야 할 일을 해냈다. 그들은 남겨진 것들을 다시 살려냈다.

히아신스도 줄기가 꺾이고 부러졌지만, 발코니에 남아있었다. 나는 남겨진 초록 생기가 있는 줄기를 잘라서 집 안으로 가지고 들어왔다. 잼병에 꽂아서 침실 창가에 두었다. 물웅덩이에 뜬 기름처럼 짙은 빛깔의 꽃들이 오후에 들어온 맑은 햇빛을 받아 다시 환하게 빛났다. 나는 그 모습을 보며 눈을 떴다. 꽃들의 향기를 맡았으며, 내가 구해준 꽃들도 나와 마찬가지로 태풍으로부터 살아남았다는 사실에 위로를 받았다.

3월
March

작은 정원의 위로

벚꽃 Cherry blossom
Prunus x yedoensis 'Somei-yoshino'

"가지를 뻗을 기회가 없으면, 가늘게 자랄 것이고 꽃도 최소한으로 피울 레니, 그럴 바엔 솎아내는 게 낫다. 나는 가느다란 줄기들을 하나씩 잡고 잎사귀들을 확인한 다음, 각 쌍 바로 위를 손톱으로 누르며 손톱 밑에서 줄기가 끊어지는 걸 느꼈다. 가장자리 부분이 잘려나가면서 전체적으로 허전해졌지만, 최선을 위한 선택이었다."

새싹이 움트는 모습을 보면서

새싹들이 창가 위에서 자리를 두고 욱적거렸다. 대형 유리창에서 쏟아져 들어오는 충분한 햇빛과 그 아래에 있는 라디에이터에서 올라오는 온기까지 싹을 틔우기에는 최적의 장소였으니까. 창턱에는 붉은 타일이 깔려 있어서 젖은 흙이 나무를 틀어지게 하거나 페인트를 망가트릴까 조심할 필요도 없었다. 새싹들이 자라는 모습을 내가 볼 수 있는 게 무엇보다 좋았다. 창문은 테이블이 놓여있던 자리 바로 옆이었고, 발코니 문에서도 가까웠다.

하루를 새로 시작하는 밝은 아침마다 아침 식사를 하면서, 또 저녁에 글을 쓰면서, 나는 이 신생아들의 성장과정을 직접 확인할 수 있었다. 바로 밑에 심겨져 있던 씨앗이 밀어낸 둥근 초록 줄기가 흙을 뚫고 올라오는 모습부터 제대로 된 첫 잎사귀들이 나오는 것까지. 하루하루 갈수록 활력과 힘이 생겨났고 줄기들도 굵어졌다. 맑은 날 집에 돌아와 보면 그 녀석들이 창문을 향해 애타게 기대고 있는 모습이 보였다.

나는 몇 주 전에 씨앗들을 심었다. 식물 키우는 사람들은, 씨앗을 심는 시기를 두고 전전긍긍하는 이해할 수 없는 경쟁을 한다.

스위트피 씨앗을 11월부터 (대부분 축축한 키친타월에 감싸 며칠 동안 플라스틱 용기에 넣었다가) 흙에 심는 열정적인 사람들도 있고, 호들갑 떨지 않고 5월에 곧바로 흙에 심는 사람들도 있으며, 날이 아직 짧고 어두운 시기에 심고 부족한 빛 때문에 약하게 자라는 것보다 두 달 후에 싹이 나면 따라잡을 수 있으므로 미리 준비할 필요가 없다고 주장하는 사람들도 있다. 물론, 모든 과정을 다 생략하고 6월에 멋지고 건강한 모종을 사다 심는 사람들도 있다. 대부분은 모든 방법을 섞어서 쓴다.

나는 1월 내내 식물들 못지않게 정신이 없었다. 한겨울에 씨앗을 심는 이유는 씨앗 카탈로그를 살펴보는 일에 진저리가 났을 때 할 수 있는 가드닝이기 때문이다. 토마토와 고추처럼 대부분 실내에서 키우는 식물은 1월부터 키워낼 가치가 있다. 매일 아침 살펴볼 정도로 눈에 띄게 성장하고 다른 스위트피들과 함께 작은 정글을 만든다.

나는 동네 구멍가게에서 과일 상자를 가져다가 녀석들을 조심스럽게 줄맞춰 담았다. 젖은 종이 상자 바닥이 짙게 변하고, 골판지 가장자리 위로 초록 다발들이 하늘거렸다. 묘목들은 이 주 만에 아래층 이웃집에 닿을 정도로 자랐다. 내가 아파트를 떠나 있었고, 하숙생에게 화초들을 돌봐달라고 부탁하지 않았기 때문인 것 같았다.

일본 전원 지역으로의 휴가

나는 다른 집으로, 다른 사람이 쓰던 침대로 쫓겨 가는 것이 아니었다. 휴가를 떠나는 거였다. 이 주 동안 일본의 전원 지역으로 말이다. 야심찬 모험이었지만 다시 하고 싶은 여행은 아니었다. 최근 몇 년 동안 알뜰하게 살며 돈을 모아서 조시와 함께 여행을 다녔었는데, 조시는 일본의 독특함과 문화를 사랑했고, 나는 좋은 여행 동반자였다.

시간이 갈수록 나는 그곳의 자연이 살아가는 방식에, 인간이 만들어놓은 주도면밀하게 계획된 사회기반시설 속에 합류하는 자연의 방식에 매료되었고, 조시가 그곳을 사랑하는 이유도 이해하게 되었다. 하지만 아무리 그곳이 중독성 있고 넓은 지역이라 해도, 세 번씩이나 갈 필요는 없지 않나 싶었다.

밀레니얼 세대에게 유행하는 여행 방법들 중에 완료법이라는 게 있는데, 한 나라를 짧게 방문하고는 다 안다고 생각하면서 제쳐버리는 것이었다. 우리가 몇 개월 전에 비행기표를 예약할 때면 사람들은 우리가 왜 일본을 계속 방문하는지 이해하지 못했고, 나도 마찬가지였다. 라틴 아메리카나 아프리카는 아직 밟아보지도 못했으니까.

여행은 내가 아주 많이 하는 일이었는데, 비용이 많이 들었다. 세상을 돌아다니는 일은 밀레니얼 세대가 기대하기 힘든 일이었다. 그래도 우리는, 도쿄행 비행기표를 끊었다. 뭔가를 개선하려는, 기대할 수 있는 뭔가를 우리에게 선사하는 시도의 수단으로. 그런데 그 수단은 우리를 짓누르는 고정쇠, 곧 와해될 미래의 환상에 묶인 철심이 되어버렸다.

나는 비행기표를 날려버리지 않기로 결심하고, 홀로 떠났다. 앞으로 다가올 상황에 어쩔 줄 몰랐다. 혼자 하는 여행은 밀레니얼 세대가 열망하고 궁극적으로 추구하는 자유였다. 직장 동료들과 사랑하는 사람들에게서 떨어져 자신에게 온전히 집중하고, 새로운 사람을 만나고, 익숙한 공간의 한계에서 벗어나 '진짜' 경험들을 하는 시간이었다.

주근깨 가득한 자유로운 영혼들이 배낭을 메고서 건강한 표정으로 가득한 이미지들이 연상되는 일이었다. 그러나 나는 그런 것들에 전혀 동요되지 않았다. 이야기 상대 없이 나의 판단만으로 이 주를 보내야 한다는 생각에 두려울 뿐이었다. 이 주는 둘째 치고 하룻밤이라도 혼자 보낸 적이 언제였는지도 기억나지 않았으니까.

나는 최선을 다해 계획을 세우기 시작했고, 혼자서 여행을 다녀본 경험이 많은 친구에게 조언을 구했으며(호스텔 휴게실에서 사람들과 어울리고 요리 강좌를 예약하라는 건 현실적이기보단 쓸쓸하게 들렸다), 비슷한 시기에 그 지역에 있는 오랫동안 연락이 끊겼던 친구들과 여러 계획을 세웠다.

멀리 떨어진 게스트 하우스에 예약을 했고, 종이에 적힌 순서들을 보면 불안함을 잠재울 수 있을 거란 생각에 일정을 세세하게 쓰기도 했다. 그러면서도 친구들과 가족들에게 떠나고 싶어 안달이 난 것처럼, 런던에서 벗어나는 날만 기다리는 척 연기했다.

히스로에서 나리타 공항(일본 도쿄 인근 국제공항)까지 직항은 대략 13시간이 소요된다. 내 옆자리, 조시의 넓은 품으로 채워졌어야 했던 그 자리는 비어있었다. 예상치 못한 비행기 좌석의 널널함 속에서 나는 잠들었다. 잠에서 깼을 때, 여행 일정표를 꺼내 성경을 읽듯 읽고 또 읽었으며 머릿속으로 기차역들을 연신 그렸다.

정작 비행기가 나리타에 가까워지자 신경이 곤두섰다. 창밖을 내다보니 비행기 날개 뒤쪽으로 산들이 보였다. 나는 '우와'라고 말했다. 사람 사는 지역에 가까워지면서, 사각형의 평평한 회갈색 땅들이 점점 더 커졌고 독특한 기와지붕과 잎이 떨어진 나뭇가지들도 보였다.

나쁘지 않은, 좋은 기대감으로 요동치는 맥박을 느끼며 흥분된 마음으로 팔걸이를 거머쥐었다. 내가 왜 그곳에 있는지를 기억했다. 편리함이나 뭔가를 허비하기 위해서가 아니라, 세상 반대편의 새로운 장소에서 자질구레한 삶을 보는 일에 아찔함을 느끼기 위해서라는 것을 말이다. 그리고 내게는 그것을 찾아다닐 이 주라는 시간이 있다는 것을.

런던을 벗어나자 그리니치 표준시와 그에 따라 통근 시간과 근무 시간과 취침 시간이 달라졌다. 나를 책임질 사람은 오직 나뿐이었다. 나는 오랫동안 시간이 부족했었다. 조시와 함께 보낼 시간이 말이다. 그러다가 우리가 헤어지고 난 후 겨우 숨을 돌리던 몇 번의 주말들을 보내는 동안 아파트 밖에서 많은 시간을 보냈다가, 우리 아파트에 있는 게 다시 편안해지고 난 다음부터는 식물을 가꾸면서 정신없이 보냈다.

지나간 관계 때문에 남겨진 구멍을 일상—프로젝트와 책과 우정과 식물—으로 채우면서. 나는 시간을 효율적으로 쓰는 사람이 되어갔는데, 처음엔 살아남으려는 목적이었지만 나중엔 습관이 되었다. 그래야 하는 이유나 필요가 없을 때—일정표에 빈칸으로 남은 저녁, 하루 중에 비는 시간—는 초조해지기도 했다.

더 해내고 더 많이 소유하고 더 나은 사람이 되려고 끝없이 노력하는 사이에 나는 쉬는 법을 모르는 사람이 되어있었다. 모든 여가 시간이 낭비되는 시간처럼 느껴질 정도였다. 나는, 꿰고 있어야 하는 넷플릭스 시리즈와 읽어야 하는 시대정신적 기사와 들어야 하는 앨범이 늘 있는 사람이었다.

일본 혼슈의 북부 해안 중간에 위치한 작은 도시, 카나자와에서 일정을 시작했다. 이곳에는 그동안 내가 혼자만의 시간을 피하기 위해 의존하던 목발들이 하나도 없었다. 의도치 않게 생긴 혼자만의 시간들. 친구들도 없었고, 사무실에서도 멀리 떨어져 있었고, 모든 사람이 소셜미디어에 게시물을 올리는 시간과 다른 시간대에 있었으며, 내 식물들과도 떨어져 있었다.

여기서 나는 그냥 있었다. 문고판 네 권이 있었고, 뭔가를 쓸 생각은 별로 없었다. 느긋해지기를 바란다는 식의 거창한 발언을 한 것 같은데, 어떻게 해야 하는지 아이디어도 전혀 없었다. 그래서 나는 글도 쓰지 않았다.

비행기에서 내려 신칸센 열차를 타고 카나자와에 도착한 다음, 곧장 샤워를 하고 어두워진 밖으로 나가 거리를 걸었다. 빠르게 지나가는 도시의 불빛 너머 하늘 위로 희미하게 남아있는 저녁노을을 보기 위해 아파트촌 외벽 계단을 올라갔다. 도시에서 유명한 정원들 중 하나, 잔뜩 꾸미고 싸구려 보석들처럼 요란하게 빛나던 교쿠센엔(일본 시나가와 현에 있는 정원으로, 지정 명승지)을 우연히 발견했다.

일본인들은 정원 때문에 카나자와에 온다는데, 자전거를 타고 다니며 본 일본인들은 셀카봉을 들고 화려한 옷을 입은 채로 정원 안에 담겨 있는 식물학적 정보를 알려 하기보다 정원을 그저 즐기는 것 같았다.

일본식 가드닝은 절제와 집중에 중점을 둔다. 자연이 지진과 쓰나미의 흔들림으로 자신의 힘을 증명해 보이는 시골 지역에서는 가드닝에 완벽을 추구한다. 여자들이 쭈그리고 앉아 손으로 이끼 정원의 잡초를 뽑는 모습을 보고, 나는 내가 무엇을 놓치고 있는지를 생각했다. 모든 것이 너무나도 정지되어있는 느낌이었다.

나는 연결되려고 안간힘을 썼다. 그날 오후 나는 강가를 따라 자갈을 깔아놓은 인도 위를 자전거로 달리다가(일본에서는 인도에서 자전거를 타는 게 합법적이다), 나무판자로 만들어진 옛 마을 너머 언덕으로 들어섰다. 이곳의 정원들은 조금 덜 길들여지고, 더 가정적이었다.

가파르고 좁은 길을 무거운 자전거로 달리는 게 힘겨워, 가로등 기둥에 자전거를 세워두고 걸었다. 언덕으로 된 거리를 걷느라 서서히 숨이 차오르는 동안, 흔들리는 대나무 잎들이 내 옆으로 다가왔다. 아직은 서늘한 연초였고, 대부분의 나무는 아직 잎이 없는 헐벗은 상태였다. 하지만 눈에 보이는 생명의 기운은 셀 수 없이 많았다. 노인 한 분이 그의 온실 꼭대기에 올라앉아 보수를 하고 있는 모습도 그중 하나였다. 그 아래에서는 김이 서린 초록빛 판유리들을 밀며 식물들이 자라고 있었다.

다음 날 아침, 나는 옅은 성취감을 느끼며 잠에서 깨어났다. 내 앞에 놓인 고야산을 오르는 크로스컨트리 일정이 누비이불처럼, 편안하게 끝낼 수 있는 것처럼 여겨졌다. 더 이상 일주일 전에 느끼던 터무니없는 허구처럼 여겨지지 않았다.

카나자와에서 혼슈 지방의 남쪽 해안 안쪽에 위치한 오사카까지 가는 기차 여정은 강과 산을 넘어가는 3시간 남짓한 길이었다. 오사카의 산업 기술 덕분에, 난카이 특급열차는 오르막들을 부드럽게 넘었다. 집들이 작아지기 시작했고, 지붕들이 뾰족해졌으며, 절벽 쪽 터널을 빠져 나올 때마다 더없이 멋진 풍광이 펼쳐졌다. 나무로 된 작은 간이역들을 지나칠 때마다 견장을 두르고 모자를 갖춰 쓴 기차역장들이 하얀 장갑을 낀 손으로 우리에게 손을 흔들어주었다.

주말 농장과 온실들을 돌보는 나이 많은 정원사는 기차가 하루에 몇 번 지나가지 않는 것처럼, 기차를 구경했다. 그러다가 숲이 나타났다. 눈 덮인 대나무와 희미하게 나타나기 시작한 향나무들로 뒤덮인 가파른 산등성이들 사이를 가르며 케이블카 한 대가 지나갔다. 나는 기차에서 내려 서늘한 공기를 들이마시고 손으로 그린 지도를 따라가다가, 버스를 타고 목적지에서 내려 곤고산마이인, 바로 내가 이틀 밤 묵을 예정인 사원을 찾았다.

전날 밤, 수도승들은 이메일로 그날 저녁 식사가 제공되지 않을 것이라고 알려주었다. '재료가 없습니다'라는 짧은 메시지가 마침표도 없이 적혀 있었다. 카페 하나가 열려 있었다. 나는 그곳에서 식사를 하며 내 앞에 펼쳐진 시간의 깊이를 생각했다.

오후 5시, 비수기에 고야산이 문을 닫는 시간이었다. 이곳은 마을이라기보다는 종교시설 같았다. 키 산맥의 여덟 개의 산봉우리로 가로막힌 분지에 수백 년에 걸쳐 지어진 120개의 정도 사찰이 자리 잡고 있었다. 여름이 되어 날이 따뜻해지면, 고야산은 수천 명의 관광객을 불러들인다. 그러나 지금은 3월 초였고, 숙소 입구에 놓여있는 몇 켤레의 신발들이 말해주듯 나 역시 몇 안 되는 방문객들 중 하나였다.

나는 저녁에 출출해질까 겁이 나 옆 건물에 있는 작은 상점에서 달달한 간식거리들을 챙긴 다음(다음 날 아침 식사 전까지는 아무런 음식도 제공되지 않을 테니까), 해가 지는 서쪽을 향해 가며 우뚝 솟은 향나무들 사이에 영묘하게 서 있던 웅장하고 위용 있는 사찰들을 지나쳤다. 건물 자체만으로도 신처럼 웅대해서, 황혼 속에 갈색 법복을 입고 계단에서 기도하는 수도승이 난쟁이처럼 보였다.

해가 지기 직전, 회색빛과 황갈색의 삼림지대가 사찰들과 만나 바닥에 서 있는 나무와 금속 울타리들에 묶여있던 하얀 오미쿠지(길흉을 점치는 얇은 종이 띠)들의 배경이 되어갔다. 바람 한 점 없던 터라, 수백 개의 작은 오미쿠지 깃발도 잠잠했다.

나는 오미쿠지를 직접 매단 적은 없었지만, 일본 전역의 불교 사찰이나 신사 근처에서 흔하게 볼 수 있는 것이었다. 근처 가판대에서 사거나 무인 판매함에 돈을 넣고 가져올 수 있는데, 무작위로 뽑은 종잇조각에는 축복이나 저주 또는 운세가 적혀 있고, 내용도 청혼부터 질병까지 다양하다. 인생의 모든 일이 그 작은 징표에 달려 있는 것이다.

오미쿠지를 뽑는 건 인생의 제비뽑기에 빠지는 것이었다. 전통에 따르면, 오미쿠지를 근처 나무에 묶어두면 행운이 이뤄진다고 한다. 좋은 내용인 마쓰는 소나무에, 나쁜 내용인 슈기는 향나무에 묶으면 종잇조각의 예언이 이뤄지거나 무효화된다는 것이다.

두 단어는 중의적인데, 마쓰는 '소나무'와 '기다리다'라는, 슈기는 '향나무'와 '지나가다'라는 의미가 있다. 그러므로 행운은 기다릴 수 있고, 악운은 지나갈 수 있다고 생각하는 것이다. 그리고 마지막에는 모든 운이 연기와 재로 사라진다. 사찰과 신사에서 종잇조각에 적힌 내용들을 정화하기 위해 기도하면서 그 종이들을 불에 태우는 동안에 말이다.

오미쿠지의 의미를 완벽하게 이해하지 못해도(오미쿠지의 모든 과정이 포춘 쿠키나 점성술 정도로 인식되는 장난스러운 미신 중 하나라는 사실을 모른다 해도), 나는 나뭇가지에 묶여있는 그 모습에서 늘 아름다움을 느꼈다. 종잇조각들은, 대부분 가벼운 아래쪽 가지들에 묶여있다. 기다리든 지나가든, 소나무든 향나무든, 운명을 결정할 때 자연에 의지하는 마음은 다를 바가 없다. 여기 거대한 나무들에 둘러싸인 이곳에서, 이 작은 운명의 쪽지들이 인생에 대한 많은 생각을 간직하고 있었다.

저녁노을을 따라 마을의 경계인 거대하고 황량한 오렌지색 다이몬 게

이트를 지나 더 작고 흐릿한 오렌지색 아치들이 세워져 있던 위태위태한 계단들을 오르다가, 녹은 눈에 흠뻑 젖은 부드러운 이끼와 고사리에 운동화가 다 젖을 즈음, 눈앞에는 푸른빛으로 흩어져가는 복숭아 빛 노을만 남아있었다.

잠잠한 전망이 공연처럼 느껴졌다. 내가 어디에 있는지 인식하지도 못했다. 되려 나는 마음이 조마조마해져서, 마을을 지나는 중앙 도로로 다시 돌아와 평화롭기보다는 으스스한 고독에 정신이 멍해졌다. 소나무의 실루엣과 쓸쓸하게 걸려 있는 전화선에 맞닿은 고운 하늘이 훈계하고 있었다. 내가 방치된 영화 촬영장에 뜻하지 않게 올라서 있는 단역배우라도 된 것처럼.

카페 겸 크리스털 판매점의 불빛이 보였다. 나는 문을 열고 들어가, 홍차에 설탕만 추가해달라고 주문하며 주인을 깨웠다. 그리고 환영받지 못하는 적막함과 부끄러움만 가득한 지루함 속에서 차를 마셨다. 소나무 바늘로 뒤덮인 극도로 고요한 산사 마을에서 〈먹고, 기도하고, 사랑하라〉의 대사들, 갭이어와 해외 안식년에서 사람들이 얻는 '영성'의 괴팍함에 담긴 진부한 통찰력으로부터 얻을 거라고 상상했던 무엇이든, 내 찻잔 바닥에 남은 설탕 덩어리들 속에는 들어있지 않았다.

계산을 하고 밖으로 나와 수도원에 있는 방으로, 다다미 바닥에 요가 개켜져 있던 공간으로 돌아갔다. 목욕물은 금세 차가워졌고, 나는 물에 쫄딱 젖은 채로 미로 같은 어두운 복도를 확인해가며 개인용 온천을 발견했다. 뜨거운 물속에 몸을 담궜다. 그리고 깨어있는 밤의 조각들을 피하기 위해 잠을 청했다.

사람들이 고야산 수도원에 묵는 이유는 호텔이나 호스텔보다 수도원이 월등히 많기 때문이다. 수도원에 기거하는 수도승들이 동이 튼 직후부터 시작해 하루 종일 정진하는 수도에 참여해볼 수 있다는 매력도 있다. 나도 갔다. 숲으로 가득한 꿈을 꾸다 깨다 반복하다가 새벽 6시 30분에 일어나, 여행을 시작한 이후 매일 순서만 바꿔 입고 다니던 실용적이고 편안한 옷을 주섬주섬 걸치고서.

일본 정원에서 마주한 자연의 생명력

곤고산마이인은 어디나 추웠다. 밤새 눈이 내렸고, 눈이 얇게 깔린 산사 정원 옆 현관으로 나가는 문을 열면 찬바람이 벌컥 들어왔다. 나는 이해하지 못하는 중요한 의식들을 거행하는 네 수도승의 의식을 구경했다. 하지만 풀지 못할 수수께끼들 속에서 방황하는 내 마음에 맞는 명상을 찾지는 못했다. 그들의 주문이 처음엔 생경했지만 차츰 익숙해졌다. 수도승들의 사중주를 이루는 도돌이표와 낮은 음들은 댄 음악을 떠올리게 했다.

몇 시간 후 더 웅장한 산사에서 열리는 의식을 볼 수 있었는데, 짙은 향냄새와 어둡고 신성한 무게로 눌린 공기가 가득한 곳이었다. 염불이 시작되자 더 맑게 들렸다. 나는 그 소리 안에서, 시간의 흐름도 잊은 채 양말을 신고 바닥에 서 있던 발에 감각이 사라져간다는 것만 느꼈다.

이 사찰이 원래 있었던 곳은, 고야산의 신성함을 이루는 20만 구 이상의 무덤이 있는 오쿠노인이었다. 나는 지난번 일본 여행 때도 묘지들을 방문했었는데, 항상 묘한 매력을 가진 장소라고 생각했다.

고요하거니와, 영국에서는 느낄 수 없는 망자에 대한 고혹적인 친근함이 가득한 곳. 나는 묘비에 새겨진 고인들의 취미들—독서, 가라오케 마이크—을 구경하는 것이 좋았다. 제물로 남겨놓은 커피 캔들과 사탕에 적어놓은 사랑 가득한 문구들도 발견했다.

오쿠노인에는 세월과 자연에 더해진 이점들이 있었다. 숲의 바닥을 무덤들이 점령하고 있다는 것. 닛산, 파나소닉, 맥주와 녹차를 만드는 기린의 직원들을 기리기 위해 만들어진 3백여 개의 법인 '묘지'가 있는 개방된 구역이 있었지만, 대부분의 묘비는 나무 아래에 자리를 잡고 있었다. 향나무, 전나무, 적송, 솔송나무, 왜금송 그리고 매혹적인 흙냄새로 유명한 노송나무 아래에 말이다.

이 숲은, 19세기 초반 이 여섯 종류의 나무가 사찰을 짓는 용도 이외로는 사용될 수 없다는 금지안이 발효되면서 자연스럽게 보존되었다. 신성한 장소라고 하면 신앙심 이외의 것은 존재하지 않는 곳이라 상상하기 쉬운데, 고야산은 전쟁부터 화재까지 모든 종류의 파괴를 목격해온 곳이었다.

홍수를 겪을 때마다, 평화를 위해 정착하기로 결정한 사람들은 잔해들을 치우고 다시 시작했었다. 이곳에 남아있는 많은 사찰은 겉모습만큼 오래되지는 않았는데, 주변을 둘러싼 숲이 이 사찰들보다 더 오래 되었을 뿐만 아니라 목적을 가지고 나무들을 심었다는 뜻이었다.

묘지를 가로지르는 분명한 길이 있었지만, 숲 바닥을 훑어내지 않아도 눈에 보이는 나뭇가지들 같은 갈림길이 많았다. 이곳에는 금지의 개념이 없다. 조용히 조심성 있게 경의를 표하기만 하면, 가고 싶었던 곳을 마음껏 거닐 수 있었다. 나는 비탈이나 오래된 계단들을 올라가, 한 걸음씩 더 깊이 들어갈수록 나무, 침엽수 가지, 고사리, 이끼 들이 부드럽게 밟히는 곳으로 둘러싸인 작고 가려진 무덤들을 찾아다녔다. 이 오솔길들이 비현실적이고 예상치도 못한 곳으로 나를 이끌 때도 있었다.

말없이 원시적인 공간을 찾는 여정에만 집중하면서, 나는 어쩔 줄 몰랐던 권태로움과 외로움에서 벗어나 훨씬 더 안정되고 명상적인 상태가 되었다. 그 순간 그곳에 몇 시간이나 있었는지 잠시 길을 둘러갔었는지 가늠하기는 어려웠지만, 방황하고 있었다 해도 흘러가는 시간을 인정하지 않을 수는 없었다. 자연이 내 앞에 살아있는 역사를 보여주고 있었으니까.

더 깊숙이, 더는 닿기 어려운 묘지의 묘비들은 이끼로 덮여 숲과 뒤섞여있었다. 그 묘비들은 누가 세운 것인지, 그들의 자손들은 살아있는지, 더 이상 읽을 수도 없는 묘비를 가진 망자들을 누가 애도할지 궁금했다. 다섯 개의 돌을 쌓아 올려 만든 전통적인 불교식 묘비들이 수백 미터 이어지며 관목들 아래에 자신들만의 건축양식을 형성하고 있었다.

종종 붉은 천들이 초록과 회색 공간을 스치기도 했다. 선명한 경우도 있지만, 대부분은 칙칙한 분홍색이거나 희미한 오렌지색이었다. 내 눈에는 절대 익숙해지지 않을, 가슴 아픈 지조(지장보살) 동상들이 입고 있는 의복의 색들. 지조는 연약하고 나약한 자들뿐만 아니라 여자와 여행객, 특히 태어나기 전이든 후든 부모보다 앞서서 죽은 어린이들을 돌보는 일본식 불교의 신이다.

일본의 불교 신앙에 따르면, 어려서 죽었거나 태어나기 전에 죽은 망자들은 연옥으로 가는데, 그들이 짧은 생을 사는 동안 좋은 카르마를 쌓을 충분한 시간이 없었기 때문이라고 한다. 그러나 지조는, 긴 소매 옷을 입고 아이들의 영혼을 몰래 빼내어 천국에 데려다준다. 그는 아이를 잃은 부모들과 유산이나 영아 사망, 낙태를 경험한 여성들이 의지하는 후원자인 것이다.

지조의 동상들은 묘지에 아주 많이 세워져 있었다. 그 동상들은 아주 작고, 가끔은 사람의(수도승이나 아주 평화로워 보이는 유아의) 형상이기도 하다. 가장 확실한 특징은, 붉은색 턱받이와 모자, 니트 카디건, 재킷 등 무덤을 가질 수도 없을 만큼 작았던 아이들을 애도하기 위해 지조의 동상들 위에 입혀놓은 의복들이다.

지조의 동상들이 그 묘지에 묻혀 있는 망자들의 삶에 대해 확실한 단서와 해석까지도 제공해주긴 했지만, 묘비에 새겨진 일본어와 멀리서 들리는 징소리와 염불의 울림을 대부분 이해하지 못했는데도 불구하고, 이 공간에는 다른 곳에서는 찾을 수 없는 안정감을 전해주는 뭔가가 있었다. 이곳은 옮겨짐의 땅이었다. 비스듬하게 놓인 돌들과 잘 다듬은 나무들이 있는 사원의 정원이 주는 엄숙함과 질서와는 다른 느낌이었다.

날씨마저 비현실적이었다. 맑은 하늘에서 눈이 내리며 부드럽게 흔들리는 울창한 나무들과 함께 눈송이들이 흩날렸다. 그러다가 구름이 나타나면, 춤을 추던 눈송이들은 땅으로 떨어지기도 전에 잎사귀 끝에 내려앉은 햇살에 녹아버렸다. 부정할 수 없는 기억과 상실의 무게가 나를 둘러싼 공기를 정제하고, 감정 너머 실제의 영역까지 들어와 나의 존재 자체를 짓누르는 뭔가로 만들어지는 것 같았다. 하지만 안도감도 느껴졌다.

중력과 자각과 변화의 인식이 오기를 기다리던 며칠이 지나고, 깨달았다. 내가 혼자 떠났던 여행들이, 쉼도 없고 따분했던 그 여행들이, 결국 나에게 중요한 의미를 가져다주었다는 것을. 살짝 큰 코트처럼 내 어깨 위에 걸친 채로 나를 감싸고 있었음을. 해결책을 찾은 것 같았다.

오후가 반쯤 지났을 무렵 돌아와 보니 방이 따뜻하게 데워져 있었고, 침구는 정리되어있었으며, 전날 밤 다 비웠던 작은 보온병 옆에 차가 담긴 큰 보온병도 놓여있었다. 밖에는 눈이 다시 내리기 시작했다. 나는 방 한쪽 입구에 있던 고리버들 의자에 앉아 멀리 정원의 돌들 위에 내려앉는 눈송이들을 바라보았다.

전날 밤 나는, 이 산사와 고야산의 적막함을 뒤로 하고 맨 처음으로 출발하는 케이블카를 탄 다음 첫 산 기차로 갈아타고 우글거리는 사람들과 맛있는 튀김들이 가득한 오사카로 돌아갈 생각뿐이었다. 고야산은 너무 고요했다. 아무것도 없는 곳에 있으니 밀실 공포증도 느껴졌다.

그러나 이전의 시간들을 차단한 이 작은 온실 속에 앉아, 내가 겪었던 약간의 지루함이 얼마나 큰 호사였는지를 깨달았다. 주변 상황에 익숙해지고, 기이함의 진가를 알아보고, 이야기를 나눌 사람이 없는 까닭에 머릿속 소음들을 또렷하게 듣고, 외부와 이어지는 인터넷 없이 오직 신비로운 의식과 풍경에 새겨진 위대한 감정들을 누리던 것이 호사였음을 말이다.

그날 저녁 나는 묘지를 다시 찾았다. 눈은 끊임없이 내렸다. 거리를 모두 덮은 눈을 밟을 때마다 희미한 뽀드득 소리를 속삭이듯 바스락댔다.

어둠이 깔린 그곳은 달라져 있었다. 날씨보다는 마법의 힘으로, 마치 그 산사들이 육중한 나무 문들을 닫으면, 대부분의 인간은 사라진다는 걸 알고 안심하며 눈발을 내리는 것 같았다.

해가 지면서 길마다 불이 켜지고 랜턴들 속 전구들이 길가에 노란빛을 드리워 몇 시간 전에 온 사방을 헤매던 힘겨운 길이 아닌, 안전한 길이 되어있었다. 그 묘지도 변해있었다. 나는 몇 시간 전에 걸었던 곳을 되짚어 가면서도 전혀 다른 곳을 보는 것 같았다. 동상들은 각자의 어둠 속에서서, 머리와 코에 내려앉은 눈 덕분에 새로운 신비로움을 드러냈다.

그 풍경과 마찬가지로 나 역시 변해있었다. 나는 더 차분해졌고, 통제하려는 욕심을 내려놓을 마음이 더 많아졌으며, 계획에 사로잡히기보다 편안하게 거닐 줄 아는 사람이 되어있었다. 초조함도, 변화하고 도전해야 한다는 욕구도 일부분 내려놓았다. 그리고 순리대로 흘러가도록 내 버려두기 시작했다.

나는 산 하나를 넘어 기후 시로 옮겨와, 사냥개처럼 길쭉한 마고메라는 이름의 마을에 묵었다. 산비탈에 붙어있는 지역으로, 비바람에 상한 집들이 빠르게 사라져가고 강인하고 척박한 아름다움이 담긴 넓은 땅만 남아있는 마을이었다. 향나무와 대나무 숲으로 둘러싸인 산 정상에서는, 짙은 뭉게구름이 조금씩 움직이며 그 사이로 드러내는 마지막 햇살이, 차가운 겨울 날씨와 쉬지 않고 불어대는 바람에 약해지고 납작해진 누런 풀들 위를 비췄다.

마을의 높은 지역에는 단정한 채소밭들이 있었다. 정갈하게 쳐놓은 검은 덮개 위로 초록 새싹들이 올라왔고, 배추들도 지난밤 내린 눈을 맞고 더 맛이 좋아졌음을 아는지 당당하게 자리 잡고 있었다. 대나무 줄기들이 일렬로 심겨 있고, 허수아비들이 걸치고 있던 붉은 망토들이 바람에 휘날렸다. 주말농장들의 철제 뼈대 위로 초록 그물망을 쳐놓은 걸 보니 날이 따뜻해지면 수확도 하는 모양이었다. 언덕 꼭대기의 작은 묘지에서, 며칠 내에 필 것 같은 통통한 구근들도 찾아냈다.

게스트 하우스 맞은편에 있는 식당에 들러보니, 여기에서 이틀 밤을 묵는 사람은 나 하나였다. 대부분은 마고메에서 몇 시간만 머물고, 나카센도 등산로(400년 전 봉건제도 시대의 고속도로)를 걷기 위해 아침 일찍 떠났다가, 그 길에 있는 훨씬 더 예쁜 마을인 쓰마고에서 묵기 때문이었다.

고립감이 다시 느껴지면서, 시간을 허비하고 있다는 생각이 들었다. 하지만 저녁 식사 후, 이곳에 와서 따르고 있는 일상을 이어갔다. 깊고 뜨거운 온천물에 조금씩 몸을 담그고, 유카타—발목까지 내려오는 가벼운 기모노—를 몸에 두르고, 바닥에 깔려 있던 요 위에 편안히 누워 책을 읽는 일상으로.

나는 일주일째 전통 일본 가옥에서 지냈고, 쌀쌀한 외풍과 부드럽게 흔들리는 미닫이문의 공간이 침묵과 사색으로 이끄는 방법에 익숙해졌다. 나는 도시 생활의 장식들을 떨쳐버리기 시작했다. 여행 가방 맨 위에서 5센티미터 아래로 손을 넣어 뭔가를 찾는 일이 거의 없었고, 매일 똑같은 옷을 입어도 행복했다. 화장도 하지 않았고, 머리도 질끈 묶고 다녔으며, 거울에도 신경을 끊었다. 나를 볼 사람이 거의 없었으니까.

주변 사람들에게서 받는 즐거운 방해 없이 나를 정면으로 바라보며, 해야 할 것 같아서가 아니라 좋아하는 대로 행동하는 호사를 누리는 상황에서 나의 생각에만 집중하는 일은 그리 어렵지 않았다. 나는 내가 나만의 속도대로 움직이는 것—더 준비가 된 사람들에게 연신 추월당했기에—과 신성한 지역, 정원, 마을 들을 걸으며 구경하는 것을 좋아하는 사람이라는 사실을 알게 되었다.

엉뚱한 신발—모두 워킹화를 신었는데, 나는 나이키 에어맥스를 신었으니—을 가져오긴 했지만, 눈 위에서 미끄러져도 스스로 일어설 수 있다는 것도 알게 되었다. 실제로 당황스러운 상황을 마주하고 싶지 않아긴 여정과 멀리 떨어진 게스트 하우스들을 종이에 인쇄하면서, 이 여행의 세세한 사항들까지 생각하느라 지나치게 많은 시간을 허비했다는 것도 깨닫기 시작했다. 원래 준비한 계획이 아닌, 일정을 공유하기로 한 두 사람과의 여행이 아닌, 혼자만의 여행이 되었다는 것도.

내가 어디를 가든, 얼마나 걷든, 얼마나 큰 고립감을 얻든 상관없었다. 이곳에서 내내 혼자 있을 것이고, 나에게 어떤 산을 밟는 일보다 더 큰 도전이니까. 이 고독은 겪어본 적이 없는 감정이었고, 책을 찾거나 온라인을 탐색해 준비할 수 있는 것도 아니었다. 몇 개월 동안 행정적인 문제와 실질적인 일 들로 씨름하면서, 나는 나의 감정을 다른 이들과 조시, 매트 그리고 친구들과 많이 교류하고 있었다. 그들을 배제한 상태로 나의 감정에 집중할 여유를 스스로에게 허락한 적은 없었다.

번뜩이는 순간이 와서 깨달은 건 아니었다. 나카센도 등산로는 부인할 수 없을 정도로 아름다웠고, 또 외진 곳이었다. 생활의 흔적이라고는 굴뚝에서 부드럽게 피어오르는 소리 없는 연기, 가끔 만나는 개와 낮은 오막살이에서 멋진 사냥개와 살면서 모닥불 위에 걸어놓은 냄비로 녹차를 따라주던 다정한 남자가 전부였다.

나는 위대한 깨달음의 장소가 아닌, 눈 덮인 대나무 숲과 강에서 끊임없이 울리는 소리 안으로 들어갔다. 그리고 자못 더디고, 조용하고, 그 어떤 것도 없는 부재 속에서 깨달음을 얻었다. 나는 쉽게 변하고 트레이싱 페이퍼만큼 가벼운 꿈에서 깨어나 일광욕을 즐기던 도쿄로 돌아왔고, 곧 익숙한 그 도시를 보고 의식이 깨어나는 게 느껴졌다. 삶의 의미와 현실 사이의 공간을 부여잡으면서, 나는 가방들을 챙기고 비행기표도 챙겼다. 그러나 머리카락에서는 여전히 장작 냄새가 났다.

도쿄의 녹지들

우리는 중학교 지리 시간에 일본에 대해 배웠다. 손때가 묻은 교과서에서 보던 연도별 설명들이, 얼마나 미래의 일들처럼 보였는지 기억난다. 초고속 열차들과 내진설계가 된 건축물들과 도시들 안에서, 작은 아파트 속에서 어떻게 사람이 다른 사람의 위층에 살 수 있는지를 들었다.

탈진하는 업무 문화, 한 직장에 뼈를 묻어야 하는 기대, 긴 근무시간 등 경고적인 내용들도 들었다. 젊은이들은 뭔가를 성취해야 하고 받아들이기에는 지나치게 어려운 기대치를 따르면서, 과도한 스트레스를 받고 만성적으로 높은 자살률에 시달리고 있다는 것도. 모두 과장이 아니었다.

일본의 자살률은 러시아보다는 낮을지 몰라도 영국보다는 높다. 세간의 이목을 끈 과로사는, 일본 정부를 상대로 치명적으로 긴 업무 시간을 바꿔보려는 청원들이 일어나는 계기가 되었다. 일본의 밀레니얼 세대는 성생활과 신체적 관계를 수치스러울 정도로 회피하는데, 그 배경에는 테크놀로지와 실업, 수입을 포함한 이유들이 뒤섞여있다. 이 문제가 시사하는 바는, 십 대 시절 동안 사회의 일부가 되기 위해 우리가 어떻게 성장했는가 하는 점이다.

80년대부터 점점 더 많은 이십 대가 안전한 외곽 지역들을 버리고, 생활 편의시설들이 모여있는 불안정한 주거 환경으로 몰려들고 있다. 과로는 밀레니얼 세대의 표준이 되었다. 2019년 WHO는 '만성적인 업무 스트레스'로 유발되는 극도의 피로를 심각한 건강 문제로 규정하기에 이르렀다. 우리는 우리가 '완벽한 몸매'가 아니라고, 데이트 앱을 통해 인맥을 찾아야 하는 존재라고 알려주는 광고판과 함께 성장했다.

신문 기사들은 우리가 성관계를 하지 않는다고 말하고, 경제학자들은 거기엔 좀 더 복잡한 문제들이 있다고 말한다. 우리가 위험을 회피하려는, 불안감으로 똘똘 뭉친 세대라서 밖으로 나가는 데이트보다 집 안에서 보내는 데이트를 더 매력적으로 느낀다고 말이다. 하지만 단순히 비교와 대조만으로 다루기 어려운 문제이다. 일본이 19세기 중반에 고립된 상태로부터 스스로 자유로워졌는지 몰라도, 제삼자와 여행객 들이 가지고 있는 문화적 거리감은 상당 부분 남아있다.

그럼에도 나는 오랫동안 도쿄를 편안한 장소로 느껴왔다. 그곳의 단정한 질서가 좋았고, 입구 주변에 사람들이 넘쳐나는데도 전철에 오르기 위해 줄을 서는 사람들의 질서의식이 좋았다. 도시의 건물들과 공중 화장실에 그어놓은 연한 타일들의 끝없는 줄들도 좋았다.

고독을 즐기기에 안성맞춤인 장소로 혼자서 밥을 먹는 일이 전혀 금기

시되지 않으며, '가이진' 또는 외국인의 신분으로도 도시에 생명선을 제공하는 수많은 사람의 질서 정연한 모둠 안에서 행복하게 쓸려 다닐 수 있었다. 또 조시와 내게 깊은 의미가 남아있는 장소이기도 했다.

우리는 런던에서 사랑에 빠지고 함께 살았지만, 런던은 내 방식대로 체득한 도시였다. 런던의 자전거 도로들은 내 영혼에 새겨져 있다. 그곳의 지리는 나의 직장 인터뷰, 식당, 술집 들과 웃음으로, 잊고 있던 친구들과 새로운 친구들을 만나던 기억으로, 홀로 지나가면서 즐겁게 놀고 있는 사람들을 부러운 눈으로 바라보던 시간들로 채워져 있었다. 사랑하기 위해 죽도록 노력했으나, 그 안에 단단히 파묻혀버린 도시이기도 했다. 십 대의 야망과 이십 대 초반의 생존 본능을 들고 미미한 월급으로 세워 올렸던 도시이기도 했다.

출퇴근길에 슈퍼에서 극도로 짜증스럽게 줄을 서고, 초여름 강가에서 핌스 한 잔을 마시고, 너무너무너무 오래 버스를 타고, 다음 일자리와 다음 아파트와 다음 클럽과 다음 친구들과의 수다를 고민하던 도시였다.

조시와 나는 런던을 누비고 다녔지만, 우린 어쩌다 우리의 궤도가 되어버린 곳에 우리만을 위한 공간들을 만들기도 했다. 도시 바깥 주변에서 아주 오랫동안 나를 받쳐주고 자극하던 곳들을 말이다. 그러나 지난 9개월은 완전히 새로운 런던을 익히는 연습의 시간이었다. 그곳에서 번성하기에 충분한 용기를 가진 자연에게 거처를 제공하는 곳으로, 돌무더기 사이에서 부들레야와 야생화가 피어나는 담장들이 있는 곳으로.

반면 도쿄는 오직 조시와 내가 함께 겪은 모험, 함께 만든 언어, 함께 쌓아올린 습관 들이 새겨져 있는 도시였다. 찻길에 있는 자동판매기들과 말하는 화장실들과 어마어마한 크기의 횡단보도들은, 설명할 수도 부인할 수도 없는 우리의 로맨스를 떠올리게 하는 재료들이었다. 둘이서 함께 발견한 것들이니까. 나는 그 추억들을 마음껏 누렸다.

도쿄에서 머무는 첫 며칠 동안, 조시와 나는 몇 주 만에, 아니 몇 달 만에 처음으로 친구처럼 연락을 주고받았다. 시차와 수천 킬로미터의 와이파이 너머로 다정하게 이야기를 나누었다. 나는 우리가 걸었던 곳을 되짚어 가보고 그의 조언들을 따르고 우리가 사랑했던 카페들과 상점들에 들르면서, 우리가 함께 느꼈던 감정들을 다시 즐겼다.

하루에도 몇 번씩 나타나던 기억들로 어색하고 괴로웠던 몇 개월의 시간을 보내고, 이제 나는 그 시간들을 품기로 했다. 감사하게 여기던 그의 성품들도 다시 떠올렸다.

발굴되지 않은 숨은 보물들을 소중하게 여기던 마음, 너무나 작은 것들에서 찾아내던 즐거움, 세부적인 것에 주의를 기울이는 사람들을 보며 느끼던 기쁨. 그 기억들을 떠올리고 선한 것들이 그대로 있게 두면서(좋은 거니까, 잃어버렸거나 없어졌거나 슬프거나 상실한 게 아니니까) 나는 우리가 함께 만들었던 것들이 정말 멋지지만 이제는 떠난 것이라고 인정할 수 있었다. 인화지 표면에 끈끈한 화학약품을 뿌리고 어떤 사진이 현상될지 기다리는 것처럼 말이다.

어쩌다가 도쿄에 온 친구들은 파크 하얏트 호텔의 바에서 칵테일을 마시고 싶어 했고, 해가 지는 시간에 〈사랑도 통역이 되나요?〉를 촬영한 장소에 가고 싶어 했다. 그날 저녁에는 박수갈채를 받을 만한 노을이 나타나지 않았다. 대신, 바닥에서 쏘아올린 조명, 고층 건물 꼭대기마다 각자의 박자에 맞춰 번쩍거리는(헬리콥터들과 그 지역을 통과하는 비행기들을 위한) 붉은 경고등들이 마치 호흡하듯 황혼 사이를 가르고 있었다.

내가 조금 덜 고급스러운 호텔들에서 감탄하며 바라보던 장면이자, 늘 조시와 함께 보던 장면이었다. 그리고 친구들이 와이파이의 혜택을 누리며 각자의 핸드폰을 들고 앉아있는 사이, 잠시 고립감을 느끼던 52층 위에서 그 불빛들을 바라보며 마침내 내가 모든 것에 이별을 고하고 있음을 깨달았다. 조시에게 그리고 우리가 함께 누렸던 것들에. 나는 완전히 털고 일어서도록, 붙들고 있던 손을 놓도록, 우리가 함께 나눈 기억과 의미 들을 과거 속 어딘가에 단단히 남겨두도록 나에게 허락을 구했다.

이후로, 나는 도쿄를 나만의 장소로 여기기 시작했다. 처음엔 마주하기조차 두려웠던 고립감을 들이마시고, 고요 속에서 만족감을 얻었다. 나는 한 시간이 편안하게 흘러가도록 두면서, 주변을 산책할지 낮잠을 잘지는 내가 하고 싶을 때 결정하기로 했다. 정신없이 돌아가는 관광 일정이 있는 것도, 완수해가며 목록에서 지워야 할 일들이 있는 것도 아닌 일주일 전만 해도 불가능하게 느껴졌던 일종의 행복한 게으름으로 채워진 날들이었다.

나는 뭔가를 해야 한다는(인스타그램에 올리기에 좋은 활동이나 가이드북을 따라야 한다는) 이성이 아니라, 오직 내가 원하는 마음을 따랐다. 나는 출력해왔던 일정표와 계획표, 끝이 너덜너덜해지고 여러 번 접어서 부들부들해진 종이들을 여행 가방 앞주머니에 넣어버렸다. 천천히 떠오르는 아침 햇빛이 나를 깨우도록 허락하며, 늦잠도 잤다.

좀처럼 맑게 개지 않고, 끝없이 이어진 투박한 회색 반죽 같던 하늘이

자글자글한 이불보처럼 부드럽고 편안한 빛으로 도쿄의 콘크리트 건물들을 뒤덮었다. 나는 나만의 여행 습관들을 만들어나갔다. 구글 맵으로 인근의 녹지들을 찾은 다음 그곳으로 가서, 계절에 앞서 핀 꽃들뿐만 아니라 알아볼 수 있는 꽃들만 찾아보기로 했다.

벚꽃이 피기 시작했다. 모과, 복숭아, 자두 나무들은 내가 도쿄에 왔을 때 꽃을 피울 시기였지만, 벚꽃이 피기에는 며칠 이른 날짜였다. 내가 봄보다 겨울에 가까운 계절에 일본을 방문했다는 걸 생각해보면 말이다. 도쿄는 벚꽃 축제를 위한 준비가 한창이었다. 매년 꽃구경 오는 사람들을 유혹하는 거대한 수양벚나무가 자리한 (도쿄 분쿄구에 있는) 리쿠기엔 파크 '산책 정원'에는, 벚꽃이 프린트된 맥주 캔을 마시고 벚꽃 아래서 사진을 찍으러 몰려들 인파를 대비해 표지판들과 통행 장벽들이 설치되었다.

몇 해 전 봄, 조시와 나는 일본에 와서 핑크색 거품이 뜬 달달한 음료수들을 마셔댔다. 일본 도회지에 있는 벚꽃나무의 대부분은 왕벚나무로, 연한 분홍색 꽃들이 일본 국민들에게 일체감을 불러일으키는 데에 큰 부분을 차지한다. 이 나무는 무성생식으로 번식되는 종이라서, 같은 때에 꽃을 피우고 대략 여드레 동안 온전한 상태를 유지하다가 하늘하늘한 꽃잎을 바닥으로 떨군다.

더 특이한 종을 찾고 싶으면, 산이나 정원들이나 지방으로 더 들어가야 하는데, 대부분 짧은 기간 동안 피어 더 사랑스러운 왕벚나무로 만족한다. 일본인들은 벚꽃이 피는 시기에 맞춰 일정도 조정한다. 학교도 4월에 시작하고, 대학도 마찬가지이다. 일본에서 벚꽃나무들이 활짝 핀다는 건 새로운 출발의 시기를 뜻한다.

나는 다른 도시를 찾았다. 추억이나 전통을 떠올리는 곳 말고, 호기심을 자극하고 내게 익숙한 것과 너무나 다른 삶의 호화로운 일상을 떠올리는 곳으로 말이다. 그리고 다른 곳에서 다른 종류의 회복을 얻었다. 상자 갑 같은 파스텔색의 집들 사이에 난 길쭉한 틈들―지진 피해를 막아주는 일본식 완충 공간―과 운이 좋을 때는 폴리스티렌 상자나 맥주 상자에 가득 담겨 있는 데이지 또는 펄럭거리는 사랑초의 기하학적 잎사귀들을 발견하고는 마음을 홀딱 빼앗겼다.

작은 회색 사각형 타일들이 붙은 벽들을 배경으로 마음껏 뻗어나간 분홍색 꽃잎들을 감상하기 위해 발걸음을 멈췄다. 고엔지에 도착해 얼룩 하나 없이 깨끗한 분재 상점 앞을 걸어가면서, 그곳의 주인―전통 하카마를 입고 뒤편에 앉아있던 남자―을 슬쩍 봤다. 어린애처럼 옷을 입은 젊은 여자가 들썩거리는 스카의 음악을 틀어놓고 원색의 옷과 빈티지 장난감 들이 진열된 선반을 정리하던, 옆 상점도 구경했다.

도쿄의 전통 정원들은 나의 관심을 끌지 못했다. 나는 젠 정원들의 무미건조한 단조로움에서 의미를 찾기 힘들었다. 교토와 카나자와에서 방문했던 유서 깊은 사찰들의 격식들이 답답하게 느껴졌다. 그 장소들의 예술성은 불변성에 있었는데, 햇살에 의해 계절이 바뀌는 영국의 정원에서 날씨에 의존하며 사용하는 방법과는 매우 다른 가드닝 방식이었다.

나는 느릿느릿 걷다가 도쿄식 정원들을 만났다. 집 안에서 기르는 것과 거의 비슷한 식물들을 키우고 있었다. 그 식물들을 좋아해서인지, 그 식물들을 기르는 방법을 알고 있어서인지 아니면 그 식물들이 가진 다채로운 색 때문인지는 모르겠지만. 예술을 넘어선 삶에 대한 열정이었을까? 야자나무들이 분쿄구의 아파트 지역을 따라 심어져 있었다.

거리마다 버베나 향기가 가득했다. 바비 핑크색 모과 꽃들이 길가의 네모난 산울타리 한가운데에서 비스듬히 고개를 내밀었다. 크림색 목련의 우아함이 주차장 위에 희미하게 보이던 회색빛 빈 광고판 사이로 퍼져나왔다. 나는 창가 화단에 핀 분홍색 아네모네들과 항아리에 담긴 의기양양한 공작고사리들을, 드라이기로 말리는 머리카락처럼 바람결에 흔들리는 엽상체들을 눈에 담았다.

시부야는 쇼핑으로 유명한 곳이지만, 상점들 앞에 플라스틱병들을 거꾸로 꽂아 만든 화분들에 어린 묘목과 관목 들을 심어두어 인도에 초록판을 펼쳤다. 어떤 각오와 끈기가 그들을 그곳에 있게 했을까. 인도에 놓인 화분에 나무를 기르겠다고 생각했던 사람들과 그곳에 심겨진 후 잘 자라준 식물들. 나는 사람들이, 그 플라스틱병들에 물을 주면서 선포했을 의식들에 대해, 도쿄에서 가장 번화한 지역에 자리 잡은 식물들과 이 작은 화분 정원들에 발걸음을 조심하며 전했을 예의와 인내에 대해 생각했다.

일본에서의 마지막 오후, 나는 더 지저분한 지역인 시모키타자와 근처에 있었다. 매일 돌아다니는 게 일상이 되니 한때는 특별했던 것들이 일상의 겉치장처럼 느껴졌다. 예전에는 특별했던 자동판매기들과 머리 위에 걸려 있는 전선들을 이제는 그냥 지나쳤다. 그런데 낯선 그라피티가 눈에 들어왔다. 아이비로 둘러싸인 분홍색 벽면 옆으로, 골진 금속 벽면의 이랑들 위로, 이 주 동안 일본어로 눈이 멀어있던 내 앞으로 영문자가 나타났다. 'TOKYO IS YOURS(도쿄는 당신의 것이다).'

혼돈의 아름다움을 지닌 런던의 벚꽃

매트의 비행기는 내 비행기보다 몇 시간 늦게 도착했고, 그는 공항에서 곧장 내게 왔다. 우리는 간간히 연락을 주고받았다. 나는 그가 인도에 있는 동안 런던에서의 생활에서 벗어나 그만의 시간과 공간을 갖기를 바랐고, 더불어 나도 나만의 공간을 즐겼다.

현관문을 열자마자 그는 무작정 밀고 들어와 먼지투성이인 여행 가방을 든 채로 할리우드 영화에서나 보던 허리가 뒤로 꺾이는 키스를 내게 퍼부었다. 우리는 온몸을 움직이느라 재회의 인사를 건넬 틈도 없었다. 다시 함께 있게 되었다는 순수한 기쁨으로 충만한, 열정적이라기보다는 강아지들의 재회 같았다. 나는 그런 기쁨을 느끼게 된 나에게 놀랐다. 그럴 마음의 준비가 되어있다는 사실에도. 나는 그 자리에 있는 게, 그 복도의 형광등 불빛 아래서 법석을 떨고 있는 게 행복했다.

매트를 향한 사랑과 조시에 대한 배신감 사이에서 어쩔 줄 모르던 마음, 너무나 급하게 빠져들었던 그 감정의 갈등이 내게서 떠나갔다는 사실이 행복했다. 우리는 현재를 사는 존재들이었고, 그만큼 단순했다. 우리는 짐을 풀어 정리하고, 시차에 적응하고, 이 도시에도 다시 느긋하게 적응하기 위해 다음 날은 각자 지내기로 했지만, 바깥 날씨가 너무 나빠서 집을 벗어나지 못했다. 그래서 우린 침대 위에 이불을 덮고 누워 폴 사이먼의 노래를 들으며 각자의 여행 이야기를 나눴다.

나는 춘분이 오기 며칠 전에 런던으로 돌아왔다. 날짜상으로는 아직 겨울이었지만, 이미 겨울은 멋지게 물러가 있었다. 지난 주 몸을 추스르고 편안해진 상태로 돌아가 보니 발코니가 온통 강풍을 만난 선박처럼 부산하고 소란했다. 6개월 전에 콜럼비아 로드 마켓에서 산 이후로 내내 속을 태우던 하얀 히아신스들이 풍부한 향기를 뿜어내며 피어나 발코니의 동쪽 끝부분을 흰색으로 바꿔놓았는데, 꽃들이 너무 무거워서 줄기가 바닥으로 휘어 아래에 있는 아테미시아들 위로 늘어져 있을 정도였다.

자리를 비운 동안, 촘촘하고 단단하던 동백꽃의 작은 꽃봉오리들은 숨막힐 듯 겹겹이 쌓인 꽃잎들로 활짝 피어있었다. 발코니에서 꽃들이 건네는 인사를 받으며, 나는 밖으로 나가 곧 만개할 런던을 받아들였다.

도쿄를 다녀온 후에 보니, 꽃이 핀 런던은 너무나도 다른 곳이었다. 런던은 한 종류가 아닌, 수십 가지의 벚꽃이 피는 곳이었다. 일본의 토종 나무에 대해 믿기 어려울 정도의 광범위한 집착을 보였던 영국의 벚꽃 수호자들 덕분이었다. 동식물 연구가였다가 벚꽃광이 된 귀족 소년 콜링우드 인그램은, 턴브릿지 웰스 근처에 있던 자신의 넓은 뒷마당에서 수십 종의 벚꽃을 키웠다.

그는 희귀한 일본 나무들의 꺾꽂이 순들을 보내고 또 받았는데, 녀석들은 자른 감자에 꽂힌 채로 40여 일의 여정을 견뎌냈지만 산업화로 인해 영국의 토양이 너무나 부패하고 피로 얼룩진 상태라 불과 몇십 년 만에 멸종한 종들도 있었다. 그가 수집했던 꺾꽂이 순들 덕분에, 영국의 거리들과 지루한 교외들 그리고 전후에 지어진 공영 주택단지들 주변으로 다양한 종류의 벚꽃들이 피어날 수 있었다.

런던에서는 하나미를 즐길 수 없다. 여드레보다 훨씬 더 긴 기간 동안 벚꽃이 피기 때문이다. 영국의 벚꽃들은 훨씬 느슨한 일정으로 핀다. 차가운 3월의 이른 바람에 피기 시작하는 녀석들도 있고, 야외 바비큐를 시작하는 5월까지 피는 녀석들도 있다. 런던의 벚꽃은 짙은 선홍색과 매우 창백한 흰색 그리고 그 중간의 모든 색조로 물들어있어 웅장한 목련, 뾰족뾰족하고 야단스러운 노란색 개나리, 현란한 홍학 버드나무와 대조를 이룬다.

런던의 벚꽃나무가 강을 둘러싸거나 꽃길을 만들어주는 일은 없지만, 버스로 이동하는 통근길을 밝혀주고 울타리 사이로 삐져나온다. 영국의 벚꽃은 여러 색조가 다양하게 섞여있어 콘크리트 주변일지라도 거리의 꽃을 즐길 줄 아는 사람들을 위해, 피어나는 아름다운 혼돈의 꽃이다.

더 넓고 굵게 자라나길 기대하며

나는 아랫집 이웃에게 감사하며 묘목들을 테이블 위에 놓았다. 이웃이 관리를 아주 잘해준 덕분에, 묘목들은 의욕적으로 크고 굵게 물을 많이 머금은 것도 그렇다고 시든 것도 아닌 상태로, 건강한 잎사귀들을 뽐내고 있었다. 하지만 스위트피들은 호리호리한 상태로 길쭉하게 바닥에 끌리고 허우적대며 아주 능숙하게 기어오르는 식물들이 그렇듯 바닥에 엎어지려 했다. 그냥 남겨두는 것도 한계가 있었다. 스위트피들은 계속 자랄 것이기 때문에.

가지를 뻗을 기회가 없으면, 가늘게 자랄 것이고 꽃도 최소한으로 피울 테니, 그럴 바엔 솎아내는 게 낫다. 나는 가느다란 줄기들을 하나씩 잡고 잎사귀들을 확인한 다음, 각 쌍 바로 위를 손톱으로 누르며 손톱 밑에서 줄기가 끊어지는 걸 느꼈다. 가장자리 부분이 잘려나가면서 전체적으로 허전해졌지만, 최선을 위한 선택이었다.

이제, 나의 스위트피는 더 넓고 굵게 자랄 것이다. 더 많은 가지를 뻗어내고 늦여름이 되면, 꽃을 피울 것이다. 그렇게 나는 녀석들이 하나의 길만 고집하지 않도록 더 아름다운 기회들을 선사했다.

4월
April

인생의 열매를 맺다

아네모네 Anemone
Anemone coronaria

"아네모네의 아름다움은, 바람에 오랫동안 견디는 꽃잎에 있다. 몇 주 동안 번져가던 그 꽃들도 며칠 후, 시들어 씨앗들을 남길 것이다. 씨앗들은 다시 돌풍에 날려 어딘가에 떨어져 자리를 잡고 싹을 틔우거나 자리를 잡지 못하거나 그와 비슷한 성과조차 내지 못할 것이다. 그러나 일단 자리를 잡고 나면, 스스로 튼튼하게 자라서 꽃을 피운다. 기회가 있으므로, 모든 과정이 가치 있는 것이다."

겨울의 부스러기와 봄의 언약들

그곳의 빛과 공간을 모두 기억한다. 중이층의 높은 천장, 밝고 환하고 생명으로 충만할 준비가 된 그곳을. 아침에 눈을 떴을 때, 나는 게슴츠레한 눈으로 그곳이 잠결에 본 집일 뿐이라는 걸 알았다. 집들을 옮겨 다니던 중에 꿈속에서 만들어낸 상상 속의 공간들 중 하나였다는 걸. 최면에 갇힌 거리에 있던 집. 한참이 지난 후, 나는 캠버웰 구석을 걸으며 나의 잠재의식이 어떻게 그런 공간을 만들어냈는지 생각했다.

밤이 되면, 색조도 문제도 다양했던 잠재의식들 속에서 펼쳐지는 나의 미래를 보았다. 터무니없이 출세 지향적인 꿈들도 있었고, 최후의 순간에 담긴 공포와 걱정의 꿈들도 있었다. 이사를 나가고, 발코니를 정리하고, 화분에서 식물들을 모조리 꺼내는 꿈은 반복해서 꾸었다. 식물들이 옮겨진 곳이 꿈에 나온 적은 한 번도 없었지만, 식물이 모두 들어가지 않을까 혹은 적응하지 못할까, 내가 가꾸던 작은 세상이 오직 한곳에만 존재할 수 있었던 것일까, 조바심치고 걱정하기에 충분한 꿈이었다.

식물과 연관된 꿈을 꾸지 않을 때는, 조시와 내가 꾸렸던 집에서 나를 끊어내는 현실을 깨닫고 있었다. 우리는 전혀 다른 종류의 냉혹한 비통함이 적힌 심각한 편지들을 끊임없이 받으며, 우리 아파트에서 우리를 분리시키는 불편한 협상의 과정을 시작했다. 문 앞에 도착해있는 변호사들의 편지들에 담긴 무시무시하고 생경한 지시사항들이 나를 두려움 속으로 몰아넣었다.

우리 둘의 관계, 우리끼리 나누던 농담과 이야기, 모험 같은 여행, 집에 틀어박혀 있던 순간, 함께 성장하던 시간들이 끝을 맺었다. 우리가 함께 나눴던 즐거움과는 어울리지 않는 현실이었다. 나도 거기에 일조해야 한다는 사실이 더 상처가 되었다.

그 편지들은 무시해버릴 수 없는 것들이었다. 몇 년 전에 함께 내렸던 돈에 관한 교묘한 계획과 결정 들을, 썩은 고기 들추듯 다시 확인해야 했다. 아무리 우리가 그 과정들에 최대한 많은 신경을 쓰려고 애써도 우리는 이제 별개의 존재들이었고, 그렇게 오랜 시간 서로를 위해 최선을 다하려 노력했음에도 불구하고 각자의 이익을 주장하고 있었다.

나는 부동산중개인의 매물 목록들을 샅샅이 뒤지고, 근무시간 전후로 시간을 내서 많은 집을 보러 다니느라 힘이 빠졌다. 그런 곳이 있는 줄도 몰랐던 미로 같은 동네를 찾아다니느라 핸드폰을 손에 든 채 자전거를 타고 급하게 서둘렀다.

어쨌거나 런던에서 뭔가를 살 수 있는 극소수의 사람들 중 하나였다는 사실은 매우 운이 좋은 일이었다. 흔치않은 특별한 기회라는 사실을 나도 알았다. 그렇다 해도 나의 예산은 당연히 낮았다. 런던 남동부를, 가장 저렴한 동네를 제외한 다른 곳은 보지 않았다. 아주 작더라도 발코니가 없는 곳도, 바깥 공간이 없는 곳도 보지 않았다. 식물을 키우고 숨을 쉴 공간이 없으면, 질식할 것 같은 기분이 들었기 때문에.

그런 조건들의 결과는 거의 비슷했다. 예전 임대아파트들 말이다. 대개 60년대에 지어진 집들이었고, 오랫동안 세를 내놓아서 부분적으로 망가진 집들도 있었다. 눅눅하고 감방 같은 집들이 빈번했고, 대부분 대대적인 보수가 필요한 집들이었다. 부동산중개인들은 사탕발림도 거의 하지 않았다. 할 말도 별로 없었으니까.

성인 여성이 원룸아파트 하나를 보는 데 10분도 안 걸리기 때문에, 빛이 언제 드는지 혹은 보수를 하려면 얼마가 필요한지, 어떤 벽들이 철거가 가능한지를 따져보는 동안, 부동산중개인들은 초조하게 밖을 내다보며 주차 관리 공무원들이 오는지 확인했다. 예외 없이 이런 집들은 내게 맞지 않았다. 너무 비싸거나, 너무 멀거나, 너무 작고 후줄근했다.

나는 마음을 내려놓을 준비가 되어있었다. 도시에서 한참 떨어진 곳으로 이사를 갈, 두 명의 월급이 아닌 한 사람의 월급을 기준으로 훨씬 좋지 않은 곳에서 살 준비가 되어있었다. 하지만 실상은 그 정도의 조건조차 희망할 수 없는 곳들이 대부분이었다.

꿈들이 말해주듯 나는 늘 뛰어난 공상가였다. 아주 사소한 것들에서 이어져 나오는 생각들에 사로잡히는 스타일이다. 예를 들어, 놀러 가면 좋겠다고 그냥 내뱉은 말 한마디에 계획 모드에 돌입해서, 항공편과 호텔 그리고 함께 떠날 수 있는 날짜들을 찾아본다. 일정이 확정되면, 휴가는 어떻게 할지, 옷은 무엇을 입을지에 대한 답을 내리지 않고는 인터뷰를 보러 가지도 않았다.

한겨울에 발코니에 서서, 봄이 되면 또 여름이 오면 어떤 모습일지 머릿속으로 그려보는 일도 똑같은 감정에서였다. 내가 계획하지 않은 변화들과 따분한 화요일 오후나 단조로운 토요일 아침을 깨트리는 일상의 틈들을 힘겨워하는 것도 같은 이유에서였다.

나는 내가 통제할 수 없는 상황들 속에서 가능한 일들을 시도해보고, 그런 다음에야 그 일이 불가능하다는 사실을 깨닫는 사람이다. 모든 것이 곧바로 해결될 수 없다는 것, 나는 그 사실을 배우기 시작했다. 비록 여전히 받아들이기 어렵긴 했지만.

4월의 첫 며칠은, 환상과 좌절 사이에 머물러 있었다. 캠버웰에 있는 낡아빠지고 좁은 고층아파트에 반해 8층이나 되는 높이를 생각하지 못하고 양쪽 전망만 보았다. 부엌이 좁은 것도 무시한 채 그곳에 만들 것만 상상했다. 발코니에 그물 친 식재 계획을 그린 후에야 어떤 버스들을 타고 다닐지 생각했다.

조시와 내가 공유했던 아파트가 나를 쫓아낼 과정들이 펼쳐지고 지속되면서, 나는 현실로 곤두박질쳤다. 나는 아무것도 없는 공간에서, 바보같고 자질구레한 것들, '자전거는 어디에 보관할까?' 같은 것에 집중하며 내가 가꿀 수 있는 정원들을 떠올렸다.

오락가락하는 난제들이 머릿속에서 끊임없이 반복되었다. 엄마와 한나 언니가 든든한 지원군이 되어주었다. 열심히 매물 목록들을 봐주고, 집을 보고 온 이야기를 들어주고, 내가 예전 일들을 떠올릴 때마다 창의적이고 열린 마음으로 이해해줬다. 대신 나는 이 모든 일을 친구들에게는 알리지 않으려고 노력했다. 눈치 없고 따분하게 느껴지는 일로 친구들을 귀찮게 하고 싶지 않았다.

매트 역시 어느 정도 거리를 두었다. 우리는 행복하게 서로의 삶으로 녹아들어가는 중이었다. 오랫동안 유지해보려고 애썼던 반짝거리고 수정같이 맑으며 더 나은 사람의 모습이 아니라 골치 아프고 까다로운 모습 그대로의 나로 설 용기를 얻는 동안, 부동산중개인과 나눈 지루한 수다와 매일 오르락내리락하는 희망고문 사이로 그를 초대하고 싶지는 않았다.

그는 나만의 공간을 찾으려는 나의 고집을 살짝 당황스럽게 여겼다. 가끔 내게 그의 아파트로 들어오라고 제안하기도 했는데, 나는 내가 왜 그럴 준비가 되지 않았는지, 또 앞으로도 왜 준비가 되지 않을 것인지 제대로 설명하지 못했다. 아무리 작고 지저분하다 해도, 나에게 나만의 땅이 필요한 이유에 대해 말이다.

그날 생긴 소동이 가벼운 것이든 아니든, 나는 일이 마무리되면 발코니로 물러났다. 서머타임으로 시간이 늦춰지기도 전인데, 오전 6시만 되어도 날이 밝아오고 공허해지고 가벼워졌다. 아직 밖이 쌀쌀했지만 나는 이 시간이, 서늘함 속에서 팔에 닭살이 돋는 느낌이 좋았다.

잠들어있는 도시의 공기를 맡고 움직이고 있는 것들이라곤 나와 나의 식물들뿐임을 느끼는 순간을 즐기는 일이, 하루를 시작하는 고요한 의식이 되었다. 그렇게 늘어난 시간들은, 멈춤과 시작 그리고 해결해야 하는 업무들, 너무나 칙칙하고 생경해서 불평할 수도 없는 머릿속 생각들, 시간을 가득 채웠다가 답답함만 남겨놓던 삶의 종이 뭉치들로 범벅이 된 나에게 저녁에도 해방감을 주면서, 하루 중 가장 중요한 일과가 되었다.

북쪽 지역에 남아있던 눈으로 런던이 추위에 시달리고 있던 때라 초봄의 온기는 찾을 수 없었지만, 남아있는 찬 기운과 늘어난 바람으로 볼 때 6개월 만에 처음으로 창가의 화분들에 매일 물을 줄 때가 왔다는 걸 알았다. 부엌 싱크대에서 물뿌리개에 물을 채우고, 허파 가득 지저분한 공기를 들이마시며, 새싹들을 확인하는 야외에서의 모든 일을 감수할 이유가 생겼다는 뜻이었다. 내게는 피로에 찌들어 소파에 드러누워 있는 것보다 훨씬 좋은 일이었다. 나는 나 자신도 더 잘 가꿔가고 있었다.

많은 것이 자라나고 있었다. 준비된 정원사들과 행동으로 옮기기를 좋아하는 사람들은, 겨울이 끝나갈 무렵부터 할 수 있는 일들을 하기 시작하지만, 4월이 되면, 식물들이 알아서 그 속도를 따라잡는다.

꽃봉오리가 터지고, 자신들을 품어주던 땅을 뚫고 올라온 가지들마다 새순이 싹트기 시작한다. 땅 밑에서 에너지를 모으며 몇 개월의 시간을 보낸 식물들은, 이제 땅 위의 존재들에게 자신들을 맡긴다. 쏟아지는 소나기와 태양의 시선을 느끼고, 결핍과 황홀감에 취해 태양 쪽으로 몸을 기울인다.

커뮤니티 정원에는, 지난 1월 마지막 기회라고 생각하고 차가운 땅에 심었던 튤립 구근들이 알록달록 행복한 색으로 꽃을 피우기 시작했다. 4월 초는 겨울의 부스러기들과 봄의 언약들이 함께 공존하는 시간이었다. 겨우내 길게 자랐다가 근래에 성장을 멈췄던 제비꽃들이 다시 꽃을 피우기 시작했다. 비를 맞고도 무르지 않고 싱싱하게 잎을 지키며 지난 10월부터 견뎌온 하얀 시클라멘들은, 흙으로 돌아갈 운명의 꽃잎들에게 작별 인사를 전하고 있었다.

꽃을 피웠다가 쪼그라들고 갈색으로 변하여 화분 가장자리 너머로 술에 취한 듯 떠밀리던 히아신스들 사이에, 용감한 히아신스 한 송이가 자리를 지키고 서 있었다. 나는 봄이 와 기온이 올라가면서 꽃잎들이 점점 시들어 누렇게 변하도록 내버려두었다. 앞으로 몇 주 동안은 초록인 상태로 남아, 광합성을 하고 햇빛을 받고 땅속에 있는 구근들이 내년에 다시 싹을 피우도록 영양분을 공급하겠지.

히아신스들의 마지막 콘서트 너머로 여린박도 있었다. 라넌큘러스와 동백꽃의 단단한 꽃망울들—둘 다 희고 아름다운—이 피어나 겹겹의 꽃 잎들 사이로 고개를 내밀고 있었다. 잿빛 바다 위에 헤아릴 수 없을 만큼 멋진 모습으로.

아침을 먹으면서 먼저 키부터 키워놓고, 단단하고 곧게 성장해가는 화초들을 창가에 돌려주고 있었다. 스위트피를 강단 있게 만들기 위해 선선한 아침 공기에 내놨다가 해질녘쯤 다시 집 안으로 들여놓아도 될 만큼 날이 따뜻해졌다. 씨앗도 뿌려야 했다. 작고 성실한 씨앗들을.

커다란 갈색 씨앗들이 노래 가사처럼 싹을 틔우는 더우미아오와 한련화는, 4월에 들어 날이 따뜻하면 일주일쯤 먼저 굵은 줄기와 작고 예쁜 잎사귀 들을 보여줬다. 더우미아오는 대단하다. 꺾어도 다시 자라고, 빽빽하게 심어놓은 용기 밖까지 자라면서 걷잡을 수 없이 무성한 초록 다발이 된다. 나는 더우미아오가 힘들이지 않아도 멋지게 자라고, 이른 여름 때 한입 가득 먹기에 최고인 채소라고 생각한다. 나중에 열매를 맺는 콩 역시, 여름 내내 먹을 수 있는 맛있고 진드기 없는 먹거리다.

한련화는 느긋한 걸 좋아하는 식물로, 수련 같은 잎사귀들이 마구 돋아나는데, 둥근 원형의 초록 잎 위로 난 잎맥의 대담함이 놀라울 정도로 멋지다.

꽃봉오리는 말랑말랑한 화살촉 모양으로 올챙이 꼬리 같은 덩굴 줄기들 끝에 달리며 기약도 없고 결실도 없는 것 같은 수많은 날을 보내다가, 갑자기 오렌지색 꽃잎들을 한 아름 피워낸다. 잎사귀, 줄기, 꽃까지 모두 먹을 수 있고 햇빛이 쨍쨍하고 토양이 빈약할수록 더 좋은 결실로 보답한다. 돌무더기가 있는 곳과 사람들이 포기하고 덮어버린 곳에서 잘 자라는 식물이라 그렇다.

한련화를 포함해서, 어떤 꽃들은 주변의 빛이 사라지면 '반짝거린다'고 했던 엘리자베스 린네(18세기에 여성들을 학문적 영역에서 제외시켰던 식물학자인 칼 린네의 딸)의 말에 동의한다. 인간의 시력이 오렌지색과 초록색의 차이를 이해하는 방법에 관련된 문제이긴 하지만, 요는 한련화 밭이 산불이 난 것처럼 보일 수 있다는 것이다.

봄이 끝나갈 즈음, 아무리 애써도 꽃들이 시드는 속도를 따라잡지 못하는 때가 되면, 나는 이 불꽃같은 꽃들을 진딧물이 덮도록 놔두었다. 벌레들은 새들의 먹이가 될 것이고, 내 몫의 꽃은 내가 이미 먹었으니까. 하지만 실은, 내가 그 까만 벌레들이 오렌지색 꽃잎 위를 기어 다니는 걸 사랑해서였다. 꽃 대신 암회색 점들을 감상할 차례였다고 할까.

짬짬이 쓴 잠깐의 시간들이 모여 긴 시간을 발코니에서 보냈지만, 식물들과 발코니는 여전히 집들과 함께 내 꿈 속에 등장했다. 꿈속에서 나는 모판에 있는 건강한 묘목들을 잽싸게 뽑아 야외 서식지에 녀석들을 심어주는 내 두 손을 바라보곤 했다.

흙은 비옥하고 영양분도 풍부하여 비스킷 가루처럼 쉽게 바스러졌고, 잎사귀들은 선명한 초록이었다. 벚꽃들이 춤추는 장면은, 같은 움직임이 끝없이 반복되면서 새 생명에게 더 많은 자리를 내어주며 묘하게 마음을 사로잡았다.

할머니가 사랑한 꽃, 아네모네

발코니를 나만의 공간으로 만드는 동안, 나는 아무렇게나 잘 자라는 식물들을 그곳에 키웠다. 언니가 우리의 어린 시절과 우리의 통근길을 상징하던 부들레야를 사랑하는 것처럼, 나는 스위트피가 벽을 타고 올라가게 만들었다. 또 매년 봄이 되면 많은 양의 라벤더를 키워보려고 시도했다.

옅은 분홍빛 펠라르고늄을 키웠던 건, 그 꽃들이 시들 때마다 내 손에 남는 솜털 같은 보송보송한 잎사귀들의 냄새가 할아버지의 온실을 떠올리게 했기 때문이다. 아네모네도 키웠는데, 인내심을 필요로 하는 식물이라 꽃을 피울 때의 성취감이 엄청났다. 할머니가 사랑하시던 꽃이기도 했고.

외할머니는 내가 네 살 때, 여러 번의 뇌졸중으로 고통스러운 삼 년을 보내신 후 돌아가셨다. 내게 할머니에 대한 기억은 거의 없다. 가족끼리 찍은 비디오와 전해 듣는 이야기들로만 남아있을 뿐이다.

할머니가 양로원 침대에 누워계시던 모습이 기억나는 것도 같다. 조금 더 이전의 일인데도 더 또렷하게 기억난다. 더는 할 수 없을 때까지 할머니를 간호하시던 할아버지가 내게 단추 모양의 캐드버리 초콜릿을 할머니에게 가져다 드리라고 했던 일이다. 나는 지저분한 손으로 움켜쥐고 있느라 끈적거리던 초콜릿을 할머니 의자 앞에 있던 플라스틱 쟁반 위에 올려놓았다.

그랬던 할머니가 내 기억 속에 강인한 여성으로 존재한다는 건, 할머니가 우리 남매들과 부모님께 남겨놓으신 사랑의 증거이다. 바람에도 흔들리지 않도록 고정된 머리가 그대로 찍힌, 햇살이 내리쬐고 바람이 거센 바닷가 휴대용 의자에 앉아 미소를 짓는 할머니가 사진 속에 남아

있다.

할머니 옷장 속에 있던 옷들의 일부는 내게 있다. 할머니가 우리 부모님 결혼식 때 드러내지 않는 요크셔의 자부심으로 입으셨던 검정색 바탕에 작은 오렌지색 꽃무늬 실크 스커트가 있었는데, 70년대 후반 신부의 어머니가 입기에는 약간 아슬아슬해 보이는 옷이었다.

몸에 딱 달라붙는 할머니의 50년대 스타일 검정색 미니드레스는 내 졸업식 때 입었었고, 그 시절에 만든 할머니의 태피타 스커트는 요즘도 입고 출근한다. 그런 날이면, 할머니가 어떻게 생각하실지 궁금하다. 잘 알지도 못하는 손녀가 자신의 오래되고 빛바랜 옷들을 입고, 비서가 아닌 저널리스트로 신문사에 출근하는 모습을 보신다면 말이다.

할머니는 이야기들 속에 살아계셨다. 유머라는 날실과 기억이라는 씨실로 세월과 함께 엮인 할머니의 사랑스러운 캐리커처. 나는 할머니가 주변이 깨끗하고 단정하고 적절하게 정리되어야 하는 엄격한 분이었고, 좋은 친구들을 사귀시며 브릿지와 골프 게임으로 몸과 마음을 활동적으로 가꾸셨던 분이었다고 들었다.

전쟁 중에는 구급차 운전병이셨지만 아이들을 사랑하셔서 보모가 되었다는 것도, 어린 생명들을 놓치고 말로 표현 못할 세월들을 보낸 뒤 오직 한 아이, 우리 엄마를 갖게 되었다는 아름답게 포장된 비극도 안다. 우리 엄마를 너무나 사랑하셨지만, 할머니는 그 시대 격식의 틀에 갇힌 세대의 일원이었다.

엄마가 대학으로 떠난 후에 매주 편지를 주고받기는 했어도 어른들의 이야기나 힘든 일에 대해 단 한 번도 할머니와 대화를 나눠보지 못했던 건, 당시에 엄마는 고작 삼십 대였고 세 아이들을 키우고 있을 때 할머니가 돌아가셨기 때문이다.

나는 엄마가 만든 깃이 높고 레이스가 달린 드레스를 입고 결혼식장에 들어섰을 때, 할머니께서 엄마를 불러다 앉혀놓고 샌드위치를 먹이셨다는 이야기도 들었다. 병이 너무 심해져서 말도 제대로 못하실 때에도 찬송가를 따라 부르셨다는 것도 안다.

할머니에게 조앤이라는 여동생이 있었는데, 작은 몸집으로도 뼈가 으스러질 듯 과격하게 껴안는 걸로 사람들을 사로잡는 분이었다고 들었다. 조앤 할머니는 내가 아는 여자 어르신들 중에서 유일하게 바지를 입는 분이었다. 나는 그 모습에 어리둥절하면서도 설레었다. 나는 할아버지가 사랑했던 처음이자 유일한 여자가 할머니였다는 것도 들었다. 그리고 할머니가 아네모네를 사랑했다는 것도.

엄마는 이유를 잘 모르지만, 내 생각에 할아버지와 할머니가 통근자들이 많이 다니는 땅에 아네모네를 키울 수 없었기 때문이지 않을까 싶다.

할머니가 제일 좋아하셨던 꽃은 코로나리아 또는 양귀비꽃이라 불리는 아네모네로 빨갛고 파란색으로 부드럽게 피는 꽃인데, 그중에서도 할머니가 가장 좋아하셨던 건 보라색 아네모네였다.

할머니는 요크시어에 있는 할머니의 부모님 집에 갈 때면, 런던에서 아네모네 한 다발을 사다드리곤 했다. 가끔은 할머니 자신을 위한 선물로 살 때도 있었다.

몇십 년이 지난 후 엄마와 나도, 그 옛날의 할머니처럼 해이워즈 히스 역(영국 남부 지방 해이워즈 히스에 있는 기차역) 밖에 있는 꽃집에 들러 할머니 무덤에 놓기 위해 아네모네 반 다발을 사곤 한다.

아네모네가 가장 길들여진 야생화라서 할머니가 사랑하셨던 게 아닐까 생각할 때도 있다. 아네모네 코로나리아는 지중해 토종 식물로, 봄마다 그곳의 산비탈을 연보라색으로 물들인다. 아우리큐라와 함께 16세기 후반에 화원용 꽃으로 재배된 몇 종의 꽃들 중 하나로, 인기는 덜했지만 튤립만큼 오래된 꽃이다.

네모로사 같은 종은 이른 봄에 피기 시작해 넓은 잎사귀들 사이로 연한 파란색과 흰색의 작은 꽃잎들을 예쁘게 밀어내며 숲에 번진다. 해가 뜨면 꽃잎들이 펼쳐지고, 비가 오거나 어두워지면 꽃잎들을 오므러가며, 4월의 돌풍을 탄력 있게 이겨내서 바람의 꽃으로도 알려져 있다.

할머니가 가장 먼저 좋아하셨던 꽃이 야생화였으니까. 북쪽 요크셔어 기차역장—그의 아버지도 기차역장이었다고 한다—의 딸이었던 할머니는, 조앤 할머니와 함께 철로 둑을 따라 야생화를 따서 무거운 물건들로 눌렀다가 종이에 붙여서 스크랩북 전체를 야생화들로 꾸몄다. 꽃잎들은 시간이 가면서 천천히 색이 바랬다.

증조할머니인(나의 가운데 이름을 따온) 에밀리 할머니가 증조할아버지인 스탠 할아버지와 다른 친구들과 함께 겨울의 기색이 남은 숲속 둑에 앉아 처음으로 받은 수수한 꽃다발을 들고 행복한 미소를 지으며 찍은 사진이 있다. 1914년, 두 사람의 결혼식과 전쟁 사이에 찍은 사진이었다.

수십 년이 지난 후, 두 분의 딸 그러니까 나의 할머니는 다 자란 성인이 되었지만, 여전히 야생화들의 이름과 가는 동자꽃과 초목 들을 기억하고 있었다. 작은 상자 밑에 물에 적신 탈지면을 깔고 프림로즈를 꺾어 넣어 증조할아버지에게 보냈다. 꽃이 담긴 상자가 힘을 주고 섬세한 꽃들이 향수를 불러 일으켜주도록.

그때 그 세대의 관습이 아랫세대로 잘 전달되지는 않았다. 할머니는 어렸을 적 만든 스크랩북들을 보여주며 엄마에게 꽃들을 눌러서 말려보라고 가르쳤지만, 엄마는 관심이 없었다. 죽은 꽃들을 책에 넣어 보여주는 게 따분하다고 생각했단다. 엄마는 지금도 죽은 것보다 살아있는 것들을 더 기린다. 그래서 엄마가 기념하는 날은 조부모님들의 생신이지, 돌아가신 날이 아니다.

삶의 모든 부분에 존재하는 여성상들

할머니가 여성이 된 후, 야생화들은 야생에 남겨졌고 소녀다운 취미는 종이 사이에 눌린 줄기들처럼 시간과 함께 박제되었다. 엄마가 자란 정원에서는 야생화를 기르지 않았다. 60년대에 야생화는 잡초로 인식되었고, 도시 외곽 지역에서는 화려한 것을 선호했기 때문이다.

티끌 하나 없는 잔디밭 테두리에 자리 잡은 좁은 꽃밭에 주름진 꽃잎이 달린 월계화와 호화롭게 피어나는 달리아가 피어나기를 기대했다. 그래서 땅에서도 이런 꽃들이 올라왔다. 우아하지만 뻣뻣한 당귀속과 황금빛으로 빛나는 가시금작화는 할머니가 젊은 시절을 보냈던 철로 둑에 남았다.

소녀 시절을 마감하면서 함께 끝나는 것들이 있다. 기대가 높아지면서 갖춰야 할 품위라는 것이 생기니까. 지금은, 당연히 훨씬 쉽다. 소녀들과 여성들에게 그들이 알고 있었던 것보다 더 많은 기회가 주어지는 시대니까. 그러나 할머니는 할아버지가 벌어오는 월급으로 티끌 하나 없는 집을 가꾸며 밖으로는 나오면 안 된다는 관념에 붙들려 있던 세대의 일원이었다.

엄마는, 당연히 직업을 가졌으나 선택할 수 있는 직업이 간호사, 비서, 교사 등 몇 개 없었다고 늘 말하던 세대의 일원이었다. 엄마는 교사를 선택했고, 자랑스러워하신다.

그러나 우리 세대는, 열심히 노력하기만 하면 뭐든 가질 수 있다고 들어왔다. 꿈꾸는 직업은 뭐든 이룰 수 있으며, 이후에 아이가 생기는 것과 상관없이 여성들에게도 직업을 유지할 수 있는 능력이 있다고 들어왔다. 어느 정도는 이행되지 않는 부분이지만.

어린 시절, 나는 여자 아이들에게 주어지던 '분홍색에 사랑스러운 콘셉트'를 무시했다. 복잡하지 않고 실용적인 성향의 엄마와 야단법석인 마을에서 자란 덕분에, 나는 재미있다고 느끼지 않는 소녀다움에 별 관심을 주지 않으며 지냈다.

내겐 이십 대 초가 될 때까지도 성별에 따른 기대의 경계와 분할이 보이지 않았다. 더 이상 소녀들에게 무엇이 적절하고 무엇이 적절하지 않은지 대놓고 말하지도 않았다. 우리는 여성들이 배를 타고 전 세계를 항해하고 마라톤에서 우승하는 모습을 보았고, 부디카와 잔 다르크에 대해 배웠다. 나는 여성스러운 게 무엇인지 알았지만, 그렇게 하지 않는 게 커다란 실패인 것처럼 느낀 적은 전혀 없었다.

하지만 대학을 졸업하고 할머니처럼 런던으로 이사를 오면서, 나 역시 한계들에 갇혀버렸다. 내가 있는 자리에 남아있던 불평등을 마주하면서, 소리도 없고 보이지도 않는 그 불평등을 아직도 얼마나 많이 짊어지고 있는지 경험했다.

우리가 여성상을 만들어낼 수는 있으나 셀 수 없이 많은 작은 전투를 거쳐야만, 수많은 기대에 도전해야만, 임무들을 거부해야만, 유리천장들을 두드려야만, 실수를 찾기 위해 거울에 비춰봐야만, 더듬거리는 손들을 참아내야만, 거리의 성희롱들을 서둘러 지나쳐야만, 남자들보다 적은 월급을 사과까지 해가며 감지덕지로 받아들여야만 가능한 일이었다. 나는 직장, 집, 삶의 모든 부분에 존재하는 여성상을 알아차리기 시작했고, 남자들은 생각조차 하지 않는 일들을 해내야 한다는 걸 깨달았다.

조시가 떠나자마자 내가 맨 처음으로 느꼈던 것들 중 하나는, 내가 그의 뒤를 따라다니며 얼마나 많이 치워댔는가였다. 식탁 위에 남겨진 시리얼 그릇들, 복도에 벗어놓은 신발들, 바닥에 벗어놓은 옷들, 건조대에 걸어놓은 빨래들.

어떤 상의도 없이, 우리는 이 역할에 빠져 있었다. 아파트 생활을 함께 하며 시작된 것이 아니었다. 몇 해 전 우리가 한 집에 살면서 각자의 방을 가지고 있을 때에도, 내 방은 깔끔하게 정돈되어있었지만 그의 방은 그렇지 않았다. 나는 함께 살기에 만만한 사람이 아니다. 할머니를 닮은 것인지, 나는 물건들이 제자리에 있는 것을 좋아하고 집 안이 정신없으면 제대로 쉬지 못한다.

조시 없이 혼자서 아파트에 살게 되면서, 나는 내가 그동안 여성다운 행동에 맞춰 살았음을 깨달았다. 우리는 한 번도 어떤 역할을 누가 맡을지에 대해 상의한 적이 없었다. 그런데도 나는 엄마, 엄마의 엄마처럼 언제 무엇을 먹을지 결정하고, 손님들이 방문하기 전에 집을 어떻게 정돈할지 결정하고, 잠자리에 들기 전에 물건들을 정돈하는 역할을 자연스레 떠맡았다.

조시는 다른 역할, 말할 것도 없이 더 중요한 일들을 맡았다. 우유와 시리얼이 떨어지지 않았는지 확인했고, 세탁기를 돌렸다. 돌이켜보니, 집안일이 내 운명인 것처럼 그 속에 나를 던져 넣은 젊은 여자였던 내 모습에 어이가 없었다. 깊이 생각해보지도 않고, 그 역할을 앞치마처럼 입고 허리에 단단히 조여 맸었다니.

그 역할은 이별과 동시에 모두 사라졌다. 내가 게으름뱅이가 되었다는 게 아니라 우리 관계에 있어서 너무나 많은 부분이 집과 안정이라는 개념에, 엄마와 할머니들이 지났고 언니가 밟고 지나게 될 미래에 묶여 있었다는 뜻이다. 긴 시간 공을 들여 쏟아내는 사랑, 아름다운 집, 언젠가 내 손가락에 끼워질 반지, 이외의 일들에 묶이는 미래에 말이다.

하지만 그 미래는 곧 일어날 일이 아니었다. 조시와 함께할 미래도 아니었다. 나는 그 미래에서 잔인하게, 아무런 사전 경고도 없이 떨어져 나왔으니까. 그렇게 내게 남겨진 이 생소한 공간에서 나는 나의 여성상을 다시 고치고, 사회가 내게 가르쳤던 기대치들을 되돌아보며, 그것을 대신할 뭔가를 만들 기회와 마주하고 있었다.

우리 이전의 여성 세대들이 그랬듯, 우리 세대도 우리를 억누르고 있던 경계들을 계속 밀어냈다. '양쪽 모두를 이룰 수 있는가'에 대한 질문이 디너파티와 독서모임 들의 주제가 되기도 했다. 제4세대 페미니즘은 스파이스 걸스를 맹목적으로 숭배하고 자신들의 분노와 부당함을 인터넷에서 나누던 소녀 시절을 거친 여성 세대에서 생겨났다. 그 물결은 결국, 바람직한 젊은 여성상에 대한 수많은 데이터베이스에 불을 붙였다.

밀레니엄 시대의 여성으로, 좋은 아파트에서 안정적인 관계를 유지하며 삶에 안주한다는 건 실패이자 극단적인 행동으로 여겨졌다. 우리는 인스타그램과 핀터레스트에 올리기 위해 〈굿하우스키핑〉 잡지를 따라 하는 건 그만두었지만, 음식을 만들고 집을 꾸미고 삶을 아름답게 만드는 행위들은 그대로 유지했다. 집안일은 우리가 해야 한다고 생각했으므로.

조시와 헤어진 첫날부터, 나는 내가 어떤 종류의 여성인지와 함께 고독의 개념, 고독에 익숙하지 않은 나의 성향, 우정과 사랑 그리고 인생을 만드는 것이 무엇인지에 대해 생각했다. 4월이 되면서 두 가지가 확실해졌다. 내가 어디에 있는지, 어디에서 왔다가 어디로 갈 것인지.

가장 친한 두 친구의 결혼

어릴 때 각각 다른 시절에 만났던, 가장 오래되고 또 친한 친구 두 명이 일주일 내로 각각 결혼식을 올릴 예정이었다. 첫 번째 친구, 안나는 내가 자랐던 따분하고 언덕 많은 마을에서 같이 자랐다. 유치하고 감상적인 친밀함 안에 내가 사랑하고 동질감을 느끼는 강철 같고 엉뚱한 투지가 있는 친구였다. 우린 비슷한 유머 감각을 갖고 있었고, 함께 영국의 국경을 벗어났었고, 닳아 해진 빈티지드레스를 입고 더 반짝거리는 모험들을 추구했다.

안나는 나와 함께 신부와 신랑이 해야 하는 터무니없고 말도 안 되는 준비들을 시작했다. 우리 집 화장실에서 웨딩드레스를 입어보았고, 페컴에 있는 클럽에서 함께 모여 쿵쾅거리는 비트 너머로 와자지껄하게 떠들었고, 안나의 손목에 묶은 하트 모양의 풍선이 머리 위에서 깐닥거리며 디스코 조명이 분홍색 포일에 반사되던 브라이덜샤워를 즐기면서 함께 대마초를 피웠다.

며칠 전에는 매트와 함께 퍼스셔의 언덕 비탈에 서서, 마틴과 에밀리의 결혼식을 위해 비틀즈의 〈옥토퍼스 가든〉을 불러주었다. 두 사람이 만나던 밤이 생생하다. 우리가 대학에 입학한 지 몇 주밖에 되지 않았던, 십 년 전의 그 밤이.

그 사이 여러 일이 있었지만, 둘의 관계는 안정되고 서로를 이해하는 것처럼 보였다. 비록 우리—우리의 하우스메이트들과 에밀리—가 두 사람이 언젠가 결혼할 거라고 예상했다 해도, 단정하게 매만지고 온 머리를 망가트리는 거센 바람부터 시간이 갈수록 자유분방한 스코틀랜드식 파티의 드럼 소리와 와자지껄한 소음이 가득한, 휑뎅그렁한 헛간의 커다란 바위들로도 막을 수 없을 만큼 정신없이 과열된 결혼식을 할 줄은 몰랐다. 매트와 나는 밖으로 나와 찬바람을 쐬면서 맑은 하늘로 퍼져나가는 모닥불 연기를 보고, 맞잡은 두 손에서 행복을 느꼈다.

나는 함께 자라다시피 했던 사랑하는 두 여성이, 흰 드레스를 입고 중대한 서약을 하고 소녀 시절을 끝내는 모습을 보면서, 마음이 들뜨고 신이 났다. 하지만 나는 추억과 현실 사이에 붙잡혀버렸다. 꽃가루와 레이스로 휘감긴 이 이벤트가, 현실과는 다소 동떨어진 영화의 한 장면처럼 느껴졌다.

결혼식을 올리는 그들, 발랄하고 무례한 행동들을 공유했던, 익살맞고 교활하며 무엇보다 뛰어났던 두 사람이 누군가의 아내가 되면서, 단 하루만에 세련되고 깨끗하고 완벽에 가까운 모습이 될 수 있다는 현실을 이해하느라.

그건 내가 경험하게 될 격차이기도 했다. 소녀 시절에서 다른 시기로 진입하는 중이었으니까. 내가 뉴캐슬에서 맞이했던 첫 봄, 고삐가 풀리고 휘둥그레진 눈으로 흥청망청 놀아대던 신입생 환영 기간 이후 6개월을 보내고 맞은 봄은 탈바꿈의 시간이었다. 우리는 3월의 쌀쌀한 날씨에 학교를 떠났다가 몇 주를 보내고 다시 4월 창문 밖 벚꽃나무가 따뜻한 날을 약속하듯 분홍색 꽃잎을 한가득 피워내고 짙은 청색 하늘이 시작되던 때 되돌아왔다.

나는 짧은 방학을 남쪽에 있는 우리 집에서 보내면서, 내면과 주변의 인생에 변화가 있음을 알면서도 어떻게 다뤄야 할지에 대해서는 거의 이해하지 못했다. 그러다가 땅이 녹아 부드러워지고 수선화들을 내어줄 때, 나무들이 보드라운 새순들을 밀어내기 전 꽃들을 가득 피워낼 때, 나는 느꼈다. 꽃샘추위에 맞서고, 반짝 드러나는 햇살을 맞으며, 뭔가가 부글거리고 있다는 걸. 십 년이 지난 지금, 훨씬 더 큰 확신을 가지고 그때 그 기분을 다시 느끼는 중이다.

슬픔과 무지와 혼란과 자기 연민으로 몇 개월의 시간을 보내고 나서야 인생의 여러 부분에 있어서 확신을 가져다주는 편안함은, 그냥 놓아주어야 한다는 것을 배웠다. 미래에 사로잡히기보다는 현재를 소중히 여기며, 다른 사람들을 조심스럽게 포용해야 한다는 것도 깨달았다. 내가 조시와 함께 있던 때보다 더 나은 사람이 되었다거나, 완전히 다른 사람이 되었다는 뜻이 아니다. 적어도 스스로 세워둔 한계를 넘어 성장하는 법을 배우는 사람이 되었다는 뜻이다.

안나와 에밀리의 결혼식은 그녀들의 삶이 새로운 단계로 들어서는 멋진 예식이었던 만큼 곰곰이 생각할 공간과 시간을 허락해준 기회였다. 또 우리의 소녀 시절에 작별을 고하는 시간이기도 했다.

에밀리의 결혼은 다른 하우스메이트들과 함께 축하해주었다. 걸스카우트 모임에 온 것처럼 2단 침대 세 개가 빽빽하게 들어차 있는 방에서 함께 묵은 우리는, 결혼식 전날의 들뜨고 긴장된 에너지를 결혼식장 근처 언덕을 빠르게 걸으며 풀었다.

계절에 맞지 않게 따뜻하고 밝은 날이라서, 우리는 점퍼와 코트를 벗고 밝은 가시금작화 덤불과 빛을 머금은 숲 사이를 지나 허물어져 가는 헛간들과 쓰러진 나무들 아래 자라던 화려한 버섯들을 구경했다.

우리가 헤어져 있던 시간들을 깨끗한 공기로 채웠다. 야외에서 재밌고 신나는 경험들을 함께하며 하나로 묶였던 시절처럼. 우린 환한 겨울날 타인머스 비치(영국 뉴캐슬의 타인강 하류 근처 바닷가)에서 차가운 피시앤칩스를 먹고 해양생태계 연구를 돕기 위해 위험을 무릅쓰고 강둑에 갔었다.

우린 구두를 빌려주거나 화장법을 공유하는 대신 오뚝이 놀이와 인간 피라미드 쌓기를 하며 끈끈해졌고, 터무니없는 말꼬리 잡기와 '딱 걸렸어!'라는 의미의 미소를 지으며 잘난 체하는 사람을 혼내는 법을 아는 젊은 여성들이었다.

나는 날선 자연 그대로를 받아들이는 이 느낌과 기분을 계속 느끼고 또 따라갔다. 결혼식이 끝나고 친구들과 작별 인사를 나눈 후, 매트와 나는 스코틀랜드 북방 지역인 오크니로 날아갔다. 오래도록 기억에 남을 흐릿하고 옅은 빛이 이어지던 나흘 동안, 우리는 거칠고 원시적인 바람을 얼굴과 온몸으로 맞으며, 나무 한 그루 없는 경사진 땅 위의 돌풍 속으로 돌진했다.

마침내 매서운 추위와 함께 밤이 찾아왔고, 우리는 어둠 속에서 옷을 껴입었다. 해무가 내려앉은 섬들에 우리가 유일한 사람인 것처럼 느껴질 때도 있었다. 우리가 머물고 있던 낮은 돌집 굴뚝으로 바람의 울부짖음이 들려왔지만, 나는 두렵지 않았다. 낯설고 거친 공기가 우리를 격렬하게 두드리도록, 허파 가득히 공기를 채우는 동안 나의 두 뺨을 후려치도록 놔두었다.

런던은, 뜨거워져 있었다. 유리창과 건물 위로 햇빛이 내리쬐면서 도시를 달궜다. 사람들은 겨울 코트를 옆구리에 끼거나 어깨 위에 걸쳤고, 따뜻한 곳에서 방문한 여행객들은 파카를 입은 채로 어리둥절한 모습이었다.

새벽부터 남아있던 옅은 구름 사이로 내려와 눈치 챌 겨를 없이 우리를 사로잡은 올해의 첫 온기. 늦잠꾸러기들은 편안한 티셔츠에 위아래로 긴 옷을 입고 나왔다가 두 눈을 껌뻑거릴 뿐이었다. 햇살은 집을 나설 때 입은 방한복을 아직 걸치고 있는 사람들에게도 내려앉았다. 사람들은 밖으로 나갔고, 벤치나 공원을 찾았고, 긴바지를 접어 올리고는 잔디 위에 조심스럽게 몸을 뉘었다.

안나와 제임스가 결혼식을 올린 장소는 스토크 뉴잉턴 처치 스트리트

(런던 북부 도로명)에서 한참 떨어진, 숲 한가운데 자리 잡은 18세기 대저택이었다. 한 여성의 반란과 사랑이 그 저택을 지나는 인공 강에 아로새겨진 곳이었다.

그곳의 두 번째 주인 기업가 윌리엄 크레이쇼의 딸, 엘리자는 지역의 성직자와 결혼하기를 원했지만 아버지의 반대에 부딪쳤다. 두 사람은 기다렸다. 1834년에 크레이쇼가 사망하면서, 당시 사십 대였던 엘리자는 대저택을 상속받았고, 자신이 사랑했고 자신을 기다려준 연인, 아우구스투스 클리솔드와 결혼식을 올렸다. 그의 이름은 그 공원과 저택에 남아있다. 클리솔드 파크는 메트로폴리탄 보드 오브 웍스(메트로폴리탄 광역의회로, 1855년부터 1889년까지 런던의 행정을 담당하던 기구)에 의해 브록웰 파크가 개장되기 몇 해 전이었던 1889년, 대중들에게 공개되었다.

우리는 드레스를 입고 꽃을 든 차림으로, 길게 이어지던 겨울이 지나고 처음으로 찾아온 온화한 날을 즐기고 있던 런던 시민들의 시선을 피해가며, 공원 길을 따라 결혼식장으로 걸어가는 안나의 드레스 자락을 따라갔다.

온기가 내려앉기 시작하면, 런던은 달라진다. 사람들은 명랑해지고 그 따스한 기운을 즐기려한다. 조깅을 하는 사람들과 어슬렁대며 걷는 사람들이 서로 부딪칠 만큼 많아지고, 술집으로 향하던 계획들은 정원으로 방향이 바뀌며, 갑작스럽게 들려오는 아이스크림 트럭의 벨소리가 공중에 떠다닌다.

나는 우리가 성장통을 겪던 곳에서 햇볕을 쬐고 있다는 걸 알았다. 안나와 나는 사회에 고분고분한 청소년들과 이십 대 초에 부를 얻는 것에 인색한 사회에 함께 분노했었다. 성인이 되면서, 천진난만함으로부터 함께 벗어났고 세상을 바로잡기 위해 능력을 갈고 닦았다. 그 자각과 함께 소녀 시절에서 벗어났다.

찬란한 태양이 쪽빛으로 사라져갈 때, 나는 헤더와 안나 그리고 제이미와 함께 웅장한 조지아 스타일 건물 계단에 앉아있었다. 담배를 나눠 피고, 하늘 위로 감겨 올라가는 담배 연기를 바라보며, 헝클어진 머리를 서로의 어깨에 기댔다. 서로의 허리에 팔을 감고 디스코음악에 등을 슬쩍슬쩍 밀었다. 우리는 다가올 여름을 기다렸다. 나는 우리에게 가능한 결말과 제대로 된 성인의 삶으로 넘어갈 수 있을지에 대해 생각했다.

다가올 여름은 우리에게 마지막으로 주어질 자유로움으로 가득할 것 같았다. 나는 마지막 자유를 만끽하고, 마지막 자유로 나를 가득 채우고 싶었다. 아주 짙게 여러 겹으로 드러난 태닝 자국을 남기고, 손톱 밑에 까만 흙이 낀 손가락을 갖고 싶었다. 머리도 길고 멋지게, 어깨를 아름답게 드러내고 싶었다. 물을 벌컥벌컥 들이켜고, 가벼운 당혹감과 많은 선택권이 주어질 때까지 이마에 땀이 송골송골 맺히기를 바랐다.

하늘이 어두워질 때까지 웃고 팔을 휘적거리며 춤을 추는 마지막 여름으로 만들고 싶었다. 그런 여름을 허락해달라고, 흘러가는 우리의 인생을 바라보며 나는 조용히 빌었다. 신나는 방종으로 기억될 마지막 여름을 허락해달라고 말이다. 목적도 없고, 걱정도 없고, 오직 열정과 사랑만이 가득한 여름을.

우리의 소녀 시절이 저물어가고 있었다. 에누리 없이 나이를 먹고, 우리가 직접 목격했고 주변에서 새로 시작하고 있던 여성으로서의 역할을 감당하면서 역사 속으로 사라져갔다. 선택하지 않으면, 한탄하며 비통해하지 않을 수 있는 일이기도 했다.

나는 우리의 소녀 시절이 어땠는지 기억하고, 남아있는 부분들을 소중하게 간직하고, 함께하든 떨어져 있든 우리가 여성이 된 후에 되돌아올지도 모르는 부분들을 계속 살펴보기로 했다.

우리의 인생은 어떤 것을 잃는 여정이 아니다. 어렴풋하게 모두가 알고 있듯이, 우리 어머니와 할머니가 겪었던 것과는 다른 것으로 바뀌어가는 중이다.

그 자리에 있다는 사실만으로도

안나의 결혼식이 끝나자 손님들은 공원 속으로, 공원 너머 거리로, 술집을 찾아 사라져 갔다. 조명들이 켜졌다. 신부가 남아있는 몇 안 되는 사람들에게 꽃을 가져가라고 했다. 형광페인트가 엉망진창이 되고 신발 바닥이 새카매지고 정신없이 땀을 흘리며 몇 시간씩 춤을 춘 후였는데도 내가 챙겼던 꽃들은 살아남았다. 녀석들은 맥주 컵에 담겨 매트의 침실 창가에 자리 잡았다.

아이섀도로 시커메진 눈으로 잠에서 깨어, 클레머티스와 스위트피 꽃들이 후줄근하지만 여전히 아름다운 모습으로 그 자리에 있는 걸 보고 기분이 좋았다. 영국에서 자란 제철 꽃들. 이 녀석들은 오래 가지 않는다. 줄기를 비스듬히 잘라주고 미지근한 물에 담그면서 관리를 잘해줘도, 단명으로 승부를 거는 꽃들이다.

지속되지 않는 찰나의, 그래서 더 소중한 아름다움. 그 토요일 아침,

전날보다 더 화창했던 날, 예년과 다른 더위의 여파와 전날의 마법 같던 이야기들을 나누며, 나는 헤더와 제이미와 함께 공원에 가기로 했다.

할머니 세대엔 절대 없었던, 우리 세대에게만 주어진 게 이런 것들이 아닐까 싶었다. 평생 내가 집을 가꾼다는 전제하에, 남편이 집을 해결할 거라는 확신은 절대 갖지 못할 거라는 것. 앞으로 직업은 물론, 살 집도 어떻게 될지 모른다는 것. 내 세대의 여성들은 모두 가질 수 있다는 말을 들어왔지만, 모든 것이 불가능하고 고단하며 오히려 인생에서 원하는 게 무엇인지 다시 정할 필요가 있게 되었다는 것.

비록 확신을 얻고자 발을 굴렀고 확신을 잃고서 그곳에서 쫓겨났으나, 덕분에 얻은 자유가 나를 깨닫게 했다는 것. 나는 절대 나의 정원에서 월계화를 길러야 하는 구속에 묶이지 않겠지만, 발코니에서 양동이에 아네모네를 기를 수 있고 꺾어서 유리컵에 꽂아둘 수도 있으며 원하지 않으면 하지 않을 수도 있다는 것. 세 가지 직업 중 하나를 골라야 한다고 들은 적도, 아이를 낳기 위해 전부 포기하라고 강요당한 적도 없었다는 것. 불확실함의 폭풍을 바꿀 수 있다면, 스스로 문제를 해결함으로써 강요된 기대들로부터 벗어날 더 크고 강력한 능력까지 모든 것에서 찾을 수 있다는 것. 나아가 그 어느 것도 오래도록 머물지 않는다는 것도.

아네모네의 아름다움은, 바람에 오랫동안 견디는 꽃잎에 있다. 몇 주 동안 번져가던 그 꽃들도 며칠 후, 시들어 씨앗들을 남길 것이다. 씨앗들은 다시 돌풍에 날려 어딘가에 떨어져 자리를 잡고 싹을 틔우거나 자리를 잡지 못하거나 그와 비슷한 성과조차 내지 못할 것이다. 그러나 일단 자리를 잡고 나면, 스스로 튼튼하게 자라서 꽃을 피운다. 기회가 있으므로, 모든 과정이 가치 있는 것이다.

그럼에도 불구하고 괜찮을 거라는 희망

4월 말이 되자 세상은 완전히 다른 모습이 되었다. 카우 파슬리가 런던 남동부 외곽 지역의 연석과 기차역을 따라 잔가지들을 뻗어냈고, 흔들거리는 줄기 위로 하얀 꽃들을 드러냈다. 저녁 8시가 되어도 어둠이 시작되지 않았다. 버스들은 창문을 활짝 열어젖혔다. 초록 기습을 당하듯, 나무들과 산울타리들을 빼곡하게 채운 종이처럼 얇고 창백한 헬레보레들이 활기 넘치는 새 잎사귀들 아래에 몸을 웅크렸다.

시내에는 정원에서 자라다가 다양한 영국 토종 수풀들과 섞인 야생 잡종 블루벨이 도로 한가운데의 안전지대와 공공 화단에 불쑥불쑥 모습을 드러내며 조금씩 자라나는 중이었다. 물망초는 사람들에게서 잊힌 벽 한쪽을 천천히 기어올랐다. 봄은 여러 가지를 만들어내는 중이었다. 나무에서 떨어진 꽃가루도 도로 위에서 흩날리기 시작했다.

나는 필요 이상으로 따뜻한 재킷을 입고 런던 남부의 또 다른 동네를 돌아다니느라 땀을 흘렸다. 늦은 오후였다. 한나 언니, 6개월 된 조카와 함께 브로클리(런던 남부 지역명) 끝자락에 있는 작은 공원을 걸었다.

늦게 도착한 부동산중개인은 잔꾀를 부렸다. 이 원룸아파트에 코딱지만 한 방을 만드느라 추가로 벽을 세웠다는 사실을 숨기려고, 텁수룩한 개가 집주인을 알고 그를 도와주기도 한다는 이야기를 늘어놓았다.

정원이 있기는 했다. 우리는 그 집을 제하기로 했다. 나는 감사의 인사를 전한 다음 아기를 재우라고 언니를 돌려보내고, 그 동네 외곽을 도는 버스를 타기 위해 뛰어갔다.

나는 오랫동안 매물로 나와 있던 집을 보러 갔다. 어디든 감당할 수 있는 곳들을 살펴보던 6개월 전부터 매물 목록에 올라와 있던 집이었다. 그때는 희망의 신호탄처럼 보였던 집. 낡긴 했어도 편안한 원룸에, 녹음이 우거진 발코니가 덜위치 골프장 끝자락에 걸쳐 있었다. 지도상으로 녹지에 둘러싸여있었다. 집주인이 월세를 너무 높게 불렀었는데, 일주일 전에 가격을 낮춘 상태였다. 그래도 여전히 높았고, 내가 감당할 수 있는 수준 이상이었다.

터무니없이 넓은 대지의 구석에 숨어있어서 찾기도 쉽지 않았다. 언덕을 올라가보니 부동산중개인이 잔디 깔린 둑에서 놀고 있는 아이들을 바라보며 옅은 미소를 짓고 있었다. 나는 그 중개인과 예의상의 대화를 주고받았다. 집을 보는 과정에서 예비 고객이 적응해야 하는 노련한 무관심을 받으며 바보 같은 눈치 게임을 시작했다.

붉은 문을 열자 낡은 포스터가 걸려 있고, 왼쪽으로 눈을 돌리니 새로 돋아난 초록 잎사귀들이 벽면을 채우고 있었다. 모든 면에서 숲이 보이는 집이었다. 단단히 자리 잡은 떡갈나무들에서 새 잎들이 돋아나고 있었고, 달랑거리는 꽃들이 햇살을 받고 있었다.

아주 낡은 집이었다. 퀴퀴한 냄새가 났고, 후줄근한 가구에 두꺼운 커튼까지 달려 있었다. 군데군데 떨어져나간 스티로폼 재질의 타일들이 화장실과 침실 천장에 붙어있었고, 오렌지색 소나무 합판이 붙은 부엌과 특이한 골방도 있었다. 버스 정류장까지 꽤 걸어야 하는 위치이기도 했다.

그런데도, 괜찮을 것 같았다. 내게 집이 되어줄 것 같았고, 여기서라면 행복할 수 있을 것 같았다. 문을 열고 나가면, 나를 반겨주는 자연이 내게 필요한 것 같았다. 내가 찾고 있던 한결같음과 적응하려는 식물들의 가능성과 의지의 견실함이, 이 집을 둘러싼 거대한 떡갈나무들에게 있었다. 나는 중개인에게는 별 관심 없는 듯 행동했지만, 엄마와 언니에게 전화를 걸어 다음 주에 나와 함께 이곳을 봐달라고 부탁했다.

5월
May

애쓰지 않고 편안하게

바질Basil

Ocimum basilicum

"정원은 관리인이 죽은 후에 가장 아름답다는 말이 있다. 식물들을 각자의 방법대로 자라게 놓아두면, 자신들을 옭아매던 한계들에서 자유로워진다. 해충 방제와 가지치기의 통제가 사라지고 시든 꽃들은 그대로 남고 씨앗들은 자연의 방식대로 흘어지면서, 놀라움들이 싹트고 뿌리를 내린다."

깊은 밤이 지나야 비로소 보이는 것들

깊은 밤들이 없었다면, 나는 시작이 언제였는지 기억하지 못했을 것이다. 헤더와의 우정이 시작된 때도, 주변 식물들이 전해주는 감각적 즐거움을 이해하게 된 때도. 식물들을 찾아다니고 열심히 키우던 것도. 앞으로 몇 년간은 시작하지 못하겠지만.

우리는 케이티의 친구로 만났다. 헤더와 나는 서로를 본 적도 있었고, 작은 동네에서 비슷한 관심사를 가진 여자애들이 그렇듯 자주 부딪쳤다. 같은 댄스플로어를 꾸몄고 학생신문의 같은 면에 우리의 기사들이 실렸는데도, 친구가 되기 위해 먼저 다가가는 용기가 우리에게 없었다.

케이티가 우리를 엮어주었고, 헤더와 나는 어색하게 데이트 아닌 데이트를 했다. 유행을 주도하는 런던의 잡지사가 주최하는 파티에서, 런던의 최신 유행을 선도하는 클럽들 중 하나에서 만난 건 우리에게 어울리는 선택이었다.

이후로 십 년간 헤더와 나는 그 방면에서 계속 일을 해왔다. 우리 우정은, 땀과 흥분 그리고 쉴 새 없이 흘러나오는 댄스곡에 함께 전율을 느끼고, 집에 돌아갈 때라고 판단하면 인도로 나와 무의미하고 두서없는 환호를 질러대면서 커갔다.

어느 시점에는 서로에게 자유를 줘야 한다는 사실도 알았다. 함께 파티에 가면 인공위성처럼 항상 서로를 챙겼고 원치 않는 관심으로부터 보호해주었지만, 제대로 된 사람이 나타나면 궤도에서 벗어나게 해주었다. 우리 사이의 유대는 질척거리는 것도 냉정한 것도 아니었다. 편안하고 이해심 많은 의리로 유지되는 관계였다.

5월 초, 시험이 시작되기 몇 주 전 밤이었다. 뉴캐슬의 하늘은 봄이 시작된 지 한참 지나 겨울의 깊이를 머금고 있지는 않았지만, 늘 아득해서 암흑을 경험하기는 어려웠다. 춘분과 하지 사이, 뉴캐슬의 하늘은 온전히 캄캄해지는 법이 없었다. 오히려, 가장 어두운 색조의 푸른빛으로 내려앉았다가 새벽이 다가오면 다시 분필처럼 뿌옇게 변할 뿐이었다.

밤이 깊어가면서 기온이 낮아졌지만, 새들은 밤새 노래했다. 시험을 앞두었다는 건 도시에 보이는 학생 수가 줄어든다는 뜻이었다. 거리는 더 따사로운 날들과 더 길어지는 저녁들을 즐기는 분위기로 바뀌어갔다. 우리는 스타킹과 코트—더 활기찬 여자애들은 절대 걸치지도 않은 것들이지만—를 벗고, 도서관에서 나와 잔디밭을 뒹굴며 기지개를 폈다. 기숙사 앞마당에 등장한 일회용 바비큐 그릴들은 화학물질을 잔뜩 머금은 연기를 학교 안에 퍼트렸다.

내 방 창문 밖 나무에 피었던 벚꽃들은 가지 아래 잔디밭을 뒤덮으며 자랑스럽게 돋아나는 새 잎사귀들에게 자리를 양보했다. 나는 창가 화분에 허브들을 심기 시작했는데, 간단한 파스타에 넣을 목적이었다. 창문도 거의 열어놓다시피 하며 지냈다.

가끔씩 내 싱글 침대에 함께 눕던 남자는 이불 밖으로 나온 살갗에 느껴지는 밤공기를 좋아했다. 나도 그의 습관에 익숙해지면서, 밖에서 불어오는 가벼운 바람이 금속 블라인드에 부딪치며 만들어내는 기계적인 소리가 좋아지기도 했다.

헤더와 나는 관청 주변의 잔디밭에서 각자 흩어져 싸구려 맥주 파인트를 마시며, 새로운 사람을 알아가는 기분을 즐겼다. 새벽 1시 즈음, 비교적 이른 시간이었지만, 도시가 고요하게 가라앉기에는 늦은 시간이었다. 시험기간이 시작되면 파티를 하는 학생들이 거의 없었고, 집으로 돌아가는 길은 짧고 안전했다. 대학 안뜰을 통과해 기숙사로 이어진 길을 따라가기만 하면 되었으니까.

하지만 헤더가 두 여학생과 함께 살던 히튼까지는 굉장히 위험한 모험처럼 보였는데, 태연한 헤더의 모습이 인상적이었다. 헤더는 나보다 몇 살 위로, 학년으로는 한 학년 위였다. 그때는 그녀가 나보다 두 배는 더 산 것처럼 느껴졌다.

안으로 들어가니 아파트는 조용했고, 어둠이 가득 들어차 있었다. 하지만 내 방문을 열자 완전히 다른 공간이 나타났다. 창문을 통해 들어온 따뜻한 공기가 창가의 바질 향도 끌고 들어와, 작고 향기 없던 방을 달콤한 식물의 자극으로 저녁 내내 채우고 있었다.

신선하고 묘한 매력이 있는 그 공기가 내 코를 찌르고, 내 목 뒤로 넘어갔다. 달빛이 밝아 불을 켤 필요도 없었다. 땅거미와 산소, 바질 향의 섬세한 균형을 건드리면 모두 망가져버릴 것 같았다. 나는 침대로 들어가 분위기 속에 떠다니다가, 꿈으로 연결되기를 기대하며 그대로 잠이 들었다.

음악이나 입맛이 남기는 육감처럼, 식물이 우리의 기억과 의미 속에 새겨질 때 대단한 품종의 식물이 필요한 건 아니지만, 그 밤과 그 바질은 내 머릿속에 남아있었다. 그 바질이 아니었으면, 처음으로 헤더와 나갔던 그 밤도 별다를 게 없었을 것이다. 그러나 바질의 달콤한 향기가 함께 어우러져 그 밤의 일들은 내 기억 속에 특별하게 남아있다.

내가 조금 더 시적인 사람이었다면, 바질을 기억과 함께 연상되는 로즈메리나 감사의 마음이 담긴 파슬리로 바꿨을지도 모르겠다. 그러나 녀석은 바질이었다. 극단적인 사랑과 분노에 다양하게 결부되고, 슈퍼마켓에서 사온 싸구려 화분에서도 무성하게 자라는 식물. 나는 언제나 내게 식물이 필요하다는 걸 일깨워주는 식물이 바질이라고 생각했다. 비록 직접 재배하기까지는 시간이 조금 걸렸지만.

그날 밤 이후로, 내 주변에서 자라고 있던 다른 식물들이 눈에 들어오기 시작했다. 시골에서 어린 시절을 보냈음에도, 식물에 대해서는 완전 까막눈이었다. 도저히 모를 수가 없는 몇몇 종류만 알아볼 수 있었다. 쐐기풀, 민들레, 산사나무, 카우 파슬리, 끈끈이여뀌, 수선화, 블루벨 정도.

그러나 나와 함께 성장했던 대부분의 식물은 전원 풍경 속 배경에 지나지 않았다. 리젠스 파크의 우아한 경계 속에서 보이는 많은 것이 넓은 들판을 가로지르는 공공 오솔길보다 더 생기 있었다. 그래서 나는 도시의 자연에서 시야를 넓혔다. 늦은 봄, 히턴 파크의 꼭대기에 앉아 해가 지는 동안 오리들이 빠르게 물속으로 뛰어드는 모습을 보고 있으면 새로운 것을 배울 수 있었다.

나무들이 터트린 흰 꽃이 제스먼드의 인도들을 뒤덮는 모습에, 꽃잎들이 북동풍을 구별하는 사실에, 자전거로 동네를 돌고 나면 재킷에 남아 있던 꽃들에 마음을 빼앗겼다. 나는 안뜰에서 자라고 있던 로즈메리 더미들을 알아보고, 지나칠 때마다 두 손으로 훑으며, 몇 줄기 꺾어 구운 감자 위에 얹어볼까 생각하기도 했다.

5월에 제스먼드 덴을 걷는 건, 야생 마늘의 향기에 흠뻑 취한다는 뜻이었다. 그늘진 비탈에 물결치던 그것들은 넓고 부드럽게 흔들리는 잎사귀에 흰색 별 모양의 꽃을 피우고, 그 속에서 깐닥거리며 자신들의 모습을 되돌아보기도 했다. (야생 마늘, 알리움 우르시눔을 종종 삼각 리크, 알리움 트리퀘트럼과 혼동한다. 두 종류 모두 알싸하고 강한 냄새와 마늘 맛이 나기 때문에 둘 다 맛있는 페스토를 만들 수 있지만, 후자가 먼저 꽃을 피우고 삼각형의 꽃대를 가졌다)

나는 허브에도 마음이 끌렸는데, 키워서 사용하는 법은 몰라도 재배하는 식물이라는 정도는 알고 있었다. 엄마는 항상 허브밭을 가꾸셨고 허브를 뜯어오라고 어린 나를 보냈는데, 종종 엄마가 말한 허브가 아닌 다른 허브를 따와 엄마가 어쩔 줄 모르고 짜증을 내기도 했었다.

내가 허브 기르는 법을 배우고 나니, 똑같은 마음이 생겼다. 민트와 파슬리의 차이를 전혀 모르는 도우미들에게 경악하며 불신과 억지 노여움을 드러냈다. 이제 나는 로즈메리, 시슬리, 마조람이 자라는 노지를 보면 만져보고 향기를 들이마시지 않고는 지나치지 못한다.

가드닝으로 배운 한 가지 사실은, 식물들이 식용으로도 약용으로도 정말 많은 쓰임새를 가진다는 점이다. 처음엔 생경하고 걱정되고 이질적이었던 이 식물들을 요통 치료제로 쓰고 칵테일에 예쁘게 담을 수 있는 방법을 알게 되면, 그들이 가진 능력에 더 혀를 내두르게 된다. 나아가 먹을 수 있고 맛도 좋다는 사실을 깨달으면, 만족감은 이루 말할 수 없을 정도다.

하지만, 실상은 반대다. 수백 년 동안 사람들은 식용 목적으로 허브를 길러왔고, 시간이 지나고 난 뒤에 그 아름다움을 발견했으니 말이다. 옅은 보랏빛의 로즈메리 꽃은, 냉혹한 겨울날에도 벌을 불러들인다. 회향 뿌리를 볶으면 소량의 미끌미끌한 회향 씨가 되는데, 스스로의 의지로 그 자리에 남아 특이하고도 야심찬 노란색 꽃을 터트린다.

보리지도 파란색에 별 같은 꽃을 피우는데, 이름으로 연상되는 것보다 훨씬 더 예쁘다. 예전에 먹을 수 있는 것과 감상만 해야 하는 예닐곱 가지를 구별하지 못해 차이브의 뾰족한 머리를 줄기에서 떼어내 씹어 먹은 적이 있다. 핀잔을 들을 게 뻔했기에 아무에게도 말하지 못하고, 몇 시간 동안 그 얼얼하고 사라지지도 않는 맛을 참고 견뎌야 했다.

첫 여름이 지나고, 우리는 기숙사에서 나와 마당이 있는 공동주택과 다세대주택 들로 거처를 옮겼다. 황량하고 콘크리트투성이에 먼지 말고는 아무것도 없는 빈 공간이었지만, 날이 따뜻해지자 게을러져서 더 나은 집을 찾지 않고 눌러앉았다.

나는 부모님의 정원이 아닌, 나만의 정원을 육 년 동안 갖지 못했었다. 그 집의 정원은, 런던에서는 보기 드물게 높은 연립주택들 중 하나의 뒷면에 있던 땅이었다. 우리 네 명(가끔 다섯)의 하우스메이트는 그곳에 자유롭게 들어가도 된다는 허락을 받았다.

서로에게 그랬듯 우리는 그 집을 품어주었고, 그 집 또한 우리를 품어주었다. 민달팽이들이 부엌 싱크대에서 나타나기도 했고, 머리 위 다락에서 뭔가가 바스락대는 소리를 들으며 잠이 들기도 했다. 축축한 수건도 흰 곰팡이가 뒤덮인 것도 크게 상관하지 않던 욕실의 한가운데에 욕조가 자랑스럽게 놓여있었다.

우리는 그 집의 추레한 모습을 보지 않았다. 걸어갈 수 있는 거리에 술집과 클럽과 친구들 집이 있었고, 식당 구석에는 우리 네 명의 자전거를 모두 걸 수 있는 거치대도 있었으며, 무엇보다 한 달에 400파운드도 안 되는 월세였으니까.

우리는 얼마 안 되는 수입을 털어 거실과 식당을 새로 칠했다. 꾀죄죄 하긴 했어도 빅토리아풍의 위엄은 유지하고 있었고, 천장의 돌림띠에 먼 지가 쌓여있었지만 세월의 흔적으로 망가진 곳은 없었으며, 유리 한 장 짜리 기다란 창문들마다 기존의 창틀도 그대로 있었다.

우리는 점퍼를 여러 겹 껴입고 우중충하고 천장도 낮은 부엌에 옹기종 기 모여, 이 방에서 나오면 저 방에 수십 명의 낯선 이를 초대해 파티들 을 열었다. 스피커들과 멋진 전구들을 급조했던 지하실에 어쩌다가 발 목까지 물이 찼는지는 아직도 모르겠지만, 다행히 감전 사고는 없었다. 그 파티들이 우리 모두가 지니고 살던 추진력을 끊어놓았다. 돈을 벌고 버텨내야 하는 욕구, 도시에서 뻗어 나가보려는 욕구를 말이다.

그 정원은 가꿔야 할 곳이라기보다 감사하게 생각하며 집이라고 부르 던 다 허물어져가는 공간의 연장이었다. 5월이 되면서 파티 장소가 금이 간 콘크리트 건물 밖 쪽문 앞을 덮고 있던 잔디밭으로 확대되었다. 맥주 가 잔디밭에 스며들고 초를 넣은 빈병들이 나무에 걸렸다.

조시와 나는 그 정원을 조금 정리해보려고, 한때는 사랑받았을 화단의 무성한 잡초들을 뽑아내고 웃자란 식물들 뒤에서 쓰레기들을 끄집어내 며 늦은 봄의 저녁들을 보냈다. (하우스메이트 중 한 명이 6개월간 여행을 간다며 런던을 떠났는데, 삼 년 동안 돌아오지 않아 조시가 그 방으로 이사를 들어왔다)

만족스러운 작업이었다. 근육을 써가며 집 밖을 청소하는 일이었지 만, 나중에는 발코니에서 시든 꽃들을 잘라내는 일상이 명상의 시간이 되었다. 룸메이트가 싼값에 구해온 잔디 깎는 기계는 우리를 흥분하게 만들었고, 채소를 기르자는 이야기도 나오게 되었다.

하지만 삶은 계획대로 되지 않았다. 날씨가 흐려지면서 우리는 다시 실내로 들어갔다. 스마트폰으로, 술집으로, 댄스플로어로. 나는 비어있는 화단을 보면서도 채울 생각을 하지 않았다. 너무 야심찬 것 같았다. 넓어진 면적이 너무 커서 위협적이기도 했다. 그 자리에 어떤 식물들을 심어야 할지도 몰랐다.

이웃이 플라스틱 용기에 키우던 접시꽃과 디기탈리스 꽃봉오리들을 보고 지나칠 때마다 기분이 좋아진다 해도, 식물을 키우고 싶다는 바람을 실행에 옮기는 법을 배워본 적은 없었으니까. 볕이 잘 들고 자주 비가 내리는 우리의 텃밭은 방치되었다. 그 자리에 원래 있던 식물들이 다시 자랐다. 나는 녀석들이 어떤 식물들인지 들여다보지도 않았다.

그랬던 내가, 허브를 키웠다. 아니 키워보려고 했다. 정원의 흙이 손댈 수 없을 만큼 거칠게 느껴졌지만, 쪽문 앞 공간에서 키워보기로 했다. 나는 햇빛을 좋아하는 허브들, 바질과 로즈메리 그리고 라벤더를 심어놓고 녀석들이 잘 자랄 거라 상상했지만, 빛을 찾아가고 민달팽이들에게 먹혀 모두 금세 가늘어지고 상태도 나빠졌다. 허브들을 심을 줄만 알았지, 멋지게 키워내려면 어떻게 해야 하는지 몰랐다.

그 운명의 식물들은 콜럼비아 로드 플라워 마켓에서 킹스랜드 로드의 것들로 교체되었다. 그곳은 관광객들에게 점점 유명해졌는데, 런던 시민들에게도 잘 알려져 있었다. 오전 11시를 넘어가면 얼굴 높이에는 비싼 카메라들이, 발밑에는 종종거리는 작고 멋진 개들이, 무릎 높이에는 낙천적인 부모들이 생각 없이 데리고 나온 아이들과 유모차들이 정신없이 부딪쳤다. 일요일 아침에는 꽃꽂이용 꽃들과 화분에 심겨 있는 식물들을 사려고 길게 늘어선 가족들 사이에서 노점상들이 늦게 나와서는 큰 목소리로 외쳐댔다.

그 상점 인근 동네인 쇼디치와 혹스턴은 2000년대 중반부터 힙스터들의 성지로 변하더니 십 년 후, 스퀘어마일 인근의 부유하고 반짝거리는 IT 스타트업의 전초기지가 되었다. 그리고 콜럼비아 로드는 관광객들은 물론 런던 시민들에게도 유명한 장소가 되었다.

근처 브릭 레인도 사람들이 북적거리는 상업지구로, 극도로 이기적이라고 욕 먹는 복스파크 개발로 이어져 모든 종류의 브런치와 음료를 선택할 수 있는 곳이 되었다. 줄기가 긴 꽃다발과 테이블야자 잎들을 갈색 종이에 싸서 어깨에 얹은 사람들이, 뱅크에서 베스널 그린으로 이어지는 인도 위를 지나다녔다.

예전에 꽃 시장은 아침 8시에 문을 열었다가 이른 오후에 문을 닫았었다. 하지만 어슬렁거리고 술 취한 놈팡이들 때문에 개장 시간이 늦춰졌다. 이제 노점상들은 오전 9시가 다 되어도 영업 준비를 하지 않고, 사람들은 오후 4시에도 떨이 상품을 살 수 있다. 도시의 녹지에 대한 수요가 수십 년에 걸쳐 새로운 전통을 만들어낸 것이다.

인테리어 잡지들과 소셜미디어가 제시한 유행이 몇 달 지나면 가판대에 등장했다. 구하기가 어려워 늘 알줄기—덩이줄기 또는 구근에서 자라기 시작하는 줄기—로 키우던 식물인 보라색 사랑초를 흔한 식물로 만들었고, 화분에 심긴 수십 개의 다육식물들도 일년생식물들과 꽃꽂이용 꽃들을 파는 노점들 사이의 휴게소 아래에 드문드문 보였다.

꽃들에 비해 값이 더 나가는 실내용 식물들도 마찬가지였다. 옅은 분홍색 줄무늬의 칼라데아, 멸종위기에 처했던 떡갈잎 고무나무는 모든 상점에 구비되어 음료 몇 잔 값도 안 되는 돈으로 살 수 있었다. 시장은 사람들이 원하는 것을 파는 곳이지만, 2010년 중반부터 시작된 밀레니얼 세대의 식물에 대한 욕구가 도시의 도로까지 물들여나갔다.

내가 런던에서 살게 된 첫 여름부터 나도 그 무리 안에 있었다. 그땐, 그냥 구경하러 가는 거였다. 그러다가 식물을 먹을 수 있을 만큼 크게 키우는 꿈을 실현하러 가기 시작했다. 스무 살의 5월은 원예가로서 연마해야 할 연습을 처음으로 시작한 때였다. 나는 목록을 작성해서 일찍 혼자 그곳에 갔다. 대략 서른 개 정도 되는 가판대들을 샅샅이 훑은 다음, 원하는 식물들을 좋은 상태에 최고의 가격으로 살 수 있는 가판대로 다시 돌아왔다.

몇 년 동안, 콜럼비아 로드는 내가 식물을 주로 구입하는 곳이자 구입한 식물들에 대해 좋은 정보들을 가르쳐주는 곳이었다. 이를테면, 흙이 마른 상태인지, 뿌리들이 살 수 없을 정도로 젖어있지는 않은지, 표면에 습기로 인한 흰 곰팡이는 없는지를 확인해야 한다는 것과 꽃이 핀 것보다는 꽃봉오리가 단단한 식물을 사야 하고, 충동구매를 하려거든 그 식물이 집 안의 어느 좁은 공간에 옮겨놓아도 잘 자랄 수 있을지 확인해야 한다는 것을 말이다.

모판에 담긴 일년생식물과 상자에 담긴 허브와 구근 그리고 헬레보레를 파는 단골 노점상을 알게 되면서, 나는 일요일마다 사람들이 몰려드는 시간을 피해 점점 더 이른 시간에 그곳을 찾게 되었다.

콜럼비아 로드 마켓이 젠트리피케이션 현상으로 시작된 걸 보면, 식물 판매가 젊고 말쑥한 세대의 영향을 받는 게 당연한 일인지도 모르겠다. 귀족들을 상대하는 은행가의 손녀이자 상속녀 안젤라 조지나 버뎃-쿠츠는 살인자와 폭력배 들이 우글거리는 악명 높은 슬럼가 지역을 사들인 다음, 1869년에 실내 식료품 시장으로 만들었다.

버뎃-쿠츠의 식료품 시장은 몇십 년간 유지되다가 일요일에 열리는 꽃 시장으로 바뀌었다. 일요일에 열렸기 때문에 지역 유대인 상인들도 장사할 수 있었고, 경쟁 상대인 코벤트 가든과 스피탈필즈의 상인들도 재고 상품과 200년 전에 위그노들—아우리큐라, 아네모네를 들여온 나의 조상들—이 동부 연안으로 이주해오면서 남긴 꽃들도 팔 수 있었다.

몸과 마음에 밀려든 도시의 생명력

주말엔 깜짝 놀랄 정도로 더웠다가 월요일 아침이면 서늘하고 우중충해지는, 4월의 허세와 심술이 지나고 나니, 마침내 봄이 온 것처럼 느껴졌다. 진짜 5월에 접어드는 것 같았다.

마지막 서리가 내리고, 정원을 가꾸는 사람들이 수확물들을 단련시키거나, 선선한 공기에 적응하는지 보려고 꺼내두거나, 며칠 밤을 실내에 나뒀다가 풍부한 직사광선을 쬐고 비를 맞으며 자라도록 밖에 놔두기 시작하는 시기가 된 것이다.

햇살은 더욱 차분해지고, 여름이 손에 잡힐 것처럼 느껴진다. 갑자기 나무들은 초록으로 바뀌고, 싱싱한 잎사귀들이 가지에서 돋아나, 변화와 가능성, 근면함의 감각으로 온 사방을 채운다.

산사나무는 작은 덤불 상태이든 제멋대로 칠칠맞게 자란 나무의 모습이든, 작고 예쁜 흰색 꽃들을 덧입는다. 등나무는 벽돌 담장과 멋진 집들과 공공 기관을 닮은 집들 위에 연한 보라색의 동그란 꽃들을 떨구고, 가끔 마술 같은 변장술로 다른 나무들 속으로 파고들기도 한다. 라일락은 그 이름과 향기 속에서 진동한다.

모든 사람이 함께 사용하고 또 즐기는 도로변의 일부와 공용 정원 잔디밭의 일부는 민들레 군집들로, 거센 바람이 불어오기 전까지 완벽하게 둥근 모양을 유지하는 사랑스러운 솜방망이들로 어지러워진다. 그러다가 바람이 불면 쑥대밭이 된다.

플라타너스와 보리수에서 터져 나오는 꽃가루가, 바람을 타고 떠다니다가 차량들에 의해 해체되었다가 작은 알갱이들이 초소형 토네이도가 되어 빙빙 돌다가 재채기를 일으키기 쉬운 희고 이질적인 먼지의 뭉텅이가 되어, 사람들의 어깨 위 배수로 안에 내려앉는다. 새들이 지저귀고 노래하는 불협화음, 새벽의 합창과 함께 하루가 시작된다.

런던에서도, 버스들의 엔진 소리가 공중을 가르며 내는 '우르릉' 소리를 새들의 노랫소리가 뚫는다. 자연은 인내하며 준비했던 몇 개월의 시간을 보내고, 이제 무르익어 완성된 것이다.

도시에 밀려온 생명력은 나의 몸과 마음에도 찾아왔다. 어쩌면 5월은, 추진의 시간인 동시에 반추에 푹 빠지는 9월과 짝을 이루는 달인지도 모르겠다. 새로움이 시작될 때는 되돌아보는 시간이 무엇보다 필요하다고 느낀다. 이전에 나는, 여름의 시작을 이렇게 연관 지었다.

하지만 이번에는, 이별과 모든 일이 지나고 난 뒤라서 씁쓸하면서도 달콤했다. 조시와 내가 마지막으로 온전하게 행복했던 시간으로부터 정확히 한 해가 지난 지금, 지난 일 년의 시간이 말로 다 할 수 없는 의미를 가져다주었다. 그러나 일 년이 지났음을 알려주는 표시, 고비를 넘기고 있다고 믿지만 실은 공허하고 기만적이었음이 드러나는 황금 같은 가능성의 순간을 마주하기란 훨씬 힘든 일이었다.

일 년 전 우리가 보냈던 주말은, 첫 데이트처럼 마음이 물들고 황홀해지며 욕망이 풍부해지는 날이었다. 고된 직장과 우리가 서로 얽혀 있던 집 안에서 벗어나, 낙관적인 감정으로 가득했다. 따뜻하고 화창한 날이었고, 우린 손을 잡고 걸었고, 헤어짐 따위는 전혀 생각하지 않았다. 우리는 함께 험한 길을 건너는 중이고 그 끝을 향해 가고 있으며, 조시와 내가 여전히 행복을 불러일으킬 수 있다고 생각했다.

내가 일 년 동안 슬퍼했던 게 바로 이거였다. 낯선 모양새의 슬픔과 내가 이전에 알고 있던 것들에 대한 향수를 인지하느라 몇 주를 허비했다. 혹시나 하는 희망과 아닐 거라는 부정의 감정에 너무 깊이 빠져 있던 나머지 주변에서 일어나는 현실을 즐길 수 없었고, 빈틈없이 계획해둔 인생은 무너지기 일보 직전이었다.

나는 이별 앞에서 망연자실함, 속상함, 분노, 혼란스러움, 뭉근한 통증부터 에는 듯한 격노와 말도 안 되는 상태의 괴로움 속에서 느끼는 거리감 등을 경험했다.

지금은 다른 감정을 느낀다. 순진한 소녀였던 나에 대한 새로운 종류의 슬픔과 연민이자, 그녀의 거짓된 희망에 대한 애도랄까. 문득 내가 달라졌다면, 어떻게 바뀌었을지 궁금했다. 만약 시간을 되돌려 나에게 상황을 직시하라고 주변에 쌓은 성들에 의존하지 말라고 홀로 일어설 수 있다고 말해줬다면, 부인하던 태도를 멈추고 조시의 경고들을 받아들이려고 노력했다면.

나는 그렇게 하지 못했을 거라고 결론지었다. 그렇게 될 수밖에 없었다고 말이다. 나와 함께하기 위해, 우리가 함께 만들었던 삶을 공유하기 위해 몸부림치고 있었던 남자를 여전히 온 마음으로 사랑하고 맹렬히 아꼈다고 해도 산산이 조각날 수밖에 없었다고 말이다. 그러나 나는 그 어린 내가 가여웠다. 눈멀고 열광적인 감정이 끝났다는 사실이 슬펐다.

이제 나는 덧없음을 보물로 여기는 법을 배웠다. 남아있는 모든 멜랑콜리를 해결하기 위해, 나는 그 봄과 여름을 우리만의 것으로 만들기 위한 새로운 계획들로 5월을 가득 채웠다. 그 계절을 들이마시기 위해 주변에 가지고 있었던 사랑스러운 것들을 받아들였다. 나는 스스로 편안하고 자유로워졌다.

몇 주씩 강에서 헤엄치고 공원에 널브러져서 블랙 데님 진에 묻은 보리수 꽃가루를 털어내며 베를린을 쏘다니고, 헤더와 제이미와 그냥저냥 아는 다른 사람들과 바르셀로나에 가서 사랑하고 웃고 밤을 새고 새로운 새벽이 열리는 모습에 놀라기도 했다.

4월 내내 물고 늘어졌던 수많은 시도와 혼란도 잠시 누그러졌다. 나는 길어진 저녁 덕분에 가능해진 즉흥적 계획들 속에서 흥청댔고, 새롭게 초록으로 변하고 꽃잎들이 깔린 거리와 거듭 사랑에 빠졌다. 그리고 콧등에 옅은 기미들이 새로 올라오는 걸 확인했다.

몇 년 동안 봄의 시작과 함께 새로 사온 일년생식물들로, 상자들을 채우고 씨앗들을 심고 구근들을 뽑아내고 화분들을 들어내며 발코니를 매만지다가, 문득 계절마다 호들갑을 떨 필요가 없음을 깨달았다. 화분에 심겨진 녀석들은 알아서 잘 자라고 있었다. 헬레보레 꽃들은 창백한 초록색으로 단단하게 변해 가당찮은 결과물과 함께 꼬투리들이 부풀렀고 그 아래에서는 새 잎들이 돋아났다.

오랫동안 방치되어 지저분해진 양치식물들도 어린잎들을 땅위로 밀어냈다. 동백꽃의 찬란함은 지고 있었고, 품위 있는 흰색 꽃잎들은 흐물흐물한 갈색으로 변해 잿빛 콘크리트 바닥에 그대로 처박혔지만, 자신들이 있던 자리에 반짝반짝한 새 잎사귀들을 넘치도록 남겨놓았다.

예전에는 완벽하지 않은 모습에 기겁하며 시든 잎사귀를 떼어냈었지만, 이제는 그것도 목적에 꼭 맞는 존재로 공간을 채우는 아름다움이라는 걸 깨달았다. 나는 억지로 통제하기 위해 끊임없이 애쓰기보다, 식물들이 자라는 대로 놔두고 얼마나 아름답게 변해 가는지를 보면서 그 자체를 즐기게 되었다.

바르셀로나에서 돌아와 문을 열었더니 매트가 부엌에 있었다. 복도 입구에서부터 저녁 냄새가 나더라니. 내가 없는 사이에 묘목들에게 물도 주고 햇살도 흠뻑 받게 해주라고 열쇠를 주고 갔었는데, 그가 집에 돌아오는 나를 위해 뭔가를 만들고 있었던 것이다.

이 아파트는 집이라기보다 삶의 즐거운 피난처가 되었다. 잠시 머물기 위한 공간이 아닌, 내가 행운이라고 여기는 곳이자 곧 나를 떠나게 될 공간이었다. 내 삶의 한 챕터가 머물던 또 다른 공간. 이 공간에 우리가 각자의 새로운 가정을 차지하고 있었다.

매트가 나를 돌봐주러 왔던 바람에 내가 자립을 이루지 못한 건 아니었다. 밀레니얼 세대의 성공 시험들을 통과하지 못했던 건 지난 며칠 동안 유럽에서 파티를 하며 시간을 보냈기 때문이다. 내가 사랑하는 사람, 어쩌다 나를 사랑하게 된 그 사람이 매트였다.

우리가 서로를 행복하게 만들어준다는 건 조용하고 드러나지도 않는 평범하고 기본적인 일이었다. 소란스럽던 처음 몇 개월 이후로, 나는 그가 아주 오랫동안 머물던 만족스러운 삶의 공간 속에 자리를 잡아갔다. 나는 확신이나 보증을 요구하기를 오래전에 멈추고, 이 상태에 머무는 법을 배우는 중이었다. 그가 가끔씩 내뱉는 '그냥 있어'라는 조언에 귀를 기울이는 법을 말이다.

5월의 중순은 폭우가 차지했다. 4월은 들썩거리던 주말 한 번을 제외하곤 내내 서늘하고 건조했었다. 그래서 나는 집으로 초대해 차 한 잔 함께 마실 만큼 기분 좋고 반가운 친구를 대하듯 5월의 비를 맞이했다. 별 감흥 없이 다가온 새벽의 첫 여명 속에 후두두 떨어지던 빗방울이 나의 잠을 깨웠고, 늦은 밤 다시 내렸다.

나는 단시간에 공기를 깨끗하게 바꿔놓는 비를 즐기며, 제대로 느끼기 위해 고개를 들었다. 창문으로 보니 며칠 동안 비가 내려 생긴 물웅덩이들이 그대로 남아있었다. 나는 물웅덩이들 위로 자전거를 타고 달리며 물이 튀어 살갗을 적셔도 상관하지 않았다.

수도꼭지에서 받은 화학 성분 가득한 물을 내내 받아마시던 식물들 역시 빗물을 마셨겠지. 나의 묘목들은 이제 밖으로 나와 각자의 거주지에 적응해갔다. 창가에 두었던 토마토들은 길고 당당하게 자라나고 있는 중이었고, 스위트피의 줄기들은 단단해졌으며 여름이 오기 전 가장 먼저 수확할 수 있는 바질과 파슬리도 초록으로 물들고 있었다.

비가 그치고 나니 발코니에 있던 도시의 먼지와 꽃가루들이 우리 집 한가운데 있던 하수구로 전부 쓸려 내려가, 천으로 닦아낸 듯 깨끗하고 상쾌해졌다. 폭우가 내리는 중에는, 그 어떤 향기도 맡을 수 없고 오직 움직임만 존재한다. 하지만 그 후에 남은 흔적은 달콤하다.

비가 내린 후에는 콘크리트 사이에 끼어있는 식물에서조차 강한 향이 난다. 식물들이 움트는 모습은 너무나 완벽하고, 뒤섞인 토양이 건네는 깨끗한 흙의 든든함은 새로운 성장을 약속한다. 그리고 나를 제스몬드 덴의 비옥한 땅으로 이끌어 파티가 끝난 고요한 아침 시간 해크니의 뒷정원에 발을 들여놓게 했다. 새로운 삶이 놓여있는 의외의 장소들로.

비밀 장소가 되어준 작은 잔디밭

나는 이십 대의 여러 구간을 런던의 다양한 지역에서 보냈다. 첫 여름엔 친구 몇 명이 살던 클래팸이나 밸햄까지도 갔었지만, 서쪽으로 더 나간 적은 거의 없었다. 몇 년 동안 페컴에서 해크니의 북동쪽 끝으로 나왔었는데, 이십 대 후반을 지냈던 모퉁이로 돌아가기 위해서였다. 나를 좌절시키기도 내게 힘을 북돋워주기도 했던 이 도시. 그 안에 담긴 보물들로 우리를 유혹하고, 유리벽과 유리천장들로 우리를 막았던 곳.

그럼에도 나는 이곳을 떠날 생각을 한 적이 없다. 런던은 내가 가장 사랑하는 연인이니까. 그 모든 홀대에도 불구하고, 나는 이곳에 푹 빠져 있다. 비싸고 부담스럽지만, 어느 곳을 눈에 담아야 하는지 안다면 한없이 아름다운 곳이었다.

런던의 초록 구석들을 찾아다니며, 나는 이곳에 길들여질 수 있을 것 같았다. 힘들게 허우적대면서도 많은 삶이 이곳에서 잘 살아나가고 있었으니. 나는 넓은 광야나 고요한 전원이 필요한 게 아니라, 좁은 집과 내 충분한 초록 허파들이 필요했다.

지역을 가르는 면이 있기는 했어도 템스강은 런던의 혈액이었고, 이 도시에 남은 나의 역사 속에 늘 자리 잡고 있었다. 지저분한 템스강을 자전거로, 버스로, 아주 가끔씩 차로 그리고 두발로 걸어서 건너다니며, 나는 검고 뿌연 소용돌이의 냄새를 들이마셨다. 희뿌연 안개 속에서 강가의 고층 건물들이 반짝거리는 날에 잿빛 강물이 부딪치며 반짝거리는 모습을 볼 때면, 이 강을 건너기만 하는 게 아니라 이곳에 살고 있다는 사실에 감사했다.

비록 관광객과 외지인 들로 쑥대밭이 되었지만, 나와 친구들은 사우스뱅크 센터, 세기 중반의 화려한 브루탈리즘으로 세워진 그 공간에 항상 마음을 빼앗겼다.

근처에 있는 국립 극장과 종종 잊히곤 하는 BFI(영국 영화 협회)의 거대한 사각형 조형물과 함께, 템스강 남쪽 강가에는 로열 페스티벌 홀과 헤이워드 갤러리도 자리 잡고 있다. 너무 화려해서 흉물스러운 이 건축물은 지나치게 유난스러운 서머셋 하우스와 헝거포드 브릿지와 워틸루 브릿지 너머 스트랜드 거리와 코벤트 가든을 도전적으로 마주보고 있다.

조시와 내가 처음 만난 곳이 이 부근에 있는 워틸루역 건너의 볼품없는 술집이었다. 돈에 쪼들렸던 내가, 들어올 능력이 되지 않는 도시를 즐기며 강가를 따라 걸어 다녔던 곳도 여기였다.

십자형으로 얽힌 콘크리트 건물들 아래 수많은 거치대에 낡고 낡은 자전거들을 수없이 세워두었던 곳. 파티나 길거리 음식 축제나 전시회 오픈식이나 토크쇼나 공연이나 연극이나 공짜 이벤트들이 있을 때만 오던 곳. 들어가서는 안 되는 멤버들의 방에서 일몰을 구경하며 긴 하루를 보낸 뒤 화장실로 뛰어 들어갔던 곳.

그 모든 곳을 거치며 나는 요행과 상실을 쫓았고, 내가 더 느끼지 못하는 이유와 더 충분하지 못했던 이유를 고민했으며, 과연 더 나아지게 될지 궁금했고, 가끔은 이곳이 너무 좋아서 절대 정복할 수 없다고 느끼기도 했었다. 종종 퀸 엘리자베스 홀의 옥상 정원으로 가는 노랑 나선형 계단으로 빠지기도 했다.

미로와 다를 바 없는 사우스뱅크 센터를 파악하는 데에는 시간이 좀 걸린다. 다리 두 개 사이에 넓게 퍼져서, 무수히 많은 층과 마법처럼 보이는 계단들로 이루어진 구조니까 말이다. 나는 페컴에서 버스를 타고 블랙프라이어스에서 내려 걷거나 워털루 브릿지에서 내려 곧바로 사우스뱅크 센터에 도착하곤 했다.

나는 항상 비밀의 장소 같은 작은 잔디밭을 찾았다. 다른 녹지들과 마찬가지로, 콘크리트 건물 사이에 있는 잔디밭이었는데, 거칠고 불편한 벤치들이 잔디밭 가운데 놓여있었지만, 볼거리 넘치는 경치를 제공하는 곳이었다.

길 건너편으로는 페스티벌 홀 앞의 어수선함이, 그 아래로는 음악을 연주하는 사람들과 괴성을 지르는 아이들이 보였다. 자리를 잡고 앉아 비싼 음료들을 들고 있는 시끌벅적한 무리들을 훑고 나면, 그 너머로 구름에 둘러싸인 런던아이 대관람차와 웨트스민스터까지 보였다.

그 정원들은 원래 평범한 잔디밭이었다. 회색 건물들 사이에 초록 관목들이 심긴, 술 파는 오두막이 있는 넓은 대지에 불과했다. 나무들이 너무 작아 눈에 띄지도 않았다. 내가 처음으로 오롯이 한 해를 런던에서 보냈던 2011년에 만들어졌다.

많은 사람에게 술을 마시기에 참신한 공간으로 인정받았던 장소였다. 런던에는 많은 사람을, 초저녁의 노을을 바라보기를 좋아하는 소심한 사람들을 수용할 만큼 충분히 넓은 옥상 바가 거의 없었기 때문이다.

언제나 한결같은 올리브나무들과 더불어 모든 종류의 토착종들을 받아들이며, 그 정원들도 나처럼 성장해갔다. 한때 사람들을 끌어들이기 위해 단정하게 놓여있던 의자들과 야외 테이블들은 이제 찾아보기 어려워졌다.

대형 화분들마다 보기 좋은 초록 식물들로, 대부분 식용 식물로 가득 채워졌다. 커다란 통에 심긴 로즈메리는 꽃을 피운 채로 주변 건물들의 콘크리트 벽들에 기대어있던 벤치들 옆에 놓였고, 라벤더는 햇살을 받고 있었고, 미나리과 식물들은 길게 나부끼는 한련화 잎들 위에서 하느작거렸다.

정원 뒤편의 나무 한 그루가 튼튼하게 자라 잎과 꽃을 피우며 딱딱한 전선들과 회색 벽들로 가득한 하늘에 비옥한 동맥이 되어주었다. 출입이 금지된 건물과 건물 사이의 다리 위, 포장도로와 낮은 담 사이의 좁은 틈에서는 희귀한 난초들이 자랐다.

더 조용한 날이면, 작은 분주함들도 구경할 수 있었다. 쿵쿵대는 차들 사이로 벌들이 윙윙대고, 진딧물과 날벌레들이 새로 자라는 식물들 위로 함께 기어오르며, 새들이 모두를 위해 지저귀는 모습들을 말이다. 모두가 인간이 만든 건물 화단들 속에 존재하고 있었다.

모든 봄과 여름마다 이곳에 왔다. 이유도 잘 모르면서, 조용히 이 공간으로 이끌렸다. 따뜻한 날 핌스 한 잔을 마시고 잔디밭 한 부분을 차지하고서 한 시간 동안 책을 읽으러 왔고, 퇴근 후 저녁 약속들 사이에 뜨는 시간을 때우러 왔고, 쓸데없는 이야기들 또는 진지한 대화들을 나누러 왔다.

처음엔 전망을 바라볼 수 있고 우월함도 느낄 수 있는 앞쪽 벤치들을 찾아갔지만, 시간이 갈수록 더 뒤쪽으로 초록들 사이에서 평온함과 해결책을 찾으며 식물들이 웃자라고 벌레들이 있는 곳으로 이끌렸다.

내게는 항상 자연을 향한 욕구가 있었다. 조부모님들과 조부모님들의 조부모님들에게서 물려받았고, 어린 시절 너무나 완벽하게 둘러싸여있어서 오히려 자연을 인식하지 못했던 욕구가 말이다. 그 욕구는 도시의 삶 속에 담겨 있었다. 내가 술집, 바, 클럽 그리고 창고 파티의 방식들과 직장, 경력, 집, 생활, 친구, 연인, 긴 밤, 이른 새벽의 방식들을 익히고 또 옳은 일을 하는 동안에 말이다

내가 이 모든 일을 해내는 동안, 자연은 기다려주었다. 싹을 틔우고 꽃봉오리를 맺고 꽃을 피우고 씨앗들을 흩뿌리는 과정들을 거치면서. 잎이 나고 자라고 또 지면서. 겨울이 우리를 추위에 떨게 하고 봄이 우리를

놀라게 하고 여름은 너무나 빠르게 지나가버리면서.

내가 인생이라고 생각했던 것을 붙잡느라 분주했던 동안, 그렇게 기다려주었다. 그러다가 내가 끝냈다고 생각했을 때, 모두 거머쥐고 안정되었다고 생각했을 때, 스스로 깨닫게 만들었다. 나는 자연을 갈망하고 있었고, 모든 것이 불확실할 때마다 자연을 찾았다는 것을.

나는 자연의 언어를 옮기고 싶었고, 그 방식을 이해하고 싶었다. 그러기 위해 노력을 기울이면서, 내가 절대 옮길 수도 이해할 수도 없다는 사실을 알았다. 매번 뭔가를 피워내면서 나를 놀라게 할 거라는 것도 알았다. 통통한 꽃봉오리조차 작은 경이를 보여주니까.

바질 향이 가득한 따사로운 방이나 발코니에서 내 이름을 불러주며 미소 짓는 남자처럼, 자연은 나의 마음을 풀어지게 하고, 한동안 지속될 모든 순간을 즐기며, 떠들썩한 연애를 시작하게 한다. 그러다 변해가고 다른 것이 되어가지만, 그 변화에도 부정할 수 없는 매력이 있다.

정원은 관리인이 죽은 후에 가장 아름답다는 말이 있다. 식물들을 각자의 방법대로 자라게 놓아두면, 자신들을 옭아매던 한계들에서 자유로워진다. 해충 방제와 가지치기의 통제가 사라지고 시든 꽃들은 그대로 남고 씨앗들은 자연의 방식대로 흩어지면서, 놀라움들이 싹트고 뿌리를 내린다.

모두 각자의 구속에서 자유로워지고, 더 이상 한 곳에 머물지 않는다. 모든 식물이 조금 무모해지고 제멋대로가 되면서, 처음에 심겼던 방식과 설계의 흔적들이 사라져간다. 길가엔 잡초들이 올라오고, 갈라진 틈새에선 꽃들이 피어난다. 꽃과 낙엽이 화분들 아래 함께 뒹군다.

마지막으로 행복을 맛보았던 날로부터 일 년이 지나, 나는 혼자 그 옥상 정원에 있었다. 5월 말, 흐린 오후 한가운데 나른한 날이었다. 나는 책을 읽거나, 사람들과 어울리거나, 친구들과 밀린 이야기를 나누거나, 경치를 감상하러 간 것이 아니었다. 거기 서 있고 싶었고, 주변을 걷고 싶었고, 무엇이 어떻게 자라고 있는지 보고 싶었을 뿐이었다.

런던의 부담스러운 속도에서 벗어나 식물들과 곤충들이 존재하는 각기 다른 속도들 속에 합류하는 건, 몇 분도 걸리지 않는 일이었다. 한해살이들, 여러해살이들, 더 길고 더 짧은 식물들 그리고 설명할 수 없는 다양한 기대들. 도시가 발광하는 동안, 묵묵히 자신들의 몫을 해내고 있었다. 여기에 놀라움이 있고, 좌절이 있고, 기적이 있었다. 통제되지 않는 삶, 나는 그걸 옮기는 중이었다.

고사리 | Bracken

Pteridium aquilinum

나는 가위를 들고 제일 예쁜 코스모스들을 잘랐다. 솜털 같은 잎사귀와 절대 나를 위해 피어주지 않던, 단단한 꽃봉오리들을 잘라 커다란 유리컵에 예쁘게 담아 사이드보드 위에 놓아두었다. 곧 누군가를 위해 피어나겠지.

가득 채워진 채로 준비된 상자와 천 가방 들은, 주눅 든 모양새로 쌓여 있었다. 이삿짐센터 직원들이 나타나지 않으면 어쩌나, 이삿짐 트럭에 내 짐들이 다 들어가지 않으면 어쩌나와 같은 쓸데없는 걱정을 하지 않으려고 애썼지만, 잘되지 않았다. 그래서 집 안에 남은 것들을 눈에 담아 보려고 했다.

아직은 내가 살던 집처럼 보였다. 소파와 침대, 옷장, 테이블이 모두 그 자리에 있었으니까. 그러나 지난 며칠 동안은 내 집 같지 않았다. 내 침실이 새 페인트 냄새와 누군가의 짐들로 들어차 있었으니까.

나는 캄캄한 새벽에 일어나 작은 앵무새 소리를 들으며, 곧 저 창문으로 보는 마지막 일출이 시작되겠구나 생각했다. 몇 시간 후, 복도로 걸어나가 끝에 있는 문으로 들어와 벽면을 물들이는 햇살을 바라보았다. 그토록 두려워하던, 집을 떠나는 시간이 온 것이다. 그 시간을 마주하고 보니, 그리 나쁘지 않았다.

화분들이 제일 무거웠다. 화분들은 이삿짐센터 직원들에게 맡겨졌는데, 그들은 커다란 양치식물 화분들이 베개인 양 어깨에 번쩍 짊어졌다. 제이미와 그의 남자 친구 그리고 매트가 상자들을 엘리베이터 안으로 빠르게 채워넣었다. 나는 아무런 도움이 되지 못한 채 문이나 잡아줄 뿐이었다. 나의 삶이 문밖으로 옮겨지는 모습을 보며 애처로운 감사 인사만 전하다가, 덜컹거리는 트럭에 몸을 실었다.

4월에 구했던 아파트, 숲 속에 있던 그 아파트는 이제 내 집이 되었다. 일단 내 짐의 반이 내려졌다. 다른 사람들은 이 집을 본 적이 없어서, 나를 앞질러가 구경했다. 제이미가 훑어보고 내려와서는, 완벽한 집이라고 말했다.

나는 여전히 내 집이 될 곳과 대면하기가 어색했고, 들어가기가 겁났다. 이삿짐센터 트럭이 떠나고 비가 내리기 시작했다. 실내에서 기르던 화초들과 발코니에서 키우던 화분들이, 집 안으로 옮겨지기 전, 난생 처음으로 자연이 주는 물을 받아마셨다. 나는 집 안으로 들어가 정리된 발코니를 확인했다.

"여기 당신 식물들을 가져다 놓으니 완전히 당신 집 같네." 매트가 내 옆머리에 키스를 해주며 말했다. 우리는 작은 축하 파티를 열었다. 짝이 맞지 않는 의자들을 발코니에 꺼내놓고 소풍용 도시락과 애플타이저(사과 맛 탄산음료) 한 병을 돌려가며 벌컥벌컥 마셨다.

남자들이 모두 떠나고 나 혼자 남았다. 나는 몇 가지 일들을 하며 시간을 보냈다. 빛이 들어오도록 커튼과 전등갓 들을 치우고, 벽에 거는 화분들을 위해 발코니에 못질을 하고, 벽에 있던 고리에 할아버지의 거울을 걸었다. 그러다가 멈췄다.

해야 할 일들이, 페인트칠을 하고 뜯어내고 철거하고 지어야 할 것들이 많았고, 사다 놓고 복구하고 갖고 싶은 것들도 많았다. 그러나 둥지를 트는 일은 시간이 필요한 법이다. 나는 기꺼이 시간을 내어줄 생각이었다. 이곳에 있는 것만으로도 놀라운 일이었다.

이사를 하고 예산과 서류로 허둥대고 변호사들에게 전화해 빡빡한 대화를 하느라 뜯겨나가고 다시 꿰매는 시간들을 보내면서, 여름이 지나갔다. 발코니는 나뭇잎들로 뒤덮였다. 나는 발코니에서 키운 것들, 토마토와 더우미아오와 샐러드 겨자와 허브들과 식용 꽃들로 배를 채웠다.

가능할 때마다 도시를 벗어나고, 최대한 많이 친구들과 술을 마시며, 조시와 나의 흔적에서 나를 물리적으로 떼어놓는, 고되고 껄끄러운 과정에서 내 마음을 달래려고 애썼다.

우리의 관계도, 그 사람도 머릿속에 계속 남아있었다. 꿈에도 자주 등장했고, 일상의 생각들도 방해했다. 시간이 지나면서, 그가 항상 내 머릿속 한 부분을 차지하고 있다는 것, 그러니 억지로 밀어내지 말고 받아들이는 편이 더 쉬울 것이라는 사실을 깨달았다.

9월 말이 되었고, 나는 이 공간이 산뜻한 시작인 동시에, 그동안 일어났던 모든 일의 연장선이라는 것을 확실히 알았다. 내가 여전히 같은 여성이면서 또 새로운 사람이라는 것도 말이다.

나는 침착해졌고, 차분해졌으며, 두려움도 줄어든 느낌이었다. 내 두 발로 딛는 균형을 알고 있었고 또 믿었지만, 나의 생각과 마음을 다른 이들과 나누며 느끼는 깊은 신뢰도 누리게 되었다. 기대가 적어지니 행복하게 도전할 수 있게 되었다. 자만심이 줄어들었고, 내가 가진 것과 내 주변에 있는 것들을 더 잘 받아들이게 되었다.

내 주변에서 위안과 평안이 되어주었던 존재는, 발코니 너머의 나무들이었다. 당연히, 멋진 전망도 선사해주었지만, 내가 어디에 있든 나의 주변에서 신비한 힘을 끝없이 알려주는 존재가 더 큰 도움이 되었다. 자연의 소리 없는 과학의 무게, 도시와 교외는 물론이고, 그 너머의 모든 나무와 식물과 산울타리 속에 존재하며 우리의 일상에 무심한 무게를 알려주던 나무들.

나는 여전히 무엇이 올 차례인지 잘 알지 못한다. 부엌의 소나무 합판들을 떼어낼 예정이고, 약간의 페인트칠을 하고 창문을 열어두면 훨씬 더 나은 공간이 될 거라는 건 알았지만. 매트와 나를 붙잡고 있는 이 사랑이 지속될지 식어갈지 산산이 부서질지 알 수 없었다. 나의 우정들이 시들해질지 꽃을 피울지, 나의 가족들이 더 늘어날지 줄어들지, 내가 친구와 가족을 더 많이 바라는지도 알지 못했다. 그러나 이제 나는 불확실함을 인지할 수 있다. 그리고 그 불확실함이 나를 부숴버리지는 못할 거라는 것도 알았다.

분명한 것은, 새 집 창문 밖 나뭇잎들이 시들고 누렇게 변해 떨어질 거라는 사실이었다. 나는 알았다. 그 잎들 너머를 보고 든든하게 자리를 지키고 서 있는 가지들을 존중하며 몇 개월의 시간을 기다리게 될 것을. 겨울이 다가와 어둡고 춥고 망가지게 될 것을. 다시 봄이 오고 좋은 향기가 날 것을. 나는 그 모습을 바라보며 변화하는 계절들에 둘러싸여 회복되리라는 것을.

감사의 말

이 책 이전에 소식지를 썼었죠. 저의 생각과 의견 들을 끄적거리던 작은 놀이터 같은 공간이었어요. 그 소식지를 구독해주시던 분들, 특히 읽어주시고 답해주시고 용기를 주셨던 분들이 계셨습니다. 저의 대리인이 되어준 레이첼 밀즈도 그분들 중 한 사람입니다. 그녀는 이 책에 대한 열정과 비전을 보여주셨습니다.

처음부터 이 책을 받아주시고 신경써주신 캐논게이트 출판사의 모든 분께도 감사의 인사를 전하고 싶습니다. 특히 저의 편집자인 조 딩리께 많은 빚을 졌지요. 이 제안을 받아주셨고, 냉철한 이성으로 저를 훨씬 더 사려 깊은 작가로 만들어 주셨으니까요. 꼼꼼하게 교열해주신 레일라 크루크샹크에게도 감사하고요. 이 책에 열정과 지지를 보내주신 루시 존과 제이미 노르만에게도 큰 감사의 인사를 전합니다.

제가 일을 하면서 글을 썼기 때문에, 제 동료들이 말없이 보태준 다정함이 없었더라면, 이 책은 나올 수 없었을 거예요. 끝없이 채찍질해주신 로스 존스, 제 구멍을 메워주신 세레나 데이비스에게 감사를 드립니다. 조안나 포트남이 베풀어주신 관용에도 감사하고 있어요. 그 너그러움이 없었다면, 이 책은 완성되지 못했을 테니까요.

늘 회원카드를 가져가지 않던 제게 공간과 시간을 허락해주시고 찾기 힘든 책들을 찾아주는 호의를 베풀어주셨던 RHS 도서관 관계자 분들께도 감사드립니다.

자료 찾는 일을 도와주셨던 가드닝 커뮤니티에게, 제가 표현할 수 있는 가장 큰 감사를 전합니다. 잭 월링턴과 앤드류 오브라이언은 식물에 대한 사실 확인 요청들을 너무나 많이 처리해주셨어요. 심지어 두 손에 흙을 묻히고 밖에서 작업을 하시는 중에도요.

너무너무 복잡한 일들을 단순하게 보이게 만들어주셨던 샬롯 룬씨. 수많은 대화와 좌절의 순간 그리고 글 쓰는 시간에 함께해주고 공감해주신 에이미 존스. 그 어떤 책보다 중요한 우정을 유지해준 안나 모리스와 헤더 웰시. 모두 고마워요.

제가 인생을 잘 꾸려나갈 수 있도록 그분들만 아는 방법으로 저를 지지해주셨던 저의 가장 가까운 빈센트 씨들 엄마, 아빠 그리고 톰 고맙습니다. 변함없는 즐거움으로 제게 큰 힘이 되어준 언니, 한나 머피도요.

마지막으로, 언제나 인내해주고 자극해주고 믿어주는 매트 트루먼에게 감사의 마음을 전합니다.